Drucie Anne Taylor
Priest: Prickelndes Begehren

Priest: Prickelndes Begehren

Korrektorat/Lektorat: L. M.
Satz und Layout: Lucy Marie Taylor

Umschlaggestaltung © D-Design Cover Art
Bildnachweis: http://bigstockphoto.com (© **Valua Vitaly** & © **Elise**)
Herstellung und Verlag: Createspace
ISBN-13: 978-1499173079
ISBN-10: 1499173075

Kontakt: drucietaylor@gmail.com
http://drucieannetaylor.weebly.com

Wenn ihr auf dem Laufenden bleiben möchtet, würde ich mich über einen Like auf Facebook freuen.
https://www.facebook.com/coralgablesserie
https://www.facebook.com/drucietaylor?ref_type=bookmark

Prickelndes Begehren

Drucie Anne Taylor

Kapitel 1

»Fuck, fuck, fuck, fuck, FUCK!«, fluche ich ungehalten und schlage gegen das verdammte Lenkrad meines Mercedes. Ich bin völlig durch den Wind. Seitdem Camille Delsin, Hailey Logan und Avery Dahlia gefunden hat, bin ich fast nur noch alleine unterwegs. Es nervt, mich alleine auf Partys oder in Klubs herumzutreiben. Ich will es einfach nicht mehr, dabei bin ich gerade erst 21 geworden. Ja, mein Geburtstag ist vor eineinhalb Stunden zu Ende gegangen, um 3 Uhr morgens, früher haben wir bis zum Sonnenaufgang gefeiert. Was heißt früher? Letztes Jahr noch, aber seitdem meine besten Freunde Beziehungen haben, wird nichts mehr so ausschweifend zelebriert. Es nervt. Weil ich fahren muss, habe ich nicht einmal Alkohol getrunken.

Mittlerweile wohne ich mit zwei neuen Mitbewohnern in dem Apartment, da Hailey und Logan in Delsins alte Wohnung gezogen sind und Camille bei Delsin wohnt. Und nun dieser beschissene Abend. Ich wollte feiern, richtig die Sau rauslassen und mich wieder mit Colton versöhnen, aber dieser Mistkerl ist doch wahrhaftig mit Pearl aufgetaucht, die mir einen abwertenden Blick nach dem anderen zugeworfen hat. Außerdem haben meine Freunde mich mitten ins Nirgendwo gelockt. Wirklich! Ich war noch nie in dieser Ecke von Miami und dabei bin ich sehr viel herumgekommen, wenn ich ... sagen wir, unterwegs war. Nein, ich bin kein Kind von Traurigkeit und wollte mich auf dem College austoben. Das heißt, mich mit Jungs treffen, trinken und Partys feiern. Dinge, die junge Leute eben so machen, aber seit knapp einem halben Jahr, seit Ave und Dale wieder zusammengekommen sind, geht fast gar nichts mehr. Delsin und Cami unternehmen viel mit den beiden und Hailey und Logan sind noch in ihrer Honeymoon Phase, wo sie lieber alleine sind, weshalb ich auf der Strecke bleibe.

Mein Blick ist auf die einsame Straße gerichtet, als mir ein Mann auffällt, der sich am Straßenrand entlang schleppt. »Fuck. Was macht der Typ da?«, frage ich mich. Soll ich anhalten oder nicht? Er sieht verletzt aus.

Seufzend drossele ich das Tempo und fahre neben ihm her, als ich das Fenster herunterlasse. »Hey. Sorry. Hey!«, rufe ich, damit er mich beachtet, denn er wirkt ziemlich geistesabwesend.

Er schaut zu mir, dann kommt er ans Fenster. »Meinen Sie mich?«

Ich nicke. »Ja. Ist alles okay bei Ihnen? Kann ich Sie mit in die Stadt nehmen?« Mir fällt seine blutende Hand auf. »Oder zum Arzt bringen?«, dabei deute ich auf seine Verletzung. Er sieht nicht bedrohlich aus, anderenfalls hätte ich ihn bestimmt nicht in meinen Wagen eingeladen. Allerdings sehen solche Leute nie bedrohlich aus. Ups!

»Würden Sie?«, fragt er müde.

»Nein. Ich will, dass Sie in meinen Wagen einsteigen, damit ich sie hundert Meter weiter wieder rauswerfen kann«, antworte ich sarkastisch und seufze. »Hören Sie: In den Top 5 beschissener Geburtstage steht dieser ganz oben. Also, wenn Sie in die Stadt wollen, steigen Sie ein.« Danach beuge ich mich rüber, öffne die Tür und werfe meine Handtasche auf die Rückbank. Es ist naiv, einen Wildfremden mitzunehmen, aber er ist verletzt und ich habe keine Lust, dass er mich wegen unterlassener Hilfeleistung anzeigt.

Er steigt ein und im Schein des Lichts kann ich ihn endlich richtig erkennen. Dieser Mann ist gar nicht so alt, wie ich wegen seines Gangs dachte. Er dürfte sogar in meinem Alter sein. Seine Haare sind blond, seine Augen grünblau, irgendwie türkis und er kommt mir unwahrscheinlich bekannt vor.

»Wie ist Ihr Name?«, erkundige ich mich.

Er schaut mich an, als hätte ich ihn nach der PIN seiner Bankkarte gefragt. »Ich erinnere mich nicht«, antwortet er leise.

Meine Augenbraue schießt in die Höhe. »Anschnallen ... Woran erinnern Sie sich?«

»Ich bin da hinten im Straßengraben aufgewacht und dann einfach die Straße entlanggelaufen, in der Hoffnung, dass jemand vorbeikommt und mich mitnimmt«, erwidert er, während er sich anschnallt.

»Das ist alles?«, hake ich perplex nach. Wie kann es sein, dass man mitten in der Nacht mitten im Nirgendwo aufwacht und sich an nichts erinnert?

»Ich war auf irgendeiner Party.«

»Wann war das?«

»Welches Datum ist heute?«, fragt er müde klingend.

»Der 13. Juni«, antworte ich.

»Dann sind meine Erinnerungen eine Woche alt«, sagt er.

»Ich sollte Sie wirklich schnell ins Krankenhaus bringen«, erwidere ich und fahre los, dabei programmiere ich nebenher das Navi auf das Jackson Memorial Hospital. Das Krankenhaus, an das die Leonard M. Miller School of Medicine des Colleges, angebunden ist. Ich trete aufs Gas, weil ich nicht weiß, ob ihm noch mehr fehlt, als die Verletzung an der Hand. »Haben Sie Schmerzen?«

»Nur die Hand macht mir Probleme«, entgegnet er.

»Oh Mann«, murmele ich. »Haben Sie vielleicht ein Portemonnaie in der Hosentasche? Vielleicht ist Ihr Ausweis da drin, dann gibt es keine Komplikationen im Krankenhaus.«

»Nein. Ich habe nichts gefunden«, sagt er. »Wie heißen Sie?«

»Thalia.«

»Sie sind nach der Muse des Lustspiels benannt?«, erkundigt er sich schmunzelnd.

»Also Sie erinnern sich an so was, aber nicht an die letzten sieben Tage? Das ist strange«, erwidere ich, kann mir aber ein Lächeln nicht verkneifen. »Außerdem war Thalia eine Göttin der Schönheit«, kichere ich, um die Stimmung ein wenig aufzulockern.

»Sie hören sich süß an, wenn Sie lachen.«

»Wow. Kein Süßholzraspeln mitten im Nirgendwo, okay? Ich weiß nicht einmal, ob Sie ein Irrer sind, der sich beim lustigen Teeniemorden verletzt hat«, sage ich trocken.

»Ich glaube nicht, dass ich das getan hab. Sie sind die Einzige, die vorbeigekommen ist, und ich bringe nicht meine Mitfahrgelegenheit um, wenn ich selbst nicht fahren kann«, kontert er.

»Touché«, lache ich.

Plötzlich klingelt mein Handy in der Halterung. »Sorry. Ich muss dran gehen, sonst hören die Anrufe nicht auf.« Ich nehme das Gespräch an, nachdem *Er* genickt hat. »Hier spricht ein genervtes Geburtstagskind, was kann ich für Sie tun?«, melde ich mich.

»Oh fuck«, erwidert Cami. »War es echt so schlimm für dich?«, fragt sie mit einer Spur von Traurigkeit in der Stimme.

»Nein«, seufze ich. »Es war nur beschissen, Colton mit diesem Miststück zu sehen.«

Sie atmet auf. »Ich wollte fragen, ob du schon zu Hause bist, weil du vor über einer Stunde losgefahren bist.«

»Nein. Du weißt doch, dass ich die Einzige bin, die sich trotz Navi verfahren kann«, sage ich und *Er* schmunzelt neben mir.

»Was war das?«, erkundigt sich Cami.

»Nur ein Anhalter, den ich zum Krankenhaus bringe, weil er sich die Hand verletzt hat.«

»Bist du völlig übergeschnappt? Du kannst doch keinen wildfremden Menschen mitnehmen, schon gar nicht mitten in der Nacht«, entrüstet sie sich.

»Nein, bin ich nicht und doch, kann ich. Seine Hand blutet, Cami. Ich will nicht wegen unterlassener Hilfeleistung verknackt werden und er scheint kein Irrer zu sein. Also beruhige dich. Ich melde mich, sobald ich ihn im Krankenhaus abgesetzt habe, okay?« Ich werfe einen Blick auf mein Navi. »Was laut Navi in 45 Minuten der Fall sein dürfte.«

»Oh Mann ... Oh Mann ... Oh Mann«, erwidert sie.

»Mach dir keine Sorgen.«

»Mir keine Sorgen machen? Klar mache ich mir Sorgen. Da sitzt jemand Wildfremdes in deinem Auto!«, herrscht sie mich an.

»Lass mich einfach eine gute Pfadfinderin sein und eine gute Tat vollbringen. Meld mich nachher. Hab dich lieb. Bye«, sage ich, dann lege ich auf, weil ich wirklich keine Lust habe, mit Cami zu diskutieren.

»Probleme?«, fragt *Er.*

»Nur meine beste Freundin, die wissen wollte, ob ich schon zu Hause bin«, antworte ich genervt.

»Sie denkt, ich will Sie umbringen«, stellt er fest.

»Welche Erkenntnis, immerhin konnten Sie mithören«, grinse ich.

»Tut mir leid, dass ich gelauscht habe.«

»Gibt Schlimmeres ... Was haben Sie so gemacht, bevor Sie im Graben gelandet sind?«, möchte ich wissen, immerhin muss ich 45 Minuten, okay jetzt noch gut 40 Minuten Fahrt herumkriegen.

»Ich bin mit meiner Band aufgetreten.«

»Eine Band? Singen Sie?«

»Ja. Ich bin der Leadsänger und Gitarrist«, erwidert er.

»Spannend. Wo sind Sie aufgetreten?«

»In ein paar Städten ... Ich habe ziemliche Kopfschmerzen, darf ich das Fenster öffnen?«, fragt er.

»Klar doch.«

Er drückt den elektrischen Fensterheber, woraufhin sich mein Wagen mit kühler Nachtluft füllt. Ich fröstele, da ich nur mein rosafarbenes Sommerkleid trage und die Haare zu einem Pferdeschwanz gebunden habe, weil meine Frisur einfach furchtbar ist, seit der Bob herausgewachsen ist. Ich hatte einfach keine Zeit zum Friseur zu gehen, weil ich so viel gelernt habe. In den letzten Wochen habe ich mein Studium so sehr vernachlässigt, dass ich gleich zwei Klausuren verhauen habe, und das Theater meiner Eltern war groß, als ich ihnen am Telefon davon erzählt habe. Für das kommende Semester muss ich unbedingt mehr tun, sonst kann ich meine Scheine an den Nagel hängen, die ich für das übernächste brauche.

»Wir dürften gleich da sein«, sage ich, nachdem ich meine Gedanken verworfen hatte und einen Blick aufs Navi werfe. Es bringt sowieso nichts, zu viel darüber nachzudenken, da es mich sonst nur beunruhigt.

»Okay«, antwortet er.

»Haben Sie irgendjemanden, den Sie anrufen können?«, erkundige ich mich. »Jemanden, der ins Krankenhaus kommen kann, um Sie abzuholen?«

Er kratzt sich an der Schläfe, dann sagt er langsam eine Nummer auf.

»Von wem ist die?«

»Ich glaube, von meinem besten Kumpel.«

»Okay.« Ich gebe sie schnell in mein Handy ein und drücke den grünen Hörer, der darunter auf dem Display aufgepoppt ist.

»Kingston?«, meldet sich ein Mann mit tiefer Stimme, der nicht unbedingt begeistert über die Störung klingt.

»Hi. Mein Name ist Thalia Leroux. Ich habe, glaube ich, Ihren besten Freund am Straßenrand aufgegabelt und er hat mir Ihre Nummer gegeben, damit ich Sie informiere. Ich bringe ihn gerade ins Krankenhaus, weil er verletzt ist«, erkläre ich meinen nächtlichen Anruf.

»Sie haben Linden gefunden?«

»Ja, wenn er so heißt. Er erinnert sich nicht daran. Vielleicht hat er was auf den Kopf bekommen. Jedenfalls sagte er, dass er die gesamte letzte Woche vergessen hat«, erwidere ich. »Könnten Sie ins Jackson Memorial Hospital kommen?«

»Wo soll das sein?«, fragt Mr Kingston.

»In Miami, Florida. Das müssten Sie doch kennen«, antworte ich irritiert.

»Würde ich vielleicht, wenn ich aus Miami wäre. Ich bin in New York, Süße, ich kann frühestens morgen da sein. Können Sie mich auf dem Laufenden halten?«

»Kann ich machen.« Fuck! Der Kerl sitzt in New York und ich darf mich jetzt mit John Doe, besser gesagt, Linden Doe herumschlagen.

»Danke. Kann ich Sie anrufen, wenn ich in Miami angekommen bin? Ich mache mich sofort auf den Weg.«

»Ja, kein Problem«, sprudelt es aus mir heraus, obwohl ich diesen Mann einfach nur im Krankenhaus absetzen wollte und nun habe ich mich verpflichtet, in seiner Nähe zu bleiben. »Ich schicke Ihnen die Adresse des Krankenhauses gleich per SMS.«

»Alles klar. Bis dann.« Er legt auf, bevor ich noch etwas sagen kann.

Ich seufze.

»Kingston ...«, überlegt er laut. Er soll Linden heißen. Ein ungewöhnlicher Name, den ich bisher noch nie gehört habe. Oder Moment ... Doch, ein Darsteller aus Teen Wolf heißt auch so. Dabei fällt mir ein, dass ich die Serie auch mal wieder schauen sollte.

»So heißt er«, nicke ich.

»Aber er hat keinen Vornamen gesagt«, erwidert Linden.

»Stimmt, aber das finden Sie schon noch heraus«, entgegne ich. »Morgen wird er wohl hier sein.« In dem Augenblick fahre ich um eine Ecke und auf den Parkplatz des Jackson Memorials.

»Ich bringe Sie jetzt in die Notaufnahme und dann verabschiede ich mich. Ich muss unbedingt ins Bett.«

Linden nickt knapp, als ich ihn anschaue. »Okay.«

Dann parke ich. »Kommen Sie.« Ich steige aus und warte darauf, dass er es ebenfalls tut. Es dauert nur wenige Atemzüge, bis Linden neben meinem Auto steht. Ich schließe es ab, anschließend gehe ich mit ihm auf die Notaufnahme zu. »Tut die Hand sehr weh?«

»Sie brennt wie Feuer.«

»Mit Gitarre spielen und so wird es dann wohl nichts mehr«, sage ich und denke dabei an mich. Würde ich mir die Hand verletzen, könnte auch ich meinem Hobby nicht mehr nachgehen. Ich mache Musik und singe für mein Leben gern, aber in der letzten Zeit habe ich auch das schändlich vernachlässigt.

»Fuck«, flucht er. »Dann bin ich wohl erst mal aus dem Verkehr gezogen.«

Ich hebe die Augenbraue. »Warum?«

»Weil ich, soweit ich mich erinnere – und das ist eine verdammt dunkle Erinnerung –, meine Hände zum Arbeiten brauche«, antwortet er.

»Das ist, gelinde gesagt, scheiße«, stimme ich zu.

Priest: Prickelndes Begehren

Als wir an der Anmeldung stehen, sieht Linden mich an. »Wie soll ich mich anmelden, wenn wir nur meinen Vornamen kennen?«

Ich seufze. »Ich sollte Ihren Freund noch mal anrufen.«

Er nickt abermals. »Okay.«

»Guten Abend. Kann ich Ihnen helfen?«, fragt die Nachtschwester.

»Ja«, antworte ich. »Mein Begleiter ist verletzt und er muss untersucht werden.«

Sie reicht mir ein Klemmbrett mit dem Anmeldeformular. »Füllen Sie das bitte aus. Sie werden dann aufgerufen.«

»Seine Hand ist verletzt und er hat offene Wunden. Er muss sofort versorgt werden«, gebe ich zu bedenken.

»Lady, wir sind ausgelastet. Ich kann den Vorgang nicht beschleunigen und Sie müssen erst mal das Formular ausfüllen«, entgegnet sie ruppig.

Ich ziehe die Augenbrauen hoch und recke dann mein Kinn. »In Ordnung. Aber beschweren Sie sich nicht, wenn ich mich bei Ihnen bedanke, wenn mein Freund hier an einer Blutvergiftung stirbt. Ich schicke Ihnen dann eine Danksagung«, kontere ich, anschließend wende ich mich ab und bedeute Linden mich zu den Stühlen im Wartebereich zu begleiten.

»Sie sind ziemlich tough«, stellt er fest.

»Warum auch nicht? Ich muss mich in einer Clique voller Verliebter durchsetzen, da sollte ich tough sein.«

»Oha.«

Wir setzen uns und ich zücke mein Handy. »Ich rufe jetzt Ihren Kumpel an und lasse mir von ihm alles Nötige durchsagen, damit ich es notieren kann«, sage ich.

»Ich kann das auch übernehmen.«

»Sind Sie Rechtshänder?«, erkundige ich mich.

»Ja?«

Ich deute auf seine verletzte Hand. »Damit werden Sie nicht schreiben können.«

Linden errötet. »Ups?«

Schmunzelnd betätige ich die Wahlwiederholung und warte darauf, dass ich mit 'Kingston' verbunden werde.

»Ja?«, brummt er ins Telefon.

»Hallo, Mr Kingston, hier ist noch mal Thalia Leroux. Ich brauche Ihre Hilfe.«

»Wobei?«, möchte er wissen.

»Ich muss das Anmeldeformular ausfüllen, weil Ihr Freund sich die Hand verletzt hat, und ich kenne nur seinen Vornamen. Können Sie mir vielleicht, ganz vielleicht, sagen, wie sein Nachname lautet und welche seine Blutgruppe ist?«, antworte ich.

Kingston seufzt. »Er heißt Linden Julian Priest, er wurde am 18. März geboren, ist also jetzt 23 Jahre alt, und seine Blutgruppe ist, glaube ich, null positiv, aber ich weiß es echt nicht sicher.«

»Und seine Krankenversicherung?«

»Blue Cross«, erwidert er.

»Privat oder über seinen Arbeitgeber?«, frage ich weiter.

Kingston lacht auf. »Privat. Sie wissen nicht, mit wem Sie es zu tun haben, oder?«

»Doch. Mit Linden Julian Priest, der im März vor 23 Jahren geboren wurde, und im Juni mit einer verletzten Hand in meinem Auto gelandet ist«, entgegne ich, dabei notiere ich alles auf dem Anmeldeformular.

»Ist schon gut, Ms Leroux«, schmunzelt er noch.

»Danke, dass Sie mir geholfen haben. Ich gebe Sie als Kontaktperson an, wenn es okay ist?«

»Natürlich ist es okay. Alexis Kingston ist mein Name.«

»Alexis ist ein Frauenname«, entfährt es mir trocken.

»Es ist kein Frauenname, der ist unisex«, erwidert er und klingt ein wenig genervt.

Nun muss ich kichern. Wie schnell man Männer doch aus der Fassung bringen kann, aber wer mich verarscht, der wird eben auch verarscht. »Alles klar. Alexis«, betone ich. »Ich danke Ihnen. Bis dann.«

»Bis dann, Thalia, Muse des Lustspiels«, grient er und legt auf.

Priest: Prickelndes Begehren

'ARSCHLOCH!', schreit meine innere Stimme, dennoch bin ich auf angepisste Art und Weise amüsiert über seinen Konter. Wieso erinnert sich jeder an den Fakt mit der Muse, aber nicht an die Göttin der Schönheit? Das ist doch ätzend! Ich schalte mein Handy aus, damit ich keinen Patienten mit Herzschrittmacher umbringe, abgesehen davon soll man es im Krankenhaus sowieso ausschalten.

»Konnten Sie alles klären?«, hakt Linden schüchtern nach.

»Ja, Richie Rich, konnte ich. Sie sind privat versichert und jetzt bringe ich dieses Formular zurück zu diesem Grinch an der Administration«, erwidere ich und erhebe mich dabei.

Auch Linden steht auf.

»Sie können sitzen bleiben, bin gleich wieder da«, sage ich, nachdem ich meine Verwunderung mit mehreren Atemzügen verscheucht habe.

Seine türkisen Augen, das sehe ich jetzt deutlich, betrachten mich vorsichtig. »Ich würde gerne mitgehen.«

»Na schön. Ist ja Ihre Hand und je schneller Sie dran kommen, desto schneller kann ich in mein Bett.«

Gemeinsam gehen wir wieder zur Anmeldung. Ich reiche der Nachtschwester das Klemmbrett, auf das sie einen prüfenden Blick wirft. »Die Allergien fehlen.«

Ich verdrehe die Augen. »Ja, ein Mann mit Amnesie erinnert sich ja wohl kaum an seine Allergien, oder? Hören Sie, Lady: Ich bin scheißmüde und will in mein Bett, aber das kann ich nicht, solange ich Mr Priest an den Hacken habe. Deshalb holen Sie doch bitte einen Arzt, mit dem ich alles Weitere besprechen kann«, versuche ich es mit ruhiger Stimme.

»Tut mir leid, dass ich Sie aufhalte, Ms Leroux«, murmelt er betreten.

»Schon okay«, flüstere ich.

Mir scheint, als würde sie gerade die Spalte mit der Krankenversicherung lesen, denn auf einmal lächelt sie uns an. »Kommen Sie bitte mit, Mr Priest.«

»Gehen Sie«, nicke ich, als er mich fragend ansieht.

»Würden Sie vielleicht ... mitkommen?«, fragt er zögernd.

'Herr im Himmel, willst du mich verarschen? Ja, ich habe um ein Wunder gebeten, als ich meine beschissene Party verlassen habe, aber muss es denn sein, dass ich jetzt einen hilflosen Mann geschickt bekomme, dem ich das Händchen halten muss?', bete ich zum Allmächtigen, der es momentan gut damit meint, mich alle Nase lang zu verarschen. Ich seufze. »In Ordnung, ich komme mit.«

Seine Miene hellt sich schlagartig auf. »Danke, Ms Leroux.«

»Bitte sagen Sie Thalia, ich mag es nicht, wenn ich mit Ms Leroux angesprochen werde.«

»Okay. Danke, Thalia«, wiederholt er.

»Gern, Mr Priest.«

Gemeinsam folgen wir der Schwester in ein Behandlungszimmer, in das wenige Minuten später ein Arzt kommt. »Guten Abend, Mr Priest. Sie haben sich die Hand verletzt?«

Linden hält seine Rechte hoch und jetzt sehe ich den großen verschmutzten Schnitt, der quer über seine Handfläche geht und ziemlich tief zu sein scheint.

Mir wird schlecht. Ich wende mich ab, damit ich es mir nicht mit ansehen muss.

»Was ist passiert?«, fragt der Doktor.

»Daran erinnere ich mich nicht.«

»Was ist das Letzte, woran Sie sich erinnern, Mr Priest?«

»Eine Telefonnummer, die Ms Leroux schon angerufen hat«, antwortet er.

»Wie lautet Ihr Name?«

»Linden Julian Priest«, erwidert Linden.

»Wann und wo wurden Sie geboren?«, hakt der Arzt nach, während er Lindens Hand versorgt, was ich mit einem Blick über meine Schulter festgestellt habe.

»Am 18. März, aber wo weiß ich nicht«, sagt er.

»Wir müssen ein paar Tests machen«, entscheidet der Doktor und verbindet Lindens Hand, nachdem er den Schnitt gereinigt hatte.

»Was für Tests?«, mische ich mich ein. Ich studiere zwar keine Medizin, aber es interessiert mich dennoch.

»Wir müssen seine Hirnströme messen, ein CT machen und vielleicht auch eine Kernspintomografie«, erklärt mir der Arzt.

Ich nicke knapp. »Wie lange wird das dauern?«

»Dafür müsste Mr Priest stationär aufgenommen werden.«

»Dann nehmen Sie ihn auf. Ich denke, es ist das Beste, wenn er vorerst hier bleibt.« Warum redet der Arzt eigentlich mit mir darüber? Ich bin doch nur diejenige, die Linden am Straßenrand aufgegabelt hat.

»Sie müssten die Einweisung unterschreiben, weil er mit Amnesie nicht als voll zurechnungsfähig gilt«, erklärt er mir.

Meine Augenbraue schießt in die Höhe. »Ich bin weder mit ihm verwandt noch verschwägert, ich kann das bestimmt nicht unterschreiben«, gebe ich zu bedenken. Hoffentlich habe ich mich damit aus der Affäre gezogen.

Der Arzt atmet tief durch.

»Würden Sie es einfach unterschreiben, Thalia? Bitte«, fragt Linden.

Keine Ahnung, was ich tun soll. Vielleicht bin ich bei der versteckten Kamera und meine Freunde wollen mich zu meinem Geburtstag noch mal richtig hochnehmen, weil ich ihnen sämtliche Jokes fürs nächste Jahr verboten habe, oder aber das hier ist echt und ich habe es jetzt in der Hand. Ich lasse meine Schultern hängen. »Okay. Ich unterschreibe.«

»Mr Priest, ich bin gleich zurück«, wendet sich der Arzt an ihn und geht schon mal vor die Tür.

»Linden, ich werde danach nach Hause fahren. Ich komme, wenn ich es schaffe, morgen noch mal vorbei«, sage ich, als wir alleine sind.

»Würden Sie es mir versprechen?«

Weichei! Ich lächele. »Ja, natürlich. Und wenn ich es nicht schaffe, Ihr Freund hat meine Handynummer, weil ich die Rufnummernerkennung nicht deaktiviert habe, als ich ihn angerufen habe.«

»Okay. Danke, dass Sie mich hergebracht haben, Thalia.«

»Gern geschehen. Gute Besserung, Linden.« Danach verlasse ich das Behandlungszimmer ebenfalls und gehe mit dem Arzt in sein Büro. Es wundert mich, dass ich die Einweisung unterschreiben soll, denn Linden wirkt nicht unbedingt so, als bräuchte er einen Vormund. Ich unterschreibe das Einweisungsformular, trage meinen Namen, meine Adresse und meine Telefonnummer ein, dann verlasse ich das Krankenhaus.

Nachdenklich fahre ich nach Hause, und als ich dort angekommen bin, herrscht absolute Stille in der Wohnung. Draven und Nathaniel sind bestimmt schon im Bett oder unterwegs. Ja, ich wohne mittlerweile mit zwei Männern zusammen. Sie sind nett und vor allem ordentlicher als Cami und Hailey es je waren. Ein Blick auf mein Handy, nachdem ich es wieder eingeschaltet habe, verrät mir, dass es nicht mehr lange bis zum Sonnenaufgang ist. Ich bin müde, genervt und will nur noch schlafen, als mir die vielen SMS und WhatsApp Nachrichten auffallen.

»Meine Güte, haben die keine Hobbys?«

Seufzend öffne ich den ersten Chat. Camilles Fenster. 'Wo bist du?' oder 'Ich hoffe, du bist keinem Triebtäter zum Opfer gefallen!' und 'Meld dich endlich. Egal wann! Ich mache mir Sorgen.'

Dann Delsin: 'Blümchen macht sich Sorgen. Bitte melde dich bei ihr, damit ich endlich schlafen kann. Sie hält mich wach! Bitte hab ein Herz, Thally, und melde dich' mit einem weinenden Smiley.

Avery: 'Wo treibst du dich rum? Sweetie macht uns alle verrückt und Dale ist schon im Sitzen eingeschlafen, weil sie uns alle im Wohnzimmer versammelt hält. Bitte, Thally, melde dich bei ihr, bevor sie dich suchen will.'

Und schließlich auch Hailey: 'Beweg deinen scheiß Knackarsch ans Handy und ruf bei einem von uns an. Wir wissen nur, dass du irgendeinen Anhalter mitgenommen hast und jetzt bist du nicht mehr erreichbar! Thally, ich schwöre dir, wenn du Scheiße gebaut hast, reiße ich dir den Arsch auf.'

»Oh Mann, wie besorgt sie doch alle sind, wenn ich mal einen Anhalter mitnehme, aber mir eine super Party organisieren, das bekommen sie nicht auf die Reihe«, maule ich. Seufzend wähle ich Aves Nummer, er ist jetzt vermutlich derjenige, der am wenigstens emotional reagiert und Verständnis haben wird. Immerhin ist er sozusagen der Engel in unserer Clique, auch wenn er ein Arsch sein kann, aber der Engel in ihm überwiegt eben.

»Na endlich«, meldet er sich.

»Hi, Ave, wie geht's dir? Schön, mir auch, danke der Nachfrage«, antworte ich sarkastisch.

»Sorry, Thally, aber ich habe gerade Dale ins Bett gebracht und Sweetie rennt hier immer noch wie ein aufgescheuchtes Huhn herum. Bist du mittlerweile zu Hause?«

»Ja, das bin ich und es geht mir gut.«

»Ist sie das?«, fragt Cami im Hintergrund.

»Ja«, erwidert Ave.

Ich höre ein Rauschen, dann ein Rascheln und schließlich: »Bist du denn total irre irgendeinen Anhalter mitzunehmen? Der hätte dich umbringen und im Straßengraben verscharren können!«

»Cami, komm runter! Er war verletzt und hat mir versichert, dass er nicht das Hobby 'Lustiges Teeniemorden' verfolgt. Ich habe Linden ins Krankenhaus gebracht und bin nach Hause gefahren. Dürfte ich jetzt bitte schlafen gehen?«, erkundige ich mich.

Sie schnaubt. »Ja ja, gute Nacht. Ruf mich an, wenn du wach bist.«

»Mache ich.«

»Bis dann. Hab dich lieb«, sagt sie versöhnlich.

»Hab dich auch lieb. Kannst du mir Ave noch mal kurz geben?«

»Ja. Moment.«

Abermals rascheln und rauschen.

»Ja, Thally?«

»Es tut mir so leid, dass sie euch wach gehalten hat. Ich verzeihe euch die beschissene Party, wenn ihr mir verzeiht, okay?«, hake ich nach.

»Gebongt und … das war eigentlich nur eine Vorparty, es ist noch etwas Größeres geplant, aber das weißt du nicht von mir«, flüstert er.

»Oha. Okay. Gute Nacht und sag Delsin, Dale und Hailey, dass es mir leidtut.«

»Schlaf gut, Thally«, erwidert er und ich kann förmlich hören, dass er lächelt.

Wir legen auf und ich schlurfe in mein Schlafzimmer. Völlig übermüdet ziehe ich mich bis auf den Slip aus, schlüpfe in mein Shirt und lege mich ins Bett. Scheiß aufs Zähneputzen, jedenfalls heute Abend. Allerdings gehe ich mit der Zunge über meine Zähne, weshalb ich dann doch noch mal aufstehe und ins Bad renne, um sie mir zu putzen. Ich kann einfach nicht anders.

Nachdem ich mich auch noch abgeschminkt habe, gehe ich wieder ins Bett und falle endlich in den mir wohlverdienten Schlaf.

KAPITEL 2

»Leck mich doch am Arsch«, schnauze ich mein Handy an, dass mich, kaum dass ich eingeschlafen bin, aus dem Schlaf grölt. 'Memo an mich: Linkin Park nie wieder als Klingelton einstellen. Memo Nummer zwei an mich: Schalt das verfickte Drecksding aus, wenn du schlafen willst!', denke ich und ignoriere das Geschrei von Chester Bennington.

Kaum ist es verstummt, plärrt er wieder los. »I've become so numb. I can't feel you there. I've become so tired. So much more aware.«

Blinzelnd taste ich nach dem Smartphone und nehme das Gespräch an. »Ich schwöre, wenn das jetzt ein dummer Witz sein soll, hast du auf Lebenszeit bei mir verschissen!«

»Guten Tag, Ms Leroux. Hier spricht Alexis Kingston und ich glaube, ich habe Sie auf dem falschen Fuß erwischt«, erwidert Alexis überfordert.

Ich seufze. »Mr Kingston, ich habe keine Ahnung, wie spät es ist, aber Sie haben mich geweckt«, jammere ich.

»Es ist 16 Uhr in Miami und ich bin angekommen. Sie hatten doch erlaubt, dass ich Sie anrufe, wenn ich in der Stadt bin«, sagt er.

»Wo sind Sie jetzt?«, frage ich und richte mich auf.

»Noch immer am Flughafen, aber ich kann auch ein Taxi zum Krankenhaus nehmen. Es wäre nett, wenn Sie mir die Adresse schicken könnten.«

Fuck! Das hatte ich komplett vergessen. Ich wollte ihm schon letzte Nacht die Adresse via SMS schicken. »Mr Kingston, wenn es Ihnen nichts ausmacht, eine Stunde zu warten, komme ich Sie abholen.«

»Ich muss noch mein Gepäck holen und denke nicht, dass ich unter einer Stunde hier raus bin«, erwidert er.

»Gut. Dann kommen Sie zur Zone, wo man sein Gepäck ausladen darf. Ich fahre einen schwarzen Mercedes mit einem Fabulous Kennzeichen, aber ich brauche eine Beschreibung von Ihnen«, sage ich, nachdem ich aufgestanden bin, ihm zugehört und ein Kleid aus meinem Schrank geholt habe.

»Ich schicke Ihnen gleich ein Foto via WhatsApp.«

»Okay. Dann bis nachher.«

»Bye.«

Wir legen auf und ich renne ins Bad, wo ich im Eiltempo dusche, mich anziehe und meine Haare einigermaßen frisiere. Ich föhne sie nicht, da es um diese Jahreszeit sowieso verdammt warm ist und sie von alleine trocknen werden. Außerdem trage ich einen Pferdeschwanz, da ist es eh egal, ob nass oder trocken. Nachdem ich meine Unterwäsche angezogen habe, ziehe ich auch das Kleid über. Aufs Make-up verzichte ich natürlich nicht, dennoch bleibe ich bei dezenten Tönen, da ich nicht als Clown verschrieen werden will.

Obwohl ich noch hundemüde bin, schließlich bin ich erst gegen 6 Uhr morgens ins Bett gekommen, will ich Mr Kingston helfen. Außerdem interessiert es mich, wie es Linden geht. Irgendwie ist er schon ganz süß, wenn auch ein wenig neben der Spur, aber das liegt bestimmt an der Amnesie.

Ich verlasse das Bad und renne in Draven. »Wow, sorry«, entschuldige ich mich.

»Fuck. Hast du es eilig? Wohin willst du denn schon wieder?«, fragt er. Draven ist süß. Er erinnert mich an Delsin, nicht wegen seines Charakters, sondern wegen seines Kleidungsstils. Er trägt meistens auch enge Hosen und weite Hemden und seine Haare sind viel zu lang für die eines jungen Mannes. Er hat sogar längere Haare als ich!

»Ja. Ich muss jemanden vom Flughafen abholen und wohin fahren. Bin irgendwann heute Abend wieder da und Finger weg von meinem Haarspray. Ich will mir nicht ständig neues kaufen müssen, nur weil du zu geizig bist, Draven«, antworte ich grinsend.

»Nathaniel hat es benutzt, nicht ich.«

»Nathaniel hat drei Millimeter lange Haare. Verarsch mich nicht«, schmunzele ich, weil sein Versuch, sich zu verteidigen, wirklich schwach war.

»Okay. Ich kaufe dir neues Haarspray, wenn du willst«, sagt er schuldbewusst.

»Kauf dir welches«, schlage ich vor, dann zwinkere ich ihm zu. »Wir sehen uns später oder morgen, denke ich.«

»Bis dann, Thally.«

»Bye.« Ich hole meine Handtasche und mein Handy, anschließend mache ich mich auf den Weg zu meinem Auto. Zuerst lasse ich das Verdeck herunter, dann starte ich den Motor.

Wie immer schalte ich das Radio ein. Wieder höre ich Chester Benningtons Stimme, die sich mit der Mike Shinodas abwechselt, und mir gute Laune verschafft. Linkin Park sind einfach perfekt, um mich von meiner Müdigkeit abzulenken.

♥♥♥

Zum verabredeten Zeitpunkt fahre ich in die Entladezone für Passagiere und schaue mich nach dem Mann um, der auf dem Foto zu sehen war, das Alexis Kingston mir geschickt hat. Ich entdecke den Mann mit dem karamellfarbenen Haar, der locker an die 1,90 Meter groß ist. Ich hupe, um ihn auf mich aufmerksam zu machen, dann winke ich ihm zu.

Alexis kommt auf meinen Wagen zu. »Sind Sie Thalia Leroux?«, fragt er.

»Ja, die bin ich. Mr Kingston?«

Er nickt.

»Steigen Sie ein«, fordere ich ihn lächelnd auf. »Und schnell, ich will keinen Strafzettel bekommen.« Dabei schaue ich zu der Politesse, die sich wie eine Löwin an mein Auto heranpirscht.

Schnell wirft Alexis seine Tasche auf den Rücksitz und springt auf den Beifahrersitz. Ich fahre los.

»Dafür, dass Sie noch nicht lange fit sind, sehen Sie wirklich gut aus«, sagt er.

»Danke«, erwidere ich, als die Hitze in meine Wangen schießt.

»Dafür nicht.«

Aus dem Augenwinkel sehe ich sein Lächeln. »Ich setze Sie nur am Krankenhaus ab, danach muss ich weiter.«

»Ich dachte, Sie würden Linden besuchen wollen?«

»Schon, aber jetzt sind Sie da. Zu viel Besuch ist bestimmt nicht gut für ihn, außerdem müssen Sie seine Erinnerungen auffrischen.«

»Ich frage mich immer noch, wie er in Miami gelandet ist. Letzte Woche war er noch in New York und alles war gut«, erzählt Alexis.

»Also ist er gar nicht von hier?«, frage ich interessiert.

»Doch, aber im Moment sind wir beruflich in New York, deshalb wundert es mich«, antwortet er nachdenklich.

»Hat Linden nicht gesagt, dass er verreisen will?«

»Nein. Er war ohne ein Wort verschwunden und nicht mehr erreichbar. Orten ließ sich sein Handy auch nicht und so sind wir am zweiten Tag zur Polizei gegangen, um eine Vermisstenanzeige aufzugeben. Wir dachten, dass ihm etwas zugestoßen ist«, erklärt er.

»Wer wir?«, erkundige ich mich neugierig.

»Ein paar Kollegen, ich, seine Familie und seine Freundin«, sagt er.

Na toll. Jetzt hält sich meine Intention, Linden wiederzusehen, sowieso in Grenzen. Ich treffe keine vergebenen Männer, so eine Bitch, mich in fremde Beziehungen zu drängen, bin ich nicht. Moment mal! Ich will doch gar nichts von ihm, warum mache ich mir also so einen Kopf? Das ist doch schwachsinnig. Ich tue ja so, als würde ich ihn mir unter den Nagel reißen wollen, damit er mein Freund wird. Nein danke! So wie Cami und Hailey sich verändert haben, kann ich auf einen Mann an meiner Seite verzichten. Unverbindlicher Sex ist super, aber keine Beziehung. Das ist nicht meine Welt. Colton und ich hatten eine großartige Beziehung. Ein Anruf, die Frage, ob man Zeit hätte, ein Treffen und vögeln. Das war super. Allerdings haben wir uns dann vor zwei Wochen gestritten, weil er sich etwas Festes erhofft hat, und ich es nicht wollte. Aber er fehlt mir. Er war so verdammt gut im Bett. Ja, ich denke ziemlich egoistisch, aber meine Güte, ich bin jung und will meinen Spaß haben.

»Sie wirken nachdenklich«, holt Alexis mich aus meinen Gedanken.

»Ein wenig«, erwidere ich, nachdem ich den Kopf geschüttelt habe. »Wir sind gleich da.«

»Begleiten Sie mich zu Linden?«

»Ungern. Ich kenne ihn doch gar nicht.«

»Aber Sie haben ihm geholfen, er sollte die Möglichkeit bekommen, sich bei klarem Kopf bei Ihnen zu bedanken«, sagt Alexis.

»Er hat sich letzte Nacht bedankt«, entgegne ich.

»Das ist doch nicht dasselbe, Ms Leroux.«

»Warum nicht?«, hake ich nach, als ich das Schild lese, welches den Weg zum Krankenhaus weist.

»Weil er möglicherweise unter Schock stand und nichts mehr von letzter Nacht weiß.«

Ich seufze resigniert. »Okay, dann komme ich eben mit, aber ich kann wirklich nicht lange bleiben.«

»Was haben Sie denn noch vor?«, möchte er wissen.

»Die heilige Inquisition meiner Clique, weil ich Linden letzte Nacht aufgegabelt und ins Krankenhaus gefahren habe«, schmunzele ich. Wie blöd das klingt! Ich bin 21 Jahre alt und soll mich vor meinen Freunden für mein Tun rechtfertigen. Ich darf jetzt offiziell trinken und in Clubs gehen, aber Camille und Hailey behandeln mich, als wäre ich verfickte fünf Jahre alt. Nervtötend.

Er lacht leise. »Wie alt sind Sie? Fünf?«

Am liebsten würde ich die Augen verdrehen, stattdessen lächle ich einfach. »Das frage ich mich auch immer.«

Schließlich parke ich vor dem Krankenhaus und schaue Alexis an, der aussteigt. Ich folge ihm, verriegle das Auto und gehe mit ihm ins Gebäude.

»Wissen Sie, auf welchem Zimmer er liegt?«, fragt er.

»Nein. Wir müssen uns informieren.«

Wir machen uns auf den Weg zur Anmeldung, wo Alexis sich über Linden erkundigt und die Zimmernummer wie auch die Station erfragt. Anschließend fahren wir nach oben und schon kurz danach finden wir uns in Lindens Zimmer wieder.

»Hey, Alter! Was machst du denn für 'ne Scheiße?«, begrüßt Alexis Linden.

»Guten Tag, Linden«, lächle ich und halte mich danach zurück.

»Hey, Kingston.« Dann sieht er zu mir und strahlt. »Thalia«, haucht er.

Okay. Das ist definitiv unangenehm und peinlich. Warum haucht er meinen Namen wie ein verliebter Teenager?

Er schaut Alexis wieder an. »Ich habe keinen Schimmer, was überhaupt passiert ist. Die haben schon ihre Untersuchungen gemacht und ich warte aufs Ergebnis.«

»Wir sollten dich nach New York bringen. Da ist Jayden, der dich untersuchen kann«, erwidert Alexis.

»Jayden?«, fragt Linden.

»Dein Bruder, der Arzt ... Er ist mehr oder weniger unser Leibarzt, weil du ihn bei dir haben wolltest, während wir unterwegs sind«, antwortet Alexis.

»Können Sie sich an irgendwas erinnern, Linden?«, mische ich mich ein.

Wieder blickt er zu mir. »An Sie. An Sie erinnere ich mich sehr gut, Thalia.« Danach lächelt er.

Ein »Hehe« rutscht mir heraus und ich erröte. Also flirten kann er auch trotz seines Gedächtnisverlusts. Das ist strange.

»Woran erinnerst du dich noch, Linden?«, hakt Alexis nach.

»An die Party letzte Woche, danach bin ich mit irgendwelchen Weibern abgezogen. Von da an ist alles dunkel«, antwortet er.

»Oh Mann.« Alexis seufzt. »Jayden kommt morgen nach. Er hatte heute noch ein paar wichtige Termine, vielleicht kann er dir helfen, deine Erinnerungen aufzufrischen.«

Linden sieht wieder zu mir. »Setzen Sie sich doch zu uns, Thalia«, und deutet dabei auf den unbesetzten Stuhl an seiner Seite.

Ich komme näher, dann sinke ich auf den Stuhl und sehe Alexis an. Er ist so heiß, aber Linden ist es auch, sogar noch um Einiges heißer. Eigentlich sollte ich gehen und mich endlich den Worten meiner Freunde stellen, aber ich lasse sie lieber noch ein bisschen zappeln. Ich sollte zwar anrufen, aber bevor ich mich am Telefon ausfragen lasse, stelle ich mich ihnen lieber, allerdings erst später.

Ich höre der Unterhaltung der beiden zu. Es geht immer noch darum, woran Linden sich erinnert, doch er hat alles von dem vergessen, was in den letzten sieben Tagen passiert ist. Immerhin erinnert er sich wieder an alles, was davor vorgefallen, nachdem Alexis ihm ein wenig auf die Sprünge geholfen hatte.

»Ach ja, Trish begleitet Jayden morgen Nachmittag hierher. Sie hat heute nicht frei bekommen«, schließt Alexis seine Erzählung.

»Ich freue mich auf sie«, erwidert Linden.

Und ich frage mich gerade, ob Trish seine Freundin ist. Vielleicht sogar seine Verlobte? Oje. Warum denke ich überhaupt darüber nach?

»Ich muss noch ein paar Tage hier bleiben, bevor man mich entlässt«, erzählt Linden. »Dann würde ich Sie gerne zum Essen einladen, um mich zu bedanken«, wendet er sich an mich.

Meine Augenbrauen schnellen in die Höhe. »Das ist nett, aber nein danke. Ich muss mich aufs kommende Semester vorbereiten.« Natürlich bemühe ich mich darum, es nicht wie den Korb des Jahrhunderts klingen zu lassen, dennoch verzieht er sein Gesicht zu einer enttäuschten Grimasse. »Und langsam sollte ich mich auch auf den Weg machen.« Ich stehe auf und verabschiede mich freundlich von beiden.

»Könnte ich Ihre Nummer bekommen, Thalia?«

»Nein«, lächle ich.

»Aber ...«, wirft er ein, doch spricht nicht weiter.

Anschließend verlasse ich sein Krankenzimmer.

Mit eiligen Schritten gehe ich zum Aufzug und rufe ihn. Hoffentlich folgen mir weder Alexis noch Linden, da ich hier ohne große

Szene weg will, und ich mich nicht unbedingt für den Korb rechtfertigen möchte.

Die Türen gleiten auf und ich steige ein. Ich sehe Alexis, als sich die Türen schließen, doch er rennt los und hält den Fahrstuhl auf. »Sorry, wenn ich Sie aufhalte, aber können Sie mir ein gutes Hotel empfehlen?«

Ich schüttele den Kopf. »Ich habe echt keine Ahnung, wie die Hotels hier sind, da ich auf dem Campus wohne. Vielleicht gibt es ein Four Seasons oder so.«

»Ach so«, nickt er. »Okay. Ich werde mir gleich mein Notebook schnappen und nachsehen, wo ich ein Hotel finde.«

»Tun Sie das, aber könnten Sie jetzt den Aufzug fahren lassen?«, frage ich und werde schon von dem sirenenartigen Warnsignal, dass die Türen zu lange geöffnet sind, unterbrochen.

Alexis steigt zu mir und der Fahrstuhl setzt sich in Bewegung. »Warum möchten Sie nicht mit Linden essen gehen?«

»Weil es nicht nötig ist, dass er mich zum Dank einlädt. Ich habe ihm gerne geholfen, heute mein Versprechen erfüllt und somit meine Schuldigkeit getan«, antworte ich.

»Er scheint Sie zu mögen.«

»Das ist doch Quatsch«, schmunzele ich. »Er kann mich nicht mögen, da wir uns nicht kennen.«

»Dann lernen Sie ihn kennen«, sagt Alexis.

Ich seufze. »Nein.«

»Warum nicht?«, hakt er nach.

Nun verdrehe ich die Augen. »Weil ich es nicht möchte.«

»Und sonst gibt es keinen Grund?«

Mit einem genervten Seufzen verlasse ich den Aufzug, als sich die Türen noch nicht weit geöffnet haben, und gehe zu meinem Auto.

»Warten Sie doch«, ruft Alexis mir hinterher, aber ich habe wirklich keine Lust auf diesen Kinderkram.

Ich steige in mein Auto, lasse den Motor an und fahre davon. 'Männer', denke ich frustriert und mache mich auf den Weg zu Cami, um mir meine Packung Ärger für letzte Nacht abzuholen. Damit ich schon mal in die richtige Stimmung komme, also in die 'Ist mir scheißegal, was du gerade von mir willst, denn ich bin erwachsen – Stimmung', höre ich mir P.O.D an.

♥♥♥

Ich parke vor Delsins Haus, genaugenommen in der Einfahrt. Mit einem tiefen Atemzug steige ich aus meinem Wagen aus und gehe zur Tür, wo ich klingele.

Es dauert keine Minute, da höre ich schnelle Schritte und sie wird aufgerissen. Delsin hebt seine Augenbraue. »Hi. Komm rein«, lächelt er.

»Ist das vielleicht Thally?«, ruft Cami.

»Ich bekomme Ärger, oder?«, frage ich durch zusammengebissene Zähne.

»Aber so was von«, antwortet er genauso und wir machen uns auf den Weg zu ihr.

Warum spielt meine beste Freundin, die übrigens ein Jahr jünger als ich ist, sich so mütterlich auf? Sie 'momed' mich regelrecht. Ich seufze leise und sehe Delsin an. »Auf in die Schlacht.«

»Ich wünschte, ich könnte dir Schützenhilfe geben, aber sie hat mich letzte Nacht schon dafür zusammengestaucht, deshalb bin ich raus. Verbünde dich mit Dahlia, sie ist immer noch auf deiner Seite«, erwidert er mit einem Zwinkern.

»Super.« Ich betrete das Wohnzimmer und sehe Cami an, die ihre Arme vor der Brust verschränkt hat und mir ihren ultimativen Wutblick zuwirft. »Oh bitte, Cami, lass den Blödsinn«, beginne ich. »Du siehst, mir geht es blendend und du kannst mich sogar anfassen, ich bin kein Geist einer Verstorbenen, der dich heimsucht«, scherze ich.

»Du hast mitten in der Nacht einen wildfremden Menschen aufgegabelt und herumgefahren. Dir hätte sonst etwas passieren können«, wirft sie mir vor.

'Das hatten wir bereits', denke ich, aber spreche es nicht laut aus, damit ihr vor Wut nicht der Arsch platzt. »Ich weiß.«

»Mehr sagst du dazu nicht?«, herrscht sie mich an.

Ich schaue mich um und lächle Dahlia an, die auf der Couch sitzt und die Szene mit großen Augen beobachtet. »Cami, Thalia ist 21 und weiß, was sie tut«, mischt sie sich schüchtern ein.

Süß. Dale ist einfach verdammt süß und schüchtern. Dass sie das nach über sechs Monaten noch nicht abgelegt hat, wundert mich allerdings. »Sie hat recht, Cami, ich bin 21 und kein Kind mehr. Linden war verletzt, sonst hätte ich ihn nicht mitgenommen. Stell dir vor, ich wäre vorbeigefahren und er hätte sich mein Nummernschild gemerkt, dann hätte ich mich wegen unterlassener Hilfeleistung verantworten können«, erkläre ich ihr.

»Du hättest sagen können, dass du ihn nicht gesehen hast«, schnaubt sie.

»Cami, bitte, wie lächerlich ist das? Ich bin doch gesund zu Hause angekommen, auch wenn es irgendwann heute Morgen war.«

»Dir hätte sonst was passieren können. Ich hatte Angst um dich, Thally, verstehst du das denn nicht?«, herrscht sie mich an.

Abermals seufze ich. Es ist ja nett, dass sie sich solche Sorgen um mich macht, aber vollkommen unnötig. »Es ist lieb, dass du dich sorgst, aber ich kann allein auf mich aufpassen, okay? Ich habe dir gesagt, wo ich bin und dass ich mich melden werde, wenn ich zu Hause bin. Früher hast du es respektiert, aber heute spielst du dich einfach extrem nervig auf. Du bist die totale paranoide Zicke geworden!«

»Ich bin eine paranoide Zicke?«, quietscht sie mit aufgerissenen Augen. »Ich hatte Angst um dich!«

»Vielleicht kommt ihr beide mal wieder runter? Thally geht's gut, das ist die Hauptsache. Mach nicht so ein Theater, Sweetie«, sagt Ave, als er ins Wohnzimmer kommt und sich neben Dale setzt, die er sofort in seinen Arm zieht.

»Ich bin unten, Ave, und wie ich unten bin«, erwidere ich gelassen.

Cami murmelt etwas von wegen 'Solche Sorgen gemacht und dann das!', danach lässt sie sich auf einen Sessel fallen.

Priest: Prickelndes Begehren

»Cami?«, frage ich.

Sie schaut mich miesepetrig an. »Es tut mir leid, okay? Aber fünf Minuten später wusste ich den vollen Namen von diesem Mann und zwei Stunden später sogar seinen Geburtstag. Ich kann wirklich auf mich aufpassen und es ist lieb, dass du dich sorgst, aber wirklich nicht nötig.« Ich bemühe mich darum, ruhig zu sprechen, denn sonst geht sie wieder die Wände hoch und darauf kann ich gut und gerne verzichten.

»Okay. Tut mir leid, dass ich so hochgegangen bin, aber ich hatte echt Angst um dich, und als wir dich dann auch nicht erreicht haben, bin ich fast durchgedreht«, entgegnet sie kleinlaut.

»Fast? Blümchen, du hast keinen von uns schlafen lassen und sogar Dale wachgehalten, obwohl sie fast vom Sofa gekippt ist«, mischt Delsin sich amüsiert ein.

Das ist mir definitiv unangenehm. »Sorry, Dale.« Ich werfe Dale, die errötet, abermals einen Blick zu.

»So schlimm war es auch nicht«, sagt sie, dabei ist ihre Stimme kaum lauter als ein leichter Windhauch. Ich kann mir gut vorstellen, warum Ave sich in sie verliebt hat. Sie regt sich einfach nie auf, oder sie verbirgt es ganz gut.

»Ich habe mich schon bei euch entschuldigt«, blufft Cami in die Runde, woraufhin Delsin und Ave lachen, und sie wieder trotzig die Arme verschränkt. »Ihr seid blöd«, murmelt sie.

Ich hebe die Hand vor meinen Mund, um ihr meinen amüsierten Ausdruck nicht zu zeigen.

»Jetzt lachst du auch noch!«, mault sie, weshalb es dann auch aus mir herausbricht.

»Fuck! Ich sollte eine rauchen, damit ich den Zirkus hier nicht länger ertragen muss«, schmunzelt Delsin, der sich inzwischen beruhigt hat.

»Ich komme mit«, nickt Ave.

»Ich ... auch«, pruste ich und steuere die Terrassentür an. Die beiden folgen mir und treten nach mir auf die Terrasse. Delsin bietet mir eine Zigarette an, die ich dankend annehme. Ich rauche wirklich selten, aber nach diesem Theater brauche ich es, um runterzukommen. »Danke«, lächle ich.

»Kein Ding.« Er gibt mir Feuer und ich setze mich auf einen der Stühle.

»Sie hat euch echt die halbe Nacht wachgehalten?«, hake ich noch mal nach, um das schlechte Gewissen perfekt zu machen.

»Die Halbe? Beinahe die ganze Nacht«, erwidert Ave, nachdem er sich ebenfalls eine Kippe angesteckt hat.

»Fuck«, fluche ich, während ich ungläubig den Kopf schüttele. »Tut mir echt leid.«

»Gibt Schlimmeres«, sagt Delsin, obwohl ich ihm ansehen kann, dass er nur wenig geschlafen hat.

»Alter, du hast meinetwegen und deiner Freundin wegen kaum geschlafen«, erinnere ich ihn, danach nehme ich einen tiefen Zug von der Lucky Strike, der in meinem Hals kratzt. Ich sollte es mit dem Rauchen echt bleiben lassen.

»Schon, aber jetzt sind wir quitt«, grinst er.

»Quitt?«, hake ich irritiert nach und kann meine Augenbraue, die nach oben wandert, nicht aufhalten.

»Damals«, gluckst er und schnippt die Asche seiner Zigarette in den Aschenbecher.

»Wie heißt der Kerl eigentlich, den du mitgenommen hast? Du sagtest, du wüsstest seinen Namen«, fragt Ave.

»Linden Priest«, antworte ich.

»Vielleicht gibt Cami ja Ruhe, wenn sie ihn googeln kann und nichts findet«, scherzt Delsin.

»Das ist nicht witzig«, ertönt ihre Stimme hinter mir. »Aber genau das werde ich jetzt tun. Darf ich deinen Laptop nehmen, Babe?«, wendet sie sich an Delsin.

»Tu dir keinen Zwang an, Blümchen«, erwidert er und sieht sie verliebt an.

So habe ich Delsin Rough noch nie gesehen. Er und verliebt und das auf so eine krasse Art und Weise. Damals habe ich mir gewünscht, dass er mich so ansieht, obwohl ich genau wusste, dass es eine einmalige Sache zwischen uns war, aber mittlerweile bin ich froh, dass er Cami hat, denn sie hält ihn wirklich auf Trab.

»Danke, Babe.«

Ich schaue über meine Schulter und erkenne Cami, die siegessicher grinst, doch das tue ich auch, denn sie wird sicher nichts über Linden Priest herausfinden.

Keine zwei Minuten später höre ich: »Ach du Scheiße! Ich habe ihn, glaube ich, gefunden. Wurde er im März 1991 geboren, Thally?«

»Du lieber Gott«, murre ich und stehe auf, nachdem ich die Zigarette ausgedrückt habe. »Komme«, rufe ich. Dann blicke ich die Jungs an. »Warum wurde ich mit einer weiblichen Version von Detektiv Conan gestraft und ihr bekommt nie auf den Arsch von ihr, wenn ihr Scheiße baut?«, frage ich resigniert.

Ave hebt die Augenbrauen, zuckt mit den Schultern und lacht dabei aus voller Kehle. Delsin genau, aber seine Augenbrauen verschwinden unter seinem langen Pony.

»Vergesst es.« Danach gehe ich rein und sehe Cami mit Dale auf der Couch sitzen, die einen Wikipediaartikel geöffnet haben.

»Linden Julian Priest wurde am 18. März dädädä in Miami geboren. Er ist Sänger, Songwriter, Gitarrist und Keyboarder bei Downstair Alley«, liest Cami vor.

»Fuck«, stöhne ich und plumpse neben sie. »Ich habe den Sänger einer Boygroup ins Krankenhaus gebracht?«

»Boygroup? Oh du täuschst dich, Süße«, grinst sie, schaltet um auf Youtube und mir fegt ein Rocksong um die Ohren. Es ist nicht unbedingt mein Geschmack, mir ist es noch zu leise, dennoch hört sich seine Stimme gut an.

»Haben die auch bessere Lieder?«

»Keine Ahnung, wir müssen uns durchklicken.« Daraufhin höre ich schon die Maustasten klicken, als sie das nächste Video aufruft.

'I just wanna be with you, 'cause without you I'll die. Give me a chance to make things right', dröhnt es aus dem Lautsprecher.

»Okay, okay. Reicht.« Ich greife zwischen ihre Finger und schließe den Tab.

»Ich wollte das hören«, murmelt Dale.

»Kannst du später. Cami wird sich den Song sicher gemerkt haben«, erwidere ich.

»'Without you I'll die'«, wendet sie sich an Dale, die es sich sofort mithilfe ihres Handys notiert.

Ich lehne mich zurück und lasse meinen Kopf auf die Rückenlehne fallen. »Meine Güte, er ist Sänger, na und? Ich singe auch und bilde mir nichts drauf ein. Ich kenne seine Band ja nicht mal.«

»Gib's zu, mit dir geht gerade alles durch und deine Gedanken tanzen Tango durch deinen Kopf.«

Trifft's auf den Punkt! »Tun sie nicht«, verteidige ich mich kichernd.

»Tun sie wohl.«

»Nein.«

»Doch«, beharrt sie.

»Nein und jetzt hör auf mit dem Scheiß«, lache ich.

»Was haben wir verpasst?«, fragt Delsin, als Ave und er wieder hereinkommen.

»Thally hat doch wahrhaftig den Sänger von Downstair Alley ins Krankenhaus gefahren«, antwortet Dale.

»Du hast Alexis Kingston herumchauffiert?«, entfährt es Ave.

Okay, er kennt die Band scheinbar. »Den auch, ja.«

»Und Linden Priest war der andere, oder?«

Ich nicke.

Ave geht hinters Sofa und schaut Cami über die Schulter. »Ich wusste doch, dass mir die Namen bekannt vorkommen. Ich war mit den beiden auf der Highschool«, lacht er.

»Und jetzt?«, erkundige ich mich. Es sind nur Menschen, wie wir auch, und ihre Musik ist bisher noch nicht zu mir durchgedrungen, deshalb spare ich mir das Fangirling an dieser Stelle. Zum Durchdrehen habe ich später noch Zeit.

»Jetzt sollte ich vielleicht mal ins Krankenhaus fahren und Hallo sagen«, erwidert er. »Fährst du mit, Thally?«

Wie schon mehrmals heute verdrehe ich wieder die Augen. »Leck mich.«

»Hey!«, mischt Dale sich ein.

»Nicht so, Dale«, lache ich.

»Ach so«, antwortet sie verlegen und errötet.

»Also nicht?«, möchte Ave wissen.

Kopfschüttelnd erwidere ich: »Ich sage dir gerne die Zimmernummer, aber mich bekommt niemand mehr dorthin. Linden wollte mich gleich zum Essen einladen, um sich bei mir zu bedanken, aber er hat eine Freundin, deshalb käme ich mir komisch vor, wenn ich alleine mit ihm essen gehe.«

»Bist du denn total bescheuert?«, entfährt es Cami. »Der Typ ist ein verdammter Rockstar! Fahr zu ihm und bitte ihn um ein Essen, Thally. Es ist doch nichts dabei, wenn man freundschaftlich essen geht.«

»Mit der Tatsache, dass es meistens in Sex endet«, sagt Dale laut und Ave stammelt etwas von wegen, dass sie es auch wollte.

»Ich bitte ihn nicht um ein Abendessen. Sein Freund hat meine Handynummer, und wenn es Linden mit der Einladung ernst meint und nicht aufgeben will, dann wird er sich noch mal melden«, meine ich überzeugt.

Sie seufzt. »Hängst du noch zu sehr an Colton?«

»Nein«, sprudelt es aus mir heraus. Doch, ich hänge an ihm, aber ich will meine Schwäche für ihn nicht zugeben. Es ist ja nicht mal Liebe, sondern nur eine kranke Art von Abhängigkeit. Im Bett haben wir eben super harmoniert und so habe ich drauf verzichtet, mich mit vielen auszutoben, wo ich doch diesen einen Mann hatte, der nicht nur gut aussieht, sondern auch ein verdammt guter Liebhaber ist.

»Okay, also ja«, deutet Cami meine Lüge richtig. »Vergiss ihn. Ihr hattet doch sowieso nur was Lockeres am Laufen. Das Essen mit Linden Priest wird dir nicht schaden.«

»Süße, solche Leute werden von Fotografen verfolgt und stell dir mal vor, die fotografieren uns beim Abendessen, dann habe ich keine Ruhe mehr. Nein, danke, ich verzichte«, erwidere ich.

»Du traust dich überhaupt nichts«, neckt sie mich.

»Ich traue mich sehr viel mehr als du«, kontere ich amüsiert.

Wir reden noch eine Weile darüber, dass ich Linden nicht wiedersehen will, bis ich aufstehe und mich verabschiede. Ich muss einfach wieder ins Bett und schlafen. Dringend schlafen.

»Ich melde mich die Tage. Ich will die zwei vorlesungsfreien Tage mit schlafen verbringen«, verkünde ich. »Also bitte … ruft mich bloß nicht an und sagt es auch Hailey.«

»Okay«, sagen sie nacheinander, als ich sie in willkürlicher Reihenfolge umarme.

Schließlich mache ich mich auf den Heimweg.

♥♥♥

KAPITEL 3

Jubelnd stehe ich inmitten von Groupies, als Linden aus einer Limousine steigt. Ein roter Teppich ist ausgerollt, den er und Alexis beschreiten. Alle Mädchen schreien, einschließlich ich. »Linden, siehst du mich? Hier bin ich! Ich bin's Thally!«, kreische ich, aber er sieht nicht zu mir. »Linden!«, schreie ich aus tiefster Kehle, doch wieder nichts.

Hinter mir fangen sie an zu drücken, sie pressen mich gegen die Metallabsperrung, die sich in meinen Körper bohrt. Hoffentlich bricht sie nicht. Ich spüre, wie Panik in einem kribbelnden Gefühl – als würden Tausende Spinnen über mich krabbeln – von meinem Körper Besitz ergreift. Plötzlich dreht sich alles um mich herum und ich falle bewusstlos über das Absperrgitter.

Ich schlage die Augen auf, anschließend setze ich mich. »Was war das?«, frage ich mich verwirrt und reibe mit den Händen über meine Wangen. »Warum träume ich auf einmal von ihm?« Die Frage geistert immer wieder durch meinen Kopf, als ich in die Küche gehe, um mir ein Glas Wasser zu holen.

»Guten Morgen, Thally«, sagt Nathaniel, als ich gerade das Glas ansetze, um zu trinken.

Ich zucke zusammen, kippe mir das Mineralwasser über das Nachthemd und drehe mich um. »Guten Morgen, Nath. Wie spät ist es denn?«

Er grinst mich an. Klar, ich würde auch grinsen, wenn er wie ein begossener Pudel vor mir stehen würde, dann sieht Nath auf seine Uhr. »Neun.«

»Ich habe das Gefühl, als hätte ich kaum geschlafen«, seufze ich.

»Hattest du einen Albtraum? Du hast in der letzten halben Stunde ziemlich laut geflucht und gebrüllt, dass sich irgendwer verpissen soll.«

Ich nicke. »Oh ja. Das war definitiv ein Albtraum.«

»Wovon hast du geträumt?«, erkundigt er sich, während er den Kaffee aufsetzt.

»Davon, dass ich der Groupie schlechthin wäre«, antworte ich nachdenklich.

Nath bricht in schallendes Gelächter aus. »Du? Ein Groupie?«

Schmunzelnd senke ich meinen Blick. Peinliche Scheiße! »Ja, das habe ich auch gedacht, als ich aufgewacht bin.«

»Zu geil«, lacht er und setzt sich an den Tisch.

Ich geselle mich zu Nath und lehne mich zurück. »Ich weiß selbst nicht, wie ich auf so was gekommen bin.«

»In Träumen verarbeitet man Dinge, die man über den Tag erlebt hat.«

Nun werde ich hellhörig. »Ach so? Dann verrate mir doch mal, was ich erlebt habe, dass ich von mir als Groupie träume?«

»Hast du irgendwas erlebt, was sich auf deine Lieblingsband bezieht?«

»Nein, wie du weißt, habe ich keine Lieblingsband«, grinse ich.

»Einen Mann kennengelernt?«

Mein Grinsen erstickt.

»Aha! Dann hast du wahrscheinlich auch von ihm geträumt, oder?«

Ich nicke knapp. »Ja.«

»Was weißt du von ihm?«, fragt Nath.

»Nicht viel, weil ich ihn am Straßenrand aufgegabelt habe, und er sich an nicht viel erinnern konnte«, antworte ich.

Nath legt den Kopf schief. »Dann ...«

»Was dann?«, fahre ich ihm über den Mund, in der Hoffnung, dass er mir irgendwas zu meinem verrückten Traum sagen kann.

»Dann ... habe ich keine Ahnung, wie du auf die Groupiescheiße kommst«, schmunzelt er.

Ich verdrehe lächelnd die Augen. »Wofür erzähle ich dir den Scheiß dann?«

Daraufhin zuckt er mit den Schultern. »Kein Plan.«

Mit einem verzweifelten Lachen fasse ich mir an den Kopf. »Ich ahne warum.«

»Warum?«, hakt er nun nach.

»Weil du neugierig bist, Nath«, lächle ich.

»Fuck!«

»Ja?«

Er lacht leise. »Und ich dachte, du würdest mich nicht erwischen.«

»Tja«, erwidere ich schulterzuckend. »Ich bin eben ein kluges Mädchen.« Danach grinse ich breit.

»Morgen«, gähnt Draven, als er in die Küche kommt.

»Morgen«, antworten Nath und ich im Chor.

Dann stehe ich auf. »Ich sollte mich anziehen. Muss einer von euch ins Bad?«

Sie schütteln die Köpfe.

»Gut, dann besetze ich es jetzt.« Mit den Worten wende ich mich von ihnen ab und gehe in mein Zimmer, um mir Kleidung zu holen. Anschließend mache ich mich auf den Weg ins Bad, in das ich mich einschließe, da ich nicht unbedingt überrascht werden möchte.

Unter der Dusche finde ich die Entspannung, die ich letzte Nacht nicht bekommen habe. Am liebsten würde ich mich einfach wieder ins Bett legen und den ganzen Tag verschlafen, aber sicher wird mich wieder irgendjemand wecken, der mich anruft, nur um zu hören, wie es mir geht. Genial ist auch die Frage, ob man geschlafen hätte. Meine Antwort darauf ist immer: 'Nein, ich habe gerade Zumba in meinem Bett getanzt.' Nachdem ich mich abgetrocknet und angezogen habe, betrachte ich mich im Spiegel. Ausgeschlafen sieht man definitiv anders aus. Ich habe tiefe Augenringe, die mich jetzt schon wahnsinnig machen. Seufzend greife ich zum Concealer und kaschiere die Spuren der letzten Nacht. Ich bin wirklich froh, dass ich genügend Make-up habe, um mich herzurichten, auch wenn ich es sonst nur trage, wenn ich ausgehe.

♥♥♥

Alles sitzt, auch das neue Kleid, das ich mir gekauft habe. Zufrieden verlasse ich das Badezimmer. Meine Haare müssen definitiv geschnitten werden, allerdings habe ich eher wieder Lust auf lange Haare und eine Typveränderung täte mir wirklich gut. Vielleicht sollte ich einfach meinen Dad anrufen und ihn um eine Finanzspritze bitten, damit ich die Extensions bezahlen kann. Ich glaube zwar nicht daran, dass er mir finanziell unter die Arme greift, dennoch ist es ein Versuch wert. Ein Nein habe ich sicher, aber ein Ja kann ich bekommen. Sicher ist die Typveränderung nicht unbedingt notwendig, aber ich will sie, und zwar jetzt! Mittlerweile bereue ich den Entschluss, dass ich mir meine hüftlangen Haare abschneiden ließ. Seufzend setze ich mich auf mein Bett und nehme mein Handy, um Dad anzurufen.

»Hallo, meine Kleine, wie geht's dir?«, meldet er sich.

»Hey, Dad. Gut und dir?«

»Mir auch, danke, Schatz.«

Ich atme tief ein, um mir Mut zu machen. »Daddy?«

Er schmunzelt. »Wie viel, Thalia?«

»Ich wollte mir die Haare verlängern lassen. Könntest du es mir auslegen?«, frage ich vorsichtig.

»Arbeitest du es in den Ferien ab?«, erwidert er gelassen.

Mein Vater hat eine eigene Firma, in der ich in den Ferien immer aushelfe, um meine Schulden bei ihm abzuarbeiten. Ich bekomme zwar eine gewisse Summe, um meinen Mietanteil und alles zu bezahlen, aber ich pumpe ihn öfter mal an. »Ja, Dad, wie immer«, antworte ich schließlich.

»Okay. Ich überweise dir 500 Dollar, aber bitte versuch jetzt, damit auszukommen, Schatz.«

Meine Lippen verziehen sich zu einem schiefen Grinsen. »Danke, Daddy. Du bist der Beste!«, freue ich mich.

»Das sagst du jedes Mal«, lacht er.

»Weil es so ist«, kichere ich.

»Schick mir ein Foto von der neuen Frisur«, sagt er, nachdem er sich beruhigt hat.

»Mache ich. Bis dann, Daddy. Hab dich lieb.«

»Ich dich auch, Thalia.«

»Bye.« Anschließend lege ich auf. Mit wirklich ekelhaft guter Laune mache ich mich auf den Weg zu meinem Auto. Ich freue mich tierisch darüber, dass er diesmal kein Theater gemacht hat, sonst wäre ich aufgeschmissen gewesen.

Dann rufe ich Theo an, um zu fragen, ob er heute Zeit für mich hat, und ob ich in seinen Laden kommen kann, auch wenn heute eigentlich sein freier Tag ist.

»Hallo, meine Süße«, begrüßt er mich. Theo ist homosexuell und nicht nur mein Hairstylist, sondern auch so was wie mein bester Freund. Na ja, neben Hailey, Cami und Ave war eben noch Platz.

»Hey, Theo. Ich wollte fragen, ob du mir die Haare machen könntest?«, erwidere ich. »Und wie geht's dir?«

»Mir geht's prima und ja, kann ich machen. Komm einfach in einer halben Stunde in den Laden. Ich bin dann da.«

»Oh super. Du bist ein Schatz«, sage ich fröhlich. »Bin schon im Auto, also bin ich wahrscheinlich etwas früher da. Hoffe, das ist nicht schlimm?«

»Ach, Kleines, dann muss ich eben dafür sorgen, dass ich in 15 Minuten so sexy bin, wie normalerweise in einer halben Stunde«, schmunzelt er.

Kichernd bedanke ich mich, lege auf und fahre los.

♥♥♥

»Da ist sie ja«, ruft Theo erfreut, als er mich sieht.

»Hey«, grinse ich und nehme Platz.

Er kommt zu mir und schnalzt mit der Zunge, als er meine Frisur betrachtet. »Du bist spät dran, Süße.«

»Ich weiß.«

»Wollen wir das wieder in Ordnung bringen?«, fragt er, dabei geht er mit seinen Fingern durch meine Haare.

»Nein. Ich möchte meine Haare verlängert haben. Ich habe genug von dem Bobschnitt.«

Theo schaut meinem Spiegelbild in die Augen. »Wie lang?«

»Bis zur Mitte meines Rückens?«, erwidere ich lächelnd.

Er schüttelt den Kopf. »Nein. Das ist zu kurz für dich.«

Ich seufze. »Wie lang denn dann?«

»Bis zur Hüfte oder bis über den Po.«

Über den Po? Das ist viel zu lang. »Hüfte«, schießt es aus mir heraus.

»Und wieder schwarz?«

Ich nicke. »Ja. Ich möchte sie nicht färben. Das nervt so, wenn man den Ansatz immer nachfärben muss.«

»Gut. Ich hole die Extensions. Ich hoffe, du hast genügend Zeit mitgebracht«, sagt er.

»Ich habe heute nichts mehr vor«, lächle ich.

Theo verschwindet und ich sehe mich im Spiegel an. Ich kann es kaum erwarten, endlich wieder lange Haare zu haben. Endlich wieder Frisuren zaubern, die mit dem Bob nicht drin waren. Wahrscheinlich werde ich in den nächsten Stunden hier herumsitzen, aber das ist es allemal wert.

Schließlich kommt er zurück. »So, da bin ich wieder. Also wir bringen deine Haare jetzt ein wenig in Form und dann verlängern wir sie.«

»Okay.«

»Kommst du mit zum Waschbecken?«

Nickend stehe ich auf, gehe mit ihm herüber und nehme am Waschbecken Platz, in dessen komische Vertiefung ich meinen Kopf lege. Ich mag das Gefühl von der kalten Keramik im Nacken nicht, dennoch lasse ich es über mich ergehen, damit ich endlich wieder gut aussehe. Der Bobschnitt war damals eine Kurzschlussreaktion, nachdem ich mich nicht mehr ansehen konnte. Heute bereue ich es, aber nun ja, jeder macht mal Fehler.

»Wie geht's dir so? Was macht das Studium?«, fragt er.

»Gut und na ja, es läuft einigermaßen. Ich weiß nicht, irgendwie hab ich dieses Semester ziemlich gepennt.«

»Sind dir zu viele hübsche Männer über den Weg gelaufen?«, schmunzelt er.

Priest: Prickelndes Begehren

Ich erröte. Oh Mann, damit habe ich jetzt wirklich nicht gerechnet. »Könnte man so sagen«, druckse ich herum.

»Könnte man oder ist es so?«, bohrt er weiter.

»Es gab nur einen Mann, der mich abgelenkt hat, Theo. Allerdings hat er mich ersetzt«, antworte ich.

»Oje. Tut mir leid, Liebes«, schmollt er für mich. »Deshalb wohl auch die Veränderung, was?«

»Genau. Ich möchte mit der neuen Frisur mit ihm abschließen«, erwidere ich, während er das Shampoo in meine Haare massiert.

Theo ist voll bei der Sache und ich bin froh, dass er nicht noch weiter nachbohrt. Ich möchte nicht über Colton reden, der mich durch Pearl ersetzt hat. PEARL! Dieses Miststück, das beinahe Ave und Dale auseinander gebracht hätte, weil sie sich an den Computer ihres Vaters gesetzt hat, um über Dale nachzuforschen. Ich war erleichtert, dass die beiden doch noch die Kurve bekommen haben, und Dale ihr noch mal so richtig schön Angst gemacht hat. Es ist immer urkomisch, wenn Pearl und Dale aufeinandertreffen, denn Pearl nimmt sofort Reißaus, wenn sie Dahlia sieht. Ich schmunzele bei der Erinnerung daran.

»Was ist los?«, fragt Theo.

Ich erzähle ihm die Geschichte im Schnelldurchlauf, für den ich so lange brauche, bis er mit der Haarwäsche fertig ist, und er kichert kindlich darüber.

»Da hat Ave sich aber ein schlagfertiges Mädchen ausgesucht«, sagt er.

»Ja. Das hat er und sie macht ihn glücklich, wodurch er sehr viel entspannter ist«, entgegne ich.

»Ich habe ihn lange nicht mehr gesehen. Frage mich, wer ihm jetzt die Haare macht«, sinniert er.

»Im Moment niemand, aber ich schicke ihn dir vorbei, wenn ich ihn sehe«, grinse ich.

»Das wäre ganz lieb von dir. Immerhin brauche ich auch mal einen schönen Mann, den ich ansehen kann«, raunt er verschwörerisch.

Ich lache auf. »Ich glaube zwar nicht, dass du eine Chance bei Ave hast, aber gucken ist ja immer erlaubt.«

»Richtig«, er betont es unglaublich nasal, wodurch es sich mehr wie ein 'Rischtisch' anhört.

Wir gehen zurück zum Frisierstuhl – oder Friseurstuhl – und Theo kämmt meine Haare und fängt an, sie auf eine Länge zu bringen.

Ich kann es kaum erwarten, das Ergebnis zu sehen.

♥♥♥

Fünf Stunden, vier Kaffee und drei 'Aua, das hat wehgetan' später, betrachte ich mich im Spiegel. Endlich! Meine Haare sind wieder lang, ich habe einen Pony und verdammt gute Laune. »Oh mein Gott! Bin ich das wirklich?«, frage ich leise.

»Ja, Süße, das bist du. Und du siehst heiß aus«, antwortet er. »Sag mir, dass ich gut bin«, lacht Theo dann.

Ich stimme in sein Gelächter ein. »Du bist der Zweitbeste!«

»Nur der Zweitbeste?«

»Ja. Der Beste ist mein Dad, denn ohne ihn hätte ich nicht kommen können«, grinse ich.

»Okay. Dann bin ich gerne der Zweitbeste, oder ich bin der beste Friseur und dein Dad der beste Dad«, schlägt er amüsiert vor.

»Deal!« Überglücklich stehe ich auf und drehe mich zu ihm um. »Sehe ich heiß aus?«, necke ich ihn.

»Heiß wie eh und je«, gluckst er.

»Klasse.«

Wir gehen gemeinsam zur Kasse und Theo gibt den Betrag ein. Oje, 299 Dollar sind kein Schnäppchen, aber ich habe mit mehr gerechnet. So habe ich jetzt wenigstens noch Geld für ein neues Kleid. Es lebe das Frustshopping! Wahrscheinlich kaufe ich sowieso mehr, da ich meistens nie mehr als 30 Dollar für ein Kleid ausgebe. Auf einmal gibt er einen Rabatt ein, weshalb er mir nur noch 250 Dollar berechnet. »Theo, ich glaube, du vertust dich ein wenig«, sage ich leise.

Er sieht mich an. »Nein, wieso?«

Priest: Prickelndes Begehren

»Du bist gerade schlappe 49 Dollar im Preis runtergegangen«, antworte ich irritiert.

»Freundschaftsrabatt«, grinst er.

»Wow. Danke dir!« Ich gehe um den Tresen herum und umarme ihn.

»Nach dem Mist mit Colton und Pearl willst du doch bestimmt noch shoppen gehen und dich neu einkleiden«, raunt er mir zu.

»Schon, aber 200 Dollar hätten auch gereicht«, schmunzele ich. Dann bezahle ich und gebe ihm ein großzügiges Trinkgeld, das er nicht annehmen will.

»Ich nehme kein Trinkgeld von meiner besten Freundin«, sagt er nachdrücklich.

»Sorry, hab ich vergessen.«

»Schon okay.« Theo gibt mir mein Wechselgeld und lächelt mich an. »Schick mir Fotos von den neuen Klamotten.«

»Okay.« Mir fällt ein, dass Daddy noch ein Foto von mir will. »Könntest du ein Foto von mir machen?« Ich reiche ihm mein Handy, stelle mich seitlich und er macht ein Foto von mir.

»Danke, Theo.«

»Dafür nicht, Süße.«

Wir verabschieden uns voneinander, anschließend mache ich mich auf den Weg zu ... Wohin eigentlich? Ich habe überhaupt nichts weiter vor an diesem Montag. Noch einmal nehme ich mein Handy zur Hand und gehe durch das Telefonbuch. Cami! Wobei, lieber nicht, sonst macht sie mir wieder Vorwürfe wegen Samstagabend.

Auf einmal scheint mein Problem sich in Luft aufgelöst zu haben, denn Alexis Kingston ruft mich an.

»Ja?«, melde ich mich.

»Miss Leroux?«

»Ist dran. Was kann ich für Sie tun, Mr Kingston?«, erwidere ich ruhig, obwohl es mich nervt, dass er mich für seinen Touristenführer hält.

»Könnten Sie vielleicht noch mal ins Krankenhaus kommen? Linden möchte seine Retterin seinem Bruder vorstellen«, fragt er.

»Äh ... Also eigentlich war das nach gestern für mich erledigt. Ich weiß, dass jetzt vielleicht alle denken, dass ich 'ne scheiß Heldin bin, aber ich habe keine Lust, ins Krankenhaus zu kommen. Sagen Sie Linden bitte, dass ich keinen weiteren Kontakt möchte«, antworte ich.

»Sie haben uns unseren Leadsänger zurückgebracht. Sie wissen gar nicht, was für einen riesigen Gefallen Sie uns getan haben, indem Sie nicht Misery nachgespielt und ihn ans Bett gefesselt haben«, sagt Alexis.

»Mr Kingston, bitte, ich möchte einfach nicht.«

»Tun Sie mir bitte den Gefallen, danach werden wir Sie nicht mehr belästigen«, versichert er mir.

Ich seufze und werfe meinen Entschluss, mich von Linden Priest fernzuhalten über Bord. Warum auch immer. »Eigentlich wollte ich shoppen gehen, aber danach könnte ich kommen.«

»Okay. Kommen Sie einfach vorbei.«

»Bis später.« Ich lege auf, ohne noch ein Wort von ihm abzuwarten, denn langsam geht mir das Thema Linden auf die Nerven. Cami hatte gestern kein anderes Thema, im Krankenhaus gab es kein anderes und vorgestern sowieso nicht, als ich ihn in die Notaufnahme gebracht habe. Dann auch noch dieser Traum! Was hatte der nur zu bedeuten? Ich weiß, dass Traumdeutung totaler Quatsch ist, aber vielleicht sollte ich ein paar Stichworte googeln. Oder auch nicht. Nein, lieber nicht. Ich will gar keine Details erfahren, also wird der Plan sofort verworfen.

Mit einem tiefen Seufzen stecke ich mein Handy in die Freisprecheinrichtung, anschließend starte ich den Motor und die Musik und fahre los. Bei *Forever 21* finde ich bestimmt ein paar schicke Kleider, die mein kleines Vermögen – ich lache bei dem Gedanken daran – etwas schonen werden.

»In the end it doesn't even matter«, singe ich einen meiner Lieblingssongs mit. Ich rappe sogar den Part von Mike Shinoda mit, der für mich ein Gott ist.

Priest: Prickelndes Begehren

Das Verdeck habe ich heute zugelassen, auch wenn mir jetzt danach ist, meine Haare vom Fahrtwind zerzausen zu lassen. Allerdings habe ich kein Haargummi dabei, womit ich es hinterher bändigen kann.

♥♥♥

Eine halbe Stunde später parke ich vor der Mall. Nachdem ich aus dem Auto ausgestiegen bin, schließe ich es ab und gehe hinein. Mein Weg führt mich sofort zu meinem Lieblingsgeschäft.

Ich schaue mich dort in aller Ruhe um und finde ein blassrosa Sommerkleid, das für diese Jahreszeit ideal ist. Dazu suche ich mir einen Bolero aus, der türkis ist. Ich habe gerne einen Kontrast, wenn ich mehrere Teile miteinander kombiniere. Außerdem suche ich mir noch zwei Hotpants und mehrere Shirts aus, damit ich etwas für die richtig heißen Tage habe, auch wenn ich einen Großteil des Sommers bei meinen Eltern in Austin verbringen werde, um meine Schulden von diesem Semester abzuarbeiten.

»Thally?«

Ich drehe mich um. »Hey, Hailey«, lächle ich.

»Wieso hast du wieder lange Haare?«, fragt sie, nachdem sie mich gedrückt hat.

»Hm … Mir war danach, wenn ich ehrlich bin. Der Bobschnitt war rausgewachsen und die kurzen Haare gingen mir auf die Nerven«, antworte ich.

»Du siehst wirklich super aus«, sagt sie.

»Danke.«

»Und jetzt verpulverst du dein Geld?«, hakt sie amüsiert nach.

»Na ja, mein Dad hat mir eine kleine Finanzspritze gegeben, da ich wahrscheinlich den ganzen Sommer in der Firma sitzen muss, kann ich auch noch mal Dampf ablassen«, schmunzele ich. »Außerdem brauche ich das nach dem Krach mit Colton. Ich will mich einfach ablenken.«

»Und das hat nichts mit einem gewissen Sänger zu tun?«, kichert Hailey, während sie ebenfalls Ausschau nach ein paar neuen Sachen hält.

Ich schnaube. »Cami?«

»Und Dale, Ave und ganz besonders Delsin, der sich sehr über deinen kleinen Bitchfight mit Cami amüsiert hat«, lacht sie.

Ich verdrehe die Augen. »Na toll. Meine Freunde machen sich über mich lustig.«

»Ach Quatsch. Eigentlich freuen wir uns darüber, dass du jemanden kennengelernt hast.«

»Ich habe ihn mitgenommen, weil er verletzt war, seitdem hatte ich nur noch einmal kurzen Kontakt zu ihm, um seinen Kumpel zu ihm zu bringen«, erkläre ich. »Ich will wirklich nichts mit diesem Linden Priest zu tun haben.«

»Sagt Thalia Leroux, die die Königin darin ist, sich etwas vorzumachen«, stichelt Hailey amüsiert.

»Ich bin überhaupt keine Königin darin, mir etwas vorzumachen. Ich möchte nur keinen näheren Kontakt zu diesem Mann, Hailey«, verteidige ich mich schnippisch.

»Wow, fahr die Krallen ein, Schwester. Ich bin die Letzte, die dir in irgendwas hinein redet.«

Daraufhin seufze ich. »Es ist einfach nur so, dass er mich total verwirrt hat. Als ich gestern Alexis zu ihm gebracht habe, hat Linden mich nach einem Date gefragt, obwohl kurz vorher erwähnt wurde, dass er eine Freundin – oder war es seine Verlobte? - hat«, erzähle ich. »Das ist doch nicht normal, oder?«

»Hat er gesagt, warum er dich einladen will?«

»Ich glaube, um sich bei mir zu bedanken, aber dann sagt man doch, dass man seine Freundin mitbringt, und man selbst seinen Freund, oder was weiß ich was, mitbringen soll, wenn man vergeben ist, oder nicht?«, antworte ich.

»Na ja, nicht immer, aber ich weiß, was du meinst«, sagt sie nachdenklich. »Stehst du denn auf ihn?«

»Irgendwie schon, aber er ist vergeben und damit ein Tabu, außerdem ist er so was wie ein Rockstar, obwohl ich noch nie etwas von seiner Band gehört habe.«

Sie schmunzelt. »Ja, weil Downstair Alley eigentlich eine Boygroup ist, die weniger Rock spielt, sondern eher in die Richtung der Backstreet Boys und Natural geht.«

»Klar, dass ich von denen noch nie gehört habe.«

»Eben, also kann dir niemand unterstellen, dass du ein Groupie wärst, wenn du mit ihm essen gehst. Es ist doch nichts dabei, wenn er sich damit nur für deine Hilfe bedanken will«, meint sie.

Wir schlendern weiter durch das Geschäft. »Nicht wirklich, aber ich möchte nicht, dass seine Freundin denkt, er würde fremdgehen. Solche Leute werden doch von Fotografen verfolgt und haben nie ihre Ruhe. Was glaubst du, was los ist, wenn sie ihn mit einer anderen Frau als seiner Freundin sehen? Die würden sich doch bestimmt ihre Mäuler zerreißen.«

Hailey bleibt stehen und kommt vor mich. »Was ist aus der Thalia Leroux geworden, die das College als Sündenpfuhl bezeichnet hat, und es mit so vielen Fehltritten, wie nur möglich, abschließen wollte?«, fragt sie.

»Die hat sich vor ein paar Monaten auf den Highway gelegt und sich von einem Truck-Truck-Truck ... Truck überfahren lassen«, kichere ich.

»Du sollst mir nicht mit irgendwelchen Simpsons Zitaten kommen, sondern mir eine ernst gemeinte Antwort geben«, grinst sie.

»Ich weiß auch nicht. Irgendwie fühle ich mich ein wenig bitchy, weil ihr alle glücklich seid und ich so ein Partyleben führe. Ganz ehrlich, ich habe mich doch seit unserem Anfang hier wie eine Schlampe benommen, und das will ich ändern«, antworte ich, nachdem ich mich beruhigt hatte.

»Du hast dich nicht wie eine Schlampe benommen«, erwidert Hailey.

»Nicht?«

»Nein. Denn wenn du dich wie eine benommen hast, dann hab ich das auch getan und ich rede nicht gerne als Schlampe von mir«, lacht sie.

»Du bist doch echt eine blöde Kuh«, stimme ich in ihr Gelächter ein.

»Nein, nur kreativ, was unsere Abenteuer angeht«, kontert sie. »Möchtest du gleich noch einen Kaffee trinken gehen?«

»Ich muss gleich noch etwas erledigen«, antworte ich ruhiger.

»Ach und was?«

»Linden möchte, dass ich ins Krankenhaus komme, weil sein Bruder und seine Verlobte mich kennenlernen möchten, da ich ihm das Leben gerettet habe«, erwidere ich.

»Laut Cami war er doch nicht schwer verletzt, oder hat sie sich vertan?«

»Nein. Hat sie nicht. Er war wirklich nicht schwer verletzt, weiß auch nicht, warum diese Leute so einen Aufriss darum machen. Aber weißt du was? Ich sage ihm nachher per SMS ab und wir genießen den Tag, ja?«

»Nein! Du fährst hin und nimmst mich einfach mit«, grinst Hailey.

»Hailey«, nöle ich.

»Was denn? Ich will ihn doch nur mal sehen und so wärst du nicht alleine. Ich könnte dir bei der Abfuhr den Rücken stärken«, sagt sie.

»Okay. Ich bezahle nur noch und dann können wir meinetwegen los.«

»Bist du mit dem Auto hier?«

»Ja, bin ich«, entgegne ich.

»Gut. Logan hat mich vorhin hier abgesetzt, dann kann ich ihm Bescheid sagen, dass er mich nicht abholen muss«, lächelt sie.

»Mach das. Ich gehe bezahlen.«

»Komme gleich nach«, erwidert sie, als ich mich schon abwende und zur Kasse schlendere. Ich probiere die Sachen einfach zu Hause an, und wenn etwas nicht passen sollte, werde ich es morgen umtauschen.

»Hi«, begrüßt mich die junge Frau an der Kasse.

Priest: Prickelndes Begehren

»Hi«, lächle ich und reiche ihr die Kleidungsstücke, die ich mir ausgesucht habe.

Sie scannt sie ein und nennt mir den Betrag, den ich begleiche. Dann gibt sie mir eine Tüte, die ich entgegennehme.

»Bist du fertig?«, fragt Hailey.

»Ja. Hast du Logan Bescheid gesagt?«

»Habe ich. Er fährt zu Delsin und den anderen, um die Sonne am Strand zu genießen«, sagt sie.

»Da wäre ich jetzt auch lieber«, grüble ich laut.

»Nein, nein, nein. Wir fahren jetzt zu Linden ins Krankenhaus und dann will ich sehen, wie du ihm noch einen Korb gibst«, kichert Hailey.

Wir verlassen das Geschäft und machen uns auf den Weg zu meinem Auto. »Ich sollte vor seiner Verlobten oder Freundin nichts über diese Einladung sagen. Ich will nicht, dass sie sich deswegen streiten.«

»Also ich würde wissen wollen, wenn Logan eine andere Frau zum Essen einlädt, und vielleicht weiß sie sogar davon«, meint Hailey überzeugt.

»Möglich, aber ich will nichts riskieren.«

»Glaubst du, er erinnert sich wieder?«, erkundigt sie sich plötzlich. Von dem abrupten Themenwechsel bekomme ich fast ein Schleudertrauma.

»Keine Ahnung. Kümmert mich aber auch nicht wirklich.«

Dann haben wir mein Auto erreicht und steigen ein.

Kaum sitzt Hailey auf dem Beifahrersitz, schaut sie sich die CDs an, die auf dem Armaturenbrett liegen. Ich habe im Schatten geparkt, weshalb ich sie einfach liegen gelassen habe. Die Tasche lege ich in den Kofferraum, dann steige ich auch in meinen Wagen.

»Hast du ein Haargummi mit, das du mir leihen kannst?«, frage ich.

»Klar.« Sie durchwühlt ihre Handtasche, anschließend reicht sie mir ein dickes Haarband.

»Danke dir.« Schnell mache ich mir einen Dutt, nachdem ich den Schlüssel ins Zündschloss gesteckt und den Knopf fürs Verdeck gedrückt hatte.

»Ist er im Jackson?«, möchte sie wissen.

»Ja. Ich wusste nicht, wohin ich ihn sonst hätte bringen sollen und es lag auf meinem Weg ... Na ja, halbwegs«, antworte ich. Das Dach ist geöffnet und ich starte den Motor, wie auch die Musik. Schließlich fahre ich los.

»Oh Gott. Deine Rockmusik ist schrecklich«, mault sie, als P.O.D aus den Boxen dringt.

Ich seufze. »Ich höre mir nicht dein Hip-Hop Zeug an, Hailey.«

»Mimimi«, macht sie, weshalb ich schmunzele.

»Wenn du gleich wieder die kleine Nachtmusik, wie Beaker aus der Muppet Show vorträgst, werfe ich dich aus dem fahrenden Auto.«

»Das traust du dich ja doch nicht«, fordert sie mich amüsiert heraus.

»Das würde ich nicht zu laut sagen.« Kichernd trete ich aufs Gas, damit ich diesen letzten Besuch im Krankenhaus schnell hinter mich bringen kann.

»An deiner Stelle würde ich noch etwas Lipgloss auflegen«, sagt Hailey plötzlich.

»Warum sollte ich?«, frage ich irritiert.

»Keine Ahnung. Vielleicht, um ihm das zu zeigen, was er nicht haben kann?«, antwortet sie gut gelaunt.

»Ich verzichte«, grinse ich und konzentriere mich wieder vollkommen auf die Straße.

»Na gut.«

♥♥♥

'Ping', die Türen des Aufzugs gehen auf und vor uns erstreckt sich der nach Desinfektionsmitteln riechende Krankenhausflur. »Auf in den Kampf«, murmele ich.

»Ding, ding, ding – Runde eins«, scherzt Hailey, als wir über den Flur gehen.

»Das ist nicht witzig«, grinse ich.

»Wieso grinst du dann?«

»Weil du mich dazu bringst«, schmunzele ich.

»Ach so. Aber schlimm ist etwas Anderes«, lächelt Hailey.

»Können wir jetzt wieder ernst werden? Hier ist sein Zimmer«, sage ich, als wir vor der Tür zu Lindens Zimmer stehen.

»Okay. Ich benehme mich. Versprochen!«, sagt sie und zeigt mir das Victory Zeichen.

Danach klopfe ich an und warte darauf, dass wir hereingebeten werden.

»Herein«, ertönt es schließlich und wir betreten das Krankenzimmer.

»Guten Tag«, begrüße ich Linden, Alexis und den jungen Mann, der Jayden sein muss.

»Hallo, Thalia«, sagt Linden und zeigt mir ein breites Lächeln.

»Ich habe eine Freundin mitgebracht, da wir gemeinsam unterwegs waren«, erwidere ich. »Das ist Hailey Osment.«

Sie wird ebenfalls begrüßt und angelächelt.

»Das ist übrigens mein Bruder. Jayden Priest«, stellt Linden den mir unbekannten, dritten Mann vor.

»Hallo«, nicke ich.

»Sie müssen dann die Dame sein, die meinen Bruder hergebracht hat«, stellt er fest, kommt auf mich zu und zieht mich in eine Umarmung, statt meine Hand zu ergreifen und sie zu schütteln.

Erstarrt lasse ich meine Arme hängen. »Okay. Ich glaube, es reicht«, ächze ich, da er mich beinahe zerquetscht, so sehr herzt er mich.

»Jayden, lass sie los«, lacht Linden und sein Bruder löst sich von mir.

Ich reibe die Stelle an meiner Hüfte, wo er recht fest zugedrückt hat, und schaue Hailey an, die einfach nur an die Wand gelehnt steht und grinst. »Ich denke, wir gehen dann wieder.«

Sie schüttelt den Kopf.

Ich sehe sie fragend an, woraufhin sie mit den Schultern zuckt. Dann verdrehe ich die Augen. 'Gott, ich werde wahnsinnig.'

»Bleiben Sie doch noch ein bisschen. Linden hat gerade von Ihrer Abfuhr erzählt«, erwähnt Jayden.

»Der war filmreif«, gluckst Alexis.

Meine Augenbraue wandert langsam nach oben. »So filmreif war der Korb nicht und ich hatte Mr Kingston gesagt, dass ich nicht lange bleiben kann«, erwidere ich gelassen und ringe mir ein Lächeln ab, damit sie mich nicht für die totale Zicke halten.

»Das ist aber schade«, mault Linden.

»Tut mir leid, aber meine Welt dreht sich nicht nur um Sie, Linden. Ich muss einiges für die Uni tun.«

»Oh. Sie studieren?«, fragt er interessiert.

Hailey kichert. »Also eigentlich könnte man sie als Hörsaaldeko bezeichnen, weil sie so gut wie nie etwas macht.«

Ich werfe ihr über meine Schulter einen vernichtenden Blick zu. »Architektur und Ingenieurswesen«, antworte ich dann.

»Interessant«, dabei kratzt er sich an seinem stoppeligen Kinn.

»Jedenfalls muss ich wieder los«, verkünde ich. »Gute Besserung, Linden.«

»Thalia?«, hält er mich auf, nachdem ich mich ein weiteres Mal von ihm abgewendet habe.

»Ja?«

»Würden Sie nicht doch bitte mit mir essen gehen?«

»Wird sie«, quietscht Hailey, bevor ich etwas sagen kann.

»Wird sie nicht«, flüstere ich.

»Also ja oder nein?«, hakt Linden nach.

Ich stoße die Luft auf. »Okay. Rufen Sie mich einfach an, wenn Sie aus dem Krankenhaus sind.« Na was soll's? So muss ich nur einen Abend mit ihm verbringen und den kann ich schnell beenden, wenn ich mich langweile, außerdem ist Cami mir noch ein 'Keine Rückfragen' schuldig, was ich dann einlösen kann.

»Ich freue mich«, schmunzelt er.

'Kann ich von mir nicht behaupten', schießt es mir durch den Kopf. »Bis dann.«

Hailey grinst mich an, als ich sie aus dem Krankenzimmer stoße. »Aua. Pass doch auf«, kichert sie.

»Was sollte das?«, lege ich sauer los. »Du wusstest, dass ich nicht mit ihm essen will, und reitest mich total in die Scheiße!«

»Komm doch mal runter. Was ist denn an einem gemeinsamen Essen so schlimm?«, möchte sie wissen.

»Ich wollte es nicht und ich werde bestimmt nicht dorthin gehen!« Dann stapfe ich zum Aufzug. Warum fällt mir meine beste Freundin in den Rücken?

»Warum denn nicht? Was kann dir passieren? Nichts! Du wirst wahrscheinlich nur einen schönen Abend verbringen, mehr nicht«, sagt Hailey genervt.

»Weil er verlobt ist. Immer noch!« Ich schlage regelrecht auf den Knopf neben den Aufzugtüren, anschließend verschränke ich die Arme vor der Brust. Ich bin wirklich sauer ... Wobei nein, nicht sauer, eher enttäuscht.

»Tut mir leid. Ich dachte, du hättest bloß Angst, wegen seiner Verlobten, aber er würde doch nicht noch ein zweites Mal fragen, wenn es ihm nicht wichtig wäre, oder?«, führt sie mir vor Augen.

Schnaubend betrete ich die Fahrstuhlkabine und betätige den Knopf fürs Erdgeschoss. »Wahrscheinlich nicht, aber es wäre besser gewesen, wenn ich diesem Essen nicht zugestimmt hätte.«

»Ich bin davon überzeugt, dass du mir noch dankbar sein wirst«, kontert sie.

»Ach«, winke ich ab und freue mich jetzt schon darauf, sie gleich bei sich absetzen zu können. Sie hat mit dieser Zusage, die sie für mich gemacht hat, einfach einen Bock geschossen. Als ob ich nicht für mich selbst entscheiden könnte, was ich tue, und was ich nicht tue. Ich liebe Hailey und Camille wie Schwestern, aber manchmal mischen sie sich einfach zu sehr in mein Leben ein. Vielleicht sollte ich mich einfach ein wenig von ihnen distanzieren oder ihnen mehr als deutlich die Meinung sagen.

Wir verlassen den Fahrstuhl und gehen zu meinem Wagen. Genervt setze ich mich hinter das Steuer, schnalle mich an, starte den Motor und warte darauf, dass Hailey sich ebenfalls anschnallt.

»Bist du sauer auf mich?«, fragt sie kleinlaut.

»Überhaupt nicht«, antworte ich sarkastisch und fahre los, als ich das vertraute Klicken der Gurtschnalle höre.

»Also ja«, stellt sie fest.

»Ach was. Hailey, es war einfach mies von dir, dich in meine Angelegenheit einzumischen. Vielleicht denkst du, du tust mir etwas Gutes damit, aber ich habe vorhin in der Mall noch gesagt, warum, wieso und weshalb ich ihn nicht zum Abendessen treffen möchte«, erkläre ich gelassener, jetzt, da sie weiß, dass ich wütend bin.

»Ich verstehe nicht, warum du dich so künstlich aufregst. Man könnte glatt meinen, dass du auf ihn ...« Sie schaut mich an. »OH MEIN GOTT! Du stehst wirklich auf ihn!«, quietscht sie schrill.

Ich verziehe das Gesicht, denn sie erreicht so einen hohen Ton, der mir augenblicklich Zahnschmerzen bereitet. »Ich stehe nicht auf ihn«, grummele ich. »Er ist nett, er sieht gut aus, er hat durch die Amnesie ein etwas beschissenes Gedächtnis und er ist freundlich, aber ich stehe definitiv nicht auf Linden Priest«, verteidige ich mich.

»So, wie du auf alles, was mit ihm zu tun hat, reagierst, ist das aber die einzig logische Schlussfolgerung«, meint sie. »Ich finde das übrigens nicht schlimm.«

»Ich hätte dich nicht mitnehmen sollen«, murmele ich darauf hoffend, dass sie mich wegen der Musik nicht hören wird. Es ist ja schön, so eine empathische Freundin zu haben, aber so engagiert, wie sie in Bezug auf Linden ist, habe ich sie noch nie erlebt. Hailey und ich waren 'Sis', in der Art wie Barney und Ted in 'How I met your Mother' 'Bros' waren, doch das hat sich mit Logans Auftauchen komplett geändert. Wir gehen nicht mehr alleine aus, sondern immer mit ihm, und ich bin nicht gerne das fünfte Rad am Wagen. Allerdings hat sie kein Verständnis dafür, wenn ich es bemängele. Cami und Delsin gibt es auch nur noch im Doppelpack und Ave und

Dale sowieso. Ich sollte mehr mit Theo unternehmen. Gemeinsam mit ihm könnte ich wenigstens auf Männerjagd gehen.

»Es tut mir leid, Thally«, sagt sie kleinlaut.

»Schon okay. Jetzt kann man es sowieso nicht mehr rückgängig machen«, erwidere ich, nachdem meine Wut verraucht ist. Ich will mich nicht mit ihr streiten, das ist diese Lappalie nicht wert.

♥♥♥

Ich halte vor Haileys Wohnung, nachdem wir uns noch ein wenig darüber unterhalten hatten, dass ich bei Cami mein 'Keine Rückfragen' einlösen werde, sollte ich wirklich zu diesem Abendessen gehen. Hailey findet es übertrieben, doch es ist eine Möglichkeit, einem eventuell langweiligen Abend zu entkommen.

»Treffen wir uns Mittwochmorgen vor der Vorlesung?«, erkundigt sie sich.

»Klar. Um 9 mit Kaffee unter unserer Palme«, antworte ich. »Du bist übrigens dran.«

»Ich weiß. Ich bringe alles mit«, lächelt sie und umarmt mich. »Bis Mittwoch.«

»Bis Mittwoch, Hailey.«

Sie steigt aus und ich sehe ihr nach, bis sie im Haus verschwunden ist, dann fahre ich weiter. Mein Handy klingelt. Ein Blick aufs Display verrät mir, dass es wieder Alexis Kingston ist. Ich weise den Anruf ab, da ich im Moment wirklich keine Lust habe, mich mit jemandem zu unterhalten, der mich abermals zu Linden locken will.

Außerdem geht er mir auf die Nerven. Irgendwie komme ich mir wirklich vor, wie ein Miami Tourguide. Mein Klingelton verstummt, nur um zwei Minuten später wieder loszuplärren. Seufzend nehme ich das Gespräch dann doch an.

»Ja?«, melde ich mich schnippisch.

»Oh ... Störe ich?«, fragt Ave.

Ich seufze. »Nein. Tut mir leid. Ich dachte, du wärst jemand anderes. Im Moment geht mir mein Handy auf die Nerven.«

»Wirst du belästigt?«, möchte er wissen, dabei klingt er ein wenig besorgt.

»So in etwa. Was gibt's?«

»Ich wollte fragen, was du am Wochenende machst. Du weißt schon, die eigentliche Party soll dann stattfinden und ich soll dich herlocken«, antwortet er leise und im verschwörerischen Ton.

Ich schmunzele. »Ich habe am Wochenende noch nichts vor, aber bitte sag mir, dass die kommende Party besser wird, als die letzte.«

»Ich hoffe es doch. Cami und Dale planen alles, was zu planen ist. Delsin hat im Auftrag deines Dads das Heat angemietet, da du ja jetzt offiziell in Klubs darfst, und Gäste wurden auch schon eingeladen«, erwidert er.

»Freitag oder Samstag?«

»Samstag, weil freitags noch einige bis spätnachmittags Vorlesungen haben, einschließlich mir.«

»Das trifft sich gut.« Ich freue mich, dass ich eine zweite Party bekomme, aber ich frage mich, warum. Alle haben nur eine Fete bekommen, wieso bekomme ich zwei? Dasselbe frage ich dann auch Ave.

»Keine Ahnung. Cami hat letztes Wochenende wohl nicht alle zusammenbekommen und sie wollte nicht, dass du diesen lahmen Abend mit deinem Geburtstag in Verbindung bringst«, sagt er.

»Klingt ein bisschen unglaubwürdig«, denke ich laut.

»Ich habe selbst keine Ahnung, warum sie eine zweite Party schmeißen will.«

»Ich hinterfrage es einfach nicht. Soll es eine Überraschungsparty werden?«, erkundige ich mich.

»Soll es, deshalb tu bitte überrascht, wenn ich dich hereinbringe. Ich würde dich Samstagabend abholen kommen, damit ich dich dorthin schleusen kann«, erwidert Ave.

»Oh mein Gott, ihr seid ja total wahnsinnig!«, freue ich mich gespielt. »So in etwa?«

Ave schmunzelt. »Klingt perfekt. Wann hast du das gelernt?«

»Meine lieben Freundinnen in Austin waren nie besonders geschickt darin, etwas vor mir zu verheimlichen, aber ich habe gelernt, sie nicht zu enttäuschen, indem ich verrate, dass ich von der Überraschung wusste«, erzähle ich.

»Damit rettest du mir das Leben, Thally«, gluckst er.

»Ich weiß. So wie Cami im Moment drauf ist, könnte man meinen, dass sie schwer an PMS leidet, aber ich will es nicht beschreien«, kichere ich.

»Das ist auch unsere Vermutung, aber wir sprechen sie nicht darauf an«, lacht Ave.

Ich stimme in sein Gelächter mit ein. »Gibt's denn sonst noch was?«

»Nein. Das war's schon. Mittwochmorgen an der Palme?«, fragt er.

»Ja. Du bist mit den Muffins dran«, antworte ich.

Wir wechseln uns immer damit ab, den Kaffee und etwas fürs Frühstück mitzubringen. Jedenfalls für diejenigen, die es durchs ständige Verschlafen nicht schaffen, zu Hause etwas zu essen. Ich bin eine dieser Kandidaten, wie auch Hailey, Ave und Dahlia. Allerdings verschlafe ich nicht, weil mein Freund, meine Freundin oder wir uns gegenseitig wachgehalten haben.

»Alles klar. Bis Mittwoch«, sagt er.

»Bis dann.«

Ave legt auf und ich parke vor meiner Wohnung, bevor ich das Verdeck meines Autos schließe. Gerade, als ich meine Handtasche an mich und mein Handy aus der Freisprechanlage nehme, klingelt es wieder. Ein Blick aufs Display zerschmettert meine gute Laune. Es ist Colton.

Ich ignoriere ihn, so wie er mich auf meiner Party ignoriert hat und hoffe, dass Cami ihn nicht zu der Fete im Heat eingeladen hat, sonst streike ich. Während mein Smartphone vor sich hinplärrt, hole ich die Tüte mit meinen neuen Kleidungsstücken aus dem Kofferraum. Anschließend schließe ich den Wagen ab und gehe hoch in die Wohnung.

»Bin wieder da«, rufe ich, nachdem ich die Tür hinter mir geschlossen habe.

Niemand antwortet.

»Dann sind sie wohl wieder unterwegs«, murmele ich und bringe meine Sachen in mein Zimmer. Ich werfe mich aufs Bett und starre an die Decke, als ich erneut den Klingelton vernehme. »Jetzt reicht's«, murre ich und nehme den Anruf entgegen. »WAS?«, herrsche ich den Anrufer an.

»Wow. Schlecht gelaunt?«

»Wer ist da?«, frage ich übellaunig.

»Alexis Kingston. Ich rufe in Lindens Auftrag an.«

»Kann er mich nicht selbst anrufen?«, erwidere ich irritiert, wodurch meine Stimme ein wenig ruhiger wird.

»Wissen Sie, er ist ziemlich schüchtern und traut sich selten, eine Frau anzurufen.«

»Muss er auch nicht. Er ist doch verlobt.«

»Schon, aber er hat wegen des Essens etwas wissen wollen«, sagt Alexis.

»Und was?«

»Er lässt fragen, ob Sie am Samstagabend Zeit hätten«, antwortet Alexis.

»Nein. Samstag klappt es nicht, weil ich schon etwas vorhabe. Freitag würde mir passen.« Was sage ich denn da? Ich will doch gar nicht zu diesem Essen. Am liebsten würde ich mir ein Kissen aufs Gesicht drücken oder zumindest in eines hinein beißen, um meinen genervten Aufschrei zu unterdrücken.

»Dann muss er eben mit seinem Arzt verhandeln, dass er früher entlassen wird. Können Sie mir Ihre Adresse geben, damit er Sie abholen kann?«

»Ich denke, er sollte mir die Adresse des Lokals geben, in dem er essen gehen möchte«, entgegne ich. Zwar käme er über das Einweisungsformular leicht an meine Daten, aber ich möchte es ihm nicht leicht machen. Warum auch? Ach, da er verlobt ist, sollte ich gar nicht darüber nachdenken.

»Linden möchte für Sie kochen«, sagt er.

»Erinnert er sich überhaupt an irgendwelche Rezepte?«, sprudelt es aus mir heraus, was ich sofort bereue.

Alexis lacht. »Ich denke, er wird ein Kochbuch zur Hilfe nehmen«, erwidert er.

»Okay. Dann schicken Sie mir doch bitte seine Adresse und eine Uhrzeit, damit ich Freitag pünktlich bin.« Ich hole tief Luft, um für den nächsten Satz überzeugend zu klingen. »Ich muss jetzt Schluss machen. Bis dann, Mr Kingston.« Anschließend lege ich einfach auf. Seufzend drehe ich mich auf den Bauch und lasse den Tag Revue passieren, dabei schicke ich meinem Vater auf die Schnelle das Foto, das Theo von mir gemacht hat.

Wenige Minuten später bekomme ich die Antwort meines Vaters: 'Du siehst sehr hübsch aus, meine Kleine. Ich freue mich drauf, dich endlich wieder zu Hause zu haben.'

Ich antworte, dass ich mich auch auf mein Zuhause freue, denn ich bin durch und durch Texanerin. Miami gefällt mir zwar, aber nicht so gut wie Austin, außerdem glaube ich, dass ich dort nach meinem Studium mehr Möglichkeiten habe, einen Job zu finden, da mein Vater einige Geschäftskontakte hat, die ihm bestimmt noch ein paar Gefallen schuldig sind.

Von meinem Vater kommt keine weitere Nachricht, was ich darauf schiebe, dass er bestimmt noch bei der Arbeit ist. Ich bin erschöpft von dem Tag. Normalerweise sitze ich nicht stundenlang bei Theo, damit er mir die Haare macht, und es ist anstrengend so lang still zu sitzen.

Ich gähne herzhaft und merke, wie sich die nötige Schwere über mich legt, durch die ich schließlich einschlafe.

KAPITEL 4

Mittwochmorgen. Ich habe verschlafen. Alltag! Wie eine Irre heize ich durch die Straßen, bis ich endlich auf meinem Parkplatz stehe. Ich bin genervt, dass der erste Tag diese Woche mit einer Verspätung losgeht. Na ja gut, indirekt. Ich habe unser allmorgendliches Treffen etwas verpennt und jetzt kann ich vielleicht noch zwanzig Minuten mit meinen Freunden zusammensitzen, meinen kalten Kaffee trinken und dann muss ich schon in die Vorlesung. Nachdem ich ausgestiegen bin und meinen Rucksack geschnappt habe, renne ich los, was sich auf meinen Schuhen als schwierig erweist.

Fünf Minuten später komme ich völlig aus der Puste an unserem Treffpunkt an.

»Guten Morgen, Schnarchnase«, grinst Delsin.

»Hey ihr«, erwidere ich, ziehe meine Strickjacke aus, die ich auf dem Boden ausbreite, und setze mich.

Delsin lehnt gegen den Baumstamm und Cami sitzt zwischen seinen Beinen. Sie mustert mich abschätzend, als sie fragt: »Was wirst du zu dem Abendessen mit Linden anziehen?«

Ich verdrehe die Augen und nehme meinen Kaffeebecher an, den Dale mir reicht. »Keine Ahnung, aber wenn ich hingehe, werde ich mein 'Keine Rückfragen', das du mir schuldest, einlösen.«

»Aber warum?«

»Weil ich nur wegen Hailey zu diesem Essen muss.« Ich sehe mich um. »Und ganz nebenbei: Wo ist Hailey?«

»Krank. Hat sich bei Logan mit der Grippe angesteckt«, erwidert sie.

»Na super.«

Dale kichert neben mir, was meine Aufmerksamkeit auf sie lenkt. Ave kitzelt sie. »Hör auf jetzt«, bettelt sie lachend.

»Das tue ich erst, wenn du es sagst«, schmunzelt er.

Priest: Prickelndes Begehren

»Ich liebe dich ... Ich liebe dich ...«, keucht sie, woraufhin Avery sie küsst.

Mein Blick wandert wieder zu Cami und Delsin, die ebenfalls knutschen, dann zu Kelsey, Sky und Blake, die eine nicht ganz so nette Geste machen, indem sie so tun, als würden sie sich ihre Finger in den Hals stecken. Wahrscheinlich sind sie genauso genervt wie ich von dieser Pärchenshow.

Ich räuspere mich geräuschvoll, damit ich wieder die Aufmerksamkeit meiner Freunde auf mich ziehe. »Ihr habt den ganzen Tag Zeit, um euch an die Wäsche zu gehen, könnt ihr es in meiner Gegenwart bitte fürs Erste lassen? Ich ... kann's mir nicht ansehen.«

»Sorry«, sagt Cami leise.

»Schon okay. Vielleicht sollte ich die Treffen einfach für ein paar Tage ausfallen lassen«, entgegne ich, nachdem Delsin sie wieder in einen Kuss verwickelt hat. »Sollte ich wirklich.« Dann stehe ich auf.

»Wo willst du denn hin?«, fragt Ave.

»Weg von euch Verliebten. Tut mir leid, aber im Moment kann ich mir eure Gefühlsduseleien nicht antun«, antworte ich heiser, als ich meine Jacke anziehe. Anschließend nehme ich meinen Rucksack hoch. »Ich warte im Hörsaal auf euch.« Ich gehe davon.

»Thally, warte doch«, ruft Cami mir hinterher.

Ich drehe mich um, allerdings setze ich meinen Weg rückwärts fort. »Ich rufe dich später an.« Danach wende ich mich wieder ab und eile in den Hörsaal, wo ich zwei Plätze für Ave und Delsin freihalte.

♥♥♥

»Warum bist du abgehauen?«, fragt Delsin, als er sich neben mich setzt.

Ave nimmt auf dem anderen Stuhl neben mir Platz.

Ich spüre ihre fragenden Blicke und lege meine Stirn auf das kühle Holz des Tisches. »Ich kann euer Herzi-Schmatzi-Getue im Moment nicht ab.«

»Warum nicht?«, erkundigt sich Delsin weiter.

»Ist doch offensichtlich, Alter«, mischt Ave sich ein. »Weil Colton jetzt mit Pearl rummacht und Thally mit dem Arsch nicht mehr ansieht.«

»Hättest du vielleicht noch ein bisschen Salzsäure für meine Wunde?«, möchte ich wissen. Wie unglaublich empathisch Männer doch sein können!

»Fuck! Sorry«, erwidert er, dabei verzieht er das Gesicht zu einer mitleidigen Miene.

»Schon okay, aber ich wäre froh, wenn wir uns jetzt auf Professor Jonsen konzentrieren könnten«, sage ich leise, bevor unser Dozent die Vorlesung eröffnet.

Er spricht davon, dass die Statik eines Gebäudes am Wichtigsten ist, und das Aussehen, wie auch die Höhe erst an zweiter und dritter Stelle stehen. Es ist eine Auffrischung, aber für mich ganz praktisch, da ich in den ersten beiden Semestern kaum zugehört habe. Fleißig notiere ich, was er uns dazu sagt und spitze die Ohren, da Delsin sich leise mit Ave unterhält.

»Schnauze«, herrsche ich sie gedämpft an. »Ich will was hören.«

Ave schaut mich an. »Du willst was hören? Seit wann interessierst du dich für das, was Professor Jonsen sagt?«

»Seitdem ich diese beschissenen Scheine bekommen muss, um fürs nächste Semester zugelassen zu werden«, gebe ich genervt zurück, weshalb Delsin und er schmunzeln.

»Sollen wir dir beim Lernen helfen?«, fragt Delsin.

»Nein, aber ihr könnt mir eure Notizen geben.«

»Ich schreibe so gut wie nie etwas auf«, gibt er amüsiert zu.

»Ach so, stimmt. Söhnchen Stelldichein muss das Studium ja nicht packen und ist nur zum Zeitvertreib hier«, maule ich.

»Mr Rough, Mr Morrison und Ms Leroux, lassen Sie uns doch bitte an Ihrer Unterhaltung teilhaben«, sagt Jonsen plötzlich.

Die beiden stupsen mir von links und rechts gegen meine Oberschenkel. Super. Ich darf uns also wieder einmal aus der Scheiße holen. Großes Kino! »Ich habe Mr Rough und Mr Morrison bloß gefragt, was Sie gesagt haben, Professor, da ich für einen Moment in Gedanken war«, erwidere ich mit meinem charmantesten Lächeln.

»Nun, Ms Leroux, dann möchte ich es Ihnen noch einmal durchgehen lassen, aber in Zukunft stellen Sie bitte mir die Fragen und lenken Sie Ihre Kommilitonen nicht ab«, nickt er und schiebt seine Brille zurecht.

»Wird nicht mehr vorkommen, Professor Jonsen.« Dann lehne ich mich zurück und zische: »Dafür seid ihr mir was schuldig.«

»Danke, Thally«, flüstern sie mir zu.

»Schon okay.«

Wir konzentrieren uns auf die Worte unseres Dozenten und schweigen uns an. Eigentlich bin ich froh darüber, dass Jonsen uns erwischt hat, sonst hätten Ave und Delsin wohl ewig weiter miteinander geflüstert und so habe ich nun meine Ruhe.

♥♥♥

»Party«, rufe ich, als wir das Gebäude verlassen, nachdem unsere letzte Vorlesung für heute zu Ende gegangen war.

»Du weißt schon, dass du fast jeden Tag so reagierst, wenn wir Schluss haben, oder?«, hakt Delsin grinsend nach.

»Ja.«

»Babe!«, quietscht Cami und springt ihm in die Arme. Delsin fängt sie auf, doch dabei gerät er so sehr ins Straucheln, dass Ave ihn festhalten muss, während Cami Delsin innig küsst.

»Oh Mann«, grummele ich. Wie kann man denn nur so verliebt sein? Die beiden sind jetzt seit so vielen Monaten ein Paar und immer noch in ihrer Honeymoonphase – das ist mehr als furchtbar. Von Ave und Dale will ich gar nicht erst anfangen, sie sind genauso schlimm. Ich freue mich ja für sie alle, aber irgendwann nervt es.

»Hey, Ave«, sagt Dale mit ihrer leisen Stimme und lehnt ihren Kopf an seinen Oberarm.

Ave lächelt zu ihr herunter. »Hi, Honey.«

Oh, wir sind über Precious hinweggekommen. Wahrscheinlich ist ihm selbst aufgefallen, dass dieser Spitzname wohl eher zu einer Katze als zu Dahlia passt.

Ich will auch eine Beziehung haben! Irgendwie beneide ich meine Freunde, dass sie glücklich sind und ihre Liebe gefunden haben. Ich habe es bisher nur zu Affären und zwei Beziehungen in meinem Leben gebracht, wobei man meine Sandkastenliebe, nicht Beziehung nennen kann. Er war eher ein Knutschkumpel, also ein Freund, mit dem man nie übers Knutschen hinausgegangen ist. Und dann gab es noch Damon – meine erste große Liebe, aber leider haben wir uns getrennt, bevor ich aufs College gegangen bin, weil er keine Fernbeziehung wollte.

»Ich verabschiede mich jetzt«, sage ich laut, damit auch Knutsch-Cami mich hört.

Delsin lässt sie herunter, danach kommt sie an meine Seite. »Hast du 'ne Minute?«

Ich nicke. »Ja.« Dann schaue ich die anderen an. »Wir sehen uns morgen. Bleibt sauber«, grinse ich und gehe anschließend ein paar Schritte mit Cami.

»Was ist los mit dir?«, fragt sie, als wir uns von unseren Freunden entfernt haben.

»Ich schiebe Frust.«

»Warum?«

»Weil ihr alle glücklich in euren Beziehungen seid und ich als Single ein wenig blöd aussehe inmitten von Pärchen«, antworte ich. »Colton fehlt mir«, gebe ich zu, nachdem sie den Kopf schief gelegt und mich mit ihrem ultimativen 'Ich kann dir in die Seele und ins Herz sehen' Blick angesehen hat.

Cami seufzt. »Süße, es tut mir leid, dass er dich fallen gelassen hat, aber es gibt Bessere. Colton verdient dich nicht.« Sie geht sich durch ihre langen braunen Locken. »Geh doch einfach zu diesem Abendessen, ohne den Gedanken daran, es abzubrechen, weil du keine Lust hast. Vielleicht ist dieser Linden ja ganz nett und du hast eine Menge Spaß. Gib der Sache doch einfach eine Chance.«

»Er ist verlobt«, sage ich trocken.

»Gib der Sache keine Chance, aber genieße den Abend?«, grinst sie.

Ich schmunzele. »Ich warte ab, wie es wird. Wenn es langweilig ist, wirst du mein Notfallplan sein müssen und mich anrufen, sobald mein Hilferuf kommt, okay?«

»Ich werde zur Stelle sein, wenn du mich brauchst«, lächelt sie. »Und mach dir wegen Colton keine Gedanken. Ich wette, dass er bald wieder angeschlichen kommt, und dann mit eingezogenem Schwanz, wie damals.«

»Mal sehen, ob ich ihn dann noch will«, erwidere ich.

»Déjà-vu«, lacht sie. »Das hast du vor ein paar Monaten auch gesagt und hast ihn zurückgenommen.«

Ich zucke mit den Schultern, dabei grinse ich unschuldig. »Tja, ich weiß manchmal auch nicht, was ich wirklich will.«

»Niemand weiß so was vorher. Denk nur mal an mich, als mit Delsin alles anfing.«

»Erinnere mich nicht daran. Das hätte genauso der Stoff für eine kitschige Seifenoper sein können«, kichere ich.

Cami knufft mich spielerisch in den Oberarm, dann lacht sie wieder. »Du hast ja recht.«

»Ich weiß«, antworte ich trocken. »Aber jetzt muss ich los, da wollen noch ein paar Sachen gelernt werden, bevor es morgen in die Klausur geht. Wir telefonieren, okay?«

»Okay.« Sie umarmt mich fest. »Bis morgen und lass dich nicht unterkriegen, versprich es mir.«

Ich löse mich von ihr. »Versprochen.« Anschließend gebe ich ihr einen Kuss auf die Wange. »Bis dann.« Ich winke den anderen noch mal zu, dann verschwinde ich.

♥♥♥

Zu Hause angekommen mache ich mir eine Kanne starken Kaffee fertig. Danach bringe ich meinen Rucksack in mein Zimmer und ziehe mir meinen Hausanzug an. Na ja, es ist nicht wirklich ein Hausanzug, sondern eine Caprihose und ein Top, aber Hauptsache ist, dass es bequem ist. Nachdem ich umgezogen bin, führt mich mein Weg ins Bad, wo ich mir einen Zopf flechte, und mich abschminke. Heute werde ich sowieso nicht mehr raus gehen, sondern lernen, dafür muss ich nicht geschminkt und hochgradig gestylt sein. Ich übertreibe es nicht mit dem Make-up, aber ohne fühle ich mich einfach wohler. Allerdings habe ich eine unschöne Narbe am Unterkiefer, die ich täglich überschminke. Nur Cami, Hailey und Colton wissen davon. Ich habe sie mir bei einem Fahrradunfall, den ich als Kind hatte, zugezogen und sie sieht nicht unbedingt schön aus, obwohl sie inzwischen verblasst ist. Alle denken von mir, dass ich perfekt bin, aber davon bin ich weit entfernt. Es gibt keinen perfekten Menschen. Jeder macht Fehler oder hat Makel, die ihn einzigartig machen. Ich will auch nicht perfekt sein, sondern liebe mich, wie ich bin, auch wenn ich diese Narbe vor allen verberge. Sie gehört zwar zu mir, aber nicht jeder muss davon erfahren. Auf meiner gebräunten Haut ist sie der weiße Strich in der Landschaft. Einfach unschön anzusehen und wozu gibt es schließlich Make-up, wenn nicht dafür, unsere Schönheitsfehler zu kaschieren?

Der Kaffeeautomat piepst, weshalb ich das Bad verlasse, und in die Küche eile. Ich fülle den Inhalt der Kanne in meine Thermosflasche um und nehme mir noch meinen Thermobecher aus dem Schrank, damit ich keinen kalten Kaffee trinken muss, falls ich mal für eine Weile in meinen Unterrichtsstoff vertieft bin.

»Hey«, reißt Draven mich aus meinen Gedanken ans Lernen.

Ich hebe den Blick und lächle ihn an. »Hey. Wie war's heute in der Uni?«

»Frag besser nicht. Ich hätte mir ein anderes Hauptfach aussuchen sollen«, antwortet er.

Ich weiß nicht mal, was er studiert. »Äh ... Haben wir uns je über unsere Hauptfächer unterhalten?«

»Ich studiere immer noch Musik, Thally.«

»Oh ... Sorry, ich hab's wohl vergessen.«

»Schon okay. Ist ja auch gar nicht so wichtig. Wie war's bei dir?«

»Nachdem die erste Vorlesung quasi eine Auffrischung von altem Stoff war, waren die zweite und die dritte der Horror. Die Dozenten haben Klausuren für die nächsten Tage und Wochen angekündigt, für die ich jetzt echt büffeln muss, sonst packe ich es mit den guten Noten nicht«, erwidere ich nachdenklich.

»Klingt kacke.«

»Klingt nicht nur so, sondern es ist so«, sage ich und nehme Kanne und Becher an mich. »Ich gehe jetzt lernen. Wenn es später mal klingeln sollte und ich es nicht höre, das ist dann mein Abendessen.«

»Ich rufe dich dann«, entgegnet Draven.

»Danke dir.« Anschließend verlasse ich die Küche und gehe in mein Zimmer, in dem ich meinen Kaffee auf dem Schreibtisch abstelle, an den ich mich setze. Ich hole die Unterlagen und Bücher aus meinem Rucksack, die ich aufschlage und durchgehe.

♥♥♥

»Thally, deine Pizza«, ruft Draven.

»Komme!« Ich habe jetzt vier Stunden über meinen Notizen gehangen. Mir brummt der Schädel. Wäre es möglich, würde sicher Qualm aus meinen Ohren steigen, weil mein Hirn auf Hochtouren gearbeitet hat. Was ich jetzt nicht weiß, bekomme ich nicht mehr in meinen Kopf. Dafür ist es zu spät und einen Blackout will ich auch nicht riskieren, weil ich es mit dem Lernen übertrieben habe. Entweder es klappt oder nicht. Ein F habe ich sicher, aber ein B oder ein C kann ich bekommen und ein C reicht, um meine Note zu halten, auch wenn ich gerne mal ein B oder ein A hätte.

Ich stehe auf und gehe an die Tür. »Hey, Jim«, lächle ich den Pizzaboten an, der inzwischen schon zum Kreis meiner Vertrauten gehören könnte, weil ich ihn in den letzten Wochen häufiger gesehen habe, als jeden anderen.

»Hallo, Thalia«, erwidert er und errötet. Das passiert ihm immer und ich finde es irgendwie süß. Er studiert Ingenieurswesen beziehungsweise Ingenieurswissenschaften und wir besuchen dieselben Vorlesungen, allerdings reden wir in der Uni kaum bis gar nicht miteinander. Meistens grüßen wir uns nur, da er eher ein Einzelgänger ist.

Ich gebe ihm die 12 Dollar, die mich die Pizza kostet, und zusätzlich Trinkgeld, da ich weiß, dass er sich mit diesem Job etwas zum Leben dazu verdient, da er sich sonst kaum etwas leisten kann. Er hat mit mal erzählt, dass er ein Stipendium bekommen hat, und gerade so über die Runden kommt, deshalb geize ich bei ihm nicht mit dem Tip.

»Danke. Wir sehen uns morgen in der Vorlesung«, sagt er, als er das Geld einsteckt.

»Ja. Hast du gelernt?«

»Nein, aber mir liegt der Stoff.«

»Okay. Ich schätze, dann werde ich morgen als Einzige versagen«, grinse ich.

»Was verstehst du denn nicht?«, möchte er wissen.

»Oh. Ein paar Sachen wollen mir nicht mehr in den Kopf. Ich werde jetzt beim Essen noch ein wenig nachlesen und dann hoffen, dass ich es packe«, antworte ich.

»Setz dich zu mir. Ich helfe dir, wenn Salters nicht hinsieht.«

»Salters hat ihre Augen überall, aber danke dir, Jim«, lächle ich.

»Nichts zu danken. Bis morgen, Thalia.«

»Bye.«

Er geht und ich schließe die Tür. Ich bringe die Pizza in mein Zimmer. Nachdem ich den Karton auf mein Bett gelegt hatte, hole ich mir meine Notizen und mein Buch herüber, um während des Essens noch ein wenig zu lernen. Es wird schon schiefgehen. Ich bin nicht auf den Kopf gefallen, wenn man das so sagen kann, und sollte es doch schaffen, die Klausur zu bewältigen.

Ich nehme mir ein Stück der Salamipizza und esse es mit großem Appetit, da ich heute kaum etwas gegessen habe.

Das Lehrbuch liegt auf meinem Schoß und aufmerksam studiere ich die Zeilen, die für mich nach ödem Fachchinesisch klingen.

Nachdem mein Essen vernichtet ist, fällt es mir leichter, mich zu konzentrieren und siehe da, ich verstehe es sogar, aber ob es morgen mit der Klausur klappt, ist fraglich. Die Zeit habe ich inzwischen vergessen, da ich so vertieft bin.

Priest: Prickelndes Begehren

♥♥♥

»Scheiße!«, fluche ich, als ich einen Blick auf den Wecker werfe. Es ist elf Uhr abends und langsam sollte ich schlafen, wenn ich morgen ausgeschlafen sein möchte.

Ich rutsche vom Bett, dann packe ich meinen Rucksack für den nächsten Tag, damit ich nicht in Eile gerate, weil ich es wieder einmal verschwitzt habe.

Ausgerechnet in dem Moment, in dem ich mich hinlege, klingelt mein Handy. »Ja?«, melde ich mich.

»Hallo. Thalia?«

»Wer ist da?«, erwidere ich misstrauisch, da ich die Nummer nicht kenne.

»Hier spricht Linden Priest. Habe ich Sie geweckt?«

»Nein, aber ich wollte mich gerade schlafen legen, weil ich morgen eine Klausur schreibe. Was ist denn?«

»Ich wollte noch mal wegen Freitagabend nachfragen, ob Sie wirklich mit mir essen möchten, da Sie nicht so begeistert aussahen, als Ihre Freundin für Sie zugesagt hat«, sagt er.

Ich seufze. »Ja. Ich möchte mit Ihnen essen, aber nur unter einer Bedingung.«

Ich höre, wie er schluckt. »Wie wäre die Bedingung?«, fragt er unsicher klingend.

»Wir duzen uns endlich. Ich bin 21 und fühle mich so schrecklich alt, wenn man mich siezt«, schmunzele ich.

Er atmet auf. »Ich bin Linden.« Danach schmunzelt er.

Ich muss lächeln, weil er so verdammt unsicher wirkt. »Ich bin Thalia oder Thally.«

»Ich freue mich auf Freitag, Thalia. Wäre es okay, wenn wir bei mir essen? Alexis hat gesagt, dass es durch die Klatschblätter geht, dass ich im Krankenhaus bin, und ich möchte nicht unbedingt von Paparazzis verfolgt werden«, fragt er.

»Bei dir? Du wohnst doch in New York, denke ich.«

Er gluckst. »Nein. Ich habe ein Haus hier in Miami. Ich würde dich abholen lassen, damit du vielleicht auch ein Glas Wein trinken kannst, aber auch, weil ich meine Adresse gerne geheim halten würde.«

Meine Augenbraue schießt in die Höhe. »Können wir morgen darüber reden? Ich muss wirklich ins Bett.« Lieber würge ich ihn ab, als jetzt etwas Falsches zu sagen, sonst ist Freitag wohl im Stern des Nichtstuns und ich verbringe die Abende an den Wochenenden ungern allein zu Hause.

»Okay. Wann kann ich dich morgen anrufen?«

»Ich bin bis 14 Uhr in der Uni, also ab 16 Uhr, dann bin ich zu Hause und habe Zeit«, erwidere ich.

»Schlaf gut, Thalia.«

»Du auch, Linden.«

Wir legen auf und ich stelle meinen Wecker auf 7 Uhr ein, damit ich nicht wieder verschlafe stelle ich auch einen Alarm auf meinem Handy ein.

Dann lösche ich das Licht und schließe die Augen.

♥♥♥

»Beetlejuice, Beetlejuice, Beetlejuice«, jammere ich, als ich einen Totalausfall habe. Diese Klausur bringt mich um. Alles ging glatt, bis zur vorletzten Frage. Meine Augen fliegen immer wieder über die Aufgabe, doch ich kann keinen klaren Gedanken mehr fassen. Alles ist wie weggeblasen. Scheiße!

Ich habe wirklich gehofft, dass ich diese Arbeit mit Bravour meistern würde, aber nichts. Ich sitze neben Jim, der scheinbar merkt, was mit mir los ist und sich etwas zurücklehnt, damit ich auf seinen Klausurbogen schauen kann. Schnell lese ich, was er geschrieben hat. Er hat immer gute Noten, also wird es wohl nicht falsch sein. Eilig formuliere ich seine Worte um und notiere sie.

»Danke«, flüstere ich, nachdem ich auch die letzte Aufgabe dank ihm bewältigt habe. Es ist absolut mies abzuschreiben, aber ich habe wirklich keinen anderen Ausweg, wenn ich diese Prüfung bestehen will.

»Gern geschehen. Dafür kannst du mir ja mal einen Kaffee ausgeben«, erwidert er gedämpft.

Priest: Prickelndes Begehren

»Schwarz?«

»Ja.«

»Wir treffen uns gleich auf der Treppe, ich hole den Kaffee«, wispere ich und lege meine Prüfungsbögen zusammen, damit ich sie noch mal der Reihe nach durchgehen kann.

Professor Salters kommt zu mir und sieht mich durchdringend an. »Fertig, Ms Leroux?«

»Ja«, antworte ich.

Sie nimmt meine Klausur an sich und deutet zur Tür. »Sie können schon nach Hause fahren, wenn Sie möchten.«

»Danke, Professor.« Ich packe eilig meine Sachen zusammen, wobei ich versuche, nicht zu laut zu sein, damit ich meine Kommilitonen nicht störe. Dann nehme ich meinen Rucksack hoch und schleiche aus dem Hörsaal. Ich hoffe, dass Jim nicht allzu lange braucht, damit ich nicht ewig draußen warten muss.

Nachdem ich das Gebäude verlassen habe, gehe ich zu Darren, der diesen süßen Kaffeewagen und außerdem den besten Kaffee vom ganzen Campus hat. »Hey, Hübscher«, grüße ich ihn lächelnd.

»Oh. Hi, Thalia«, grinst er. »Wie immer?«

»Ja und einen zweiten großen Kaffee«, antworte ich und gebe ihm meinen Thermobecher.

Er füllt meinen Becher, dann einen zweiten. »Wie ist die Klausur gelaufen?«

»Frag besser nicht. Bis zur vorletzten Frage war alles super und dann hatte ich einen Blackout. Wenn Jim mir nicht geholfen hätte, hätte ich die letzten beiden Aufgaben nicht beantworten können«, erzähle ich.

»Oje. Na hoffentlich hast du alle anderen richtig gelöst. Könnte ja sein, dass Jim auch ein paar Fehler gemacht hat«, sagt Darren.

»Möglich ist alles, aber Hauptsache dort stehen ein paar Worte. Das zeigt zumindest, dass ich es versucht habe«, lächle ich.

»Stimmt. Freut mich, dass du so positiv bleiben kannst.«

Ich zucke mit den Schultern. »Es ist besser, als wenn ich mir den Kopf darüber zerbrechen würde, da es jetzt sowieso kein Zurück mehr gibt.«

Darren gibt mir beide Becher. »Ich bewundere das wirklich. Ich hab mir damals immer den Kopf zerbrochen und letztendlich bin ich doch nur Kaffeeverkäufer geworden.«

»Dir gehört der Laden«, kontere ich amüsiert.

»Schon, aber ich hätte mehr aus mir machen können«, meint er.

»Darren, du hast den besten Kaffee am ganzen Campus, drei Läden in Miami, also du hast es geschafft«, erwidere ich, nachdem ich meine Stimme wiedergefunden hatte. Ich bewundere Menschen, die ihr eigenes Unternehmen leiten und dann noch den Kontakt zu ihren Kunden suchen.

Er seufzt. »Du hast ja recht.«

»Ich weiß, aber jetzt muss ich zurück, sonst verpasse ich Jim noch.«

»Läuft da was zwischen euch?«

Ich schüttele den Kopf. »Nein. Ich gebe ihm bloß den Kaffee aus, weil er mir den Arsch gerettet hat.« Ich kann das Schmunzeln nicht unterdrücken, da Jim und ich nicht nur überhaupt nicht zueinanderpassen, sondern wir beide gar kein Interesse aneinander haben. Jedenfalls habe ich keines an ihm, ob er welches an mir hat, weiß ich gar nicht.

»Ach so. Wir sehen uns dann morgen Mittag«, sagt Darren lächelnd.

»Ja. Bis dann«, erwidere ich, nachdem ich die Getränke bezahlt hatte, und mache mich auf den Weg zurück.

Als ich das Gebäude erreiche, sitzt Jim schon auf der Treppe. Er sieht sich um und lächelt, als er mich entdeckt.

Ich setze mich neben ihn und gebe ihm seinen Becher. »Danke, dass du mir geholfen hast.«

»Nichts zu danken. Du hättest doch bestimmt dasselbe für mich getan«, sagt er.

»Hätte ich, aber nicht jeder hätte das für mich getan.« Ich lächle ihn an, dann nehme ich einen Schluck von meinem Kaffee.

»Ich wollte dich eigentlich nicht fragen, weil ich das Gefühl habe, dass du nicht einmal Interesse an einer Freundschaft hast, aber ...«, druckst er herum.

»Aber was?«, hake ich neugierig nach.

»Aber hättest du vielleicht Lust mal mit mir auszugehen?«, fragt Jim schüchtern.

Das überrascht mich wirklich. Ich habe nicht mit dieser Frage gerechnet, schon gar nicht damit, dass Jim sie mir stellt. Von jedem anderen aus meinen Kursen hätte ich es erwartet, aber nicht von ihm. »Äh ... Klar, wann denn?«

»Freitagabend?«

»Ich habe Freitag und Samstag leider schon etwas vor, aber wir könnten am Sonntag etwas miteinander unternehmen, wenn du möchtest«, biete ich an.

»Wollen wir essen gehen oder möchtest du einen Film schauen?«

»Wir könnten ins Kino gehen. Da läuft im Moment ein Film, den ich gerne sehen würde.«

»Gut. Ich hole dich dann um 19 Uhr ab?«, möchte er wissen.

»Alles klar.«

Wir trinken unseren Kaffee und unterhalten uns über die Klausur, die ich sicher verbockt habe, aber darüber will ich mir keine Gedanken machen. Wiederholen kann ich sie ja doch nicht.

»Hast du eigentlich Geschwister?«, fragt Jim.

»Ja. Ich habe zwei ältere Brüder, aber die leben in Austin und sind längst mit dem Studium fertig«, antworte ich. »Und du?«

»Ich habe eine jüngere Schwester, sie studiert Naturwissenschaften im vierten Semester«, sagt er.

»Dann kennt sie bestimmt meine beste Freundin.«

»Wer ist das?«

»Camille Brooks.«

»Die Freundin von Delsin Rough?«, erkundigt sich Jim ungläubig.

»Ja.«

»Ich hätte nicht gedacht, dass du mit ihr befreundet bist«, meint er.

Ich lache leise. »Du weißt, dass sie bis letztes Jahr mit mir in einer WG gelebt hat, also wieso ist es so unglaublich, dass wir befreundet sind?«, hake ich amüsiert nach.

»Camille ist irgendwie anders als du. So brav und zurückhaltend.«

»Eigentlich ist sie ziemlich tough. Zurückhaltend ist sie nur bei Fremden, aber das bin ich auch«, erkläre ich.

»Ich kenne sie nicht«, gibt er zu. »Genauso wenig wie ich Delsin Rough kenne, aber dem eilt sein Ruf voraus.«

»Welcher Ruf?«, frage ich, da der Ruf, dass er ein elender Weiberheld sei, mittlerweile Geschichte ist.

»Er legt alles flach, was nicht bei drei auf den Bäumen ist.«

»Das ist eine Weile her. Mittlerweile ist er nicht mehr so, aber es braucht immer eine Weile, bis alle merken, dass man nicht mehr so ist. Ich möchte gar nicht wissen, was über mich getuschelt wird«, sage ich nachdenklich.

»Bisher habe ich über dich nichts Schlechtes gehört, Thalia.«

»Selbst wenn du etwas gehört hättest, es wäre mir total egal. Wer mich kennt, weiß, dass das Meiste nicht der Wahrheit entspricht.«

»Wichtig ist ja auch nur, dass du dich in deiner Haut wohlfühlst«, sagt Jim.

»So ist es.« Mein Kaffee ist leer und ein Blick auf die Uhr verrät mir, dass ich mich fast eine Stunde mit ihm unterhalten habe. Ich hole einen Zettel aus meinem Rucksack und notiere meine Handynummer. »Rufst du mich Sonntag noch mal an, bevor du mich abholen kommst?«

Er nimmt meine Nummer lächelnd entgegen. »Klar.«

»Okay. Ich muss jetzt los. Wir sehen uns dann Sonntag.« Ich stehe auf und schultere meinen Rucksack.

»Klar. Bis dann, Thalia.«

»Bye.« Dann mache ich mich auf den Weg zu meinem Auto.

Als ich es erreicht habe, klingelt schon mein Handy, es ist Linden. »Ja?«, melde ich mich.

»Hi, Thalia. Ich weiß, ich bin etwas früh dran, aber ich hasse warten«, erwidert er.

»Kein Problem, aber kann ich dich in zwei Minuten zurückrufen? Ich wollte gerade ins Auto einsteigen und nach Hause fahren.«

»Okay.« Er legt auf.

Ich steige ein, stecke das Smartphone in die Freisprechanlage und lege meinen Rucksack auf den Beifahrersitz. Nachdem ich den Motor gestartet und ausgeparkt htte, rufe ich die Nummer zurück, von der Linden mich angerufen hat.

»Das waren aber weniger als zwei Minuten«, gluckst er.

»Ich glaube, es waren sogar drei, aber egal. Was gibt's?«

Er schmunzelt. »Also ich wurde heute entlassen und wollte fragen, ob wir unser Essen nicht vorziehen wollen. Wollen wir?«

»Ich muss morgen in ein paar Vorlesungen, deshalb habe ich heute nicht so lange Zeit wie morgen. Es wäre mir lieber, wenn wir es bei morgen Abend lassen«, antworte ich.

Linden seufzt. »Musst du lernen?«

»Ja.«

»Schade. Ich hätte dich gerne gesehen«, raunt er.

»Tut mir leid, aber es stehen ein paar wichtige Klausuren an, die ich bestehen muss, damit ich fürs nächste Semester zugelassen werde«, entgegne ich geduldig. Warum haben denn so wenige im Sinn, dass das College wichtig für mich ist? Zwar könnte ich in Dads Firma anfangen, aber das möchte ich nicht.

»Muss ich mich wohl mit abfinden«, sagt Linden. »Aber es bleibt bei morgen, oder?«

»Ja, es bleibt dabei. Wann würdest du mich abholen?«, erkundige ich mich.

»Gegen 20 Uhr, wenn es okay ist.«

»Das ist in Ordnung.« Obwohl ich von dem Telefonat wenig begeistert bin, habe ich mich mit dem morgigen Date abgefunden. Ich nehme es einfach wahr und vielleicht werde ich dann diesen furchtbaren Groupie-Traum los, den ich seit Nächten träume.

»Gut, dann schicke ich Grayston rechtzeitig los, damit er dich holen kommt.«

»Moment! Kommst du mich nicht abholen?«, frage ich irritiert. Wobei ... Er hat doch immer davon gesprochen, dass er mich abholen lässt, also habe ich keinen Grund für meine Irritation.

»Ja. Ich schicke dir meinen Fahrer.«

»Es wäre mir lieber, wenn du mich abholen kommen würdest«, gebe ich kleinlaut zu.

»Ich darf noch nicht fahren.«

Ich seufze. »Okay, dann morgen um 20 Uhr. Ich bin gerade zu Hause angekommen, wir können uns ja morgen weiter unterhalten, dann schweigen wir uns wenigstens nicht an.«

»Alles klar. Bis morgen, Thalia. Ich freue mich.«

»Bis morgen, Linden.« Ich beende das Gespräch und gehe hoch, nachdem ich das Auto verriegelt hatte.

In der Hoffnung, dass ich niemanden verärgere, schalte ich mein Handy schließlich ab. Heute möchte ich meine Ruhe haben und niemanden mehr hören, auch wenn ich Cami anrufen wollte, aber sie kann auch warten.

»Hey«, ruft Nath, als ich die Wohnung betrete.

»Hallöchen. Wie geht's dir?«

»Gut gut und dir? Du siehst ein bisschen ... zu happy aus für deine Verhältnisse«, grinst er.

»Mir geht's ganz gut, danke«, schmunzele ich. »Aber was heißt zu happy für meine Verhältnisse?«

»Na ja, in den letzten zwei Wochen bist du mit so einer Fresse herumgelaufen«, antwortet er und macht meinen genervten Gesichtsausdruck nach, »aber jetzt strahlst du über das ganze Gesicht. Wer oder was ist daran schuld?«

»Wahrscheinlich die Erleichterung darüber, dass ich die Klausur bei Salters hinter mir habe«, kichere ich.

»Ach so«, nickt er.

Priest: Prickelndes Begehren

Das abgeschaltete Handy macht mich wahnsinnig, weshalb ich es wieder einschalte. »Kochst du gerade? Es riecht so komisch.« Es riecht nicht nur, es stinkt irgendwie verbrannt.

»FUCK!« Nath springt auf und rennt in die Küche. »Oh nein!«

Ich folge ihm und huste, als mir Qualm in die Nase steigt. »Willst du das Haus abfackeln?«

»Könnte man meinen, aber ich wollte bloß eine Pizza machen«, antwortet er kleinlaut.

Daraufhin lache ich auf. »Ich hätte nicht gedacht, dass es jemanden gibt, der noch schlechter im Kochen ist als ich.«

Das Geschirrhandtuch kommt geflogen und trifft mich am Kopf. »Blöde Kuh.«

Ich werde nur noch lauter. »Ich weiß, aber trotzdem magst du mich.« Das Geschirrtuch fliegt zurück. »Ich bin dann in meinem Zimmer.«

»Alles klar.«

Nachdem ich in meinem Zimmer war, schließe ich die Tür hinter mir und rufe Camille an.

»Na endlich. Ich dachte, du rufst nicht an«, meldet sie sich.

»Ich habe doch gesagt, dass ich dich anrufe, also tue ich das auch.«

»Schon, aber dein Abgang heute Morgen ließ etwas Anderes vermuten«, sagt sie gelassen. »Also, was ist mit dir los? Du bist doch sonst nicht so zimperlich, wenn Delsin und ich uns oder Ave und Dale sich küssen.«

»Sonst habe ich auch keinen mittelschweren Liebeskummer.«

Sie schnaubt, dann wandelt es sich in einen Seufzer. »Du bist doch viel zu gut für Colton. Schau dir mal an, durch was für ein Flittchen er dich ersetzt hat. Seit Ave mit Pearl Schluss gemacht hat, springt sie doch durch sämtliche Betten des Campus.«

»Das heißt aber nicht, dass sie auch in Coltons Bett springen muss. Das nervt total«, maule ich.

»Bist du in Colton verknallt?«, möchte sie wissen, dabei klingt sie, wie meine Mutter.

»Keine Ahnung. Kann sein«, gebe ich kleinlaut zu. »Er fehlt mir halt und ich vermisse es, etwas mit ihm zu unternehmen. Es ist einfach so plötzlich gekommen, dass er sich von mir verabschiedet hat.«

»Warum hast du denn nie was gesagt?«

»Cami, ihr seid alle so verknallt. Ich wollte euch mit meinem Liebeskummer nicht die Laune vermiesen.«

»Damit hättest du niemandem die Laune vermiest, sondern uns gezeigt, dass du uns vertraust. Es tut mir leid, dass ich nicht gemerkt habe, wie schlecht es dir geht«, sagt sie leise.

»Schon okay. Ihr alle habt andere Dinge im Kopf. Bei mir ist es nicht nur die Sache mit Colton, sondern auch die Prüfungen und insgesamt bin ich ziemlich gefrustet«, erwidere ich.

»Du hättest trotzdem mit mir reden können. Ich meine, wofür sind Freunde da, wenn nicht zum Reden?«

Ich kichere. »Zum Nerven, damit ich mit Linden Priest ausgehe.«

»Er hat dich eingeladen, also tu es. Außer total lahm und ätzend kann es auch super nett und spannend werden«, meint Cami überzeugt, dabei schmunzelt sie.

»Ich habe doch zugesagt. Er lässt mich morgen von einem Fahrer abholen und wir essen bei ihm, obwohl mir das schon ein wenig unangenehm ist. Ich meine, er kann ja doch ein Psycho sein.«

»Du hast selbst gesagt, dass er keiner ist«, lacht sie auf einmal. Komisch, dabei war sie diejenige, die ein totales Theater gemacht hat, weil ich ihn aufgegabelt habe.

»Schon, aber vielleicht will er mich erst mal in Sicherheit wiegen, bevor er mich missbraucht, foltert und erwürgt«, kichere ich.

»Das wird er schon nicht tun, außerdem kannst du mich immer noch anrufen, wenn dir langweilig wird. Ich orte dann dein Handy übers GPS und schicke dir ein Taxi.«

»Ich kann mein Handy auch selbst orten, aber ich hoffe ja, dass es nicht sein muss. Ich gehe einfach ohne irgendwelche Erwartungen hin und schaue, wie sich der Abend entwickelt. Die Abende, an denen man nicht lange bleiben will, werden ja doch immer die besten«, sage ich amüsiert.

»Stimmt. Außerdem möchte ich am Samstag einen ausführlichen Bericht haben, wie es war«, erwidert Cami gut gelaunt.

»Den wirst du bekommen, wenn du mir etwas versprichst.«

»Was soll ich dir versprechen?«, fragt sie neugierig.

»Wenn wir uns Samstag sehen, wirst du mir nicht in den Ohren liegen, dass ich ihn unbedingt wiedersehen muss, okay?«, entgegne ich.

»Oh Mann ... Du weißt, dass ich das nicht versprechen kann«, nölt sie.

»Ist mir völlig egal. Versprich es oder erfahre nichts«, schmunzele ich.

»Thally!«, mault sie.

»Versprich es, Cami, sonst lege ich noch Verschwiegenheit oben drauf«, sage ich amüsiert. Es ist so schön, wenn ich sie auf so etwas festnageln kann, und sie sich vehement dagegen wehrt.

Sie schnaubt. »Ich verspreche es dir.«

»Hoch und heilig?«

»Ja, ja, ja, hoch und heilig und aufs Grab meiner Urgroßmutter«, mosert sie.

Lachend setze ich mich aufs Bett. »Wir hören uns dann am Samstag.«

»Alles klar. Bis dann.«

»Bye bye.« Ich lege auf und lasse mich nach hinten fallen. Ich schließe die Augen und überlege, was ich morgen anziehen werde. Für ein einfaches Abendessen wird das neue Kleid wohl reichen. Immerhin will ich nicht glänzen oder ihn für mich gewinnen, sondern bloß einen entspannten Abend verbringen.

Ja, ich denke, dass ich das rosafarbene Kleid mit dem türkisen Jäckchen anziehen werde. Meine Haare lasse ich dann offen und ziehe meine schwarzen Sandalen an. Das ist ein perfektes, lockeres Outfit für den Abend.

Nachdem die Entscheidung gefallen ist, hole ich mir meinen Rucksack und fange an zu lernen. Ich hoffe wirklich, dass ich bei der nächsten Klausur nicht wieder einen Blackout haben werde, sonst muss ich leider den Hörsaal zusammen schreien.

Kapitel 5

Freitagabend. Ich bin fertig, nicht nur mit meinem Outfit und dem Make-up, sondern auch mit den Nerven, weil mir der Absatz an einer Sandale abgebrochen ist. Ich sollte meine Schuhe demnächst besser in einem etwas teureren Geschäft kaufen und nicht mehr bei Angeboten zugreifen.

Genervt suche ich mir ein anderes Paar Schuhe heraus, doch ich finde keines, das so perfekt passt, wie die Sandalen es tun würden.

»Draven!«, rufe ich und eile zu seinem Zimmer. Ich klopfe fest an die Tür.

»Herein.«

Ich stürme hinein und sehe ihn hilflos an. »Hast du noch Sekunden- oder Kraftkleber?«

Er steht von seinem Bett auf und holt eine Tube von seinem Schreibtisch. »Kraftkleber hab ich noch. Warum?«

Ich zeige ihm die mittelschwere Katastrophe, die der abgebrochene Absatz im Moment für mich darstellt. »Kannst du es kleben?«

Er sieht es sich an. »Ja, das kann ich.« Dann nimmt er mir den Schuh und den Absatz ab und setzt sich an seinen Schreibtisch. Kurze Zeit später dringt der beißende Geruch des Klebers an meine Nase. Ich mag diesen Gestank nicht, weil ich immer Kopfweh davon bekomme, deshalb gehe ich an das geöffnete Fenster und atme die frische Luft ein.

»Lass es ein paar Minuten trocknen, bevor du den Schuh anziehst«, sagt er plötzlich und steht auf.

»Okay.« Ich schaue an mir herunter. »Wie sehe ich aus?«, frage ich unsicher. Meine Haare habe ich doch hochgesteckt, aber das Outfit ist dasselbe geblieben, das ich mir vorgenommen hatte.

»Heiß«, antwortet Draven. »Also wer dich so nicht heiß findet, der ist blind.«

»Fuck.«

»Warum 'fuck'?«

»Ich wollte nicht heiß, sondern bieder aussehen«, gebe ich zu, dabei erröte ich.

»Hast du ein Date?«, erkundigt er sich.

»Nicht direkt. Nur eine Verabredung zum Essen«, erzähle ich.

»Mit einem Mann?«

Ich nicke ihm zu.

»Und dann willst du nicht heiß aussehen?«

Nun schüttele ich den Kopf. »Nicht wirklich. Es ist einfach so, dass dieser Mann sich mit diesem Abendessen bei mir dafür bedanken will, dass ich ihn ins Krankenhaus gebracht habe. Mehr nicht.«

»Wenn du nicht heiß aussehen willst, warum hast du dieses verboten kurze Kleid an?«, hakt er nach.

»Weil es süß ist«, lächle ich verlegen.

Er grinst. »Verdreh dem Kerl einfach den Kopf und erfreue dich an deinem Körper.«

Meine Augenbraue schießt in die Höhe. »Du willst mir jetzt aber nicht damit sagen, dass ich masturbieren soll, oder?«

Draven bricht in Gelächter aus. »Nein. Du sollst einfach nur genießen, dass du so was tragen und Männer verrückt machen kannst.«

Oh! Wieder so ein peinlicher Moment, weil ich schneller gesprochen als gedacht habe. »Ach so«, kichere ich. »Na ja, ich behalte es einfach an.«

»Gute Entscheidung. Du siehst wirklich süß ... und heiß aus.«

Lächelnd nehme ich meinen Schuh entgegen. »Wir sehen uns morgen.«

Er nickt knapp. »Genieße den Abend und erzähl mir morgen, wie er auf dein Outfit reagiert hat.«

»Mache ich. Bis dann und kannst du die Glühbirne im Wandschrank austauschen? Ich habe Nath schon gefragt, aber er scheint es vergessen zu haben.«

»Mach ich morgen früh, weil ich gleich auch noch unterwegs bin. Hab 'nen Gig mit den Jungs.«

»Wo?«

»Im Dizzles.«

Das Dizzles ist ein kleiner Klub, der öfter mal unbekannte Bands auftreten lässt, darunter auch die Bands der Musikstudenten. »Schade, dass ich nicht dabei sein kann. Hätte euch gerne spielen gehört«, sage ich bedauernd.

»Beim nächsten Mal, Thally.«

»Aber hallo! Auf jeden Fall.« Dann verlasse ich sein Zimmer und gehe zurück in meines. Neugierig, wie ich bin, teste ich, ob der Absatz schon fest genug sitzt beziehungsweise ob der Kleber bereits getrocknet ist. Er lässt sich nicht mehr verschieben, weshalb ich die Schuhe anziehe, trotzdem werde ich heute besser auf dem Ballen laufen, damit er nicht noch einmal abbricht. Ich habe nämlich keine Lust darauf, mir vor Linden Priest die Haxen zu brechen.

Schließlich ist es 20 Uhr und es klingelt.

»Pünktlich wie ein Freimaurer«, murmele ich und nehme meine Handtasche an mich, die ich bereits gepackt habe. Anschließend mache ich mich auf den Weg zur Tür, wo Draven an der Sprechanlage steht.

»Ms Leroux kommt herunter«, sagt er und hängt den Hörer ein. Er sieht mich an. »Da steht ein Mr Vanderworth vor der Tür und möchte dich abholen.«

»Ich weiß. Bis dann«, lächle ich und verlasse die Wohnung. Als ich die Treppe heruntergehe, wird mir schlecht. Irgendwie bin ich aufgeregt und frage mich, was der Abend wohl bringen wird.

»Guten Abend, Ms Leroux. Mein Name ist Grayston Vanderworth und ich werde Sie heute Abend fahren«, stellt er sich vor.

Ich reiche ihm die Hand, doch er ignoriert sie und öffnet mir die Tür. »Danke, Mr Vanderworth.«

»Oh bitte nennen Sie mich Grayston.«

Ich nicke ihm zu und steige in die schwarze Limousine ein. Ob es natürlich ist, dass ich mir total bescheuert vorkomme, weiß ich nicht. Mein Vater hat auch einen Fahrer, damit er schon auf dem Weg ins Büro arbeiten kann, und wenn ich mit Josh gefahren bin, habe ich mich auch immer unwohl gefühlt. Das heißt, dass ich mich die ganzen Jahre in der Highschool nicht wirklich wohlgefühlt habe.

Grayston steigt ebenfalls ein und fährt los. Wahrscheinlich ist er genauso schweigsam, wie Josh es ist, also kann ich mich auf eine ziemlich langwierige und langweilige Fahrt gefasst machen. Plötzlich höre ich ein Freizeichen.

»Priest?«, vernehme ich Lindens Stimme.

»Mr Priest, ich habe Ms Leroux soeben abgeholt und bin nun auf dem Weg zu Ihnen, wie Sie es wünschen.«

Meine Augenbraue wandert ganz langsam in die Höhe, weil ich das doch ein wenig komisch finde, dass Grayston Linden anruft, um Bescheid zu geben, dass wir auf dem Weg sind.

»Vielen Dank, Grayston. Bitte rufen Sie mich noch mal an, wenn Sie das Grundstück erreicht haben.«

»Auf Wiederhören, Mr Priest.«

Das Gespräch wird beendet und lässt mich verwirrt zurück. Ich hole mein Smartphone aus meiner Handtasche, dann schreibe ich Cami eine SMS: 'Dieser Chauffeur verwirrt mich. Er hat gerade Linden angerufen, um ihm zu sagen, dass wir auf dem Weg sind. Außerdem ist mir irgendwie schlecht. Glaube, ich werde das 'Keine Rückfragen' brauchen.' Anschließend schicke ich die Nachricht ab.

Wenige Minuten später gibt mein Handy das Nachrichtensignal von sich und ich öffne ihre Antwort: 'Nimm WhatsApp, ich bin nicht Krösus! Warum verwirrt dich das? Vielleicht möchte Linden, dass das Essen pünktlich fertig ist?'

Danach öffne ich WhatsApp und den Chat mit ihr. 'Einfach, weil es mich verwirrt, und sorry, hab nicht drüber nachgedacht, als ich geschrieben habe. Du hättest ja sofort hierüber antworten können.' Ich setze noch einen zwinkernden Smiley dahinter, dann schicke ich es ab.

Sie schreibt fast sofort zurück. 'Stell dich nicht so an und gegen die Übelkeit kannst du Traubenzucker lutschen.'

'Hab keinen in der Tasche.'

'Dann kau Kaugummi, so was hat man immer dabei', schreibt sie mit dem lachenden Smiley zurück.

Ich schmunzele. 'Du vielleicht. Ich aber nicht. Und jetzt bekomme ich auch noch Kopfweh, weil ich während des Autofahrens nicht lesen kann, ohne dass mein Schädel brummt. Melde mich später oder morgen. Love ya!'

'See you later, Alligator.'

'Stelle jetzt auf Vibrationsalarm um, weil ich Linden gegenüber nicht unhöflich sein will, also mach dir keine Sorgen, wenn du mich nicht sofort erreichst', lasse ich sie noch wissen und warte ihre Rückantwort ab.

'Ist okay.'

Dann mache ich mein Handy leise und lasse es wieder in meiner Handtasche verschwinden. Die Fahrt kommt mir jetzt schon ewig vor, und wenn er dort wohnt, wo ich vermute, wird sie noch ein wenig dauern, allerdings fährt er in eine Gegend, die ich nur zu gut kenne. Wir bleiben scheinbar in Coral Gables.

»Wohin fahren wir?«, erkundige ich mich bei Grayston.

»Zu Mr Priest nach Hause, Ms Leroux.«

»Und wo ist sein Zuhause?«, möchte ich wissen.

»Darf ich Sie bitten, nun die Augenbinde anzulegen?«, fragt er.

»Nein. Ich möchte mir nicht die Augen verbinden lassen«, erwidere ich. »Entweder Mr Priest vertraut mir, oder Sie bringen mich jetzt wieder nach Hause, aber ich mache diesen Kinderkram nicht mit.«

Grayston fährt rechts ran und abermals ertönt das Freizeichen im Auto.

»Ja, Grayston?«, meldet sich Linden.

»Ms Leroux verweigert das Anlegen der Augenbinde. Sie sagt, entweder Sie vertrauen ihr, oder ich soll sie zurück nach Hause bringen, Mr Priest.«

Linden seufzt. »Thalia, kannst du mich hören?«

»Laut und deutlich, aber ich setze diese Augenbinde wirklich nicht auf. Ich habe kein Interesse daran, irgendwem deine Adresse zu erzählen, Linden, und dass du mir vertrauen kannst, müsstest du gemerkt haben, als ich dich ins Krankenhaus gebracht habe«, erwidere ich.

»Bringen Sie sie einfach her, Grayston«, seufzt Linden nach einem schweigsamen Moment.

»Ja, Sir.« Er legt auf und fährt weiter, aber ich sehe, dass es ihm nicht passt, dass ich ohne Augenbinde hier sitze, dennoch werde ich nicht nachgeben. Ich kann verstehen, dass Linden seine Adresse geheim halten möchte, dazu hat er jedes Recht, aber ich will mich deshalb nicht wie ein Kleinkind herumkommandieren lassen. »Wir werden in den nächsten Minuten ankommen, Ms Leroux.«

»Vielen Dank, Mr Vanderworth.«

Meine Aufregung nimmt immer weiter zu. Was ist, wenn er sich als ein total süßer Kerl herausstellt, der mir den Kopf verdrehen wird? Ich möchte mich nicht verlieben, sondern noch ein wenig die Wunden lecken, die Colton mir zugefügt hat – im übertragenen Sinne, da er mich nie geschlagen oder anderswie verletzt hat.

Während ich meinen Gedanken über meine geendete Affäre nachhänge, hält Grayston an. »Wir sind da, Ms Leroux.«

Ich schüttele den Kopf, um die Erinnerung an Colton aus meinem Gedächtnis zu vertreiben. »Wie bitte?«, frage ich dann.

»Wir sind da«, wiederholt Grayston und steigt aus.

Ich schaue aus dem Fenster. »Oh mein Gott«, murmele ich ehrfürchtig wegen des großen Hauses, das vor mir aufragt.

Die Autotür wird geöffnet, ich steige aus und schaue hoch zur Tür, die wie ein Schlupfloch in eine andere Welt aussieht. Linden kommt heraus. Seine Hand ist verbunden, aber sonst sieht er nicht krank oder verletzt aus. Er kommt auf mich zu. Ich würde ihm entgegengehen, aber meine Füße scheinen am Boden festgewachsen zu sein. »Ich freue mich, dass du gekommen bist«, begrüßt er mich, als er vor mir steht. Linden beugt sich zu mir und küsst meine Wange.

Priest: Prickelndes Begehren

»Ich hatte gerade etwas Zeit«, erwidere ich lächelnd, dennoch ziehe ich mich etwas von ihm zurück. Küsse beim ersten Treffen gehen mir schon dezent zu weit.

»Wollen wir rein gehen?«

Ich nicke ihm zu und Linden bietet mir seinen Arm an. Ausnahmsweise hake ich mich bei ihm ein, dann gehen wir hinein. »Das ist ein sehr schönes Haus«, sage ich beeindruckt.

»Du hast doch bisher nur die Fassade gesehen«, erwidert er.

»Aber die ist schön«, schmunzele ich.

»Danke«, gluckst er. »Ich dachte, wir setzen uns erst mal ins Wohnzimmer, da das Essen noch nicht fertig ist.«

»Okay.«

»Möchtest du etwas trinken?«

Ich sehe mich ein wenig um, während wir ins Wohnzimmer gehen. Alles ist so modern eingerichtet, doch zwischen den modernen Möbeln finden sich auch ältere Stücke.

»Thalia?«

»Ja?«, frage ich, als ich mich von dem Anblick losreißen kann.

»Möchtest du etwas trinken?«, wiederholt Linden.

»Gerne.«

»Und was?« Er lächelt zu mir herunter.

»Ein Glas Wasser.«

Linden bringt mich zur Couch. »Nimm Platz.«

»Danke.« Ich setze mich und schaue zu ihm hoch. Es scheint ganz so, als würde er meinen Anblick in sich aufsaugen. Schließlich geht er. Ich denke erst daran, ihm zu helfen, als er den Raum schon verlassen hat.

Mein Blick schweift durch den Raum. Auch hier mischt sich das Moderne mit Antiquitäten. Ich glaube nicht, dass es sein Haus ist, aber das sollte ich lieber nicht laut aussprechen, um ihn nicht zu verärgern. Ich stehe auf, um mir ein Bild anzusehen, das über dem Kamin hängt.

Linden räuspert sich, weshalb ich mich umdrehe. »Magst du Kunst?«, dabei deutet er auf das Bild.

»Wenn sie schön anzusehen ist«, antworte ich lächelnd und setze mich wieder.

»Ist das Bild denn schön anzusehen?«

»Es gefällt mir.«

Sein Lächeln wird breiter. »Danke.«

Ich schaue ihn verwirrt an. »Wofür?«

»Na ja, ich habe es gemalt und es gefällt dir, deshalb bedanke ich mich.«

Mir schießt die Hitze in die Wangen. »Ach so.« Ich senke meinen Blick, damit er nicht sieht, dass ich erröte, weil es mir doch etwas peinlich ist. Linden nimmt am anderen Ende der Couch Platz. Ich spüre seinen Blick. Irgendwie habe ich das Gefühl, dass wir beide nicht wissen, was wir sagen sollen. Wir kennen uns nicht und wären wir an einem neutralen Ort, würde es mir bestimmt leichter fallen, ein Thema zu finden.

»Wie ist das Lernen gelaufen?«, fragt er.

Was für eine bekloppte Frage! »Ich hoffe doch, dass es gut gelaufen ist«, erwidere ich.

Er nickt, dann herrscht wieder Stille. 'Scheiße noch eins', fluche ich in Gedanken, weil ich es mir so echt nicht vorgestellt habe. »Meine Freundin sagte, dass du Musiker bist«, sage ich daher.

»Ich glaube nicht, dass man mich Musiker nennen kann. Ich singe eigentlich nur und spiele ein bisschen Gitarre oder Klavier«, erwidert er.

»Und diese Band ... Downstair Alley? Wie ist das zustande gekommen?«, erkundige ich mich, da ich glaube, dass wir mit der Musik ein ziemlich gutes Thema gefunden haben.

»Kingston und ich sind seit Kindertagen befreundet und waren in der Schulband. Mike, Gavin und Azer sind später dazu gestoßen, als wir Mitglieder gesucht haben«, erzählt er. »Nach dem Highschoolabschluss waren wir eine Weile eine Garagenband, bis mein Onkel eine Demo CD aufgenommen und sie einem Freund von sich gegeben hat.«

»Hört sich gut an.«

»Machst du Musik?«, fragt er interessiert.

»Ich spiele Gitarre und singe gelegentlich, aber wahrscheinlich kann ich dir nicht das Wasser reichen«, antworte ich lächelnd.

»Wollen wir es testen?«, grinst er.

»Lieber nicht. Ich will mich nicht blamieren«, entgegne ich verlegen.

»Ich glaube nicht, dass du dich blamieren wirst, aber was muss ich tun, damit du für mich singst?«, hakt er amüsiert nach.

»Ich singe nicht vor anderen. Tut mir leid, Linden.«

»Ach komm schon, Thalia. Es ist doch nichts dabei, wenn du ein paar Strophen singst.«

Ich schüttele den Kopf. »Ich werde nicht singen.«

»Okay. Dann eben nicht.«

Ich seufze leise. »Ich bekomme keinen Ton heraus, wenn ich vor anderen Menschen singen soll. Ich tue es meistens unter der Dusche, oder wenn ich allein in meinem Zimmer sitze«, entschuldige ich mich.

Lindens Mundwinkel zuckt nach oben. »Du musst dich nicht rechtfertigen.«

»Das tue ich nicht.«

»Doch, das tust du.«

Ich mache eine wegwerfende Geste und grinse ihn an. »Ich lasse dich gewinnen. Solche Diskussionen muss ich oft genug mit meinen besten Freundinnen führen.«

»Das Mädchen, das dich ins Krankenhaus begleitet hat, war doch deine beste Freundin, oder?«

Ich nicke. »Ja. Das war Hailey, sie ist eine davon.«

»Wer ist die andere?«

»Camille. Wir haben in einer WG gewohnt, bevor die beiden mit ihren Freunden zusammengezogen sind. War ganz nett mit ihnen zusammen zu wohnen, da wir alle aus derselben Stadt kommen.«

»Woher kommt ihr denn?«, fragt er interessiert.

»Aus Austin. Camis Mutter hat dort eine Farm, Haileys Eltern haben ein Geschäft und mein Vater hat eine eigene Firma.«

»Eine Firma für was?«

»Er hat eine Werbeagentur«, antworte ich gelassen.

Linden legt den Kopf schief. »Und warum studierst du dann Architektur?«

»Weil ich mich nicht von meinem Dad abhängig machen möchte. Ich habe Geschwister, die die Firma übernehmen können, und ich möchte mir etwas Eigenes aufbauen.«

»Ich hätte auch studieren sollen, hm?«

»Ich denke, dass das jedem selbst überlassen ist. Wenn du von der Musik leben kannst, dann ist es doch okay, wenn du nur das beruflich machst.«

»Wer weiß, ob ich in zwanzig Jahren noch davon leben kann«, sagt er leise.

»Dann solltest du vielleicht doch ein zweites Standbein haben, es sei denn, ihr landet solche Hits, dass ihr fürs Leben ausgesorgt habt. Ich meine, ich habe keine Ahnung, was man als Musiker verdient, aber wenn ich mir Draven so ansehe, finde ich, dass er es richtig macht.«

»Wer ist Draven?«, hakt er nach.

»Mein Mitbewohner. Er macht mit ein paar Kommilitonen Musik. Heute Abend haben sie einen Auftritt, den ich eigentlich gern gesehen hätte, aber da ich dir zugesagt habe, muss ich auf den nächsten Gig warten«, erzähle ich.

»Ich würde sie gern hören. Wann treten sie auf?«

»Ich weiß es nicht genau.«

»Kannst du ihn anrufen?«

Ich nicke knapp.

»Dann mach das und wir fahren hin.«

»Willst du dich wirklich in einen Klub quetschen, obwohl du gerade erst aus dem Krankenhaus entlassen wurdest?«, erkundige ich mich. Ich weiß nicht, ob es gut für ihn ist, wenn er jetzt schon solche Aktionen mitmacht.

Priest: Prickelndes Begehren

»Der Gedächtnisverlust kam vom Schock und meine Hand brauche ich nicht. Kann auch die andere nehmen, um das Glas zu halten. Also ruf ihn an«, schmunzelt Linden.

»Okay.« Dann hole ich mein Handy aus meiner Tasche und wähle Dravens Nummer.

»Sag mir nicht, dass du bei einem Perversen gelandet bist, und jetzt möchtest, dass ich dich da raushole«, meldet sich Draven.

Ich unterdrücke mein Lachen. »Nein, das möchte ich nicht. Ich wollte fragen, um wie viel Uhr euer Auftritt ist.«

»Um 23 Uhr, warum?«

»Weil ich vorbeikommen werde«, erwidere ich noch immer amüsiert.

»Du hast doch ein Date?«, fragt er irritiert.

»Das bringe ich mit. Also um 23 Uhr im Dizzles?«

»Ja.«

»Großartig. Bis später.«

»Bye.« Draven legt auf und ich schaue Linden an. »Also der Gig ist um 23 Uhr. Wir haben also noch ungefähr 2 Stunden, bevor wir uns auf den Weg machen müssen.«

»Gut, dann können wir noch essen und ich glaube, dass es jetzt auch fertig ist. Nimmst du dein Glas?«

Ich nicke, stehe auf und nehme mein Glas. Anschließend führt Linden mich in die Küche.

»Ich hoffe, dass Mrs Atkins schon fertig ist«, sagt er.

Eine Frau mittleren Alters kommt uns entgegen. »Mr Priest, ich wollte Sie gerade rufen.«

»Dann waren wir wohl schneller. Darf ich Ihnen Ms Leroux vorstellen?«

Sie lächelt mich an. »Freut mich sehr, Ms Leroux.«

»Mich auch«, erwidere ich. Oh man, er hat Bedienstete. Das ist jetzt wirklich etwas, was ich von jemandem in meinem Alter nicht erwartet hätte.

»Ich habe schon angerichtet, Mr Priest«, wendet sie sich wieder an Linden.

»Im Esszimmer?«

»Ja, wie Sie es wollten.«

»Danke, Mrs Atkins.« Linden geht weiter.

Das Esszimmer ist nur mit modernen Möbeln eingerichtet und weitere Bilder hängen hier an den Wänden. »Hast du die auch alle gemalt?«, frage ich neugierig.

»Ja. Meine Mutter hat sie hier aufhängen lassen«, antwortet er gelassen und rückt mir meinen Stuhl zurecht, nachdem ich mich gesetzt habe.

»Danke, Linden.«

Er setzt sich neben mich, an den Kopf des Tisches, und betrachtet mich. »Ich wusste nicht, was du magst, deshalb dachte ich, dass Spaghetti Bolognese okay wäre.«

Ich schmunzele. »Absolut okay. Ich hoffe nur, dass ich mich nicht bekleckere.«

»Soll ich dir ein Lätzchen holen?«

Ich lache auf. »Nein, danke. Das wird schon ohne gehen.«

»Lass es dir schmecken, Thalia.«

»Danke.«

Wir fangen an zu essen, dabei sind wir relativ schweigsam, obwohl mir gelegentlich danach ist, etwas zu sagen. Allerdings habe ich keine Ahnung, worüber ich mich noch mit ihm unterhalten kann.

♥♥♥

Mrs Atkins hat abgeräumt, während wir doch noch ein Thema gefunden haben, über das wir sprechen können. Es ist wieder einmal die Musik.

»Ist nicht wahr!«, entfährt es ihm, nachdem ich ihm erzählt habe, dass ich mal bei einem Casting von American Idol mitgemacht habe.

»Doch, das ist es«, kichere ich. »Aber es war schwer, weshalb ich mich total blamiert und es nicht in den Recall geschafft habe.«

»Wann war das?«

»Schon vor ein paar Jahren.«

»Wurde es im Fernsehen ausgestrahlt?«, hakt er neugierig nach.

»Glücklicherweise nicht und im Internet musst du nicht suchen, weil mein Dad dafür gesorgt hat, dass die Videos gelöscht werden.«

»Fuck! Ich hätte es gerne gesehen und vor allem gerne gehört.«

»Danach wärst du fürs Leben gezeichnet gewesen«, scherze ich.

»Das glaube ich nicht, aber du willst mich ja nicht vom Gegenteil überzeugen«, grinst Linden, dabei wirkt er ein wenig spitzbübisch.

»Ich mache dir einen Vorschlag«, beginne ich.

Er legt den Kopf schief und sieht mich interessiert an. »Welchen? Ich bin ganz Ohr.«

»Sollten wir so ein Treffen wiederholen, werde ich für dich singen, aber du darfst nicht lachen und meinen Gesang nicht beurteilen.«

»Deal!« Linden reicht mir die Hand und ich schlage ein, um es zu besiegeln. Dumm nur, dass ich davon überzeugt bin, dass wir kein weiteres Date mehr haben werden. »Aber du musst mir versprechen, dass wir es wiederholen«, lächelt Linden.

»Wenn dein Terminkalender es zulässt«, nicke ich.

»Im Moment ist er recht leer, weil der Arzt im Krankenhaus mir Bettruhe verschrieben hat.«

»Dann sollten wir nicht zu Dravens Gig fahren.«

»Doch, sollten wir. Ich möchte wissen, wie er spielt.«

Ich seufze, dabei schüttele ich den Kopf. »Ihr Männer seid wirklich wahnsinnig. Statt euch mal auszuruhen, macht ihr direkt wieder Party.«

Linden lacht auf und streichelt über meine Hand, wodurch mir auffällt, dass er mich immer noch nicht losgelassen hat. »Ich bin jung und genieße das Leben. Ist das schlimm?«

»Nein. Nur ein wenig lebensmüde«, kontere ich amüsiert.

»Quatsch. Ich bin doch nicht bettlägerig, weil ich im Krankenhaus war, und außerdem will ich Spaß haben. Das ist das erste Mal seit über einem Jahr, dass ich etwas Freizeit habe, auch wenn es eher eine Zwangspause ist.«

Nachdem ich mich zurück gelehnt habe, mustere ich ihn. Linden sieht wirklich gut aus. Seine blonden Haare hat er akkurat nach oben gestylt. Ich möchte nicht wissen, wie viel Haarwachs dafür draufgegangen ist. Seine türkisfarbenen Augen glänzen und seine Lippen haben einen sinnlichen – fast schon weiblichen – Schwung. Ich hänge daran, während er spricht, weil seine Stimme so einen wunderbaren Klang hat. »Ist Popmusik wirklich das, was ihr machen wollt, oder habt ihr euch erst mal in eine Schublade stecken lassen, um bekannt zu werden?«, frage ich interessiert.

Er seufzt und lehnt sich ebenfalls zurück. »Schublade. Früher haben wir Rockmusik gemacht, aber unser Manager sagte, dass wir mehr erreichen, wenn wir mit Pop anfangen. Immerhin würden sich so die ganzen Teenies in uns verknallen und unsere Platten trotzdem noch kaufen, wenn wir die Musikrichtung wechseln«, erzählt er.

»Fühlst du dich wohl damit?«, hake ich nach.

»Nicht wirklich, aber ich muss mich beugen, da ich von meinen Freunden überstimmt wurde.«

»Scheiße.«

Linden nickt. »Kann man so sagen. Aber irgendwann werden wir wieder zu unseren Wurzeln zurückkehren.« Dann nimmt er noch einen Schluck von seiner Cola. »Kann es sein, dass deine Haare letzte Woche noch kürzer waren?«

»Ja. Ich habe sie verlängern lassen, bevor ich mit meiner Freundin ins Krankenhaus kam«, antworte ich.

»Steht dir gut.«

»Danke.«

Nach einem Blick auf seine Uhr schaut er mich wieder an. »Wenn wir pünktlich im Klub sein wollen, müssen wir uns langsam auf den Weg machen.«

»Okay.« Ich stehe auf, nehme meine Tasche und schiebe den Stuhl an den Tisch. »Fährst du jetzt oder willst du Aufsehen erregen und uns von deinem Chauffeur hinbringen lassen?«

»Ich fahre, wobei meine Hand … Du fährst uns. Mein Wagen steht in der Garage.«

»Alles klar.«

Priest: Prickelndes Begehren

Wir verlassen das Esszimmer und ich folge Linden in die Garage, in der zwei Sportwagen und ein alter Jeep stehen. Obwohl ich damit gerechnet habe, dass er einen der Flitzer nimmt, stellt er sich an die Beifahrertür des Jeeps. »Mein erstes Auto«, sagt er stolz.

»Fahren wir damit?«, erkundige ich mich lächelnd.

»Ja.« Er wirft mir den Schlüssel zu, als ich an der Motorhaube stehe.

Ich schnappe ihn aus der Luft, dann gehe ich um den Wagen herum und setze mich ans Lenkrad. Linden setzt sich auf den Beifahrersitz. »Das ist kein Automatikgetriebe.«

»Ich kann mit Gangschaltung fahren«, entgegne ich schmunzelnd, weil so viele denken, dass ich nur daran gewöhnt bin, einen Automatikwagen zu fahren.

»Oh. Das ist neu. Ich habe noch keine Frau getroffen, die mit einer Gangschaltung zurechtkommt.«

»Dann hast du eben noch nicht die richtigen Frauen getroffen«, kontere ich und starte den Wagen.

Das Auto schießt nur so aus der Garage, die glücklicherweise offen ist, sonst wäre ich voll durch das Tor gekracht.

»Mein Gott. Also ich wollte meinen nächsten Geburtstag noch erleben«, lacht Linden, der sich am Türgriff festhält.

»Genieße das Leben und den Nervenkitzel«, kichere ich, als ich mit quietschenden Reifen auf die Straße fahre. Andere Autofahrer hupen, aber es ist mir egal.

»Das ist kein Nervenkitzel. Das ist ein Adrenalin Overkill«, ruft er, als ich eine Vollbremsung an der Kreuzung mache.

»Okay. Ich fahre langsamer«, verspreche ich.

»Danke«, erwidert er schwer atmend.

Die Straße ist frei und ich biege nach links ab. Nun bemühe ich mich, mich an die vorgegebene Geschwindigkeit zu halten, damit Linden keinen Herzinfarkt bekommt. Seine Atmung hat sich inzwischen beruhigt, was mich erleichtert. Vielleicht ist er nicht wirklich hartgesotten, aber es gibt Schlimmeres. Gut, eine Pussy sollte er auch nicht sein, aber er hat ja nicht mal eine Miene verzogen, als man seine verletzte Hand versorgt hat, allerdings war er da betäubt.

»Dein Fahrstil erinnert mich an Alexis', der prescht auch immer, ohne Rücksicht auf Verluste, durch die Straßen«, merkt Linden an.

»Wir möchten eben schnell an unser Ziel.«

Er lacht leise. »Scheißegal, dass man einen Unfall bauen kann, hm?«

»Nein. Ich meine, ich fahre zwar schnell, aber solche Rasereien wie vorhin, erlaube ich mir nur auf komplett freien Straßen«, lächle ich.

Linden nickt knapp, dann schaut er mich an. »Wäre toll, wenn du jetzt wieder nach vorne sehen würdest«, dabei deutet er nach vorn.

Schmunzelnd wende ich meinen Blick von ihm ab, um mich auf die Straße zu konzentrieren. »Vertraust du mir nicht?«

»Dafür kenne ich dich zu wenig«, antwortet er nachdenklich.

»Also nein, aber zu mir ins Auto steigen«, necke ich ihn.

Er lacht leise. »Das ist ja auch mein Auto.«

»Schlecht gekontert, Mr Priest. Das können Sie doch besser.«

»Aber sicher, Ms Leroux, bloß ist mir gerade nicht danach.«

»Das ist aber schade, Mr Priest«, kichere ich.

»Sehe ich nicht so, Ms Leroux, aber ich wäre froh, wenn wir diese 'Fifty Shades of Grey' Unterhaltung auslassen. Ich komme mir blöd dabei vor«, lacht er.

Ich stimme in sein Gelächter ein. »Ich habe die Bücher nie gelesen, aber das sagt ja Einiges über dich aus.«

»Trish hat sie gelesen und mir gelegentlich etwas daraus vorgelesen«, erzählt er.

'Und damit wechselt der Abend von toll zu beschissen', denke ich, während mein Lachen erstickt. »Interessant.«

»Sie liest ständig solche Romane.«

Ich räuspere mich und fahre wieder schneller, um dem Gespräch über seine Verlobte aus dem Weg zu gehen. Eigentlich sollte ich gar nicht mit ihm unterwegs sein, damit niemand den Verdacht schöpft, dass er sie mit mir betrügt. Oh Mann, das wäre der Horror. Schließlich nicke ich, um ihm zu zeigen, dass ich ihm zuhöre.

»Na ja, solange sie nicht will, dass ich sie fessle und peitsche, ist eigentlich alles gut. Mich stört es nicht, dass sie solche Bücher liest«, sagt Linden.

»Es sind ja nur Bücher«, erwidere ich nachdenklich.

»Stimmt und manche Praktiken sind wirklich interessant.«

»Bitte geh nicht ins Detail. Ich möchte nichts über dein Sexleben erfahren.«

Linden stößt die Luft aus. »Sorry. Irgendwie vergesse ich manchmal, dass ich nicht sofort mein Leben vor jemandem ausbreiten soll, den ich nicht kenne.«

»Schon okay. Alles gut«, lächle ich und parke schließlich in der Nähe des Dizzles. »Hast du irgendwas dabei, was du aufsetzen kannst, damit du auf der Straße nicht erkannt wirst?«

Daraufhin öffnet er das Handschuhfach, aus dem er ein Basecap und eine Sonnenbrille holt. Er setzt beides auf. »Wie sehe ich aus?«

»Bescheuert«, kichere ich. »Aber das wird reichen. Im Dizzles ist sowieso kaum Licht, dort wird dich hoffentlich niemand erkennen.«

Linden nickt, anschließend steigt er aus. Ich folge ihm und gemeinsam gehen wir über den Gehweg.

»Da ist Linden Priest«, kreischt jemand und schon laufen ein paar Leute auf uns zu.

Linden ergreift mein Handgelenk und zieht mich hinter sich her, als er losrennt.

»Oh man. Sollte ich jetzt erwähnen, dass ich eigentlich total unsportlich bin?«, keuche ich, als wir wie die Irren aufs Dizzles zurennen. Glücklicherweise kenne ich Bradley, den Türsteher, der schon sieht, dass wir verfolgt werden. »Hey, Thally«, ruft er und öffnet das Band, damit wir direkt hinein können.

»Hey, Bradley. Hast was gut bei mir«, japse ich, als er das Band hinter uns schließt.

»Linden«, nickt Bradley.

»Hi, Bradley«, erwidert er.

Bradley grinst Linden an. »Wirst wieder verfolgt, was?«

»Ja. Können wir in die Lounge? Da erkennt uns bestimmt keiner«, fragt Linden.

»Aber sicher. Ich sage oben Bescheid, dass sie für euch geöffnet werden soll«, antwortet Bradley.

Ich hebe meine Augenbraue. »Also ich würde mich lieber ins Getümmel stürzen.«

Linden und Bradley sehen mich an. »Die werden den Laden einrennen«, sagen sie im Chor.

Ich seufze. »Okay, dann eben die Lounge, aber dann rufe ich ein paar Freunde an, damit sie auch herkommen, sonst ist es langweilig.«

»Delsin und die anderen sind drin«, lässt Bradley mich wissen.

»Gut, dann geh du schon mal in die Lounge und ich gehe meine Freunde holen«, wende ich mich lächelnd an Linden. »Dann lernst du sie auch mal kennen.«

»Alles klar«, grinst er und wir gehen in den Klub, als hinter uns das hysterische Kreischen von ein paar Frauen losgeht.

Linden reagiert nicht darauf, da wir beide hören, wie Bradley ihnen verklickern will, dass es sich bloß um ein Double handelt, das einen ruhigen Abend verbringen möchte.

An einer Treppe bleiben wir stehen. »Ich gehe hoch und du kommst gleich?«, fragt er.

»Ja. Gib mir ein paar Minuten.«

»Okay.«

Wir trennen uns und ich stürze mich ins Getümmel. Ich habe vergessen, wie gut das Dizzles besucht ist, wenn Liveauftritte von Studentenbands sind. Eigentlich ist es immer gut besucht, aber heute wieder besonders.

Während ich mich durch den Gastraum schiebe, halte ich Ausschau nach meinen Freunden. Die Bässe der Musik bringen meine Ohren zum Vibrieren.

»Thally?«, höre ich leise meinen Namen.

Priest: Prickelndes Begehren

Ich schaue mich um und sehe Avery. Ich winke ihm zu, dann quetsche ich mich zwischen den Gästen hindurch zu ihm. »Hey. Wo sind die anderen?«, frage ich laut.

»Stehen hinten an unserem Stammtisch.«

Ein knappes Nicken, bevor ich sage: »Linden und ich dürfen in die Lounge. Lust mit nach oben zu kommen?«

»Klar. Ist allemal besser, als uns hier einquetschen zu lassen«, antwortet er lächelnd.

»Dann gehen wir sie holen.«

Ave nimmt zwei Flaschen Bier in die Hand, ergreift mit der rechten meine Hand und lotst mich zwischen den anderen Besuchern hindurch.

Nach einem schier endlosen Gang haben wir unsere Freunde erreicht. Kelsey, Sky, Blake und Nathaniel sind auch hier.

»Hey«, rufe ich. »Kommt ihr mit in die Lounge? Da haben wir Platz!«

Delsin grinst. »Nichts lieber als das«, erwidert er lautstark, nimmt Camille an der Hand und zieht sie regelrecht durch den Raum. Dasselbe gilt für Avery und Dahlia. Schließlich folgen auch die anderen.

Nathaniel lässt alle vorgehen und schaut mich an. »Jetzt fehlen nur noch wir beide. Soll ich dich Huckepack nehmen?«

»Oh ja«, kichere ich, als er schon vor mir in die Knie geht. Ich springe auf seinen Rücken und schlinge meine Beine um ihn. Er geht los und so kommen wir ziemlich schnell an unser Ziel. »An der Treppe kannst du mich absetzen.«

Allerdings tut er es nicht, sondern trägt mich auch noch nach oben. Jemand zupft an meinem Kleid herum. »Netter Schlüpfer, Leroux«, lacht Delsin. »Aua«, kommt direkt hinterher.

»Schau meiner besten Freundin nicht auf den Hintern«, sagt Cami.

Ich werfe einen Blick über meine Schulter. Cami zieht an meinem Rock und zieht ihn herunter. »Danke.«

»Nichts zu danken. Ich halte ihn fest, damit der Perverse hier nicht mehr auf deinen Arsch glotzt«, grinst sie.

Schmunzelnd schaue ich wieder über Naths Schulter. In der Lounge setzt er mich ab.

Linden sieht uns skeptisch an. »Hallo zusammen.«

Als alle im Raum sind, schließe ich die Tür hinter uns. »Also das sind Camille, Delsin, Avery, Dahlia«, so geht es weiter, bis ich alle vorgestellt habe und sie Linden begrüßt haben.

Ich setze mich auf eines der Sofas und Cami lässt sich neben mich plumpsen. »Der ist ja viel heißer, als auf den ganzen Fotos, die ich gegoogelt habe«, flüstert sie.

»Und er ist viel verlobter, als du denkst«, sage ich leise.

»Gegen eine Freundschaft ist doch nichts einzuwenden.«

»Du hast recht, aber ich gehe nicht davon aus, dass wir uns nach heute noch mal sehen«, erwidere ich. Ich spüre Lindens Blick auf mir ruhen, allerdings gehe ich nicht darauf ein.

»Aber so, wie er dich ansieht, will er mehr als nur eine Freundschaft«, raunt Cami mir zu.

»Worüber flüstert ihr beide?«, fragt Dale, als sie sich an meine rechte Seite setzt.

»Linden Priest«, wispere ich.

»Oh Gott! Er ist so heiß. Ich kann nicht glauben, dass wir mit einem richtigen Star in einem Raum sind«, quietscht sie und errötet, als Delsin laut lacht.

»Weiber«, prustet er und Avery stimmt in sein Gelächter ein, weshalb es nicht lange dauert, bis die Männer miteinander reden und sich über uns lustig machen. Jedenfalls sieht es ganz danach aus.

Hier ist die Musik zwar auch laut, aber immerhin kann man sich noch unterhalten, ohne sich gegenseitig anzuschreien.

»Möchtet ihr etwas trinken?«, ruft Sky und zeigt auf eine Kellnerin.

Ich bestelle ein Wasser für mich, während die anderen sich größtenteils für alkoholische Getränke entscheiden. Bloß wir Mädels bleiben bei alkoholfreien Getränken, na ja, und Linden. Wenigstens trinkt er nicht. Das ist ein Pluspunkt.

Gut, ich verzichte auch nicht immer auf Alkohol, aber heute muss ich fahren, weshalb ich ihm für den Abend abschwöre.

»Willst du tanzen?«, fragt Linden, der sich von der Lehne her über Dahlia zu mir beugt.

»Äh ...«, stammele ich.

»Ja oder nein?«

»Sie will«, sagt Cami für mich.

Daraufhin ergreift Linden meine Hand und zieht mich von der Couch.

»Zu dieser Musik kann man nicht tanzen«, widerspreche ich.

»Man kann zu jeder Musik tanzen«, quietscht Cami hinter mir.

Ich seufze, weil ich mich verloren fühle. All meine Freunde starren uns an, als wir zu der freien Fläche gehen und Linden seine Hände an meine Taille legt. Ich schlucke. 'Okay. Du kannst das. Du kannst tanzen, du bist selbstbewusst, also gib ihnen bloß keinen Grund zu lachen', denke ich verzweifelt.

Das Lied ist viel zu schnell, um langsam dazu zu tanzen, aber ich wehre mich nicht. Stattdessen schaue ich Hilfe suchend zu Camille, aber sie grinst mich nur an und zeichnet ein Herz in die Luft.

Meine Augenbraue schießt in die Höhe und ich schüttele kaum merklich den Kopf, doch das Herz, das sie nun zeichnet, ist viel größer. Und Dahlia macht auch noch mit.

»Könntest du dich zumindest während des Tanzens auf mich konzentrieren?«, raunt Linden.

Ich sehe ihn an. »Tut mir leid«, murmele ich.

Sein Blick bohrt sich regelrecht in meine Augen und wieder machen seine Iriden den Eindruck, als würden sie glitzern. Diese Farbe ist unbeschreiblich schön. »Schon in Ordnung, aber ich fände etwas mehr Ruhe ganz schön.«

»Hier ist es ruhiger als unten«, wispere ich, als ich meinen Blick abwende. Ich bin nicht schüchtern, überhaupt nicht, aber ich möchte nicht dieses Knistern zwischen uns zulassen, weil er vergeben ist.

»Ich meine, noch ruhiger, Thalia. Ich hätte mich gerne noch ein wenig mit dir unterhalten«, erwidert Linden leise.

»Warten wir den Gig ab, danach können wir uns verziehen und noch ein wenig quatschen«, lächle ich.

»Ich nehme dich beim Wort.«

Ich nicke ihm zu und löse mich von ihm, da der Song vorbei ist. Nun spielt kein weiteres Lied, sondern ein Mann spricht. »Leute, ich weiß, dass ihr heute nur wegen der Flying Ravens hier seid, und ich will sie euch nicht länger vorenthalten. Hier sind sie!«, ruft er ins Mikro und der Applaus dringt in gedämpfter Lautstärke an meine Ohren.

»Flying Ravens? Haben sie ihren Namen geändert?«, frage ich in die Runde.

Nathaniel nickt. »Ja, wobei mir der alte Name besser gefallen hat.«

»Mir auch. 'Fliegende Raben' hört sich irgendwie bescheuert an«, grinse ich.

Linden räuspert sich. »Es hat auf jeden Fall einen Wiedererkennungswert.«

»Es hat eher einen What-the-fuck-Wert«, kontere ich amüsiert.

»Wie du meinst.«

»Downstair Alley ist ja nun auch nicht das Gelbe vom Ei«, mischt Sky sich ein.

Hoffentlich gibt das jetzt keinen Stress.

»Wir haben uns den Namen nicht ausgesucht. Das war unser Management«, erwidert Linden gelassen.

»Warum habt ihr euch da rein reden lassen?«, hakt Sky nach.

»Weil es darum ging, einen Namen zu wählen, der viele Verkäufe verspricht. Wir waren auch nicht wirklich einverstanden, aber wir wollten diesen Plattenvertrag«, antwortet Linden.

»Hm«, nickt Sky. »Klingt für mich so, als wärt ihr ziemlich geldgeil.«

Ich beiße mir auf die Unterlippe, weil ich die Situation eskalieren sehe, doch Linden bleibt erstaunlich ruhig.

»Tja«, sagt er und zuckt mit den Schultern. »Erst mal so weit kommen, nicht wahr?«

»Touché!«, lacht Delsin und ich wende mich von ihnen ab und gehe ans Geländer, um Draven und seinen Jungs zuzuhören.

Sie singen ein Cover von einem meiner Lieblingslieder. 'Word up!' Natürlich fange ich an, die Strophen mitzusingen, weil ich denke, dass mich sowieso niemand hört.

So geht es, bis der Song vorbei ist.

»Ich dachte, du singst nicht vor anderen Leuten«, sagt Linden, der plötzlich neben mir steht.

Ich schaue ihn an und nun weiß ich nicht, ob die Hitze in meinen Wangen daher kommt, dass es hier so heiß ist, oder weil er mich gehört hat. »Äh.«

»Kein Ding. Hat sich super angehört«, lächelt er.

Die Hitze ist nun definitiv seinetwegen in meinem Gesicht und bringt meine Wangen zum Glühen. Sie leuchten bestimmt.

»Danke«, murmele ich und konzentriere mich wieder auf Dravens tiefe Singstimme. Sie lädt zum Träumen ein, wenn er Balladen singt, wie er es gerade tut.

»Er singt gut.«

Ich nicke. »Ja. Er ist wirklich gut.«

Auf einmal legt Linden seine Arme um mich und bewegt sich langsam mit mir. »Am liebsten würde ich dich jetzt schon entführen, um unsere Unterhaltung fortzuführen.«

Ich bekomme eine Gänsehaut, weil sein warmer Atem mein Ohr streift. »Wir wollten uns den Auftritt zu Ende ansehen.«

»Ich weiß.«

Wieder ein Schauer, der wie ein Orkan über mich hinwegfegt, und wegen dem ich mich schüttele.

Linden schmunzelt. »Verunsichere ich dich?«

»Schon ein kleines bisschen«, gebe ich zu.

»Warum?«, hakt er nach.

»Du bist vergeben und machst mich ganz offensichtlich an«, antworte ich ruhig.

Sofort lässt er mich los und tritt neben mich. »Tut mir leid. Ich wollte dir nicht zu nahe treten, Thalia.«

»Hier. Dein Wasser, Thally«, sagt Ave und reicht mir mein Glas.

»Danke dir.« Ich trinke einen Schluck, während er wieder geht. Wahrscheinlich sitzt er mit Dale auf dem Sofa oder er steht mit den anderen zusammen am Geländer. Ich schaue mich um und entdecke sie wirklich ein paar Meter von uns weg. Cami winkt mir zu, Delsin zwinkert und Dale starrt Linden an, bis Ave ihr die Sicht auf ihn verdeckt.

»Er nennt dich Thally«, stellt Linden fest.

»Ich weiß. Das tun sie alle«, entgegne ich.

»Darf ich dich auch Thally nennen?«

Ich nicke. »Ja. Ich hatte es dir sogar angeboten und mich darüber gewundert, dass du bei Thalia geblieben bist.«

Langsam bekomme ich wirklich Herzklopfen in seiner Nähe, aber ich darf es nicht zulassen. 'Denk dran: Dieser Mann ist verlobt und damit ein Tabu. Mit großem T', geht es durch meinen Kopf und ich möchte mich daran halten. Ich habe mich nie auf Männer eingelassen, die in einer Beziehung stecken, das werde ich wegen Linden nicht ändern. Vielleicht macht er mich aber auch gar nicht an, sondern es ist einfach seine Art, sich so zu verhalten.

Während ich meinen Gedanken darüber nachhänge, erstirbt unsere Unterhaltung und schon ist eine Stunde vorbei.

»Gehen wir?«, fragt Linden schließlich.

»Ja«, antworte ich. »Ich verabschiede mich noch von meinen Freunden.«

»Okay.«

Ich gehe zu Avery, Camille und den anderen und umarme sie nacheinander. »Wir sehen uns in der Uni. Ich bin müde und haue ab.«

»Jetzt schon?«, mault Dahlia.

Ich schmunzele. »Soll ich dir seine Handynummer besorgen, damit du weiter 'fangirlen' kannst?«

Ave räuspert sich lautstark.

Sie errötet. »Ich denke nicht, ich habe meinen Star schon gefunden.«

Lächelnd umarme ich sie ein weiteres Mal. »Du bist so süß, Dale. Bleib so, wie du bist, und lass dich von dem Hünen nicht verderben«, flüstere ich ihr ins Ohr.

»Du bist auch toll, Thally«, erwidert sie und löst sich von mir. In ihren Augen glitzern Tränen.

Ave räuspert sich noch mal und beugt sich zu mir. »Sie kann immer noch nicht so gut damit umgehen, wenn man ihr etwas Nettes sagt.«

Ich nicke knapp. »Okay. Tut mir leid, dass ich sie zum Weinen gebracht habe.«

»Schon okay. Ich tröste sie einfach«, lächelt er.

Auch ihn drücke ich ein zweites Mal. »Dass du ihr bloß nicht noch mal so wehtust, sonst reiß ich dir den Arsch auf.«

»Aye, Ma'am«, schmunzelt er, wohl wissend, dass ich absolut nichts gegen ihn ausrichten könnte, selbst wenn ich es wollte.

Ich lächle ihn an, dann wende ich mich ab und gehe zurück zu Linden, mit dem ich den Klub verlasse. Schweigsam schlendern wir zu seinem Auto, da weit und breit kein Fan zu sehen ist.

Nachdem wir eingestiegen sind, fahre ich los.

»Deine Freunde sind nett«, sagt er.

»Bis auf Sky, aber der ist nicht wirklich mein Freund, er gehört zu Dale.«

»Das war die kleine Rothaarige, die zu dem großen Schwarzhaarigen gehört, oder?«, fragt Linden.

»Ja. Sie ist mit Avery zusammen. Die beiden sind ganz süß.«

»Sind sie schon lange ein Paar?«

»Mit Unterbrechungen, glaube ich, sind es gut 7 Monate.«

»Und Delsin ist der Sohn von Devin Rough, oder?«

Ich nicke. »Ja. Das ist er und er ist mit Camille zusammen, sie ist meine andere beste Freundin.«

»Die kleine Brünette«, murmelt er.

»Sie ist größer als ich«, kichere ich.

»Du warst größer«, erwidert er.

»Liegt daran, dass ich hohe Schuhe trage. Normalerweise ist sie ein paar Zentimeter größer, aber ist ja völlig egal.«

»Und wie lange sind Camille und Delsin zusammen?«

»Ich glaube, sie sind jetzt 9 oder 10 Monate zusammen. Ich zähle nicht mit, tut mir leid«, gebe ich zu.

»Trish und ich sind jetzt seit 3 Jahren zusammen«, erzählt er.

»Wow. Eine Highschoolliebe?«, erkundige ich mich und tue interessiert.

»Ja. Wir sind im Senior Year zusammengekommen und irgendwie haben wir es geschafft, zusammen zu bleiben.«

»Erstaunlich, wenn man bedenkt, wie schnelllebig heute alles ist.«

»Das kannst du laut sagen«, nickt Linden.

»Ich schreie es jetzt nicht in die Welt hinaus«, schmunzele ich.

»Was ist mit dir? Bist du vergeben?«, hakt er nach.

»Nein«, antworte ich.

»Woran liegt's?«

»Wahrscheinlich daran, dass derjenige, der als Freund infrage kam, sich für eine andere entschieden hat.« Danach räuspere ich mich, denn es tut einfach weh, an Colton zu denken. 'Oh Mann! Bitte lass mich nicht in Colton verliebt sein, lieber Gott.'

»Liebst du ihn denn?«, bohrt er weiter nach.

»Ich weiß es nicht. Wir hatten nicht mal eine richtige Beziehung.«

»Was hattet ihr dann?«

»Eine Freundschaft mit gewissen Vorzügen. Freundschaft plus. Eine Affäre – Nenn es, wie du willst«, antworte ich gelassener, nachdem ich mir vor Augen geführt habe, dass Colton mich nicht verdient hat.

»Damit habe ich nicht gerechnet.«

»Warum nicht?«, frage ich nun. Was ist denn daran so erstaunlich, dass man in meinem Alter lieber etwas Lockeres eingeht, als eine bindende Beziehung?

Priest: Prickelndes Begehren

»Du wirkst nicht wie der Typ, der eine Affäre eingeht, Thally.«

»Wie wirkt denn jemand, der nur eine Affäre will?«, hake ich amüsiert nach.

Er lacht leise. »Etwas anders als du. Ich weiß es nicht. Du wirkst eher brav und bodenständig, als ... Mir fällt kein passendes Wort ein.«

»Als eine Schlampe? Wolltest du das sagen?«

»Oh Gott, nein! Du bist keine Schlampe und das habe ich auch nicht gedacht. Nein, ich habe gedacht, dass Frauen, die eine Affäre möchten, eher ein Vamp sind und du wirkst nicht wie ein Vamp«, sagt er.

»Ich kann auch ein Vamp sein, wenn ich will«, schmunzele ich.

»Beweis es.«

»Ein ander' Mal.«

Er seufzt tief. »Also möchtest du so einen Abend wiederholen?«

»Das können wir gerne tun. Ich hatte viel Spaß heute Abend, auch wenn wir von irren Fans verfolgt wurden, meine Freunde dich angestarrt und wir irgendwie kaum über uns gesprochen haben, sondern mehr über andere«, antworte ich, dabei sehe ich zu ihm herüber und lächle.

»Stimmt, aber das gehört zum Kennenlernen dazu, findest du nicht auch?«

»Schon, aber doch nicht am ersten Abend.«

»Wieso nicht? Ich habe heute viel über dich erfahren. Du magst Kunst, wenn sie schön anzusehen ist. Du liebst deine Freunde, das sieht und merkt man. Und mir gehst du irgendwie aus dem Weg, wenn ich mich dir nähere. Außerdem warst du beim Tanzen ziemlich verkrampft.«

Ich hole tief Luft. »Das liegt daran, weil du vergeben bist.«

»Und daran, dass du denkst, dass ich dich anmache, obwohl ich das nicht tue«, gluckst er.

»Auf mich hat es eben so gewirkt. Ich meine, keiner meiner Freunde legt seine Hände von hinten auf meinen Bauch, oder will mit mir tanzen. Das ist einfach neu für mich und erweckt diesen Eindruck bei mir«, erwidere ich verlegen.

»Ich mag dich irgendwie, Thally, aber ich habe eine Freundin und ich bin ihr treu, auch wenn man etwas Anderes von mir denken mag«, sagt Linden viel ernster, als er vor zwei Minuten noch war.

»Ich habe nicht daran gezweifelt, Linden. Sorry, falls es so rüber gekommen ist.«

»Schon okay.«

Danach verfallen wir wieder ins Schweigen, allerdings ist es diesmal nicht angenehm. Ich habe das Gefühl, ihn verärgert zu haben, weil ich meine Gedanken laut ausgesprochen habe, aber es beruhigt mich, dass er nicht mehr von mir möchte, als eine harmlose Freundschaft.

♥♥♥

Ich parke Lindens Jeep in der Garage und gebe ihm, nachdem wir ausgestiegen sind, die Schlüssel zurück.

Inzwischen ist es verdammt spät und ich sollte besser nach Hause fahren, doch Linden sieht mich fragend an. »Möchtest du noch etwas trinken?«

Ich schüttele den Kopf. »Nein. Ich sollte besser gehen. Es ist spät und ich muss ins Bett.«

Wir gehen ins Haus.

»Ich werde Grayston rufen, damit er dich fährt«, sagt Linden leise.

Ich nicke langsam. »Danke, Linden.«

»Möchtest du so lange im Wohnzimmer warten?«

»Okay.« Ich folge ihm, dort angekommen nehme ich auf der Couch Platz, während er seinen Fahrer ruft. Wartend tippe ich mit dem Fuß auf den Boden. Es war ein schöner Abend, sicher würde ich ihn gerne wiederholen, aber es wäre besser, wenn ich jede weitere Verabredung ablehne. Warum? Weil er ein Kribbeln in meinem Bauch auslöst und ich möchte mein Herz nicht an einen vergebenen Mann verlieren. Er ist ein Tabu, das muss ich mir immer wieder sagen.

Priest: Prickelndes Begehren

»Grayston ist in 5 Minuten vor der Tür«, sagt Linden.

Ich schaue zu ihm hoch. »Dann gehe ich schon mal raus. Etwas frische Luft schadet mir nicht.« Dann stehe ich auf und ausgerechnet in diesem Moment passiert, was scheinbar passieren musste. Mein Absatz bricht wieder und ich falle in seine Arme.

Linden fängt mich auf und lächelt zu mir herunter.

»Tut mir leid«, entschuldige ich mich verlegen.

»Nichts passiert. Ist alles okay?«, fragt er leise.

Ich schaue in seine Augen und nicke etwas zu schnell.

Linden streichelt meine Wange, als ich mich wieder aufrichte, und er lässt mich nicht los. Langsam beugt er sich zu mir herunter. 'Will er mich jetzt etwa küssen?', überlege ich. Bevor seine Lippen meine berühren, drehe ich den Kopf weg. »Ich sollte meine Schuhe ausziehen. Nicht, dass ich mir auf dem Weg zum Auto das Genick breche«, stammele ich.

Er legt seinen Finger unter mein Kinn und eh ich widersprechen kann, küsst er mich einfach. Blinzelnd schließe ich die Augen. Seine Lippen sind weich und der Kuss ist so unglaublich sanft.

Ich weiß, dass ich ihn nicht erwidern darf, aber ich kann nicht anders. Noch bevor Linden es intensivieren kann, löse ich mich von ihm. »DAS tut mir jetzt wirklich leid.«

»Mir nicht«, sagt er und tritt einen Schritt zurück.

Ich ziehe meine Sandalen aus, dann nehme ich sie in die Hand und gehe zur Tür.

»Ich bringe dich zum Wagen.«

»Nein«, schießt es aus mir heraus. »Nein. Ich gehe lieber allein. Danke für den schönen Abend.« Anschließend stürme ich aus dem Haus. Ich eile so schnell die Treppe nach unten, dass Grayston sich ebenfalls beeilen muss, um mir die Tür der Limousine zu öffnen. »Danke.« Ich setze mich und er schließt die Autotür. Es dauert nicht lang, da setzt er sich ans Steuer und fährt los.

Ich lehne mich zurück und schließe die Augen. »Scheiße«, murmele ich. »Warum habe ich blöde Kuh diesen Kuss zugelassen?«

Seufzend schlage ich die Lider auf und schaue aus dem Fenster. Die Häuser ziehen an mir vorbei, Studenten sind unterwegs und ich wünschte, ich hätte diesen Abend nicht damit enden lassen, dass ich seinen Kuss erwidere. 'Fuck! Fuck! Fuck!', fluche ich in Gedanken.

KAPITEL 6

Samstagmorgen wache ich mit Kopfweh auf. Ich bin erst spät eingeschlafen, weil mein Gewissen mich gequält hat. Linden hat mehrmals versucht, mich anzurufen. Nachdem ich seine Anrufe nicht beantwortet habe, rief Alexis Kingston mich an, doch ich habe alles ignoriert und mein Handy irgendwann abgeschaltet. Dieser Trish werde ich niemals in die Augen schauen, geschweige denn ihr gegenübertreten können. Verdammter Mist! Warum habe ich ihn nicht weggestoßen und bin gegangen? Ich hätte auch im Dizzles bleiben können, aber nein, ich habe einer Unterhaltung zugestimmt, auch wenn diese nicht mehr stattgefunden hat.

Ein Blick auf die Uhr verrät mir, dass es doch nicht mehr Morgen, sondern schon Mittag ist. Seufzend stehe ich auf und schlurfe in die Küche.

»Guten Morgen, Sonnenschein«, ruft Draven überschwänglich. »Hab dich gestern Abend vermisst, genauso wie die anderen.«

Ich verziehe das Gesicht. »Morgen. Wir waren in der Lounge«, erwidere ich leise.

»So wie du aussiehst, war dein Date wohl nicht der Hammer, hm?«

Daraufhin schüttele ich den Kopf. »Nicht wirklich beziehungsweise erst war es schön, bis er mich dann geküsst hat.«

»Das ist doch gut, oder nicht?«, fragt Draven irritiert.

»Ich glaube nicht«, mischt Nath sich ein, der am Tisch sitzt und seine Kaffeetasse in seiner Hand dreht.

»Nein. Es ist nicht gut, wenn derjenige, der dich küsst, vergeben ist«, antworte ich schuldbewusst.

Dravens Miene entgleist zu einer mitleidigen Grimasse. »Wenn du dich nicht auf den Kuss eingelassen hast, ist doch alles gut, oder nicht?«

Diese ständigen 'oder nicht' Fragen gehen mir dezent auf die Nerven. »Das Schlimme ist, dass ich mich drauf eingelassen habe. Ich war erst überrumpelt, dann bin ich darauf eingegangen, aber dann habe ich es beendet und bin abgehauen«, erzähle ich kleinlaut, als ich mich zu Nath setze.

»Oh oh«, entfährt es ihm.

Draven bringt mir eine Tasse Kaffee. »Wirst du ihn wiedersehen?«, fragt er und Nath betrachtet mich interessiert.

»Nein.« Sie sehen enttäuscht aus. »Guter Gott! Ihr seid schlimmer, als Camille und Hailey, wisst ihr das?«

»Wir sind Männer«, lacht Nath.

Ich schmunzele. »Das ist kein Grund.«

»Na ja, ich bin der Überzeugung, dass wenn ein vergebener Mann eine andere Frau küsst, dann läuft seine Beziehung nicht besonders glücklich«, sagt Nath. »Außerdem habe ich gesehen, wie er dich den ganzen Abend angeschmachtet hat, und das hat mich genauso stutzig werden lassen, wie die anderen. Der Kerl ist total in dich vernarrt.«

»Würde ich auch sagen, wenn ich mir das so anhöre«, stimmt Draven zu.

»Ihr habt ja keine Ahnung«, maule ich, anschließend trinke ich einen Schluck Kaffee. »Ich würde ihn gerne wiedersehen, aber nicht, weil er mich geküsst hat, sondern weil ich gut mit ihm ausgekommen bin. Wir haben uns über so viele Dinge unterhalten, die eigentlich total uninteressant sind, aber durch diese Unterhaltungen irgendwie interessant wurden, versteht ihr?«

Sie sehen mich an, als hätten sie jeder einen Tritt vor den Kopf bekommen.

»Das ist mir zu viel Frauenlogik«, grinst Draven.

»Mir auch«, nickt Nath gewichtig.

»Aber du widersprichst dir in einer Tour«, merkt Draven schließlich an.

»Ich weiß, aber ich bin verwirrt, also darf ich mir widersprechen«, kontere ich lächelnd.

Wieder lachen sie.

»Ich werde mich für den Rest des Wochenendes in mein Bett packen und lernen«, sage ich schließlich und stehe auf.

»Eigentlich wollten wir dich fragen, ob du heute Abend etwas mit uns unternimmst«, erwidert Nath.

»Ich möchte nicht. Nächstes Wochenende gern.«

Sie sehen einander an, dann wieder zu mir. »Wir lassen kein Nein gelten«, sagen sie im Chor.

»Mal sehen, ob ihr mich irgendwie umstimmen könnt«, grinse ich, als ich rückwärts zur Tür gehe.

»Wir übernehmen für den Rest des Monats deinen Putzdienst«, schlägt Nath vor.

»Zu wenig«, kichere ich.

»Zwei Monate«, erwidert Draven.

»Ich überlege es mir«, kichere ich und gehe schließlich durch den Flur in mein Zimmer. Mir ist wirklich nicht danach, diese Party zu besuchen, die Cami geplant hat, aber mir wird nichts Anderes übrig bleiben. Ave wird mich abholen und dorthin bringen, ich werde überrascht tun und alles ist gut. Ich kann mich ja nach zwei Stunden oder so aus dem Staub machen. Sicher sind so viele Leute dort, dass sie nicht bemerken, wenn ich gehe.

Auch wenn ich absolut keine Lust habe, durchsuche ich meinen Kleiderschrank nach einem passenden Outfit für den Abend, außerdem nach einem für den Tag.

Schnell habe ich Jeanshotpants gefunden, die ich mit einem lilafarbenen Top kombiniere, womit das Tagesoutfit schon steht. Nun fehlt mir nur noch eines für den Abend. Ich denke, dass ich den dunkelblauen Jeansrock mit der roten Tunika kombiniere, die ich mir vor ein paar Wochen gekauft habe.

Ich lege die Sachen auf mein Bett, dann hole ich noch Unterwäsche aus dem Kleiderschrank und gehe ins Bad. Als ich mein Zimmer verlasse, rufe ich: »Ist das Bad frei?«

»Ist es«, antworten die Jungs.

»Danke. Bin dann duschen.«

»Okay.«

♥♥♥

Nachdem ich geduscht, mich angezogen und meine Haare geföhnt hatte, schminke ich mich. Mit ein wenig Make-up kaschiere ich die Narbe an meinem Unterkiefer und betone meine Augen. Statt Lipgloss, wie ich ihn abends immer auftrage, greife ich jetzt zum einfachen Lippenbalsam, der ebenfalls einen hübschen Glanz hat. Danach flechte ich mir einen Zopf und gehe in die Küche, wo ich mir einen zweiten Kaffee nehme.

»Heißes Teil«, murmelt Nath.

Ich schaue grinsend zu ihm. »Danke.«

Er sieht verlegen auf den Tisch. »Sorry. Hab nicht damit gerechnet, dass du es hörst.«

Schmunzelnd setze ich mich zu ihm. »Dabei höre ich so was gerne. Beleidigungen sind eine andere Nummer und die würde ich dir übel nehmen, aber kein 'heißes Teil'.«

Nath schaut mich wieder an. Er lächelt schüchtern. »Dennoch ist es chauvinistisch.«

»Vielleicht stehe ich ja auf Chauvis«, zwinkere ich.

Nath lacht leise. »Ich hoffe nicht.«

»Warum nicht?«

»Du bist zu gut, um an einen Chauvi zu geraten.«

Ich hebe eine Augenbraue. »Du willst mir sagen, dass ich zu gut für einen Chauvinisten bin?«

Er nickt. »Genau.«

»Finde ich auch«, erwidere ich amüsiert und trinke einen Schluck. »Wie lang wart ihr noch im Klub?«

»Ich glaube, ich bin um 4 Uhr ins Bett gefallen.«

»Ach, das war der Rumms, den ich gehört habe«, kichere ich.

Daraufhin räuspert er sich. »Mein Prachtkörper wollte dir eben mitteilen, dass er zu Hause ist«, kontert er frech.

Ich lache auf, dann mustere ich ihn. Nath ist gut aussehend, aber weniger mein Typ. Ich habe einen Hang zu blonden Männern. Nathaniels Augen sind so dunkelbraun, dass sie schon fast schwarz wirken. Seine Haut ist braun, da sein Dad Afroamerikaner ist, und seine Haare sind kurz. Man sieht ihm seine Herkunft kaum an, man könnte auch meinen, dass er zu viel in der Sonne lag, doch ich kenne seinen Dad, der ein verdammt netter Mann ist. Nathaniel hat ein Sportstipendium für die Uni bekommen und spielt gemeinsam mit Ave Football. Er ist im dritten Semester und hier eingezogen, weil er sich im Wohnheim nicht wohlgefühlt hat. »Ich bin nur froh, dass dein Prachtkörper nicht auf mich gefallen ist«, lächle ich.

Wir lachen beide und schütteln uns, bis Draven uns unterbricht: »Leute, was sollen wir heute machen?«

»Kein Plan«, antworten Nath und ich wie aus einem Mund.

Draven schnaubt. »Wir könnten an den Strand fahren.«

»Wir könnten auch skaten gehen. Also auf Inlinern.«

»Dann nehme ich mein Board mit«, sagt Nath.

»Okay. Nath und ich werden skateboarden und du kannst mit deinen Skates fahren«, nickt Draven.

Ich trinke meinen Kaffee aus, stehe auf und bringe den Becher in die Spüle. »Wunderbar. Ich hole sie und dann können wir meinetwegen schon los.« 'Warum keinen Spaß haben? Lernen kann ich auch später oder morgen noch', denke ich dabei.

»Wir treffen uns in 10 Minuten an deinem Auto, Thally«, entgegnet Draven.

»Alles klar. Ich warte auf euch«, erwidere ich und verschwinde in mein Zimmer. Aus meinem Portemonnaie hole ich meinen Ausweis und etwas Geld, beides stecke ich in meine Hosentasche. Dann nehme ich mein Handy in die Hand, das ich einschalte. Ich habe eine Nachricht auf der Mailbox von, ... wie könnte es heute anders sein, Linden. Seufzend rufe ich die Sprachnachricht ab.

»Hey, Thalia. Es tut mir leid, dass ich dich geküsst habe, und ich hoffe, dass du noch mit mir sprichst. Die Anrufe von Alexis' Nummer kamen von mir, da er noch hier war. Oh ... Jetzt hoffe ich, dass du mich nicht für irre hältst, aber ich wollte es einfach aus der Welt schaffen. Verzeih mir bitte. Ach ja, hier spricht Linden und es würde mich freuen, wenn du mich zurückrufen würdest.«

Ich beende die Verbindung zur Mailbox und setze mich einen Moment auf mein Bett. »Anrufen oder nicht?«, frage ich mich leise, während meine Finger schon seine Nummer eingeben. Komischerweise kenne ich sie auswendig, obwohl ich sie nur zwei Mal angerufen habe, aber das wird wohl an der wirklich einfachen Zahlenreihenfolge liegen.

»Priest?«, meldet er sich.

»Hallo, Linden. Hier spricht Thalia.«

Ich höre ihn aufatmen. »Es tut mir leid, dass ich dich geküsst habe. Das hätte ich nicht tun dürfen.«

»Schon okay, denke ich«, antworte ich bekümmert, weil wir beide so sehr bedauern, dass wir Mist gebaut haben.

»Ich würde dich gerne wiedersehen, wenn du es auch willst«, sagt er kleinlaut.

»Ich glaube nicht, dass das eine gute Idee ist, Linden. Sieh mal: Du bist vergeben und wir haben uns schon geküsst. Ich möchte nicht, dass es noch mal passiert und du deshalb Probleme mit deiner Verlobten bekommst.«

»Trish«, murmelt er. »Wir können doch Freunde sein, oder nicht?«, fragt er lauter.

Ich seufze schwer. »Wir könnten es versuchen, dennoch möchte ich mich im Moment nicht mit dir treffen.«

»Warum nicht?«, hakt Linden resigniert nach.

»Wegen des Kusses. Ich möchte nicht, dass es noch mal vorkommt, und du so deine Beziehung aufs Spiel setzt«, sage ich leise.

»Babe, kommst du?«, höre ich eine Frau im Hintergrund. Das ist sicher Trish.

»Ich muss auflegen, Thally. Überleg's dir bitte«, raunt Linden.

»Okay. Bye.« Ich lege auf, erhebe mich und stecke das Handy in meine Hosentasche. Zehn Minuten sind jetzt sicher um, deshalb schnappe ich mir meine Skates und verlasse mein Zimmer. Ich schnappe mir meinen Schlüssel aus der Schale, die neben der Tür steht, und eile nach draußen.

Priest: Prickelndes Begehren

Draven und Nath stehen schon an meinem Auto. »Da waren wir wohl doch schneller.«

»Zu spät kommen ist das Vorrecht der weiblichen Gesellschaft«, zwinkere ich und betätige den Knopf am Autoschlüssel, um die Türen zu entriegeln. Ich steige nach den beiden ein, starte den Motor und öffne das Verdeck. Anschließend fahre ich los. Die beiden haben gegen meine Musik nicht viel einzuwenden, worüber ich froh bin, weil ich sie wirklich für niemanden wechsle. Nicht einmal für meine besten Freundinnen. Wer meinen Musikgeschmack nicht teilt, der muss sich dennoch damit abfinden, dass in meinem Auto die Songs laufen, die mir gefallen und nicht meinen Mitfahrern. Deshalb ist es ideal, dass ich mit den beiden unterwegs bin.

»Linden hat mich angerufen«, erzähle ich, als ich den Campus verlasse.

»Was hat er gewollt?«, fragt Nath, der auf dem Beifahrersitz sitzt.

»Er möchte mich wiedersehen.«

»Was hast du gesagt?«, mischt Draven sich ein.

»Ich habe Nein gesagt, aber zugestimmt, es mir zu überlegen«, antworte ich.

»Oha«, entfährt es Nath.

»Aber meine Antwort bleibt nein. Seit ich seine Verlobte im Hintergrund gehört habe, weiß ich, dass …« Ich seufze. »Na ja, jetzt ist es so real, dass er vergeben ist. Ich möchte einfach nicht, dass wir beide in Versuchung geführt werden, weil ich seinetwegen dieses Kribbeln im Bauch habe.«

»Fuck«, flucht Draven.

»Du willst dich jetzt aber nicht in diese Beziehung drängen, oder?«, hakt Nath nach.

Ich schüttele den Kopf. »Nein! Vergebene Männer sind tabu. Ich mag zwar sonst keine Rücksicht auf Verluste nehmen, aber ich dränge mich niemals in Beziehungen.«

»Immerhin«, nickt Nath.

»Leute, ihr kennt mich und wisst, dass in den letzten Monaten immer nur ein und derselbe Mann mit mir nach Hause gekommen ist. Ich bin wirklich ... ruhiger geworden«, verteidige ich mich.

»Was ich damit sagen wollte: Ich habe sowieso nicht erwartet, dass du dich in eine Beziehung drängen würdest, aber es gibt Frauen, die eben nicht so rücksichtsvoll sind wie du «, erklärt Nath.

»Siehe Pearl«, knurre ich.

»Ich dachte, du hättest keine Beziehung mit Colton?«, fragt Draven überrascht.

»Es war aber nah an einer dran. Überleg doch mal, wie viel wir miteinander unternommen haben und wie oft er bei uns war.«

»Stimmt auch wieder«, seufzt er.

»Jedenfalls ist Linden für mich tabu und das wird sich nicht ändern, bis er Single ist. Allerdings hoffe ich, dass er mich nicht mehr in Versuchung führt, wenn ich ihn sehen sollte. Treffen kann man sich ja auch aus Zufall«, schmunzele ich.

»Braves Mädchen«, lachen sie.

»Ich weiß.« Ich trete aufs Gas, damit wir schneller an unser Ziel kommen. Bei diesem wundervollen Wetter möchte ich die Zeit nicht mit fahren verschwenden. Es ist ewig her, dass ich skaten war, da Hailey und Camille im Moment mehr auf ihre Beziehungen konzentriert sind und unsere Ausflüge zur Promenade regelmäßig ausgefallen und irgendwann habe ich einfach nicht mehr gefragt.

Ich ziehe den Handgelenkschoner fest, den ich soeben angelegt habe, dann schaue ich zu Draven und Nathaniel, die bereits auf ihren Skateboards stehen. Anschließend stehe ich auf und gleite auf den Skates zu ihnen.

Um anzuhalten, fasse ich an Nathaniels Hüfte und komme neben ihm zum Stehen. »Also ich gehe sicher richtig in der Annahme, dass ihr euch in die Halfpipe stürzt, oder?«

»Ich, aber Nath fährt mit dir«, antwortet Draven.

Ich lächle zu Nath hoch. »Alles klar.«

»Bereit?«, fragt er.

»Immer«, nicke ich und ergreife die Hand, die er mir anbietet.

Priest: Prickelndes Begehren

Gemeinsam fahren wir los. Es erweist sich etwas schwer, Nath festzuhalten, da er immer wieder treten muss, um zu fahren.

»Du hättest auch besser deine Inliner genommen«, schmunzele ich, nachdem wir uns das dritte Mal losgelassen hatten, während wir über die Promenade fahren. Ich schaue über meine Schulter zu ihm, da ich ihn inzwischen hinter mir gelassen habe, und grinse.

»Ich kriege dich noch«, lacht er.

»Versuch's doch«, rufe ich ihm zu, als ich mich umdrehe, um rückwärts weiterzufahren. Die anderen Leute werden mir wohl ausweichen, wenn sie mich kommen sehen.

»Na warte!« Nath gibt Gas und kommt auf mich zu, doch ich wende mich wieder ab und lege ebenfalls einen Zahn zu.

Es macht Spaß so unbeschwert unterwegs zu sein. Meine Sorgen vergesse ich für den Moment beziehungsweise ich verdränge sie, weil sie mir den Tag nicht vermiesen sollen.

»Schau vor dich«, schreit Nath.

Als ich meinen Blick hebe, pralle ich mit jemandem zusammen. »Fuck. Tut mir leid«, entschuldige ich mich hektisch und hebe den Blick. »Linden«, entfährt es mir.

Er hält mich fest und lacht leise. »Wie es aussieht, fällst du mir immer wieder in die Arme.«

»Dumm gelaufen«, erwidere ich, als ich mich von ihm löse.

»Kennt ihr beide euch?«, fragt die Frau, die bei ihm ist. Ich erkenne sie nicht, da sie einen breiten Strohhut und eine monströse Sonnenbrille trägt.

»Ja. Das ist Thalia, die Frau, die mich ins Krankenhaus gebracht hat«, stellt Linden mich ihr vor. »Thalia, das ist Trish. Trish, das ist Thalia.«

»Hallo«, begrüße ich sie.

»Es freut mich sehr, dich endlich kennen zu lernen, Thalia«, lächelt sie.

»Achtung, heißer schwarzer Kerl im Anmarsch«, warnt Nath uns und schon hat er mich an der Hüfte und hält an.

Ich kichere, als ich ihn ansehe. »Wollen wir weiter?«

»Klar«, grinst er und küsst meine Wange, dann ergreift er meine Hand.

»Hallo, Nathaniel«, sagt Linden und ich glaube, er klingt ein wenig angepisst.

»Hi, Linden.« Nath schaut zu Trish. »Hallo, Unbekannte«, lacht er.

»Wir müssen weiter. Mach's gut, Linden«, gluckse ich und mache mich mit Nath wieder auf den Weg.

»Sie ist nett«, höre ich Trishs Stimme.

»Ja, das ist sie wirklich«, erwidert Linden, als wir noch nicht weit von ihnen weg sind.

»Oh du bist nett? Kennt er dich anders, als ich dich kenne?«, neckt Nathaniel mich.

Ich lache auf. »Eigentlich nicht, aber frag mich nicht, wessen Weltanschauung die falsche ist.«

»Wahrscheinlich die von uns beiden«, stichelt er weiter.

»Oder meine«, kontere ich.

»Die ist es. Richtig. Aber ganz bestimmt«, grinst er.

»Blödmann«, pruste ich.

Nath hält mich an der Hüfte und schiebt mich vor sich her, während er auf seinem Board steht und sich mit seinem Fuß immer wieder vom Boden abstößt. »Ich weiß.«

»Na das beruhigt mich jetzt irgendwie überhaupt nicht. Einsicht soll doch der erste Weg zur Besserung sein«, necke ich ihn nun.

»Miststück.«

»Ich weiß«, gluckse ich.

Daraufhin schubst er mich von sich und ich gleite wieder allein über die Promenade. Mein Handy klingelt, weshalb ich an die Seite fahre und bremse. Ich hole es aus meiner Hosentasche. Eine SMS ist eingegangen.

'Ich dachte, du wärst solo, aber das sah nicht danach aus. Ich werde dich nicht mehr belästigen. Linden'

Meine Augenbraue schießt in die Höhe. Seufzend stecke ich das Handy zurück in meine Hosentasche und schaue zu Nath.

Priest: Prickelndes Begehren

»Oh du siehst nicht begeistert aus. Was ist los?«

»Linden hat mir eine SMS geschrieben. Er denkt, dass du und ich ein Paar sind«, antworte ich.

Einmal mehr fängt Nath an zu lachen. »Soll ich ihm folgen und ihn aufklären?«

»Worüber denn aufklären? Dass du total in mich verliebt bist, aber ich unnahbar für dich bin?«, ziehe ich ihn auf.

Er wird lauter. »Hauptsache du bist selbstbewusst.«

»Immer, aber ich lasse es einfach so im Raum stehen und hoffe, dass er kein weiteres Treffen mehr möchte«, erwidere ich erleichtert.

Nath steigt von seinem Board und schiebt mich zu einer Bank, auf die wir uns setzen. »Willst du meine Meinung hören?«

»Eigentlich nicht«, sage ich überrumpelt.

»Der Kerl steht total auf dich. Ja, es ist beschissen, weil er vergeben ist, aber vielleicht wird er sie für dich in die Wüste schicken, wenn ihr euch erst mal besser kennengelernt habt. Ich an deiner Stelle würde es versuchen. Was kannst du schon verlieren?«

»Nichts.«

»Genau. Und was macht ein Gewinner?«

»Er steht dort auf, wo der Verlierer liegen bleibt.«

»Und wer ist eine Gewinnerin?«

»Ich bin eine Gewinnerin?«, frage ich überrascht.

»Du stehst immer wieder auf, wenn es dich flachlegt – oder wenn jemand dich flachlegt – aber versuch zu kämpfen«, bläut Nath mir ein.

»Ich will ihn doch gar nicht.«

»Erzähl das jedem, aber nicht mir. Ich hab doch gesehen, wie du ihn angesehen hast, Thally. Du stehst total auf Linden, das sieht sogar ein Blinder«, meint Nath.

Ich seufze. »Ich dränge mich echt nicht in eine funktionierende Beziehung.«

»Welche Beziehung funktioniert denn bitte, in der der Mann einer anderen Frau nachläuft?«, hakt er nach.

»Lindens?«

»Nein. Er wäre nicht so heiß drauf, dich zu treffen, wenn seine Beziehung funktionieren würde. Glaub mir.«

»Ich denke darüber nach, all meine Prinzipien über Bord zu werfen«, erwidere ich, damit er endlich aufhört, mir einzureden, dass ich Trish ihren Verlobten ausspannen soll. Ich bin ja nicht mal in Linden verliebt, warum sollte ich es also tun?

»Gut. Lass uns zurückfahren, damit Draven keine Vermisstenanzeige aufgibt«, schmunzelt er und zieht mich hoch, nachdem er aufgestanden ist.

Hand in Hand fahren wir zurück zu Draven, ohne dass ich noch mal mit voller Geschwindigkeit in jemanden hinein brettere.

Als wir im Skatepark ankommen, ist Draven noch in der Halfpipe und noch jemand ist bei ihm. Ich würde dieses Basecap überall erkennen, selbst unter Hunderten. Es ist Delsin.

»Ich fahre auch noch etwas durch die Pipe, okay?«, fragt Nath.

»Klar. Geh ruhig. Ich fahre noch eine Runde und komme wieder her«, lächle ich und trenne mich von ihm.

Ich drehe wieder um und hole mein Handy heraus, während ich langsam über den glatten Beton fahre. Abermals lese ich die SMS, die Linden mir geschickt hat.

Schließlich gebe ich eine Antwort ein: 'Ich bin nicht vergeben. Nathaniel und ich sind nur Freunde. Ich weiß auch nicht, warum er mich geküsst hat, aber du bist der Letzte, der sich darüber aufregen sollte.'

Jetzt, wo ich mir Luft gemacht habe, geht es mir gleich viel besser. Hoffentlich kommt meine Nachricht nicht zu zickig rüber, aber selbst wenn, ist es mir auch egal. Ich sollte mich von ihm fernhalten, aber irgendwie kann ich es nicht. Außerdem kann es kein Zufall sein, dass ich ihm ständig in die Arme falle. Es ist so, als wollte mein Körper zu ihm.

Nachdem ich eine Weile gefahren bin, setze ich mich auf dieselbe Bank, auf der ich vorhin mit Nathaniel saß. Mein Handy klingelt. Ohne aufs Display zu schauen, nehme ich den Anruf entgegen. »Ha- ...«

»Ich weiß, dass ich mich nicht darüber aufregen sollte, aber ... du ziehst mich magisch an und der Gedanke daran, dass du einem anderen Mann gehörst, macht mich fertig!«, sagt Linden ungehalten.

Ich blinzele schnell. 'Oh nein!' »Äh ...«

»Ich will jetzt nicht hören, dass ich vergeben bin!«

»Ich dränge mich nicht in irgendwas hinein und deine Beziehung zu Trish funktioniert, das hast du gestern noch selbst gesagt, als wir vom Dizzles weggefahren sind.«

»Mit Trish und mir läuft es nicht mehr«, antwortet er, doch auf mich wirkt es bloß so, als wäre es ein verzweifelter Versuch, den Kontakt mit mir aufrecht zu erhalten.

»Das glaube ich dir nicht«, wispere ich.

»Du sollst mir doch nur eine verdammte Chance für eine Freundschaft geben.«

Ich bekomme ein Schleudertrauma bei seiner Entscheidungsfreudigkeit. »Linden, wir können befreundet sein, aber dafür musst du deine Beziehung nicht wegwerfen. Kämpf um Trish!« 'Habe ich das jetzt wirklich gesagt?', frage ich mich. 'Holy Crap, ja, habe ich!'

»Wann kann ich dich sehen?«

»Heute und morgen habe ich keine Zeit. Montag wäre möglich.«

»Was machst du heute noch?«, erkundigt er sich.

»Ich verbringe den Tag mit Draven und Nath am Strand und heute Abend schmeißen meine Freunde wohl eine Party für mich.«

»Wo?«

»Im Heat, das ist ein Klub in ...«

»Ich weiß, wo das Heat ist. Wir sind dort schon aufgetreten.«

Ich seufze. »Komm bitte nicht dorthin, Linden.«

»Warum nicht?«, hakt er nach.

»Weil ich den Abend unbeschwert verbringen möchte und nicht damit, dir aus dem Weg zu gehen.«

»Dann geh mir verfickt noch mal nicht aus dem Weg, sondern stell dich mir, Thally!«, herrscht er mich an.

Ich nehme das Smartphone von meinem Ohr und sehe es perplex an. Das ist doch nicht Linden. »Kann es sein, dass du mächtig angepisst bist?«, möchte ich wissen.

»Ja, das bin ich. Ich habe mich gerade extrem mit Trish gestritten. Sie sagte, dass ich mich ins Knie ficken soll und ich sie mal kann. Sie hat quasi Schluss gemacht.«

'Fuck!', schreie ich in Gedanken. Jetzt kann ich ihm nicht mehr aus dem Weg gehen. »Kämpf um Trish!«, wiederhole ich. »Ihr seid schon so lange zusammen, da ist es doch verrückt, es einfach so wegzuwerfen.«

»Sie denkt, dass ich Interesse an dir habe, weil ich dich angesehen habe, wie ich dich angesehen habe. Für mich war es ein ganz normaler Blick.«

»Für mich auch«, erwidere ich. Allerdings hat Nath dasselbe gesagt, und wenn es schon zwei Leute sagen, scheint doch vielleicht etwas dran zu sein.

»Also sehen wir uns heute Abend?«, fragt er noch mal.

»Komm gegen 22 Uhr ins Heat«, antworte ich kleinlaut. »Ich muss auflegen. Bye.« Bevor er noch etwas sagen kann, beende ich das Gespräch. Ich stütze meine Ellenbogen auf meine Knie und verberge mein Gesicht in meinen Händen. Das darf alles nicht wahr sein. Jetzt habe ich seine Beziehung wirklich mehr oder weniger auf dem Gewissen. »Ich will sterben«, murmele ich in meine Hände.

»Der Verlust wäre zu groß für die Welt«, sagt Delsin, der aus dem Nichts aufgetaucht ist, amüsiert.

Ich rucke hoch und schaue ihn an. »Wo kommst du denn her?«

»Vom Skatepark. Ich bin dir hinterher, als du wieder abgerauscht bist. Was ist los?«, erkundigt er sich interessiert.

»Ich glaube, ich habe eine Beziehung auf dem Gewissen.«

»Wessen?«

»Lindens. Ich wusste nicht, dass er auch hier ist, und bin vorhin in ihn hinein gefahren. Das war übrigens ein Versehen, ich habe das nicht absichtlich gemacht. Jedenfalls habe ich seine Freundin kennengelernt, und nachdem Nath und ich weiter sind, bekam ich eine SMS von Linden«, ich rufe sie auf und gebe ihm mein Handy, »und Nath sagte schon, dass Linden auf mich steht, weil er mich irgendwie besonders angesehen hätte. Seine Freundin denkt das auch und hat ihn wohl verlassen, wenn ich es richtig verstanden habe«, erzähle ich kleinlaut.

Delsin legt den Arm um mich und zieht mich an sich. »Weißt du, was ich damals mit dir abgezogen habe, war scheiße. Was Colton mit dir abgezogen hat, war ebenfalls mies, aber Linden scheint wirklich an dir interessiert zu sein. Nicht so wie ich oder Colton es waren, sondern ernsthaft interessiert. Du solltest dem Ganzen vielleicht eine Chance geben und ihn kennenlernen. Es heißt doch nicht, dass du dich in einen Beziehungsversuch stürzen sollst. Genieß einfach, dass jemand dich auf Händen tragen würde.«

Ich starre auf den Weg vor uns. »Cami hat dich ziemlich verändert.«

»Hat sie, aber es stört mich nicht im Geringsten. Ich bin immer noch durch und durch ein Bad Boy«, schmunzelt er. »Aber Blümchen ist mein Leben und ich liebe sie mehr als alles Andere auf der Welt.«

Ich seufze schwer. »Genau das will ich auch, aber ich bin seit Damon irgendwie beziehungsunfähig.«

»Dasselbe habe ich damals zu Camille gesagt, bevor ich mich auf der Fraternity Party so abgeschossen habe und Ave mich zu ihr gebracht hat.«

Ich kichere. »Scheint ganz so, als wären wir beide uns ziemlich ähnlich.«

»Wahrscheinlich sind wir das. Thally, ich bin kein Freund von aufmunternden Worten, weil ich meistens eine Arschbombe ins Fettnäpfchen mache, aber halt dich nicht krampfhaft daran fest, dass du Linden nicht an dich heranlassen darfst.«

»Woher weißt du denn, wie krampfhaft ich daran festgehalten habe?«, hake ich überrascht nach.

»Ich habe mich mit Draven unterhalten, als ich im Skatepark angekommen bin, und er hat mir von eurer Unterhaltung im Auto erzählt.«

Ich stoße die Luft aus. »Ich bin wirklich zu verkrampft, hm?«

»Nur ein kleines bisschen, aber nach allem, was dir in den letzten Wochen passiert ist, kann ich es verstehen. Ich wäre wahrscheinlich schon schreiend nach Austin gelaufen, um mich von dem ganzen Scheiß zu erholen«, sagt Delsin mit warmer Stimme, dabei streichelt er meine Schulter.

»Linden will heute Abend zu der Party im Heat kommen«, verplappere ich mich.

»Wer hat dir davon erzählt? Hailey oder Ave?«

»Ave hat mich vorgewarnt, weil ich, nach dieser grottigen Party letztes Wochenende, heute nicht ausgehen wollte«, erwidere ich.

»Tu überrascht, okay? Sonst ist Blümchen noch verletzt.«

»Ich werde mich heute Abend so riesig freuen, dass ihr mir einen Oscar für die beste Hauptdarstellerin verleihen könnt«, schmunzele ich.

»Super.« Delsin küsst meine Stirn und lässt mich los, weshalb ich mich aufrichte. »Ich werde jetzt nach Hause fahren, da Cami mich schon angerufen hat.«

»Grüß sie von mir und sag Ave, dass ich um 20 Uhr fertig bin, okay?«

»Mache ich. Bis heute Abend, Thally.«

»Bye, Delsin.«

Wir stehen beide auf, doch machen wir uns in verschiedene Richtungen auf. Ich fahre zurück zum Skatepark, wo ich mich nach Draven und Nath umsehe und sie schließlich in einer Halfpipe entdecke. Es ist erstaunlich, wie viele Leute hier unterwegs sind. Männer wie Frauen, aber gerade wegen der Frauen bin ich überrascht, da sie nur auf einer Mauer sitzen und den Kerlen schöne Augen machen. Wenn ich überlege, dass ich vor ein paar Monaten auch noch so drauf war, dreht sich mir der Magen um. Ich glaube, ich war wirklich zu erpicht darauf, das College mit möglichst vielen Kerben an meinem hauseigenen Sündenstab zu verlassen. Seufzend setze ich mich auf eine kleine Mauer, die Draven und Nath am nächsten ist. Während ich die Knie-, Ellenbogen- und Handgelenkschoner abnehme, denke ich an das Telefonat mit Linden. Verwirrender geht es wirklich nicht mehr. Gestern hat die Beziehung noch funktioniert, heute ist sie schon vorbei? Ich ziehe meine Skates aus und meine Schuhe, die ich vorhin neben Dravens Rucksack abgestellt habe, an. Mein Blick fällt auf meine beiden Freunde. Soll ich Nathaniels Rat befolgen und mich um Linden bemühen oder ihn besser in Ruhe lassen? Ich habe keine Ahnung, was ich tun soll. Am besten warte ich einfach ab, was der heutige Abend bringen wird. Vielleicht geht es ja total in die Hose und wir verstehen uns überhaupt nicht mehr. Oder es läuft super und ich verfalle ihm. Mein Herz verliere ich sicher nicht, hoffe ich. Irgendwie bin ich total verunsichert. Ich habe gedacht, dass es ein lockeres Treffen wird, aber mit einem einzigen Kuss hat er mich dermaßen verwirrt, dass ich nicht mehr weiß, was richtig und falsch ist. Falsch wäre definitiv, mich auf einen vergebenen Mann einzulassen. Richtig wäre, ihn nun häufiger zu treffen, als ich mir vorgenommen hatte. Na gut, eigentlich wollte ich ihn gar nicht treffen, aber jetzt ist er frei. Doch ich glaube nicht daran, dass er jetzt schon etwas Neues will. Und vor allem will er es bestimmt nicht mit mir. Was auch immer! Einmal mehr verdränge ich die Gedanken, die ich an Linden Priest habe, und denke an die Sommerferien. Ich freue mich auf zu Hause, auch wenn ich nicht die ganzen Ferien in Texas verbringen werde.

KAPITEL 7

Nachdem Nathaniel und Draven keine Lust mehr hatten, haben wir uns auf den Heimweg gemacht.

Inzwischen stehen wir in der Küche und machen das Abendessen. Eigentlich wäre es meine Aufgabe gewesen, doch sie helfen mir beim Schneiden der Zutaten. Normalerweise bin ich keine begnadete Köchin, aber eine Asiapfanne bekomme ich immer hin. Während ich die Putenbrust anbrate, kommt Draven an meine Seite und stellt mir die Karotten und die Pilze hin, die ich eigentlich gar nicht mag, aber wegen den beiden mit ins Essen müssen.

Er schaut mich an. »Du siehst nachdenklich aus.«

»Weil ich tatsächlich nachdenke«, erwidere ich.

»Worüber?«, fragt er.

»Darüber, was ich heute Abend machen werde. Ich will nicht zu Hause herumsitzen und überlege, ob ich nicht Hailey und Cami anrufe und frage, ob sie ins Kino gehen möchten«, antworte ich, da sie nicht wissen, dass ich weiß, dass heute Abend meine zweite Party geplant ist. »Oder ich rufe Linden an und frage ihn. Er hat mir vorhin erzählt, dass seine Verlobte Schluss gemacht hat. Vielleicht braucht er etwas Ablenkung.«

»Aber bestimmt nicht von dir. Er hat doch Freunde, die sich um ihn kümmern können«, sagt Draven.

Ich lächle ihn an. »Du hast recht. Am besten bleibe ich zu Hause und lerne. Wäre übrigens das Beste, was ich tun kann.« Dann schmunzele ich.

Draven grinst. »Soll ich dir vielleicht helfen?«

»Was verstehst du denn schon von Gebäudestatik?«

»Ich weiß, dass ein Haus einkracht, wenn sie scheiße ist«, erwidert er.

Ich fange an zu lachen. »Stimmt, allerdings weiß ich das auch und es hilft mir nicht wirklich weiter.« Ich gebe das Gemüse in den Wok und schwenke ihn.

»Dann werte ich das mal als nein.«

Ich nicke ihm zu. »Richtig.«

Ich mache das Essen fertig und wir setzen uns an den Tisch, nachdem die Jungs ihn gedeckt haben. Wir bringen es relativ schweigsam hinter uns. Ich, weil ich sie nicht länger mit dem Thema Linden nerven will und die beiden reden generell beim Essen nicht wirklich viel. Männer eben. Colton war auch immer still, wenn er gegessen hat, irgendwie habe ich noch keinen Mann kennengelernt, der sich beim Essen gerne unterhält. Anschließend gehe ich in mein Zimmer.

Als ich auf meinem Bett sitze, fällt mir meine Gitarre ins Auge. Deshalb stehe ich auf, hole sie mir und spiele ein paar Akkorde. Sie ist verstimmt. Geduldig, was ich meistens gar nicht bin, stimme ich sie und spiele die Akkorde erneut.

Nachdem ich damit fertig bin, fange ich an, ein Lied zu spielen. Ich orientiere mich selten an Noten, sondern spiele Freestyle.

»When I call you at home and he answers the phone or I get your machine and I don't hear me. When I lie in my bed with the thoughts in my head, when we danced and we sang and we laughed all night. Ooh da bop bop Baby please, don't let me go. Can't live my life this way«, singe ich, als ich den passenden Rhythmus gefunden habe. Ich spiele und singe das ganze Lied. Hier ist es so gut wie unbekannt, aber ich war in England, als es veröffentlicht wurde, und habe mir gleich das Album der Interpreten gekauft. Schade, dass sie sich getrennt haben. Normalerweise höre ich keine Popmusik, aber die haben es mir damals angetan. Ich war zwar noch keine 13 Jahre alt, aber ich habe die CDs von Westlife alle gekauft und höre sie heute noch gerne.

Es klopft an meiner Tür. Sofort verstumme ich. »Ja?«

Nath steckt den Kopf herein. »Singst du etwa?«

Ich nicke. »Ja, ich habe gesungen, aber ich höre jetzt auf.« Dann lege ich die Gitarre zur Seite.

»Warum denn? Ich habe es gehört und wurde von deiner Stimme angelockt. Spiel doch noch etwas.«

Daraufhin seufze ich. »Ich kann nicht vor anderen singen.«

»Hast du es schon versucht?«, fragt er, als er hereinkommt und sich in den Sessel setzt, der in der Ecke meines Zimmers steht.

»Mehrmals.«

»Würdest du es noch mal versuchen?«

Ich atme tief durch. »Aber nur, wenn du versprichst, mich nicht auszulachen.«

Er zeigt mir das Victory Zeichen und nickt. »Versprochen!«

Nach einem tiefen Atemzug und dem Gedanken daran, dass es nur Nath ist, der mir zuhört, und niemand, der ein professioneller Sänger ist, fange ich wieder an, an den Saiten der Gitarre zu zupfen, nachdem ich sie an mich genommen hatte. Ich fange an, 'Soledad' von Westlife zu singen und bemühe mich um viel Gefühl in meiner Stimme. Irgendwie fällt mir gerade einfach kein besserer Song ein. »If only you could see the tears in the world you left behind. If only you could heal my heart just one more time. Even when I close my eyes ...« Ich achte genau auf meine Finger, während ich die erste Strophe singe.

»Soledad. It's a keeping for the lonely. Since the day that you were gone. Why did you leave me. Soledad. In my heart you were the only and your memory lives on. Why did you leave me? Soledad«, trage ich den Refrain vor.

Danach höre ich auf und schaue Nath an. »Sag schon, dass es mies war.«

Er sieht mich mit großen Augen an. »Ich kenne zwar das Lied nicht, aber das war der Hammer, Thally!«

Ein Räuspern ist zu hören und mein Blick fällt zur Tür. »Also, wenn ich es nicht selbst gehört hätte, würde ich denken, dass eine CD lief«, lächelt Draven.

Ich erröte. »Das war ein One-Day-Singalong, noch mal werdet ihr mich nicht hören«, sage ich leise.

»Ach komm schon, Thally. Du hast Talent, das darfst du doch keinem vorenthalten«, entrüstet sich Nath.

Ich schüttele den Kopf. »Ihr seid die Ersten, die mich je so haben singen hören. Ich habe nicht mal für Cami und Hailey gesungen, egal wie sehr sie gebettelt haben.«

»Ja und? Du musst doch nicht auftreten oder so, aber wir würden dir schon gerne zuhören dürfen«, erwidert Draven.

»Leute, jetzt setzt mich doch nicht unter Druck. Ich singe bestimmt mal wieder, aber dann müsst ihr eben vor der Tür bleiben und lauschen«, schmunzele ich.

»Damit kann ich leben«, gluckst Nath.

»Ich auch«, stimmt Draven zu.

»Gut und jetzt raus, damit ich mich umziehen kann«, grinse ich.

Die beiden verlassen mein Zimmer und ich schließe die Tür hinter ihnen, damit ich mich für den Abend fertigmachen kann, aber eigentlich bin ich müde und entscheide mich deshalb, mich noch eine Stunde hinzulegen, bevor ich mich aufhübsche.

♥♥♥

Als ich aufwache, ist es schon 18:30 Uhr. Ich springe auf und eile ins Bad, aus dem ich Nath scheuche, damit ich noch duschen kann. Er kann sich ja immerhin in seinem Zimmer stylen, aber ich kann in meinem nicht duschen. Schnell ziehe ich mich aus und steige in die Duschkabine. Im Eiltempo seife ich mich ein und wasche mir die Haare, damit ich nicht zu lange brauche und mich in aller Ruhe schminken kann.

Nachdem ich fertig bin, trockne ich mich zügig ab und ziehe die Kleidung an, die ich für den Abend geplant habe. Dann föhne ich mir die Haare. Ich benutze zuletzt den Lockenstab und stecke besagte Locken am Ende an meinem Hinterkopf zu einem unordentlichen Knoten zusammen. Mein Pony fällt mir ins Gesicht, aber das ist der Sinn der Sache. Anschließend schminke ich mich dezent. Auch wenn wir meinen Geburtstag in einem Klub feiern, muss ich mich nicht auftakeln, finde ich.

Hauptsache ist doch, dass ich mich wohlfühle, und das tue ich so, wie ich nun aussehe. Zu guter Letzt trage ich noch etwas Lipliner und Lipgloss auf, was sich durch das aufeinander reiben meiner Lippen gleichmäßig auf ihnen verteilt und ihnen einen rotbraunen Glanz gibt. So werde ich nicht in Versuchung kommen, irgendjemanden zu küssen, damit nichts verschmiert.

»Bad ist jetzt frei!«, rufe ich, bekomme allerdings keine Antwort und gehe in mein Zimmer, nachdem ich meine Spuren beseitigt hatte. Wahrscheinlich sind sie schon unterwegs ins Heat. Dort angekommen stelle ich fest, dass ich es gerade rechtzeitig geschafft habe.

Es klingelt, weshalb ich zur Tür renne. »Ja?«, frage ich in die Gegensprechanlage.

»Ich bin's Ave, kommst du runter?«

»Gib mir fünf Minuten«, erwidere ich.

»Okay.«

Wieder eile ich in mein Zimmer, wo ich eine passende Handtasche aus meinem Schrank hole, den Inhalt meiner anderen hineinstopfe und schließlich vors Haus eile.

»Hey hey, schöne Frau«, begrüßt er mich, als ich auf ihn zugehe.

»Hallo, heißer Mann«, antworte ich lächelnd, nachdem ich ihn gemustert hatte. In so einem Outfit kenne ich Ave gar nicht. Er trägt eine lange Jeans, was für seine Verhältnisse sehr selten ist und rot im Kalender angestrichen gehört, und dazu ein schwarzes Anzughemd mit weißen Nadelstreifen, allerdings hat es kurze Ärmel. »Du bist so schick.«

Er grinst. »Für eine meiner besten Freundinnen muss ich doch gut aussehen, oder nicht?«

»Aber sicher und meine Güte, ich wünschte, ich wäre Dahlia«, scherze ich.

Seine Augenbraue schießt in die Höhe. »Nein, oder?«

»Nein«, lache ich und umarme ihn. »Du bist ein Freund und vielleicht auch ein Traummann, aber beides nicht von mir.«

»Das beruhigt mich. Ich hatte schon mit Hailey alle Hände voll zu tun, und bis sie Dale akzeptiert hat, ist eine halbe Ewigkeit vergangen«, erwidert Ave erleichtert.

»Ich weiß, dass sie Dale anfangs nicht leiden konnte, und fand es auch sehr übertrieben, da sie ja schließlich Logan hat. Aber du kennst Hailey, sie ist immer mies drauf, wenn sie ihren Willen nicht bekommt«, grinse ich.

Avery öffnet mir die Tür seines Wagens. »Darf ich bitten, Miss Leroux?«

»Aber sicher, Mr Morrison«, kichere ich, ergreife seine Hand und steige in seinen Wagen.

Er läuft um das Auto herum und setzt sich auf den Fahrersitz. »Sweetie ist total aufgeregt, weil sie weiß, dass die letzte Party ein Reinfall war«, sagt er, als er den Motor startet.

»Na, dann will ich sie nicht enttäuschen und lege besonders viel Enthusiasmus in meinen überraschten Ausruf«, lächle ich.

»Mach das. Ich freue mich schon auf den ultimativen Leroux-Schrei.«

Ich lache. »Ich kann doch auch nichts dafür, dass ihr nichts vor mir geheim halten könnt.«

»Stimmt«, nickt er, als er auf die Hauptstraße fährt. »Und hast du für heute irgendeinem Date abgesagt?«

»Nein, aber ich habe Linden eingeladen. Seine Freundin hat heute Mittag wohl mit ihm Schluss gemacht und er wollte mich unbedingt wiedersehen. Ich dachte, die Party ist ein guter Anlass, weil ich nicht mit ihm alleine sein wollte«, erzähle ich und schließlich folgt auch die ganze Geschichte mit dem kleinen Unfall beim Skaten und wie ich Trish kennengelernt habe. Von der SMS und dem Telefonat mit Linden, dem Gespräch mit Delsin. Ich erzähle Avery einfach alles.

»Oh man!«, entfährt es ihm. »Das ist ganz schön filmreif.«

»Ich weiß und es ist unangenehm«, erwidere ich, als ich hinausschaue und die Palmen an uns vorbeiziehen sehe.

»Warum ist es das?«, hakt er neugierig nach.

»Sie hat Schluss gemacht, weil er mich angesehen hat, wie er mich angesehen hat. Ich habe an dem Blick nichts Verwerfliches gesehen, aber sie scheinbar. Und Nathaniel auch.« Zwar erzähle ich es ihm zum zweiten Mal, aber manchmal ist es nicht schlecht, Avery etwas mehrmals zu erzählen, damit er sich die Einzelheiten merkt.

»Stimmt, das sagtest du ja«, seufzt er. »Sorry, ich bin heute irgendwie neben der Spur.«

»Oh, warum?«

»Dale und ich haben uns gestritten«, sagt er, nachdem er sich geräuspert hat.

»Worüber streitet ihr beiden denn?«, hake ich verwundert nach.

»Ich habe mich aufgeregt, weil sie kein anderes Thema als Linden und dich kannte, dabei war es lächerlich, weil ich sie gefragt habe, ob sie auf ihn steht und ich vielleicht das Feld für ihn räumen soll. Sie fing an zu weinen, weil ich sie damit verletzt habe. Sie hat mich angeschrien, dass sie es sich vielleicht überlegen sollte, mich in die Wüste zu schicken, wenn ich schon eifersüchtig auf den Mann sei, der nur Augen für dich hat«, antwortet er.

»Oh, Mann. Manchmal hätte ich gerne eure Probleme«, murmele ich.

»Ich weiß doch auch nicht, was mit mir los war. Wir haben uns zwar vertragen, aber sie ist mir seitdem aus dem Weg gegangen. Ich habe keine Ahnung, warum sie mich im Augenblick meidet. Als ich vorhin sagte, dass ich sie liebe, kam keine Antwort, sondern sie stieg einfach zu Sweetie ins Auto und hat mich ignoriert.«

»Vielleicht wollte sie es dir einfach heimzahlen. Ich meine, Dale ist 19 und du 24 und außerdem liegen schon Welten zwischen euch. Du weißt, dass wir ihre einzigen Freunde sind, also die einzigen, die sie jemals hatte, und es ihr immer noch schwerfällt, damit umzugehen. Wahrscheinlich kann sie auch nicht gut mit Streitereien umgehen, Ave.«

Er seufzt. »Vielleicht sollte ich sie nachher mal an die Seite nehmen und noch einen Versuch wagen?«, fragt er.

»Ja. Das solltest du wirklich und du solltest ihr erklären, warum du eifersüchtig warst«, erwidere ich. »Es wird schon gut gehen. Ich habe noch nie jemanden gesehen, der so verliebt ist wie Dale. Sie liebt dich wirklich aus tiefstem Herzen, Ave, versau dir das mit deiner Eifersucht nicht.«

»Ich war einfach angepisst, Thally. Sie kennt seit Sonntag kein anderes Thema mehr. Am Anfang fand ich es noch süß, aber Sweetie und sie reden über nichts anderes mehr als Linden Priest.«

»Das ist doch egal. Cami hatte auch Wochen kein anderes Thema als Delsin. Darüber hast du dich auch nicht aufgeregt. Ich habe seit Wochen kein anderes Thema als Colton und Hailey spricht sowieso nur von Logan. Es ist doch unwichtig, solange sie dich liebt.«

»Du hast ja recht.«

»Na also. Das wollte ich hören«, kichere ich.

»Tut gut, mal mit jemandem zu reden, der mich versteht.«

»Delsin dürfte dich auch verstehen«, sage ich amüsiert.

»Er verzieht sich meistens an den Strand, wenn die beiden anfangen sich zu unterhalten. Mittlerweile mache ich es genauso. Aber ich wache auf und Linden ist das Gesprächsthema; Ich gehe raus, während er es noch ist; Ich komme wieder, da ist er es immer noch. Ist doch verständlich, dass mir der Kragen geplatzt ist«, erwidert er.

»Ich kann es doch verstehen. Ich hätte auch keine Lust darauf, nur über Linden zu sprechen«, schmunzele ich.

»Das tust du aber«, kontert er.

Ich lache auf. »Weil du mich gefragt hast, du Depp.«

»Danke, du Biest«, stimmt er in mein Gelächter ein.

Ave fährt konzentriert und hält eine Viertelstunde später auf einem Parkplatz in der Nähe des Heats. Gemeinsam schlendern wir dort hin, während wir uns über die Uni und die anstehenden Klausuren unterhalten. Er ist sehr gut in allen Kursen, aber ich bin eine Niete, weshalb er mir angeboten hat, mit mir zu lernen. Ich habe das Angebot dankend angenommen, als er es vorgeschlagen hat. Außerdem könnten wir mit Delsin eine kleine Lerngruppe bilden, damit wir uns gegenseitig erklären können, was wir nicht verstehen. Allerdings ist Delsin so gut, dass man ihn selten beim Lernen sieht. Er hört den Dozenten einfach zu und merkt es sich, während Avery und ich schon viel für unsere Lorbeeren tun müssen.

Wir betreten den Klub, der völlig abgedunkelt ist, und ich sehe meine Hand vor meinen Augen nicht. Glücklicherweise habe ich mich bei Avery eingehakt, als die Scheinwerfer mich blenden und alle 'Überraschung' schreien. Ich zucke zusammen. »Oh mein Gott! Ihr seid ja irre!«, lache ich, als ich meine Hand an meine Brust lege, um zu fühlen, ob sich mein Herzschlag beruhigt hat.

Nacheinander begrüße ich die Gäste, die Cami eingeladen hat, und schließlich auch meine Freunde, die mich schon an der Bar erwarten.

»Happy Birthday nachträglich«, raunt mir jemand ins Ohr, bevor die Musik losgeht.

Ich drehe mich um. »Danke«, entfährt es mir, als ich Linden erkenne.

»Ich bin schon etwas früher gekommen, weil deine Freunde mich eingeladen haben. Camille gab mir gestern ihre Nummer und hat mich um einen Anruf gebeten, als du nicht hingesehen hast.« Dann zieht er mich in seine Arme und drückt mich an sich.

Ich löse mich recht schnell wieder von ihm. »Wow. Danke und es freut mich, dass du da bist.«

Linden lächelt mich an.

Dahin ist die Möglichkeit, mir etwas Mut anzutrinken beziehungsweise mit Jelloshots, die ich gerade in einer Schale voller Eis entdecke, anzufuttern. »Dale hat scheinbar Jelloshots gemacht. Möchtest du einen?«

»Was sind das?«, fragt er unwissend.

»Sag nicht, dass du die Dinger nicht kennst!«, verlange ich.

»Ich kenne sie wirklich nicht, also, was ist das?«

»Wodka-Wackelpudding«, antworte ich. »Und sie sind verdammt gut.«

Er grinst und begleitet mich an die Theke, wo er wie ich die anderen begrüßt, bevor ich ihn bei ihnen stehen lasse, um ein paar der Jelloshots zu holen.

Ich nehme so viele, wie ich fassen kann, um alle zu versorgen.

»Danke, Thally«, sagen Delsin und Ave und nehmen mir welche ab. Hailey und Cami tun es ihnen gleich, bedanken sich ebenfalls und tauschen die Farben. Dale lehnt ab, da sie keinen Alkohol trinkt, und Logan verneint auch. 'Gut, so bleiben mehr für mich', denke ich und reiche Linden einen der vier, die ich noch habe. Zwei stelle ich auf die Theke und einen esse ich.

»Oh man, wie viel Wodka ist denn da drin?«, fragt Linden, nachdem er seinen gegessen hat.

»Die bestehen nur aus Wodka, Götterspeise und Zucker«, schmunzelt Cami. »Du solltest nicht zu viele davon essen, sonst hast du morgen einen höllischen Kater. Delsin kann ein Lied davon singen.«

»Wo sind eigentlich Nathaniel und Draven?«, erkundige ich mich, als sie mich ansieht.

Sie schaut sich um und zeigt in eine Ecke, wo sie jeder mit einer Flasche Bier an einem Tisch stehen. »Dort vorne.«

Ich winke ihnen zu und lächle, als sie zu mir sehen. Plötzlich drückt Linden mir ein Glas in die Hand. »Versuch das mal. Das ist wirklich gut und nicht so stark wie diese Jellodinger«, sagt er.

»Okay. Danke.« Ich mustere die blaugrüne Flüssigkeit. »Was ist das?«

»Nennt sich 'Green Lantern' oder so und ist nicht ganz so süß, aber auch nicht sauer und gut zu trinken«, erwidert er.

»Cheers«, proste ich ihm zu, stoße mit ihm an und trinke einen Schluck. »Schmeckt gar nicht so schlecht. Was ist das genau?«

»Blue Curacao mit Orangensaft«, antwortet er lächelnd.

»Oh. Das ist wirklich gut«, sage ich, nachdem ich noch mehr getrunken habe.

»Ich weiß, sonst würde ich es nicht trinken.«

Wir unterhalten uns ein wenig über mich, mein Studium und meine Pläne für den Sommer, dann über ihn und seine Pläne für die Zukunft, die allerdings nur daraus bestehen, dass er bald auf Tour quer durch die Staaten und Europa gehen wird.

»Test. Test. Ist das Ding an?«, fragt Cami in ein Mikrofon.

»Ja, das ist es, Blümchen«, ruft Delsin ihr zu.

»Wir hören dich laut und deutlich«, stimmt Ave zu.

»Go, Cami, go, Cami, go go, go, Cami«, feuert Hailey sie an.

Ich ziehe Delsin am Kragen zu mir. »Was wird das?«

»Karaoke«, entschuldigt er sich.

»Fuck, nein, bitte nicht«, stöhne ich.

»Leider doch.«

»Okay. Wir wissen alle, wie gut Thally singen kann, aber sie weigert sich immer, deshalb hat Linden sich angeboten, ein Duett mit ihr zu singen«, sagt sie kichernd. »Also Applaus für unser Geburtstagskind und Linden Priest.«

Ich erstarre. »Ich muss hier raus.«

Anschließend möchte ich mich aus dem Staub machen, doch Linden ergreift mein Handgelenk. »Komm schon, das wird halb so schlimm«, lächelt er.

»Das wird schlimm, glaub mir.«

»Sieh einfach mich an, dann wird es klappen«, ermutigt er mich. »Und wir singen einen einfachen Song, versprochen.«

»Was singen wir?«

»Er hat Ricky Martin und Christina Aguilera ausgesucht«, lacht Delsin.

'Beetlejuice, bitte komm und befreie mich!', schreie ich in Gedanken. Ich kenne das Lied zwar, aber ich bin sicher nicht in der Lage, die Töne dieser Sängerin zu treffen, weil sie einfach eine einzigartige Stimme hat.

»Komm schon«, sagt er und zieht mich zu einer kleinen Bühne. Als wir dort oben stehen, was heißt dort oben, sie ist vielleicht kniehoch, sieht er mich an. »Sieh einfach mich an.«

»Was ist mit dem Text?«

»Den kennst du, das habe ich im Gefühl«, lächelt er.

Ich schüttele den Kopf. »Eben nicht.«

»Oh oh. Dann schau auf den Bildschirm.«

Cami drückt mir ein Mikrofon in die Hand. »Du schaffst das.«

Ich schüttele hektischer den Kopf und hebe das Mikro an meine Lippen. »Sorry, Leute, aber ich kann das nicht. Singt ihr, habt Spaß, aber haltet mich bitte da raus«, entschuldige ich mich bei meinen Gästen.

Delsin fängt an, rhythmisch zu klatschen. »Thally, Thally, Thally!«, feuert er mich an und die anderen stimmen in seinen Gesang ein.

»Ich habe Nein gesagt«, wiederhole ich.

»Du kannst das«, ruft Nathaniel.

Meine Freunde sind so durchtriebene Personen. Im Moment bin ich wirklich sauer, aber ich beuge mich. »Ich übernehme keine Verantwortung für den Verlust eures Hörvermögens«, warne ich sie. »Und ich will ein anderes Lied singen, nicht dieses.«

»Welches möchtest du singen?«, fragt Cami.

»Hast du eine Liste?«, erwidere ich.

»Ja.« Sie holt sie und gibt sie mir anschließend.

Ich gehe sie schnell durch und finde ein nettes Lied. Mariah Carey und Luther Vandross mit Endless Love. Dabei muss man sich nicht so sehr ins Zeug legen, wie bei Christina Aguilera, da Mariah Carey einfach nur grölt, wie ich finde.

Ich frage Linden, ob es okay ist, und er nickt. Dann sage ich Cami, dass sie das Lied einstellen soll und schon einige Sekunden später beginnt das Video auf dem Bildschirm zu flimmern, auf den Linden und ich uns konzentrieren. Na ja, ich starre mehr darauf und versuche, meine Gäste zu ignorieren.

»My love, there's only you in my life«, fängt er an, mit tiefer Stimme zu singen.

Irgendwann bin ich dran. »My first love, you're every step that I take ...«

Beim Refrain sehen wir uns an, als wir ihn gemeinsam singen. Es ist unglaublich, wie sehr unsere Stimmen harmonieren, aber auch das wird ein One-Night-Singalong, der mir übrigens total unangenehm ist. Gelegentlich treffe ich die Stimme nicht und verkrampfe, doch Linden ermutigt mich mit seinen Blicken, einfach weiterzumachen, als wäre nichts passiert.

Schließlich habe ich es hinter mich gebracht und meine Freunde pfeifen, applaudieren und jubeln mir zu.

Ich zucke zusammen, als sie eine Zugabe verlangen, und lehne sie ab. Dann verlasse ich die Bühne fluchtartig. Ich wusste nicht, wie heiß es unter solchen Scheinwerfern werden kann, und bin froh, als ich wieder bei Delsin und den anderen stehe. »Ich hasse euch«, grummele ich, nachdem ich mir bei Tim ein Wasser bestellt habe.

Delsin lacht. »Warum denn? Du hast das super gemacht.«

»Weil ihr genau wisst, dass ich nur für mich allein singe und nicht auf irgendwelchen Bühnen stehen will, ganz egal, ob es Karaoke ist oder nicht«, antworte ich.

»Komm runter, du hast das wirklich toll gemacht und ihr beide seid so süß miteinander. Und wie verliebt ihr euch angesehen habt«, schwärmt Cami, nachdem auch Linden sich wieder zu uns gesellt hat.

Ich verdrehe die Augen. »Wir haben uns nicht verliebt angesehen, und wenn da irgendwelche Gefühle waren, dann wegen des Liedes und nicht, weil wir etwas füreinander fühlen.«

»Ja ja ja, rede dir das nur ein«, kichert sie.

Ich seufze und trinke einen Schluck meines Wassers, das Timothy mir bereitgestellt hat.

»Ich fand euch großartig. Ich wusste nicht, dass du so singen kannst«, lächelt Hailey.

»Danke, Süße«, erwidere ich.

»Sehe ich auch so«, stimmt Dahlia zu, die inzwischen von Aves Armen umschlungen wird.

Plötzlich wird mein Lied eingespielt. Ich liebe diesen Song, schaue Ave an, weil wir immer gemeinsam dazu tanzen, und deute mit einem Kopfnicken zur Tanzfläche.

Priest: Prickelndes Begehren

Er löst sich von Dahlia und küsst ihre Stirn. Dann kommt er zu mir, ergreift meine Hand und führt mich auf die Tanzfläche, die sich langsam füllt. Wir fangen an uns zu bewegen, als wir uns gegenüberstehen. Es macht Spaß mit ihm zu tanzen, weil es so unbeschwert ist. Dennoch ist es ein wenig unbehaglich, weil ich die Blicke meiner Freunde auf mir spüre, besonders den von Linden. Es ist ein super Song, um dazu zu tanzen und Ave kann es einfach, was ich von den anderen Männern in meinem Freundeskreis nicht behaupten kann.

Ave ergreift meine Hand und dreht mich, weshalb ich anfange zu lachen. So einen guten Tag wie heute hatte ich in den letzten Wochen nicht einmal. Mein Rücken liegt an seinem Bauch, als Ave sich im Rhythmus mit mir wiegt.

»Ich glaube, deine Freundin sieht das nicht so gern«, schmunzele ich.

»So wie sie uns ansieht, wird das stimmen«, lacht Ave, als ich zu Dale schaue.

Dann kommt sie auf uns zu. »Darf ich?«

Ich nicke, Ave lässt mich los und ich mache mich auf den Weg zurück zur Bar, allerdings kommt Linden mir entgegen.

»Wo möchtest du hin?«, fragt er lächelnd.

»Zu meinen Freunden«, erwidere ich, dabei zeige ich zu meiner Clique.

»Und mir meinen Tanz vorenthalten?«

Ich lege den Kopf schief und komme nicht umhin, ihn anzugrinsen. »Ich fürchte ... ja.«

»Das ist ja unerhört«, entrüstet er sich amüsiert, ergreift meine Hand und führt mich zurück auf die Tanzfläche.

»Ich weiß, aber so bin ich«, kichere ich.

Linden zieht mich an sich und bewegt sich mit mir. Nicht ganz so gekonnt, wie Ave es getan hat, aber ich möchte mich nicht beschweren. Seine Hände gleiten über meinen Rücken, bis sie auf meinem Po liegen bleiben. Er greift zu, was mich dazu veranlasst, mich an ihn zu pressen.

»Du gehst aber ran«, gluckst er.

»Du hast mir an den Arsch gefasst, sonst wäre das nicht passiert«, lache ich.

»Soso, du schiebst es also auf einen unschuldigen Kerl, der nur einen Tanz mit der schönsten Frau des Abends wollte?«

Ich nicke ihm zu. »Wenn der Schuh passt.«

Das Lied endet und ich will mich von ihm lösen, doch er hält mich fest. »Renn doch nicht immer gleich weg, Thally«, raunt er mir zu.

»Das tue ich doch gar nicht.«

»Du machst es ständig. Tanz mit mir.«

Ein langsamer Song beginnt, weshalb ich zu Cami schaue, die mir ihren gehobenen Daumen zeigt. Wäre sie Facebook, dann wäre sie ein lebender Like Button. Vielleicht wäre sie auch ein Hashtag: *#Kupplerin* oder *#CamiBrooksKupplerin* oder so. Linden greift sanft an meine Handgelenke und legt meine Arme um seinen Hals. Ich bin froh, dass ich hohe Schuhe trage, sonst würde ich jetzt sicher 20 Zentimeter über dem Boden hängen, weil er so groß ist. Wenn meine Freundinnen und ich etwas gemeinsam haben, dann die Tatsache, dass wir uns immer mit wirklich sehr großen Männern umgeben.

Linden tanzt einen Kuschelblues mit mir, was nicht ganz mein Fall ist, aber da muss ich durch. In der Hoffnung, dass es jetzt keine fünf Minuten so weitergeht, lächle ich zu ihm hoch.

»Erzähl mir etwas von dir. Warum hast du vorhin gesungen, obwohl du normalerweise nie vor anderen Leuten singst?«

»Weil ihr mich genötigt habt, und weil ich heute schon ein Singalong hatte.«

»Und warum gehst du mir immer aus dem Weg?«, fragt Linden.

Ich seufze. »Weil … du vergeben warst und na ja, irgendwie ist es schon befremdlich, dass es dich nicht zu kümmern scheint, dass deine Freundin heute mit dir Schluss gemacht hat«, antworte ich.

»Es hat mir gezeigt, dass sie mir nicht vertraut. Es tut weh, aber ich möchte dir den Abend nicht versauen, indem ich hier mit einem traurigen Gesicht herumstehe ... oder tanze«, sagt Linden gelassen.

»Ich werde aus dir nicht schlau, Linden.«

»Das macht nichts. Ich werde aus dir auch nicht schlau«, lacht er.

Meine Augenbraue schießt wie von alleine in die Höhe. »Warum nicht?«

Linden streichelt meinen Rücken. »Na ja. Du willst erst nicht mit mir essen, tust es aber doch, nachdem Hailey für dich zugesagt hat. Du willst mich nicht wiedersehen, lädst mich aber zu deiner Party ein. Du gehst mir hier aus dem Weg, lässt dich jetzt aber auf einen Tanz mit mir ein.«

»Und das ist verwirrend für dich«, stelle ich fest.

»Ein bisschen.«

»Warum legst du es so darauf an, in meiner Nähe zu sein?«, frage ich nun, um aus ihm schlau zu werden, was mir wahrscheinlich nicht gelingen wird, aber ein Versuch ist es trotzdem wert.

»Weil ich an dir interessiert bin.«

»Ist das der einzige Grund?«

»Nein, aber es ist der Wichtigste.«

»Welche Gründe hast du noch?«, hake ich neugierig nach.

»Du bist eine interessante Frau, von der ich schon begeistert war, als sie mich gefragt hat, ob ich das Hobby 'Lustiges Teeniemorden' verfolge. Ich kenne niemanden, der so mutig ist und einen Anhalter mitnimmt, auch wenn er verletzt ist. Du sagst, was du denkst, und du nimmst kein Blatt vor den Mund. So was mag ich und es ist selten, so jemanden zu finden, wenn man den Weg eingeschlagen hat, den ich eingeschlagen habe«, antwortet er.

»Warum sollte ich dich anlügen, nur weil du so was wie ein Star bist?«

»Ich weiß es nicht, aber viele tun es. Ich habe mich für diesen Weg bewusst entschieden und mich verändert, was ich nie tun wollte, aber ich kann noch so schlecht aussehen, alle sagen, dass ich toll aussehe. Ein Song kann der hinterletzte Scheiß sein, aber alle sagen dir, dass er super ist. Es sind diese Dinge, die mich total abfucken.«

»Du weißt nicht, ob ich immer ehrlich bin«, gebe ich zu bedenken.

Sein Blick bohrt sich in meine Augen. »Stimmt, aber so wie ich dich einschätze, bist du ein ehrlicher Mensch.«

»Das könnte sein«, lächle ich.

»Weißt du, dass du wunderschöne Augen hast?«

»Ich glaube, das hast du schon mal erwähnt«, erwidere ich verlegen.

»Ich meine es ernst. Dieses grün-braun ist ... unbeschreiblich«, sagt er leise.

Das Lied endet und er ist es nun, der sich von mir lösen will, doch ich lasse ihn nicht gehen. »Wollen wir uns draußen weiter unterhalten?«

Linden sieht mich überrascht an. »Willst du wirklich deine eigene Party verlassen?«

»Du siehst doch, dass sie alle mit sich beschäftigt sind. Sie werden nicht merken, dass wir eine Weile weg sind.«

»Möchtest du etwas zu trinken mitnehmen?«

Ich schüttele den Kopf. »Aber hol dir ruhig etwas, wenn du möchtest. Ich warte vorne.«

Wir trennen uns. Linden geht an die Theke, während ich den Ausgang ansteuere.

»Wo willst du hin?«, ruft Cami mir hinterher.

Ich drehe mich um und zeige zum Ausgang.

Sie kommt sofort angelaufen. »Du haust ab? Ich habe gehofft, dass es dir gefällt«, mault sie.

»Ich möchte nur ein wenig an die frische Luft.«

»Mit Linden?«, grinst sie.

»Ja und wir kommen wieder her. Draußen kann man sich einfach besser unterhalten als hier«, erwidere ich.

»Okay.«

Priest: Prickelndes Begehren

Ich umarme sie kurz. »Kein Wort zu den anderen«, sage ich ihr dabei leise ins Ohr.

»Och komm schon!«

»Nein, Cami. Ich will nicht, dass ihr auf die Idee kommt, mir an den Strand zu folgen.«

»Du gehst mit ihm zum Strand?«

»Ja.«

»Ich rechne erst heute Nacht mit dir«, brummt sie.

»Zwei Stunden, wenn überhaupt, dann bin ich wieder da. Versprochen.«

»Gut. Ist ja noch nicht so spät. Bis später und bitte erzähl mir dann alles, ja?«, fragt sie hoffnungsvoll.

»Mal sehen, ob du den Uncut Bericht bekommst oder die abgeschwächte Version«, schmunzele ich und gehe schließlich, weil sie keine Anstalten macht, noch etwas zu sagen.

Draußen werde ich von Linden eingeholt, der eine Flasche Cola in der Hand hat. »War ziemlich schwer, die dem Barkeeper abzuluchsen.«

»Aber du hast es geschafft.«

»Mit der Ausrede, dass es für das Geburtstagskind sei, das Kreislaufprobleme hat«, schmunzelt er.

»Möchtest du an den Strand gehen?«

»Wo auch immer du hin möchtest«, antwortet er.

»Super«, lächle ich und mache mich mit ihm auf den Weg. »Wie geht es eigentlich weiter, wenn du dich von diesem Unfall erholt hast?«

»Ich werde nach New York zurückkehren, von dort geht es nach Texas, um die neue Single aufzunehmen, und dann geht auf Tour durch die Staaten«, erzählt er.

»Durch alle?«

»Ja. Wir spielen in fast jeder größeren Stadt.«

»Auch in Austin?«, erkundige ich mich.

»Auch dort, aber erst im Juli oder August, so genau habe ich den Plan nicht im Kopf.«

»Wenn du mir Bescheid sagst, werde ich dort sein. Ich verbringe die Sommerferien bei meinen Eltern«, erwidere ich.

Linden legt seinen Arm um meine Schulter und zieht mich an sich. Es ist etwas schwer so zu gehen, ohne dass wir aneinanderstoßen, aber es stört mich nicht. Er ist angenehm warm und er riecht so verdammt gut. »Schön, dass du nicht gleich die Flucht ergreifst«, raunt er.

»Warum sollte ich?«

»Das hast du bisher immer getan.«

»Und du weißt warum«, seufze ich.

»Stimmt, aber jetzt kann ich dich berühren, ohne dass du wegrennst.«

»Wenn du dich da mal nicht täuschst«, grinse ich.

Nach zehn Minuten erreichen wir den Strand. Ich setze mich nahe dem Ufer in den Sand und Linden lässt sich neben mich fallen. Er legt sich auf die Seite, kreuzt seine Beine und stützt seinen Kopf auf seiner Hand ab. Ich tue es ihm gleich und sehe ihn an. »Bist du traurig, weil sie dich verlassen hat?«, erkundige ich mich in einem bedauernden Ton.

»Ganz ehrlich?«

Ich nicke ihm zu.

»Nicht wirklich. Es hat mich verletzt, aber ich fühle mich jetzt so unendlich frei und vor allem befreit«, antwortet er, während er etwas Sand durch seine andere Hand rieseln lässt.

»Ich wünschte, dass ich das von mir behaupten könnte«, wispere ich, als ich mich auf den Rücken drehe und in die Sterne schaue.

»Wurdest du verlassen?«

»Indirekt. Ich hatte eine sehr lockere Beziehung mit einem Kommilitonen von mir und er hat es beendet, weil ich nichts Festes wollte. Im Nachhinein könnte ich mich dafür treten, weil er mir wirklich fehlt«, erwidere ich.

Priest: Prickelndes Begehren

»Vielleicht kann ich dich ja trösten«, raunt Linden, als er sich zu mir beugt. Er verdeckt mir die Sicht in den Himmel und sieht mir in die Augen.

»Wie denn?«, frage ich leise, ohne den Blick von ihm abzuwenden.

Langsam kommt er mir näher und versiegelt meine Lippen mit seinen. Blinzelnd schließe ich die Augen und lege meine Hände an seine Wangen, damit er sich nicht von mir löst.

Lindens Hand erforscht meinen Oberkörper und gleitet schließlich unter meine Bluse, als seine Zunge in meinen Mund eindringt. Seufzend umspiele ich sie mit meiner Zungenspitze, während ich eine Hand in seinen Nacken schiebe und von dort durch seine Haare fahre. Vorsichtig spreizt er meine Beine etwas und stellt sein Knie dazwischen, ohne den Kuss zu beenden. Ich weiß nicht, was es ist oder wodurch es nun letztendlich ausgelöst wurde, aber ich habe ein irres Kribbeln im Bauch. Es fühlt sich wie die Aufregung an, die man vor einer Achterbahnfahrt empfindet, dennoch ist es ein tolles Gefühl. Ich winkele mein Bein an, als er unter meinen Rock streichelt. 'Alarm, du bist am Strand. Halt ihn auf!', kreischt meine innere Stimme, weshalb ich die Augen aufschlage und sein Handgelenk ergreife.

Linden löst sich von meinen Lippen und schaut mich an. »Fuck. Sorry. Ich wollte dich nicht bedrängen«, flüstert er.

»Schon okay, aber wir sind immer noch am Strand und ich möchte meinem Vater nicht unbedingt erklären, warum er eine Kaution für mich stellen musste«, lächle ich.

Er streichelt mit seiner Nase über meine Nasenspitze. »Du hast recht, aber es tut mir trotzdem leid, dass ich so rangegangen bin.«

»Wenn ich es nicht gewollt hätte, hätte ich dich aufgehalten«, entgegne ich gelassen. Ich nehme meine Hand von seinem Nacken und seiner Wange.

Linden küsst sie, als ich sie gerade wegziehen will. Dann streichelt er meine Schläfe. Ich schließe die Augen. »Das habe ich mir schon seit der Autofahrt mit dir gewünscht«, raunt er.

»Du hast daran gedacht, obwohl du verletzt warst und keine Erinnerungen an irgendwas hattest?«, frage ich überrascht.

Er zuckt mit der Schulter. »Ja.« Inzwischen ist seine Hand nicht mehr verbunden, weshalb er sich ohne Risiko im Sand abstützen kann. Plötzlich schiebt er seine Hand in meinen Nacken und küsst mich noch mal, doch diesmal ist es ein sehr stürmischer Kuss, den ich überrumpelt erwidere. Und genau so unverhofft, wie es kam, löst er sich wieder von mir. »Werden wir uns nach heute Abend wiedersehen?«

Ich nicke hektisch. »Unbedingt.«

»Wann?«

»Nächstes Wochenende?«, schlage ich vor.

Linden schüttelt den Kopf. »Das ist viel zu spät. Wie wäre es mit morgen?«

»Da bin ich schon verabredet«, antworte ich. Ich kann Jim nicht einfach absagen, aber ich glaube nicht, dass Linden es gerne hört, dass ich mit einem anderen Mann ausgehe.

»Mit wem?«

»Mit einem Kommilitonen.«

»Was macht ihr?«

»Wir wollten ins Kino gehen. Ich wollte ihn einladen, weil er mir bei einer Klausur geholfen hat«, erwidere ich.

»Ist er an dir interessiert?«, hakt Linden neugierig nach.

»Ich habe keine Ahnung, aber ich glaube es nicht. Warum fragst du mich so aus?«, schmunzele ich.

»Einfach so. Ich möchte wissen, mit wem du dich herumtreibst«, gluckst er.

»Ich treibe mich nicht herum, sondern unternehme etwas mit einem Kommilitonen, weil ich ihm für seine Hilfe etwas schuldig bin beziehungsweise, mich dafür bei ihm bedanken wollte. Immerhin hat er mir damit wahrscheinlich den Arsch gerettet«, lache ich.

»So nenne ich das in Zukunft auch, wenn ich jemanden date«, sagt er trocken, dabei grinst er.

Ich lache lauter. »Du kannst das gar nicht sagen, weil du kein Student bist.«

»Schade, aber ich kann es etwas umformulieren«, grient er.

»Oder du datest nur mich«, schlage ich amüsiert vor.

»Wäre mir natürlich am liebsten, aber ich kann mich vor Anfragen kaum retten. Ich sehe mal in meinem Terminkalender nach, wann ich wieder Zeit für dich habe«, danach prustet er los und dreht sich, sodass ich auf ihm liege.

Ich richte mich auf, um ihn zu betrachten. »Du willst also auch andere Frauen treffen?«

»Das muss ich. Ich bin ein heiß begehrter Mann.«

»Okay, dann werde ich auch andere Männer treffen«, necke ich ihn, weshalb sein Lächeln erstirbt.

»Also mir wäre es lieber, wenn du nur mich triffst und ich nur dich treffe«, erwidert er nun ernst.

»Montag hätte ich den ganzen Tag Zeit«, sage ich leise, als ich mich wieder zu ihm herunterbeuge. »Hättest du Lust, etwas zu unternehmen?«

Linden nickt. »Sehr gerne sogar.«

»Wir könnten schwimmen oder ins Kino gehen, essen oder du suchst etwas aus.«

»Morgen Abend kommen meine Freunde, du könntest zu mir kommen und sie kennenlernen, Thally.«

»Alexis kenne ich schon.«

»Aber die anderen nicht.«

»Wie hießen sie noch?«, frage ich noch einmal, weil ich ihre Namen vergessen habe.

»Mike, Gavin und Azer.«

»Ich könnte auch morgen Abend nach dem Kinobesuch zu dir kommen, wenn du möchtest«, biete ich an. Irgendwie kann ich es nicht erwarten, seine Freunde kennen zu lernen, da sie mir bestimmt etwas mehr über ihn erzählen können. Googeln werde ich ihn nicht, weil ich sowieso kein Fan von diesen Teeniemagazinen bin, außerdem kann ich mir nicht vorstellen, dass auch nur in einem die Wahrheit steht.

»In Ordnung, Handsome«, raunt er. »Du kannst kommen, wann immer du möchtest.«

»Okay.« Ich hauche einen Kuss auf seine Lippen, nach dem ich mich eigentlich aufrichten will, doch Linden hält mich im Nacken fest und intensiviert den Kuss. Erneut dringt seine Zunge in meinen Mund ein und umspielt meine erst sanft, dann herrischer.

Ich bemerke ein Räuspern neben uns, woraufhin ich mich von Linden zurückziehe, um den Störer anzusehen. Allerdings erkenne ich nichts, weil ich mit einer Taschenlampe geblendet werde.

»Sie wissen, dass das ein öffentlicher Platz ist, oder?«

»Äh ja?«, erwidere ich perplex.

»Dann müssten Sie wissen, dass Sie hier nicht tun dürfen, was Sie gerade getan haben«, sagt er. Es ist definitiv ein Mann.

»Wenn Sie die Taschenlampe runter nehmen würden, könnten wir auch erkennen, wer uns tadelt«, mischt Linden sich ein, der sich aufgerichtet hat.

Der gleißende Lichtkegel wird von uns abgewendet. 'Oh nein! Ein Cop', denke ich und stehe auf. »Ihr Ausweise oder Ihre Führerscheine bitte«, verlangt der Polizist.

Ich lasse meine Tasche aufschnappen, dann hole ich mein Portemonnaie heraus und zeige dem Officer meinen Führerschein. Linden holt seinen aus seiner Hosentasche und reicht ihn ebenfalls weiter.

»Ms Thalia Leroux und Mr Linden Priest«, murmelt er, nachdem er sie studiert hat. »Ich spreche Ihnen hiermit einen Platzverweis aus«, sagt er lauter und gibt uns unsere Führerscheine zurück. »Gehen Sie«, dabei nickt er hoch zur Straße.

»Danke, Officer«, nuschele ich, ergreife Lindens Hand und ziehe ihn hoch zur Straße.

Er lacht leise. »Das war meine erste Begegnung mit dem Gesetz.«

»Meine auch«, schmunzele ich.

Priest: Prickelndes Begehren

Linden legt den Arm um mich. »Was machen wir jetzt?«

»Ich habe Cami versprochen, dass wir zurückkommen. Ich kann nicht einfach abhauen.«

»Dann gehen wir zurück.«

♥♥♥

»Ihr wart aber lange weg«, ruft Hailey, als wir an die Theke gehen.

»Wir hatten eine kleine Begegnung mit dem Gesetz«, erwidere ich amüsiert.

»Was?«, entrüstet sie sich.

Ich zucke mit den Schultern und grinse hoch zu Linden, der sich das Lachen verkneift.

»Was habt ihr getrieben, dass die Polizei gekommen ist?«, fragt Delsin grinsend.

Daraufhin zucke ich noch mal mit den Schultern und grinse.

»Ah ... Schweinereien, okay«, schmunzelt er und wendet sich wieder Cami zu.

»Wir haben keine Schweinereien getrieben ... Wir haben bloß gekuschelt«, stelle ich klar, damit sie nicht denken, dass ich ein Flittchen bin, das sich am Strand flachlegen lässt. Das hätte ich keinesfalls zugelassen.

Camis Blick trifft mich. Es erscheint so, als würden ihre Augen fragen, was wir genau gemacht haben, deshalb werfe ich ihr einen Luftkuss zu. Sie nickt knapp und zeigt mir ihren gehobenen Daumen.

Linden bestellt Getränke für uns, während ich ein 'Blickgespräch' mit Cami führe.

Delsin sieht uns verwirrt zu, bis er nachhakt: »Versteht ihr euch neuerdings auch ohne Worte?«

»Ja«, antworten Cami und ich im Chor.

»Rufst du mich morgen an?«, möchte sie laut wissen.

»Können wir das auf Montag verschieben? Ich habe morgen schon ein Date mit meinen Notizen«, erwidere ich.

»Na gut.«

Dale kommt zu mir. »Thally, falls ich vorhin eifersüchtig gewirkt habe, tut es mir leid.«

Ich blicke sie an. »Ich würde auch so reagieren, wenn mein Freund so mit einer Freundin tanzt.«

»Also bist du mir nicht böse?«, hakt sie unsicher nach.

Daraufhin schüttele ich den Kopf. »Nein, bin ich nicht. Allerdings musst du auf mich nicht eifersüchtig sein, weil ich immer nur mit Ave tanze und nicht mehr von ihm will. Bei Hailey musst du eher ein Auge drauf haben«, schmunzele ich.

Dale schaut zu Hailey herüber und schnaubt. »Sie hat doch Logan.«

»Und ich ziehe dich nur auf«, kichere ich.

Sie knufft mich in den Oberarm. »Manchmal kannst du richtig fies sein.«

»Ich weiß, aber so mögt ihr mich.«

Linden reicht mir ein Glas, in dem eine blaue Flüssigkeit ist. Das ist jetzt ganz klar ein Cocktail, das erkenne ich sofort und ich rieche es. »Was ist das?«, erkundige ich mich.

»Swimming Pool.«

»Okay.« Ich nehme einen Schluck, nachdem wir angestoßen und uns dabei in die Augen gesehen haben. »Der ist auch gut.«

»Ich würde niemals auf die Idee kommen, dir etwas Schlechtes zu geben.«

»Na, wer weiß«, necke ich ihn.

Dale sieht ihn an. »Ich komme mir blöd vor, aber könnte ich ein Autogramm bekommen?«

Nein, wie süß. Und das meine ich jetzt ernster, als es klingt. Sie fragt meinen Freund, meinen rein platonischen Freund, ob er ihr ein Autogramm gibt.

»Ich gebe es Thally, okay? Ich habe nichts mit, worauf ich unterschreiben kann, geschweige denn einen Stift«, entschuldigt sich Linden.

»Okay. Danke.«

»Und du musst dir nicht blöd vorkommen. Mich fragen wesentlich ältere Frauen in wesentlich blöderen Situationen nach einem Autogramm«, lächelt er.

Dale errötet und eilt zurück zu Ave, dessen Augen Pfeile auf Linden schießen, dann sieht Ave mich an und lächelt. Ich mache eine abwinkende Geste und strecke ihm anschließend die Zunge heraus.

Langsam bin ich müde, da sich der Ausflug vom Tag bemerkbar macht. Wenn ich morgen ausgeschlafen sein möchte, und nicht bis mittags im Bett liegen will, sollte ich mich wirklich auf den Heimweg machen. Deshalb trinke ich mein Glas leer und stelle es auf den Tresen. »Leute, seid mir nicht böse, aber ich bin fix und fertig. Ich denke, ich fahre nach Hause.«

»Jetzt schon? Es ist gerade mal halb zwölf«, beschwert sich Cami.

»Und ich bin hundemüde, Süße«, erwidere ich.

»Lass uns noch einmal tanzen«, sagt Linden und zieht mich zur Tanzfläche.

»Aber nur ein Lied.«

»Das zählt nicht, denn der Song ist fast vorbei«, entgegnet er.

Wir tanzen ausgiebig und kommen uns auch vor meinen Freunden näher. Immer wieder haucht Linden zarte Küsse auf meine Stirn, meine Nasenspitze und meine Lippen, die ich nur zu gerne über mich ergehen lasse.

Ich merke nicht, wie die Zeit verfliegt, bis Delsin zu mir kommt. »Aus einmal tanzen sind jetzt drei Stunden geworden. Cami ist müde, deshalb bringe ich sie jetzt nach Hause. Wir sehen uns in der Uni.«

Ich löse mich von Linden und gehe mit Delsin mit, um mich von meinen Freunden zu verabschieden. »Ich denke, dann werde ich auch fahren, ohne euch möchte ich nicht bleiben.«

»Du warst den ganzen Abend mit Linden beschäftigt«, wirft Cami mir vor.

»Wirklich? Willst du jetzt die eifersüchtige Freundin spielen, weil ich den Abend genossen habe?«, erwidere ich verletzt.

»Ich habe allen Grund dazu, immerhin habe ich die Party organisiert und du warst kaum bei uns.«

Ich verdrehe die Augen, dann hauche ich einen Kuss auf ihre Wange. »Bis dann, Cami. Schlaf gut.« Ich kann den angesäuerten Unterton nicht vermeiden, aber es ist mir auch verdammt egal. Sie wollte doch unbedingt, dass ich mich mit ihm treffe.

Genervt nehme ich meine Handtasche vom Hocker und verlasse den Klub, nachdem ich mich von meinen anderen Freunden verabschiedet habe, über Linden denke ich im Augenblick gar nicht nach.

Als ich draußen bin, rufe ich mithilfe meines Handys ein Taxi. Plötzlich hält eine, mir nur zu bekannte Limousine vor mir. Das Fenster öffnet sich. »Kann ich dich nach Hause bringen?«, erkundigt sich Linden und macht die Tür auf.

Lächelnd steige ich ein. »Du bist nicht selbst gefahren?«

»Nein, weil ich damit gerechnet habe, dass ich Alkohol trinke, dann fahre ich nicht mehr. Ich will niemanden gefährden.«

Ich nicke knapp und der Wagen setzt sich in Bewegung. »Danke, dass du mich nach Hause bringst«, sage ich leise.

Linden zieht mich in seinen Arm. »Ich würde dich viel lieber zu mir bringen.«

»Okay.«

»Heißt das, dass du bei mir übernachten möchtest?«, fragt er irritiert.

»Möchtest du es denn?«

»Unbedingt«, antwortet er. »Grayston, es geht gleich nach Hause. Ms Leroux wird im Gästezimmer übernachten.«

Ich schaue ihn perplex an.

»Das Personal muss nicht wissen, dass ich dich mit in mein Schlafzimmer nehme«, grinst er.

»Ach so«, lächle ich. Oh Gott. Ich bin kurz davor, in Lindens Schlafzimmer zu gehen. Mit ihm schlafen werde ich nicht, aber ich würde schon gerne mal wieder in den Armen eines Mannes einschlafen und aufwachen.

Priest: Prickelndes Begehren

Linden legt seinen Finger unter mein Kinn und drückt es sanft hoch. Als wir auf Augenhöhe sind, küsst er mich leidenschaftlich. So wurde ich wirklich noch nie geküsst. Weder von Damon, noch von Colton, oder irgendeiner meiner Eroberungen. Ich erwidere den Kuss ebenso hungrig, wie er auf mich wirkt.

Ich habe keine Ahnung, wie er es hinbekommt, aber auf einmal liege ich auf dem Rücken und er ist über mir. Wir lösen uns etwas voneinander und Linden fängt an, meine Bluse aufzuknöpfen. Einmal mehr halte ich ihn davon ab.

»Der Fahrer«, keuche ich.

»Die Trennscheibe ist oben«, erwidert er leise.

Ich sehe das Verlangen in seinen Augen, was ein Prickeln in meinem Unterleib auslöst. »Linden, ich ... würde gerne, aber wir sollten das nicht tun. Vor allem nicht in deiner Limousine.«

Sein Gesicht nimmt einen verwirrten Ausdruck an, dann knöpft er meine Bluse wieder zu. Es ist unglaublich, wie schnell er dabei ist. Selbst ich bekomme die Knöpfe nicht so schnell durch die viel zu kleinen Knopflöcher gedrückt. Anschließend setzt er sich hin, als wäre nichts gewesen. Seine Kiefer mahlen und auf einmal schlägt er mit der Faust auf seinen Oberschenkel.

Ich zucke zusammen. »Was ist los?«

Er schüttelt den Kopf, bevor er mich ansieht. »Ich habe es verkackt. Ständig bedränge ich dich. Du musst ja denken, dass ich ein notgeiler Perverser bin.«

Ich lege meine Hand auf seinen Oberarm. »Das denke ich aber nicht von dir. Ich würde gerne, aber ... wir kennen uns kaum und ... irgendwie ...« Ich seufze. »Ich weiß auch nicht, aber ich möchte nicht im Auto mit dir schlafen.«

Seine Züge werden weich. »Denkst du jetzt nichts Schlechtes von mir?«

»Nein. Warum sollte ich?«, frage ich leise.

»Sag du es mir«, raunt er.

Ich beuge mich zu ihm, um einen Kuss auf seinen Mundwinkel zu hauchen. »Mach dir keinen Kopf.«

»Okay«, seufzt er.

Ich kuschele mich an ihn und schließe die Augen. Es ist schon süß, dass er gleich so ein schlechtes Gewissen hat, weil ich ihn aufgehalten habe. Dennoch werde ich meinen Entschluss nicht kippen und heute Nacht nicht mit ihm schlafen. Hoffe ich jedenfalls. Ich würde gerne, weil er dieses Begehren in mir auslöst. Es ist mir überhaupt nicht vertraut, so zu fühlen beziehungsweise es war ein lange vergessenes Gefühl. Ich weiß, dass man sich nach zwei Treffen nicht verlieben kann, aber so langsam glaube ich, dass ich auf dem besten Weg dahin bin, wenn er sich weiter so sehr um mich bemüht.

Ich weiß nicht, wie lange wir schon unterwegs sind, als Linden mich anstupst. »Bist du wach?«

»Ja, bin ich«, erwidere ich, als ich die Augen aufschlage.

»Wir sind da«, lächelt er.

Wir steigen aus und er führt mich in sein Haus. Von der Eingangshalle bringt er mich direkt nach oben in sein Schlafzimmer. Statt Anstalten zu machen, mich zu verführen, holt er ein Shirt und Boxershorts aus seinem Kleiderschrank. »Ich glaube nicht, dass du nackt schlafen möchtest, deshalb ... hier.« Er reicht mir die Sachen. »Das Bad ist dort vorne hinter der Tür. Ich gebe dir noch eine Zahnbürste.«

Ich bedanke mich, dann folge ich ihm ins Badezimmer.

Linden legt mir eine Zahnbürste neben das Waschbecken und holt Handtücher heraus, die er mir ebenfalls gibt. Jetzt ist der Zeitpunkt gekommen, an dem ich mich wirklich bepackt fühle. »Ich habe leider kein Duschgel für Frauen, aber ich denke, meines geht auch«, sagt er und tritt von einem Fuß auf den anderen.

Ich lächle ihn an. »Alles gut. Ich werde es schon überleben.«

»Okay. Ich ... warte draußen«, erwidert er und geht.

Ich höre einen Rumms und sehe zu ihm. Warum auch immer, aber ich fange an zu schmunzeln, als er sich die Schulter reibt.

»Der Türrahmen war mir im Weg«, grinst er verlegen, dann lässt er mich allein und schließt die Tür hinter sich.

Priest: Prickelndes Begehren

Als er weg ist, ziehe ich mich aus. Ich dusche eilig, danach ziehe ich mich an und lege meine Sachen zusammen. Meine Haare kämme ich mit der Bürste aus meiner Handtasche durch. Obwohl sie hochgesteckt waren, habe ich die Angewohnheit immer eine Bürste und ein Haargummi dabei zu haben, auch, als ich noch den Bobschnitt hatte.

Laut meinem Handy bin ich schon eine halbe Stunde hier drin, deshalb nehme ich meine sieben Sachen und verlasse das Bad. »Ich bin fertig«, stammele ich, als ich Linden nur in Shorts am Fenster stehen sehe. Die Muskeln an seinem Rücken sind schon beeindruckend und sein Hintern sieht ziemlich fest aus. Wie gerne ich seine Haut jetzt berühren würde, kann ich nicht in Worte fassen.

Er dreht sich zu mir herum, dann zeigt er zum Bett. »Leg dich doch schon mal hin.«

»Wo kann ich meine Sachen hinlegen?«, frage ich, dabei bemühe ich mich, in seine Augen zu schauen, statt seinen muskulösen Oberkörper anzustarren.

»Ich zeig's dir.« Linden kommt auf mich zu und streckt seine Hand aus.

Ich ergreife sie und begleite ihn noch einmal ins Bad. Er deutet auf einen Wäscheständer, der neben einem Korb steht. Ich hänge meine Kleidung darauf. »Ich lasse dich allein.«

Noch immer hält er meine Hand fest. Linden legt den Kopf schief. »Ich freue mich, dass du hier bist.«

Mehr als ein verlegenes Lächeln bringe ich nicht zustande, dann entziehe ich ihm langsam meine Hand und gehe ins Schlafzimmer. Jetzt wäre es gut zu wissen, auf welcher Seite er schläft. Vielleicht liegt er ja auch mittendrin. Seufzend schlage ich die Decke zurück und fühle auf der Matratze, welche Seite eine Kuhle hat, denn auf dieser wird er wohl immer liegen. Rechts finde ich sie, weshalb ich mich schließlich auf die linke Seite lege. Ich liege gerade und habe mich zugedeckt, als Linden ins Schlafzimmer kommt. Er lächelt. »Ich habe damit gerechnet, dass du dich auf meine Seite legst.«

»Ich wollte dir nicht deinen Platz streitig machen. Es reicht, wenn ich dir diese Nacht die Decke klaue«, kichere ich.

Linden legt sich neben mir auf die Seite. »Ich lasse sie mir nicht klauen.« Dann macht er das Licht aus und plötzlich fühle ich seine Lippen an meiner Wange. »Schlaf gut, Thally.«

»Du auch, Linden«, flüstere ich und drehe mich zu ihm.

Er zieht mich in seine Arme und krault meinen Nacken. Seufzend schließe ich die Augen. Seine Lippen streicheln meine Stirn, bevor er sie küsst, während seine Hand an meine Wange gleitet. Ich hebe den Kopf, um ihn anzusehen, was in dem diffusen Licht, das durch das Fenster ins Zimmer fällt, kaum möglich ist. »Erzähl mir noch ein wenig von dir«, raunt er mir zu.

»Was möchtest du denn hören?«

»Wer war dein erster Freund? Warum habt ihr euch getrennt? Wie war die Highschool?«, zählt er auf.

»Wie wäre es, wenn wir uns damit abwechseln? Ich erzähle etwas, dann erzählst du etwas ...«

»Okay.«

»Mein erster Freund hieß Gerard Tanner. Wir kamen zusammen, als ich 15 Jahre alt war, und haben uns getrennt, als ich 17 war, weil er den nächsten Schritt gehen wollte und ich nicht.«

»Meine erste Freundin hieß Amy O'Neill, ich war 16. Sie war Cheerleaderin und mehr am Footballstar der Schule interessiertals an mir, deshalb haben wir uns nach 6 Monaten wieder getrennt.«

Ich nicke langsam. »Mein zweiter Freund hieß Damon Peterson, mit ihm kam ich zusammen, nachdem Gerard und ich uns getrennt hatten. Mit ihm habe ich den nächsten Schritt gewagt und wir haben uns getrennt, weil er keine Fernbeziehung wollte, als feststand, dass ich in Miami studiere.«

»Meine zweite Freundin hast du kennengelernt. Trish, eigentlich Patricia, Walsh. Wir sind vor etwas mehr als drei Jahren zusammengekommen, und warum sie sich getrennt hat, weißt du«, erzählt er. »Wie war die Highschool für dich?«

Ich seufze. »Eine Qual. Ich hatte zwar Damon, aber nachdem er seinen Abschluss gemacht hatte, war ich quasi allein. Ich hatte nicht besonders viele Freunde dort, bis auf Patty und Pierce, die beiden sind gemeinsam nach Stanford gegangen. Wie war sie für dich?«

»Nachdem ich eine Typveränderung durchgezogen hatte, zu der Alexis mich überredet hatte, war ich ein Mädchenschwarm«, schmunzelt er. »Aber da ich mit Trish zusammen war, habe ich das nicht ausgenutzt. Das Senior Year war sehr spannend, aber insgesamt ist es nur ein weiteres Kapitel meines Lebens, von dem ich froh bin, dass es vorbei ist.«

»Warum?«, frage ich, weil ich nicht verstehen kann, dass er froh darüber ist, da er beliebter zu sein scheint als ich.

»Ich war ein verdammt schlechter Schüler. Ohne Alexis' Hilfe hätte ich den Abschluss nicht geschafft. Ich war einfach zu faul zum Lernen und habe lieber Musik gemacht«, antwortet Linden.

»Wer weiß, ob wir uns je getroffen hätten, wenn du einen anderen Weg eingeschlagen hättest«, flüstere ich.

Linden zieht mich hoch, sodass wir uns von Angesicht zu Angesicht gegenüberliegen. »Irgendwann hätte ich dich auf jeden Fall gefunden, oder du mich ... Wenn das Schicksal will, dass zwei Menschen sich finden, dann finden sie sich, egal welchen Weg sie einschlagen.«

Lächelnd rutsche ich näher an ihn heran und hauche einen Kuss auf seine Lippen. »Du bist süß.«

Daraufhin schmunzelt er. Kurz, nachdem er sich beruhigt hatte, schiebt er seine Hand in meinen Nacken und versiegelt meine Lippen mit einem leidenschaftlichen Kuss, bei dem er mich auf den Rücken dreht. Linden gleitet zwischen meine Beine und schiebt seine Hand unter das Shirt, das ich trage. Ich stöhne in seinen Mund, als seine Finger sich um meine Brustwarze schließen. Er reibt sie sanft zwischen seinen Fingerspitzen und sorgt dafür, dass sie sich aufrichtet. Selbst die, der er keine Aufmerksamkeit schenkt. Etwas schüchtern lege ich meine Hände an seinen Rücken und erkunde seinen Körper so gut es mir möglich ist. Ich schiebe meine Daumen in seine Boxershorts, die ich dann etwas herunterziehe. Mein Entschluss, dass ich nicht mit ihm schlafen werde, ist vergessen.

Linden beendet den Kuss, danach sieht er in meine Augen. Es wirkt so, als wollte er eine Erlaubnis für das haben, was er vorhat. Ich nehme sein Gesicht in meine Hände, hauche noch einen Kuss auf seine Nasenspitze und drücke ihn hoch, damit ich das Shirt ausziehen kann. Er reißt die Augen auf, als ich es zur Seite werfe. Statt mich zu küssen, neckt er meinen Hals mit seiner Zunge und seinen Zähnen. Ich stöhne auf, um meiner Erregung Ausdruck zu verleihen. Linden klettert neben mich, ohne sich von mir zu lösen, und zieht meine Shorts herunter.

»Hast du etwas ... zum Verhüten?«, frage ich leise, dabei zittert meine Stimme. Warum bin ich so aufgeregt?

»Ja«, raunt er gegen meine empfindliche Haut, dann beugt er sich über mich und holt etwas, vermutlich ein Kondom, aus der Nachttischschublade. Dann zieht er seine Boxershorts aus.

Ich komme nicht umhin, ihn dabei anzustarren.

»Was ist?«, möchte er wissen.

Mein Blick wandert an seinem Körper hoch. »Nichts«, hauche ich.

»Willst du es wirklich?«

Ich nicke und Linden gleitet wieder über mich, nachdem er meine Schenkel gespreizt hat. Er küsst mich, als er mich mit der Spitze seines Penis reizt, außerdem legt er seinen Daumen an meine Klit und umspielt sie. »Oh mein Gott«, entfährt es mir und ich spüre, dass es mich immer weiter erregt.

Als er beschließt, dass ich bereit bin, dringt er in mich ein, was mich laut aufstöhnen lässt. Linden lässt sich Zeit dabei, mich zu dehnen und auszufüllen, bevor er anfängt, sich in mir zu bewegen. Ich streichele seine Oberarme, seine Schultern und seine Wangen, während ich mich ihm entgegen bewege, damit ich nicht tatenlos herumliege.

Linden stöhnt in meinen Mund, als unsere Zungen sich zu einem leidenschaftlichen Tanz treffen. Schließlich halte ich es nicht mehr aus. Ich hole Schwung, rolle mich mit ihm herum und reite ihn. Er legt seine Hände an meine Brüste, nachdem ich mich aufgerichtet hatte, und massiert sie gekonnt. Ich stütze mich auf seinem Brustkorb ab, schließe die Augen und genieße es, ihn so tief in mir zu spüren. Natürlich werde ich schneller auf ihm. Ich hebe mein Becken, bis er fast aus mir gleitet, und senke mich wieder auf sein Glied.

»Wenn du so weitermachst, brauche ich nicht mehr lange«, keucht er.

Ich brauche sowieso nicht mehr lange und er macht es mir schwerer, als er anfängt, mich hochzustoßen. Dann beuge ich mich wieder zu ihm herunter. Wir bewegen uns im Einklang und treiben uns gegenseitig weiter, bis wir zeitgleich erstarren und unsere Aufschreie mit einem stürmischen Kuss ersticken.

Linden rollt sich mit mir herum, bevor er aus mir herausgleitet. Schließlich beendet er auch den Kuss. »Ich gehe mich waschen und dann sollten wir endlich schlafen«, raunt er.

Ich lächle ihn befriedigt an. »Okay.«

Daraufhin steht er auf und verschwindet ins Bad, während ich mich ins Kissen kuschele. Das Lächeln auf meinen Lippen bleibt, auch als ich die Augen schließe, will es nicht von ihnen weichen.

Noch bevor Linden wieder da ist, bin ich eingeschlafen. Ich merke zwar, dass er mich in seine Arme zieht, aber ich wache nicht mehr auf.

KAPITEL 8

Ich schlage die Augen auf und sehe Linden, der immer noch schläft, an. 'Also ist es wirklich passiert', denke ich, dabei ging ich davon aus, dass ich nur einen sehr lebhaften Traum hatte. Lächelnd schmiege ich mich an ihn und atme tief ein. Er riecht so verdammt gut. Meine Fingerspitzen zeichnen Kreise auf seinen Oberarm und sein Schlüsselbein.

»So sanft wurde ich bisher noch nie geweckt«, murmelt er, dabei legt er den Arm um mich.

»Es gibt immer ein erstes Mal«, flüstere ich.

Linden sieht mich an, dann küsst er meine Stirn. »Hast du gut geschlafen?«

»Sehr gut sogar und du?«

»Wie ein Stein und so gut habe ich ewig nicht geschlafen«, raunt er. »Alles nur deinetwegen, denke ich.«

»Meinetwegen?«

»Ja. Seitdem du mich in dein Auto eingeladen hast, habe ich jede Nacht wach gelegen und überlegt, wie ich dich erobern kann«, lächelt er.

»Du solltest weiter überlegen, denn noch hast du mich nicht erobert«, schmunzele ich.

»Ich bin allerdings davon überzeugt, dass ich auf einem guten Weg bin.«

»Das kann ich nicht abstreiten«, pflichte ich ihm bei.

»Was möchtest du frühstücken?«, wechselt er plötzlich das Thema.

»Hm«, mache ich und überlege einen Moment lang. »Pancakes oder Waffeln.«

»Warte einen Moment.« Er dreht sich auf den Rücken, ohne mich aus seinem Arm zu lassen, und nimmt ein Telefon zur Hand. »Guten Morgen, Mrs Atkins, könnten Sie bitte Pancakes und Waffeln zum Frühstück machen? ... Ja, mit Ahornsirup und allem, was dazu gehört ... Genau, auch Obst ... Danke, Mrs Atkins.« Dann legt er auf und wendet sich mir wieder zu. »In einer halben Stunde können wir frühstücken.«

»Dann sollte ich duschen«, sage ich leise.

»Oder ich hole es nachher und wir frühstücken im Bett«, erwidert er.

»Gefällt mir besser.« Ich kuschele mich eng an ihn. Meine Hand lege ich auf seinen Bauch, meinen Kopf auf seine Brust. Ich lausche seinem Herzschlag, der gleichmäßig und kräftig ist.

»Mir auch.« Linden streichelt mich sanft, dabei haucht er vereinzelte Küsse auf meinen Scheitel. »Möchtest du den Tag mit mir verbringen?«

»Ich bin doch verabredet«, antworte ich.

»Aber erst heute Abend.«

»Ich muss noch lernen.«

»Du sagtest, du hättest morgen den ganzen Tag für mich Zeit ... Wann musst du wieder zur Uni?«

»Am Mittwoch«, erwidere ich.

»Dann lasse ich dich morgen den halben und Dienstag den ganzen Tag lernen«, schlägt er vor.

Ich kichere. »Linden, ich kann Jim nicht einfach absagen. Es wäre nicht richtig, ihn deinetwegen zu versetzen, außerdem habe ich keine Ahnung, was ich sagen soll, damit er nicht sauer ist.«

»Sag ihm, wie es ist. Du hast einen neuen Freund«, gluckst er.

Ich hebe den Kopf und sehe ihn mit gehobener Augenbraue an. »Was?«

»Na ja, wir sind zwar noch kein Paar, aber das wäre eine Ausrede, die er dir nicht verübeln könnte.«

Moment mal! Ich weiß gar nicht, ob wir überhaupt ein Paar werden, aber das ist gerade Nebensache, allerdings spreche ich das lieber nicht laut aus, um ihn nicht zu verletzen oder zu verärgern. »Ich möchte ihm nicht absagen. Ich war ewig nicht im Kino und möchte diesen Film gerne sehen.«

»Was seht ihr euch an?«

»Einen Actionfilm.«

»Ich dachte, alle Frauen stehen auf Liebesfilme und Dramen«, sagt er perplex.

»Ich bin aber nicht alle«, erwidere ich amüsiert. »Wir können es so machen. Ich bleibe bis heute Nachmittag, dann fahre ich nach Hause, ziehe mich um und gehe mit Jim ins Kino. Danach kann ich doch wieder hierher kommen.«

Linden seufzt. »Okay.«

»Passt dir nicht, hm?«

»Nein, weil ich dich gerne ununterbrochen bei mir hätte«, gibt er zu.

»Ich bringe meine Unterlagen mit und lerne hier, dann kann ich bis Dienstag bleiben. Und ich kann mit dem Auto herkommen, dann muss dein Chauffeur mich nicht ständig durch die Gegend fahren.«

»Okay«, nickt er.

Dann verfallen wir in ein angenehmes Schweigen, während dem wir nur miteinander kuscheln und die Nähe zueinander genießen. Mit Colton konnte ich nie einfach so im Bett liegen und schmusen. Er und ich sind immer gleich übereinander hergefallen. Mit Linden ist es ganz anders, liebevoller und es hat einfach diese Wirkung, dass ich am liebsten in einer Tour seufzen würde.

Er streichelt mir eine Haarsträhne aus dem Gesicht, anschließend krault er meinen Nacken. »Hat dir schon mal jemand gesagt, dass du eine tolle Frau bist?«

»Ich glaube, du hast schon etwas Ähnliches zu mir gesagt.«

»Und ich denke, dass ich es immer wieder erwähnen werde.«

Schmunzelnd rutsche ich zu ihm hoch und küsse seinen Mundwinkel. »Bis du zurück nach New York gehst«, wispere ich.

»Aber von dort fliegen wir nach Austin, wo wir uns sehen werden, wenn du möchtest«, erwidert Linden.

»Was denkst du, wie lange du noch in Miami bist?«, frage ich leise.

»Ich denke, dass es noch eine oder zwei Wochen sind, Thalia.«

Priest: Prickelndes Begehren

»Das ist keine sehr lange Zeit«, murmele ich, als ich in seine Augen sehe.

Linden streichelt meine Wange. »Lange genug, um uns noch näher kennen zu lernen.«

»Von Mittwoch bis Freitag bin ich in der Uni und muss lernen, also habe ich gar nicht so viel Zeit für dich«, gebe ich zu bedenken.

»Du bleibst einfach bei mir, lernst hier und ich versuche dir zu helfen, wo ich kann. Okay?«

»Okay«, lächle ich.

♥♥♥

Ich eile die Treppen herunter, nachdem ich mich für den Kinoabend mit Jim fertig gemacht hatte. Der Tag mit Linden war toll. Wir haben fast die ganze Zeit am Pool gelegen und gekuschelt und wir hatten Sex im Whirlpool, was ziemlich ... prickelnd war. Außerdem hat er mir das Haus, genauer gesagt, seine Villa gezeigt. Es ist nur indirekt seine. Lindens Dad hat sie ursprünglich gekauft, um mit Lindens Mutter dort einzuziehen, aber das hatte sich aus irgendeinem Grund, den ich vergessen habe, erledigt. Inzwischen planen sie wohl, auch nach New York zu ziehen. Als ich ihn gefragt habe, ob er mich seinen Eltern vorstelle, ist er ausgewichen. Wahrscheinlich will er erst noch Gras über die Sache mit Trish wachsen lassen, bevor er ihnen das neue Mädchen an seiner Seite präsentiert.

Schließlich habe ich Jims Auto erreicht. Er hat das Fenster auf der Beifahrerseite heruntergelassen »Hey! Macht es dir etwas aus, wenn wir mit 2 Autos fahren? Ich habe nach dem Kino noch etwas vor und möchte nicht, dass du einen Umweg fährst«, begrüße ich ihn, nachdem ich mich ins Auto gebeugt habe.

»Kein Problem. Ich fahre vor«, erwidert er lächelnd.

»Super.« Ich ziehe mich zurück und eile zu meinem Wagen. Schnell werfe ich meine Taschen auf den Rücksitz, dann steige ich ein.

Jim fährt los. Ich folge ihm, bis wir auf den Parkplatz des Kinos fahren und dort parken. Mein Handy klingelt die ganze Zeit. Es sind Nachrichten von Linden, die ich zu ignorieren versuche, weil ich nicht unverschämt sein möchte, indem ich den Abend mit dem Smartphone in der Hand verbringe. Allerdings nehme ich es jetzt noch einmal an mich und schreibe ein schnelles 'Bitte hör auf, mir zu schreiben. Wir sehen uns doch später!', mit einem lächelnden und einem küssenden Smiley.

Nur wenige Sekunden darauf bekomme ich seine Antwort: 'Ich vermisse dich eben. Sorry und bis später.'

Seufzend lasse ich es in meiner Handtasche verschwinden, dann steige ich aus und gehe zu Jim herüber. »Bereit?«, frage ich.

»Immer«, nickt er und bietet mir seinen Arm an, als ich an seiner Seite bin.

Allerdings lehne ich ab. Wir sind nur Kommilitonen und ich möchte ihm keinen falschen Eindruck vermitteln. »Wie war dein Wochenende?«, erkundige ich mich.

»Okay, auch wenn ich fast nur gelernt habe. Wie war deines?«

»Voller Partys und Pannen«, schmunzele ich.

»Was soll das denn heißen?«

»Freitag war ich bei Dravens Auftritt im Dizzles, gestern haben wir meinen Geburtstag nachgefeiert und heute habe ich einen sehr ... entspannten Tag verbracht, von dem die letzten 2 Stunden allerdings etwas stressig waren«, antworte ich gut gelaunt.

»Schade, dass ich nicht bei deiner Party war«, sagt er angefressen.

»Tut mir leid, dass Camille dich nicht eingeladen hat. Ich wusste nicht, wen sie eingeladen hat, nur dass die Party stattfindet«, entgegne ich bedauernd.

»Schon okay. Dafür verbringst du ja den heutigen Abend mit mir.«

Ich nicke ihm zu, dann betreten wir schon das Kino. »Ich lade dich ein, weil du mir den Arsch gerettet hast«, sage ich, als wir an der Kasse stehen. Vor mir ist keine besonders lange Schlange, weshalb ich schnell an der Reihe bin. Ich kaufe die Karten und anschließend gehen wir zum Snackstand, wo ich Popcorn und Softdrinks kaufe.

Priest: Prickelndes Begehren

Wir schlendern, bewaffnet mit unseren Eimern Popcorn, in den Kinosaal und setzen uns auf unsere Plätze in der letzten Reihe. Ich mag es nicht, zu weit vorne zu sitzen, weil ich mir dann immer den Nacken verrenke. Der Saal ist recht gut besucht. Nicht nur von Leuten meines Alters, auch von älteren oder jüngeren.

Wenige Minuten später beginnt der Film.

♥♥♥

Ich hätte nicht damit gerechnet, dass ich mich so sehr langweile. Unangenehm ist es auch, weil Jim seinen Arm um mich gelegt hat. »Könntest du?«, frage ich leise.

»Oh. Sorry«, erwidert er und lässt mich wieder los, doch dafür legt er seine Hand auf meinen Oberschenkel.

Daraufhin ziehe ich meine Beine weg und schlage sie übereinander. Ich lehne mich zu dem Sitz neben mir, der unbesetzt ist, und stütze meinen Kopf auf meine Hand. Scheinbar stachelt es ihn an, denn nun streichelt er mich. »Jim, hör bitte auf. Wir sind Freunde, mehr nicht«, zische ich.

Nun zieht er sie endlich weg. Ich atme auf und konzentriere mich wieder auf den langweiligen Film. Ich hatte mir mehr Action versprochen, aber stattdessen scheint es sich um einen actionreichen Liebesfilm zu handeln, der an sich nicht schlecht wäre, wenn er denn nicht ganz so schmalzig wäre.

Endlich kommt der Abspann und ich springe beinahe auf, um den Saal zu verlassen.

Jim folgt mir auf den Fuß. »Möchtest du noch etwas trinken gehen?«, fragt er, als wir nebeneinander gehen.

»Ein anderes Mal, okay? Ich muss wirklich noch weiter«, erwidere ich, dabei gebe ich mir Mühe, etwas bedauernd zu klingen, damit er mir nicht übel nimmt. Allerdings werde ich mich nicht mehr mit ihm treffen, weil er seine Hände nicht bei sich behalten konnte.

»Thally?«

Ich bleibe stehen und schaue ihn fragend an.

»Es tut mir leid. Ich habe deine Körpersprache wohl etwas falsch gedeutet und gedacht, dass ich tun darf, was ich getan habe«, entschuldigt er sich.

Meine Augenbraue schießt in die Höhe, dann seufze ich. »Schon okay. Ich nehme es dir nicht übel.« 'Und wie ich dir das übel nehme, aber du hast dich jetzt entschuldigt und damit ist es jetzt erledigt', denke ich weiter.

Jim lächelt verlegen. »Danke.«

Gemeinsam machen wir uns auf den Weg zum Parkplatz. Wir sind recht schweigsam, da ich gar nicht weiß, worüber ich großartig mit ihm sprechen soll, weil meine Gedanken nur bei Linden sind, und er wohl auch keine Idee hat. Nervtötend so was.

Zum Abschied umarmen wir uns. »Danke für den netten Abend«, sagt er.

»Danke noch mal für deine Hilfe«, entgegne ich, nachdem ich mich von ihm gelöst habe. »Wir sehen uns Mittwoch in der Uni.«

»Tun wir. Bis dann und fahr vorsichtig.«

Ich lächle ihn an, dabei steige ich in mein Auto ein und fahre davon, nachdem ich den Motor gestartet habe.

Die Musik drehe ich auf, um mich abzureagieren, weil ich einfach verwirrt darüber bin, was Jim sich gedacht hat. Meine Körpersprache wird doch nicht 'Begrapsch mich' geschrien haben, oder doch? Ich habe keine Ahnung. Jedenfalls wüsste ich nicht, wann ich irgendwelche Andeutungen gemacht haben soll, die er falsch verstanden haben könnte.

An einer roten Ampel stecke ich mein Handy in die Freisprechanlage und wähle Lindens Nummer.

»Hey«, meldet er sich. »Wie war es?«

»Hi. Okay soweit und wie ist es bei dir?«, erwidere ich.

»Ganz lustig. Vor zwei Stunden sind die Jungs angekommen und wir brainstormen ein paar Lyrics«, sagt er.

»Oh. Klingt spannend. Vielleicht kann ich nachher einsteigen?«, schmunzele ich.

»Nur, wenn du singst«, neckt er mich.

»Okay, dann gehe ich einfach sofort schlafen«, kontere ich.

»Nein ... Du setzt dich zu uns, hörst zu und kannst uns sagen, was gut ist. Du bist immerhin eine außenstehende Frau«, lacht Linden.

»Ich denke, ich bin in 20 Minuten da«, erwidere ich amüsiert.

»Ich freue mich auf dich.«

»Wer ist das, Lindy Boy?«, ruft jemand.

Ich lache auf. »Lindy Boy?«

»Äh ... ja. Sie ziehen mich schon seit einer Weile damit auf«, stammelt er.

»Wie niedlich.« Ich kann einfach nicht aufhören zu lachen.

»Wir sehen uns gleich, ja?«, fragt er.

»Ja. Würg mich ruhig ab. Bis gleich«, kichere ich.

»Bis gleich, Babe.«

»Bye.« Ich beende das Gespräch und hinter mir wird gehupt. »Ja ja, ich fahre schon«, maule ich und gebe wieder Gas. Das Hupen verstummt, nachdem ich abgebogen bin.

♥♥♥

Kurz bevor ich bei Linden vorfahre, fahre ich an den Straßenrand und betrachte mich im Rückspiegel. »Ohman«, murmele ich und hole das Puder und einen Lippenstift aus meiner Handtasche. Schnell frische ich mein Make-up auf, dann fahre ich weiter. Ich parke vor seiner Garage, steige aus und gehe zur Haustür. Bevor ich überhaupt klingeln kann, geht die Tür auf. Vor mir steht ein Mann, den ich nicht kenne, der mich aber anlächelt. »Du musst Thalia sein. Linden schwärmt in einer Tour von dir. Ich bin Azer«, stellt er sich vor.

»Hi, Azer. Ja. Ich bin Thalia und es tut mir leid, dass er euch von mir vorschwärmt«, erwidere ich überfordert stammelnd.

»Komm rein«, fordert er mich auf und drückt die Tür auf.

»Danke.« Ich schlüpfe unter seinem Arm durch und zucke zusammen, als er mir auf den Po haut. »Was sollte das denn?«, frage ich entrüstet.

»Sie sind im Wohnzimmer«, entgegnet er stattdessen.

»Okay.« Ich gehe eilig vor, und als ich in der Tür stehe, habe ich das Gefühl inmitten eines Männermodelcontests, gelandet zu sein. Einer sieht besser aus als der andere, aber Linden ist meiner Meinung nach derjenige, der am besten aussieht.

»Da bist du ja endlich«, sagt Linden erfreut und steht auf.

Ich gehe zu ihm und lasse mich von ihm küssen, als ich vor ihm stehe. »Hi.«

»Leute, das ist Thalia. Thalia, das sind Mike, Gavin und Azer, aber den kennst du ja schon, wie auch Alexis«, stellt er mich der Reihe nach vor.

Alexis lächelt mich an. »Schön, dich wieder zu sehen.«

Die anderen beiden erheben sich und reichen mir die Hand. »Freut mich, dich kennen zu lernen. Linden kennt schon seit Stunden kein anderes Thema als dich«, grinst Gavin.

Ich erröte. »Tut mir leid.«

»Kein Ding, Kleines.«

»Du bist noch viel hübscher, als Linden und Alexis dich beschrieben haben«, lächelt Mike und ich habe das Gefühl, dass ich wegen der Hitze in meinem Gesicht, einen Hitzeschlag bekomme.

Ich glaube, ich bin rot wie eine Tomate. »Sorry. Ich wusste nicht, dass er euch von mir erzählt.«

»Ist doch normal, oder? Wir sind wie Brüder«, meint Azer, der mit einer Flasche Bier im Sessel sitzt.

»Mag sein«, entgegne ich.

»Redest du mit deinen Freunden nicht über Linden?«, fragt Gavin.

»Doch, schon, aber nicht in einer Tour«, antworte ich, als Linden mich auf seinen Schoß zieht.

»Jedenfalls habe ich dich vermisst, Babe«, raunt er mir zu, weshalb ich ihn ansehe. Er streichelt meinen Rücken.

Ich lächle ihn an, aber sage nicht, dass er mir gefehlt hat. Ich möchte einfach nicht, dass seine Freunde es irgendwie kommentieren.

»Könnten wir dann weitermachen, Linden? Deine Kleine ist jetzt da und ich will nicht die ganze Nacht hier sitzen«, meint Gavin, der eine Gitarre in den Händen hält.

»Können wir«, erwidert Linden nickend.

Ich setze mich neben ihn und verschränke seine Finger mit meinen, nachdem er meine Hand ergriffen hat.

»Oh fuck. Willst du etwas trinken, Babe?«, erkundigt er sich bei mir.

»Ich weiß doch, wo der Kühlschrank steht«, lächle ich und lasse ihn wieder los. »Soll ich jemandem etwas mitbringen?«

»Wenn du so lieb bist und mir eine Cola mitbringen könntest«, nickt Alexis.

»Wir haben noch«, sagen Gavin und Mike, und Azer trinkt gerade.

»Okay.« Dann gehe ich in die Küche und hole die Getränkedosen für Alexis und mich, die ich in eine Hand nehme. Auf dem Rückweg höre ich einen von ihnen singen.

»Because you left me right here. I'm desperately standing in the rain and keep my broken heart in my hands.«

Ich komme an dem Klavier vorbei und lasse meine Finger über das polierte Holz streifen.

Linden sieht mich an. »Willst du spielen? Ich glaube, Gavin kann eine Begleitung am Klavier gut brauchen.«

»Ich weiß doch gar nicht, welche Noten er spielt.«

Gavin zählt sie auf, als ich Alexis seine Coke reiche.

»Ich lasse es lieber«, erwidere ich lächelnd und setze mich wieder zu Linden.

»Okay«, nickt er, anschließend schaut er wieder in die Runde. »Wie soll es mit der Bridge weitergehen?« Danach singt er sie noch mal vor.

»Ich habe keine Ahnung«, sagt Alexis.

»Ich bin im Moment nicht auf Schmusekurs, sorry«, entschuldigt sich Mike.

»Und ich bin kein geborener Texter«, winkt Azer ab.

»Kann ich es noch mal hören?«, frage ich scheu.

Gavin fängt wieder an zu spielen und singt die Zeilen gefühlvoll vor.

Ich hänge an seinen Lippen, wie ein Magnet an Metall. »Darf ich einen Vorschlag machen?«

»Klar. Wir sind für alles offen«, antwortet er.

»Kannst du dann auch spielen?«

Er legt abermals los und ich steige ein, als er gerade geendet hat: »Your love was my life and now you're gone. It was a mistake to let you go, to let you go.« Ich bemühe mich, Emotionen in meinen Gesang zu legen, doch ist es nicht annähernd so viel, wie bei Gavin.

Alle 5 sehen mich mit großen Augen an.

»Nicht gut?«, erkundige ich mich schüchtern.

»Doch! Das passt sehr gut«, beruhigen sie mich.

»Kannst du es noch mal wiederholen?«, möchte Gavin wissen. »Damit ich es aufschreiben kann, meine ich.«

Ich wiederhole es, damit er sie notieren kann. »Meine Güte, mit deiner Stimme könntest du auftreten«, murmelt er dabei.

»Sie hat sogar schon mit mir gesungen«, schmunzelt Linden. »Obwohl sie normalerweise nicht vor Fremden singt.«

Ich hole tief Luft. »Weil ich mit den Tönen daneben greife, so wie gerade«, mische ich mich kleinlaut ein.

»Du hast die Töne besser gehalten als ich«, erwidert Gavin.

»Könnt ihr nicht einfach weitermachen und mich ignorieren?«, hake ich nach, damit wir nicht weiter über mich sprechen. Es ist mir einfach unangenehm.

»Dich kann man nicht ignorieren, Babe«, flüstert Linden mir ins Ohr, dann küsst er meine Schläfe.

»Das solltet ihr aber, immerhin müsst ihr einen Song schreiben«, wispere ich.

»Einer ist schon fertig, das ist der zweite.«

Ich nicke langsam. Linden und seine Freunde konzentrieren sich wieder auf ihre Arbeit, mich ignorieren sie nun größtenteils, wofür ich dankbar bin. Es ist schon ein tolles Gefühl, dass sie meine zwei

Sätze für die Bridge des Songs übernehmen. Ich schmuse mich an Linden und schließe die Augen, während ich zuhöre, wie sie gemeinsam singen. Es ist zwar immer noch nicht meine bevorzugte Musikrichtung, doch ich genieße es. Wer kann schon von sich behaupten, dass er hautnah bei so etwas dabei ist? Nicht sehr viele. Einige Fans würden bestimmt um alles in der Welt mit mir tauschen wollen.

Während sie singen, spüre ich, dass die Müdigkeit über mich siegen wird. »Ich sollte schlafen gehen«, wende ich mich leise an Linden.

»Soll ich dich nach oben bringen?«, erkundigt er sich.

Ich schüttele den Kopf. »Den Weg finde ich allein.«

»Okay«, raunt er. Linden küsst meine Stirn, dann meine Lippen, nachdem ich mich aufgerichtet habe.

»Gute Nacht, Leute«, verabschiede ich mich müde.

»Schlaf gut«, erwidern sie nacheinander, anschließend gehe ich. Nachdem ich meine Taschen an mich genommen hatte, mache ich mich auf den Weg in Lindens Schlafzimmer.

Als ich dort angekommen bin, stelle ich sie ab und setze mich aufs Bett. Irgendwie bin ich zu faul, um mich umzuziehen und zu duschen. Schläfrig stehe ich auf, dann schlurfe ich ins Bad, um mir die Zähne zu putzen.

Letztendlich habe ich doch geduscht und mich in mein Nachthemd gewunden. Nun liege ich im Bett, quer, weil ich mich in Lindens Kissen gekuschelt habe, und habe die Augen geschlossen. Es dauert nicht lange, bis ich einschlafe und mich in einem verwirrenden Traum wiederfinde.

Ich stehe im Pressegraben vor der Bühne, während Linden seine Fans anheizt. Er trägt kein Shirt oder Hemd, sondern bloß eine zerrissene Jeans. »Und jetzt möchte ich euch die Frau meines Herzens vorstellen«, ruft er ins Mikro.

Ich gehe davon aus, dass er mich meint, doch wird meine Hoffnung jäh zertrümmert, als Trish die Bühne betritt und sie sich küssen. Es schnürt mir die Brust zu, als ob man mich in eine viel zu enge Korsage gesteckt hätte, die sich immer weiter zu zieht. Mein Blick sucht nach einem Ausweg, doch die Absperrungen kommen immer näher. Sie werden mich zerquetschen, das sehe ich kommen.

Mit einem verzweifelten Ringen nach Luft schrecke ich hoch und schaue mich um. Es ist dunkel, dabei habe ich das Licht gar nicht gelöscht. Linden liegt neben mir, seine Hand hat er auf meinem Oberschenkel abgelegt. »Es war nur ein Traum. Beruhige dich«, murmele ich, als ich mich wieder hinlege.

Linden rutscht an mich heran und küsst meine Wange. »Was ist los?«, nuschelt er.

»Ich hab schlecht geträumt«, antworte ich leise.

»Möchtest du es mir erzählen?«

»Nein. Schlaf weiter«, erwidere ich und kuschele mich an ihn. Darauf wartend, dass ich wieder einschlafe, mache ich mir Gedanken darüber, ob er noch mit Trish zusammen sein könnte und mich eventuell belogen hat.

Verkrampft schließe ich die Augen, als Linden anfängt, mich im Schlaf zu streicheln. Im Moment kann ich es nicht genießen, weil ich mir Sorgen mache.

KAPITEL 9

'Dünch, dünch, dünch', bummert es in meinem Kopf, doch als ich die Augen aufschlage, stelle ich frustriert fest, dass es gerade mal 8 Uhr morgens ist und irgendein Vollhonk die Musik voll aufgedreht hat.

Linden liegt neben mir und grinst mich an, als ich den Kopf zu ihm drehe. »Das ist Standard, wenn sie einen Jetlag haben.«

Ich brumme, weil ich normalerweise ein totaler Morgenmuffel bin. »Das ist nicht nett, wenn man bedenkt, dass sie nicht allein sind.«

»So sind sie eben. Ich habe mich daran gewöhnt.«

»Ich sollte auch an solche Aktionen gewöhnt sein, so laut wie Draven und Nath morgens sind.«

»So schlimm?«, fragt Linden amüsiert.

»Nicht so schlimm wie deine Freunde, die einen mit diesem höllischen dünch, dünch, dünch wecken«, schmunzele ich.

Er lacht leise. »So kann man es nennen. Aber weißt du, was gut an dem Lärm ist?«

Ich schüttele den Kopf.

Daraufhin rollt er sich auf mich und küsst meine Mundwinkel. »Sie hören uns nicht, wenn wir uns näherkommen.«

»Hm, ob ich dir gerade näherkommen will, ist allerdings die andere Frage«, necke ich ihn.

»Ich glaube, ich weiß, wie ich dich überzeugen kann«, dabei zwinkert er mir zu und beugt seinen Kopf an meinen Hals. Linden küsst sich langsam nach unten, dabei zieht er die Träger meines Nachthemds über meine Schultern. Seine Lippen streicheln meine Brüste, dann kreist seine Zunge um meinen Bauchnabel und seine Fingerspitzen berühren meinen Schamhügel. Ja, ich habe auf einen Slip verzichtet, als ich mich gestern Abend umgezogen habe.

Ich stöhne auf, als Linden meine Schamlippen spreizt und seinen Zeigefinger auf meine Klit legt, die er daraufhin sanft massiert. »Oh mein Gott«, keuche ich, als sein Finger darum wirbelt.

»Ich habe schon viel zu lange gewartet«, raunt er, bevor seine Fingerspitze seiner Zungenspitze Platz macht.

»Linden!«, rufe ich überrascht aus.

Er schmunzelt, doch sagt er nichts, sondern kümmert sich weiter um meinen Unterleib.

Als zwei seiner Finger in mich eindringen, sich rhythmisch bewegen und mich dabei dehnen, rufe ich erneut seinen Namen aus, doch wandelt es sich nach der ersten Silbe in ein Stöhnen.

Plötzlich fängt es an zu kribbeln, was mir zeigt, dass ich nicht mehr lange brauche, wenn er so weiter macht. Seine Zunge gleitet um meine Klit und ich schließe die Augen, als ich anfange, mit dem Becken zu kreisen. Die Nerven in meinen Oberschenkeln zucken von seiner Stimulierung an meinem empfindlichsten Punkt und in mir bricht ein Feuerwerk los. Mit einem Aufschrei komme ich zum Orgasmus.

Nachdem er mich dort noch einmal geküsst hat, rutscht er zu mir hoch. Ich spüre die Spitze seines Penis an meiner Öffnung, dann dringt er schon in mich ein. Abermals entweicht mir ein Stöhnen, doch Linden erstickt es mit seinen Lippen. Ich bin diejenige, die ihre Zunge zum Einsatz bringt und ihn in einen leidenschaftlichen Kuss verwickelt, während er in einem langsamen Rhythmus in mich stößt. Ich lege meine Beine um ihn und hebe ihm so mein Becken etwas entgegen, damit er noch tiefer in mich eindringen kann. Linden stöhnt in meinen Mund, als unsere Zungen einander umspielen.

Wir bewegen uns im Einklang, treiben uns gegenseitig immer weiter, bis wir loslassen. Linden lässt sich völlig gehen und stößt schneller, wie auch fester in mich, bevor er verkrampft und nur noch abgehackte Stöße zustande bringt. Schließlich keucht er auf und ich merke, wie er sich in mir entlädt. Moment. Hat er überhaupt an ein Kondom gedacht? Ich verkrampfe und schaue ihn unsicher an.

»Was ist?«, fragt er atemlos.

»Hast du an ein ... Kondom gedacht?«, erwidere ich.

Er nickt langsam. »Das sind Dinge, die ich nicht vergesse«, dabei lächelt er mich an.

Ich atme erleichtert auf. »Oh Gott sei Dank«, seufze ich.

Linden schmunzelt, als er aus mir gleitet. »Hast du Angst, dass ich krank sein könnte?«

»Ich habe viel mehr Angst davor, dass ich die Pille vergessen haben könnte, und ich bin nicht gerade heiß drauf, jetzt schon schwanger zu werden«, antworte ich kleinlaut.

»Keine Sorge, Babe. Ich verhüte immer«, raunt er und küsst meinen Mundwinkel.

»Auch in einer Beziehung?«

»Ja, selbst in einer Beziehung.«

»Warum?«, möchte ich wissen.

Linden stützt seine Ellenbogen links und rechts von meinem Kopf ab und sieht mir in die Augen. »Man kann sich immer mit irgendwas anstecken, ob es beim Arzt ist, wenn er die Nadel versehentlich zwei Mal benutzt, oder sonst wo. Ich möchte einfach sichergehen, dass ich niemanden mit irgendwas anstecke.«

»Also bist du auch untreu?«, hake ich interessiert nach.

»Nein«, erwidert er sofort. »Ich bin treu, aber lieber mache ich es mit, statt ohne.«

»Ist auch besser so. Ich verzichte auch nicht darauf.«

Linden haucht einen Kuss auf meine Nasenspitze. »Mach dir keine Gedanken darüber, dass ich es vergessen könnte. Das ist mir noch nie passiert.«

»Okay.«

Danach löst er sich von mir und geht ins Bad. Ich schaue ihm nachdenklich hinterher. Hat er sich vielleicht schon mal mit etwas angesteckt oder war er schon immer so verantwortungsvoll?

Schließlich stehe ich auch auf und folge ihm. Er ist nicht zu sehen, doch die Dusche ist zu hören, weshalb ich kurzerhand das Nachthemd über meine Hüfte ziehe und auf den Boden fallen lasse. Dann steige ich zu Linden in die Duschkabine. Er ist gerade dabei sich einzuseifen, dabei schaut er zur Wand. Vorsichtig lege ich meine Arme um ihn herum. Meine Hände streicheln seinen Bauch und verteilen so den Schaum des Duschgels.

»Ich habe dich schon gehört«, sagt er leise.

»Schade, ich wollte dich doch überraschen«, erwidere ich.

»Es ist gelungen, weil ich nicht mit dir gerechnet habe.«

Ich küsse sein Schulterblatt, bevor er sich umdreht und mich an sich zieht. Indem ich mich leicht an ihm reibe, verteile ich den Schaum auf seinem Körper.

Linden seufzt. »Du weißt nicht, was das für eine Wirkung auf mich hat.«

»Ich hoffe, es ist eine Gute«, kichere ich.

»Du hast immer eine gute Wirkung auf mich. Seit Samstag fühle ich mich irgendwie komplett. Als wäre ich endlich ich«, lächelt er.

Daraufhin lege ich meine Arme um seinen Hals und ziehe ihn zu mir herunter. »Ich denke, ich bin auf dem besten Weg, mich in dich zu verlieben«, gestehe ich ihm.

»Ich denke, ich bin schon in dich verliebt, Thally«, antwortet er, dann küsst er mich.

Seufzend erwidere ich es. So habe ich mich bisher nur in Damons Gegenwart gefühlt und es beruhigt mich, dass ich immer noch so fühlen kann. Linden verunsichert mich, doch er gibt mir auch ein gutes Gefühl. Es ist unbeschreiblich, wie sie genau aussehen, aber sie sind definitiv gut. In meinem Bauch toben einige Schmetterlinge, die ich im Moment eher für hoppelnde Häschen halte, dennoch geht es mir großartig.

♥♥♥

Nachdem wir uns gegenseitig abgetrocknet haben, betrachtet Linden mich. »Woher hast du die Narbe am Unterkiefer?«, fragt er.

Ich zucke zusammen. »Äh … Es war ein Unfall, als ich noch ein Kind war. Bin blöd gestürzt.«

»Was ist passiert?«

»Ein Fahrradunfall. Ich habe jemanden nicht kommen sehen, wir sind ineinander gekracht und ich hatte dort eine lange Wunde. Es ist ein Wunder, dass im Gegensatz dazu die Narbe recht klein ist«, entgegne ich.

Er kommt zu mir, nimmt mein Kinn in seine Hände und mustert meinen Unterkiefer. »Das ist eine verdammt große Narbe«, stellt er fest. »Warum ist sie mir bisher nicht aufgefallen?«

Ich entziehe ihm mein Kinn und gehe einen Schritt zurück. »Weil ich sie immer mit Make-up abdecke. Ich glaube, dass sie mich entstellt«, erwidere ich kleinlaut, dabei senke ich den Blick.

Linden rückt mir nach und fasst mich an meinen Schultern. »Thalia?«

Ich schaue ihn unsicher an.

»Du bist eine verdammt hübsche Frau und mir gefällt alles an dir. Niemand ist perfekt, aber diese Narbe entstellt dich nicht. Sie gehört zu dir, erzählt ihre Geschichte und zeigt, dass du als Kind wahrscheinlich ein ziemlicher Wildfang warst. Um so eine Narbe nach einem Sturz mit dem Fahrrad zu bekommen, muss man nämlich ordentlich in die Pedale treten«, lächelt er.

»Du findest mich deshalb wirklich nicht hässlich?«, hake ich ungläubig nach.

»Überhaupt nicht. Irgendwie macht es dich sogar hübscher, weil du nicht perfekt bist. Perfekt ist langweilig«, raunt er und küsst meine Stirn.

»Also ist es dir gleich, ob ich sie zeige oder abdecke?«

»Ja. Es ist mir egal, da du dieselbe Person bleibst«, antwortet er.

Es erleichtert mich, weil ich damit gerechnet habe, dass er von mir verlangt, sie weiterhin mit Make-up abzudecken. Ich mustere ihn verträumt und zum ersten Mal fällt mir auf, dass seine Augenbrauen, ganz im Gegensatz zu seinen Haaren, dunkel sind. »Färbst du dir die Haare?«, frage ich nachdenklich.

Linden nickt. »Ja. Scheinbar verkauft es sich gut, wenn der Leadsänger blond ist, aber ich werde sie nicht noch mal färben, wenn es rausgewachsen ist«, entgegnet er, als er nackt ins Schlafzimmer geht.

Oje, dabei stehe ich auf blonde Männer.Aber gut, ein bisschen Schwund ist immer. Lächelnd schminke ich mich, danach verlasse ich das Bad ebenfalls. Ich ziehe meine rote Spitzenunterwäsche an, darüber ein genauso rotes Sommerkleid. Ich liebe die Temperaturen in Miami. Es gibt so gut wie nie schlechtes Wetter und selbst im Winter sind es sommerliche Temperaturen. Obwohl meine Mutter es wusste, bestand sie darauf, dass ich eine Winterjacke mit hernehme, doch gebraucht habe ich sie bisher nicht.

Nachdenklich wegen des Traums in der letzten Nacht, flechte ich meine Haare zu einem Zopf, dann drehe ich mich um und sehe Linden direkt vor mir, weshalb ich zusammenzucke. »Meine Güte! Warum sagst du denn nichts?«

»Warst du so verträumt, dass du mich im Spiegel nicht gesehen hast?«, lacht er.

»Möglicherweise«, weiche ich errötend aus.

»Woran hast du gedacht?«

»An meinen Traum.«

»Was hast du geträumt?«, fragt er neugierig.

»Ich habe von dir geträumt«, antworte ich abermals ausweichend.

»Und was genau?«, hakt er nach, dabei zieht er mich in seine Arme.

»Es war kein guter Traum, deshalb will ich ihn einfach verdrängen und nicht mehr daran denken, okay?«

Er lächelt. »Klar ... Gehen wir nach unten, damit du sie fürs Wecken zusammenfalten kannst?«

»Ich falte sie nicht zusammen, immerhin war der Morgen gar nicht so schlimm«, grinse ich.

»Stimmt auch wieder.« Linden beugt sich zu mir herunter und küsst meine Lippen. Dann ergreift er meine Hand und führt mich nach unten.

»Um Gottes Willen«, entfährt es mir, als ich das Schlachtfeld in der Küche sehe.

»Leute! Was habt ihr hier gemacht? Schweine frei herumlaufen lassen, oder was?«, ruft Linden sauer.

Lebensmittel sind überall verteilt. Teller sind zerbrochen und es riecht verbrannt.

Gavin, der bereits aufräumt, sieht Linden entschuldigend an. »Azer kam auf die glorreiche Idee, eine Essensschlacht zu veranstalten.«

»AZER!«, schreit Linden, lässt meine Hand los und stürmt aus der Küche. »Entweder du räumst sofort die Küche auf, oder ich werfe dich raus!«, höre ich Lindens Stimme.

»Oh oh«, murmele ich und gehe zu Gavin, um ihm zu helfen.

»Wenn Linden eines nicht ab kann, dann, wenn man sein Haus in ein Schlachtfeld verwandelt. Azer dreht im Moment ein wenig durch«, erzählt Gavin. »Zum Glück habe ich das Schlimmste schon beseitigt, sonst hätte Linden ihn umgebracht.«

»Also ist ihm auch die laute Musik zuzuschreiben?«, erkundige ich mich.

»Richtig. Er hat Mike, Alexis und mich auch geweckt.«

»Ich bring dich um. Bleib stehen!«, schreit Linden.

Azer rennt durch den Raum und öffnet die Terrassentür. Linden ist ihm auf den Fersen.

Ich schmunzele. »Geht es bei euch immer so ab?«

»Das ist noch harmlos.«

Wir gehen an die Terrassentür, von wo aus wir beobachten, wie Linden Azer durch den Garten jagt. Gavin lacht leise. »Könnte passieren, dass Linden ihn gleich mit dem Gesicht durch die Erdnussbutterflecken auf dem Tisch reibt, wenn er ihn denn bekommt.«

»Ich glaube, das will ich mir gar nicht ansehen«, kichere ich.

»Das willst du sehen, glaub mir. Linden ist nicht der Softie, für den man ihn hält«, entgegnet Gavin.

»Was heißt das?«, hake ich irritiert nach. Ich habe Linden nicht für einen Softie gehalten, aber Gavins Aussage verwirrt mich einfach.

»Er ist ziemlich jähzornig und ...«, er verstummt, als Linden hereinkommt.

»Und?«, löchere ich ihn weiter.

»Egal. Wir reden ein anderes Mal weiter«, lächelt Gavin und kümmert sich wieder ums Aufräumen, wobei ich ihm zur Hand gehe. Gemeinsam beseitigen wir das Chaos, das Azer verursacht hat.

»Wir wollten heute an den Strand. Kommt ihr mit?«, möchte Gavin von Linden und mir wissen, nachdem wir fertig waren.

»Ich muss lernen«, wiegle ich ab.

»Ich denke, ich bleibe bei Thalia.«

»Geh doch mit«, schlage ich vor.

»Ich möchte nicht ohne dich«, erwidert Linden.

Ich seufze. »Ich fahre mit und gehe zu Delsin und Ave, die beiden können mir beim Lernen helfen und ich bin in deiner Nähe, falls du Sehnsucht hast, okay?«

»Das ist ein Wort.«

♥♥♥

»Thally«, sagt Delsin überrascht, nachdem er mir die Tür geöffnet hat.

»Delsin!«, rufe ich amüsiert und schlüpfe an ihm vorbei.

»Cami ist nicht da.«

»Ich wollte auch zu dir«, erwidere ich.

»Öhm ...«

»Zum Lernen. Du könntest mir ein paar Sachen erklären, die ich nicht wirklich verstehe, damit ich die nächste Klausur nicht versemmle«, lasse ich ihn wissen. »Außerdem spare ich mir so den Anruf bei deiner Freundin.«

Er grinst spitzbübisch. »Stimmt. Sie müsste gleich auch irgendwann kommen. Keine Ahnung, wie lange ihre Vorlesungen heute gehen.«

Gemeinsam gehen wir ins Wohnzimmer, wo wir uns nebeneinander auf die Couch setzen. Ich packe meine Notizen aus und breite sie auf dem Tisch aus. Dann zeige ich Delsin, was ich nicht verstanden habe, und er erklärt es mir anhand seiner Notizen und seinem Wissen. Ihm fliegt das alles zu, aber ich darf mir den Kopf zerbrechen. Das ist richtig unfair.

Es dauert eine Weile, bis ich es verstanden und in meinen Worten notiert habe. Hoffentlich werde ich die nächste Klausur bestehen. Immerhin hängt das nächste Semester davon ab. Ich möchte einen guten Abschluss machen, wenn mein Studium sich dem Ende zuneigt.

Ich erkläre es noch einmal, dann schaue ich ihn fragend an.

»Jetzt hast du es«, nickt er lächelnd.

»Oh Gott, endlich«, atme ich erleichtert auf.

Delsin lehnt sich zurück und mustert mich. »Und wie ist es mit Linden?«

»Äh … Er ist wirklich nett.«

»Nur nett? Thally, nett ist die kleine Schwester von scheiße«, lacht er.

Ich stimme mit ein. »Na ja, ich glaube, dass ich mich in ihn verlieben könnte. Er sagte heute Morgen, dass er schon in mich verliebt sei.«

Seine Augenbraue verschwindet unter dem Schirm seines Basecaps. »Jetzt schon? Er kennt dich doch kaum.«

»Bei dir und Cami war es auch Liebe auf den ersten Blick. Na ja, zumindest von deiner Seite«, gebe ich zu bedenken.

»Schon, aber ich hatte Ave, den ich über sie ausfragen konnte. Er hat niemanden, den er deinetwegen fragen kann«, kontert Delsin.

»Delsin, es ist doch völlig egal, wie schnell er sich verliebt hat. Was wichtig ist, ist, ob ich damit klarkomme, mit jemandem zusammen zu sein, der so viel unterwegs ist«, erwidere ich, nachdem ich mich ebenfalls zurückgelehnt hatte.

»Glaubst du, dass du es nicht kannst?«

»Ich glaube, dass ich ihn nie wirklich für mich allein haben werde. Sieh mal: Er ist gerade frisch getrennt und sagt mir, dass er sich schon in meinem Auto, also als ich ihn eingesammelt habe, in mich verliebt habe. Das erscheint mir sehr wankelmütig«, antworte ich.

»Auf jeden Fall gehört er zur schnellen Sorte. Aber was fühlst du?«

»Ich habe so ein heftiges Kribbeln im Bauch, wie ich es zuletzt bei meinem Exfreund gefühlt habe. Ich mag ihn, aber es ist noch keine Liebe oder ein Verliebtsein«, erwidere ich.

»Wie viel Zeit hast du noch mit ihm, bis er wieder unterwegs sein wird?«

»Jetzt frag mich doch nicht so aus, Delsin. Ich weiß es nicht genau, vielleicht diese und nächste Woche noch, aber ich bin nicht sicher. Er verwirrt mich einfach, warum weiß ich auch nicht.«

»Hm«, nickt er und schaltet den Fernseher ein. Delsin zappt durch das Programm, bis er auf einem Musiksender hängen bleibt.

»Und hier die neuesten Nachrichten aus der Welt der Stars und Sternchen. Linden Priest, Sänger von Downstair Alley, wird im August heiraten«, verkündet der Moderator. »Lernt jetzt die Dame seines Herzens kennen.« Dann startet ein Bericht.

Mein Mund steht offen. »Warum wird dieser Bericht ausgestrahlt? Sie sind doch getrennt?«, stammele ich, nachdem er vorbei war. Die Fotos von ihm, wie er Trish küsst, haben mich nun etwas aus der Bahn geworfen.

»Wahrscheinlich weiß sein Management noch nicht Bescheid, sonst hätten sie die Ausstrahlung sicher verhindert«, antwortet Delsin nachdenklich.

»Hoffentlich hast du recht«, sage ich leise.

»Habe ich bestimmt«, erwidert er überzeugt, dabei schmunzelt er.

Ich höre die Haustür und kurz danach kommt Cami herein. »Hey, Süße. Mit dir habe ich gar nicht gerechnet«, begrüßt sie mich.

»Hey. Ja, bin auch unplanmäßig hereingeschneit, weil ich deinen Liebsten gebraucht habe, damit er mir ein paar Sachen für die Uni erklärt.«

»Schön.« Sie stellt ihre Tasche ab, dann küsst sie Delsin und setzt sich in einen Sessel. »Dann kannst du mir ja jetzt auch alles von Samstag bis heute erzählen.«

»Okay. Ich bin draußen, eure Penisvergleiche muss ich mir jetzt nicht anhören«, mischt Delsin sich ein und steht auf.

Priest: Prickelndes Begehren

Ich schaue Cami fragend an.

»Er denkt, dass wir über die Größen ihrer besten Stücke reden, obwohl ich ihm gesagt habe, dass das nicht stimmt«, kichert sie.

Ich nicke knapp. »Ach so.«

Delsin küsst sie, anschließend lässt er uns allein.

Camilles Blick durchbohrt mich. »Lass kein Detail aus.«

Ich fange an, ihr von dem Ausflug zum Strand zu erzählen, woraufhin sie schmunzelt, da wir ja eine Begegnung mit einem Cop hatten. Dann erzähle ich ihr von den Dingen, die nach der Party noch passiert sind und von Lindens und meinem ersten Mal.

»Du hast schon mit ihm geschlafen?«, ruft sie überrascht.

»Ja. Ich wollte eigentlich nicht, aber irgendwie habe ich meine Entscheidung über Bord geworfen und es doch getan. Es war schön und definitiv kein Fehler.« Danach erzähle ich ihr von Sonntag und dem Kinobesuch mit Jim, außerdem davon, wie ich Lindens Bandkollegen kennengelernt habe, und von meinem verwirrenden Traum.

Sie hört sich alles von Anfang bis Ende aufmerksam an und nickt gelegentlich, bis ich meine Erzählung beende. »Na dann ... Ich hoffe, dass es etwas wird, und er nicht mehr mit seiner Ex-Verlobten rummacht.«

»Ich hoffe es auch. Er ist der Erste seit Langem, der wieder ein Kribbeln in meinem Bauch auslöst.«

Daraufhin lächelt sie breit. »Das ist doch toll. Endlich hast du jemanden gefunden, mit dem du dir eine Beziehung vorstellen kannst ... Das kannst du doch, oder?«, hakt sie nach.

»Ja. Ich kann mir etwas Festes mit ihm vorstellen, aber ich weiß nicht, ob er es auch will. Vielleicht ist er wie Damon und möchte keine Fernbeziehung. Ich meine, er ist ja extrem viel unterwegs«, antworte ich unsicher. Toll. Jetzt bin ich unsicher, weil ich einfach nicht weiß, was Linden will. Aber eigentlich ist es viel zu überstürzt, jetzt schon eine Beziehung einzugehen, da wir uns kaum kennen. Andererseits würde ich ihn gerne meinen Freund nennen. Ich hasse diese innere Stimme, die mir immer wieder ins Gewissen redet, dass es viel zu früh sei, sich so bindend auf Linden einzulassen. Ja, es ist früh, aber manche Menschen treffen sich zum ersten Mal, landen im Bett und sind sofort ein Paar. So war es bei uns ja nun nicht. Wir haben uns immerhin ein paar Mal getroffen, bevor wir miteinander geschlafen haben. Auch wenn es keine besonderen Treffen waren.

»Wag es einfach. Mit Delsin und mir ging es auch recht schnell.«

Ich lächle sie an. »Dafür hättet ihr es auch fast versaut, weil du ihm einen Seitensprung unterstellt hast.«

»Es sah auch ganz danach aus, Thally. Das weißt du genauso gut wie ich.«

»Ja, stimmt.«

»Wie gesagt, wag es einfach und mehr als in die Hose gehen kann es nicht.«

»Und ich bleibe traurig zurück, wenn es nicht funktioniert«, murmele ich.

»Deshalb wird es funktionieren. Ich meine, ich habe euch im Heat gesehen und so, wie ihr euch beide angeschmachtet habt, wird es nicht schiefgehen. Ihr seid total süß miteinander und ihr harmoniert, das hat man gemerkt, als ihr gesungen habt.«

»Ich vertraue dir mal«, schmunzele ich.

KAPITEL 10

Strand. Sand, Wasser und eine Horde von wild gewordenen Sängern, die auf mich zulaufen, nachdem ich das Kleid ausgezogen und neben Linden auf die Decke gelegt habe. Ich habe keine Ahnung, was das nun werden soll, aber als sie mir zu nahe kommen, nehme ich Reißaus.

»Schnappt sie euch«, ruft Gavin, der mir am nächsten ist.

Natürlich nehme ich die Beine in die Hand, weil ich kein gutes Gefühl bei der Sache habe. Sicher wollen sie mich ins Wasser werfen, worauf ich wenig beziehungsweise gar keine Lust habe.

»Leute, wenn ihr mich ins Wasser werft, weckt ihr einen Dämon«, warne ich sie, doch Alexis packt mich und schleppt mich in die Wellen. »Lass mich runter«, schmunzele ich und strample dabei.

Alexis geht ins tiefere Wasser. »Okay.« Dann lässt er mich fallen.

Als ich untertauche, packe ich seine Beine und ziehe sie ihm weg. Ich tauche auf, während er noch unter Wasser ist, und versuche, in Sicherheit zu schwimmen, doch Alexis packt mich am Fuß und zieht mich zu sich zurück. »Du bleibst hier«, lacht er.

Ich halte mich grinsend an ihm fest und schaue über seine Schulter. »Nicht mehr lange, denke ich.«

Alexis sieht sich um, dann wird er schon gepackt und nach unten gedrückt. Leider zieht er mich dabei mit sich.

Prustend tauchen wir wieder auf. Ich huste leicht, weil ich Salzwasser geschluckt habe, und löse mich von ihm.

Linden lacht und zieht mich an meiner Taille zu sich. »Du solltest besser auf deine Umgebung achten, wenn du die Freundin eines anderen anbaggerst.«

Daraufhin lacht auch Alexis. »Ich habe sie nicht angebaggert, sondern ihr eine Abkühlung verschafft.«

»Ach, so nennt man das jetzt«, kichere ich und reibe mit den Fingern unter meinen Augen entlang, um eventuell verschmierten Mascara zu entfernen.

»Klar. Du sahst aus, als würdest du schwitzen«, kontert er.

»Natürlich«, erwidere ich sarkastisch. »Ich gehe jetzt aber aus dem Wasser, weil ich mich noch ein wenig sonnen will.«

Linden küsst mich sanft, bevor er mich loslässt. Anschließend schwimme ich ins seichte Wasser, richte mich auf und gehe zu seinem Handtuch. Ich setze mich darauf und hole meine Notizen aus meiner Tasche, die ich noch einmal durchgehe.

♥♥♥

Als Linden und ich in meinen Wagen steigen, sind meine Haare schon wieder getrocknet. Die Sonne geht bereits unter, als ich den Motor starte.

»Ich bin total fertig«, sagt er leise.

»Wenn ihr die ganze Zeit so drauf wart, wie in den letzten zwei Stunden, kann ich es verstehen«, lächle ich, als ich auf die Straße fahre.

Nachdem ich geschaltet hatte, ergreift er meine Hand. Linden verschränkt seine Finger mit meinen. »Du siehst in deinem knappen Bikini verdammt heiß aus.«

Ich schmunzele. »Danke. Du siehst in Badeshorts auch richtig sexy aus.«

»Wohin fahren wir?«, wechselt er das Thema.

»Hast du Hunger? Ich komme fast um vor Hunger«, antworte ich.

»Worauf hast du Hunger?«

»Pizza, Pasta, es ist mir total egal«, erwidere ich.

»Dann lass uns zu mir fahren und ich bitte Mrs Atkins darum, dass sie für uns kocht.«

»Oder wir bestellen einfach etwas. Es macht viel mehr Spaß, wenn man sich mit einem Pizzakarton auf den Boden setzt und picknickt, als mit einem Teller Pasta.«

»Also doch Pizza«, gluckst er.

»Ja. Ich habe mich ganz spontan entschieden«, kichere ich.

»Das war sehr spontan.«

»So bin ich«, lächle ich.

Gut gelaunt fahre ich zu ihm und freue mich darüber, dass wir uns immer besser verstehen. In seiner Nähe schlägt mein Herz schneller, Schmetterlinge tanzen in meinem Bauch und meine Hände werden schweißnass. Wir unterhalten uns über seine anstehende Zeit in Austin, von der wir auch welche miteinander verbringen wollen.

Ich parke vor seinem Haus. Wir steigen aus und gehen hinein. »Ich habe keine Ahnung, wie die Lieferdienste hier sind«, sagt Linden.

»Ich kenne ein paar gute«, entgegne ich lächelnd.

»Ich nehme eine Pizza Margherita.«

»Irgendwelche Extras?«

»Ja. Eine große Salamipizza, eine mit Anchovis und eine Prosciutto Funghi für die Jungs, damit sie uns unser Essen nicht klauen«, lacht er.

Amüsiert rufe ich bei dem Lieferservice an, bei dem auch Jim arbeitet. Ich hoffe nur, dass er heute Abend keinen Dienst hat. Ich möchte ihm heute einfach nicht begegnen. Nachdem ich die Pizzen bestellt habe, setze ich mich zu Linden auf die Couch.

»In 30 bis 45 Minuten ist unser Essen da«, lasse ich ihn wissen.

»Hurra. Genug Zeit zum Kuscheln«, ruft er mit einer Art kindlicher Begeisterung und legt den Arm um mich.

Belustigt kuschele ich mich an ihn und schließe die Augen. Der Tag war lang und etwas anstrengend, weshalb ich die Zeit bis zum Abendessen mit entspannen verbringen möchte. »Was möchtest du mal machen, wenn es mit der Musik nicht mehr läuft?«, frage ich interessiert an seinen Vorstellungen.

»Die rationale oder die irrationale Antwort?«, erwidert Linden.

»Beide.«

»Rational wäre, wenn ich mir einen Schreibtischjob oder so suchen würde, wo ich nicht sehr viele Qualifikationen für brauche.

Irrational wäre, wenn ich einen eigenen Schallplattenladen oder ein Geschäft für Musikinstrumente aufmache und hoffe, dass ich damit erfolgreich werde«, erzählt er.

»Wieso entweder oder? Du könntest CDs, Schallplatten und Instrumente verkaufen. So wäre es gebündelt und du hättest viel mehr Möglichkeiten. Bei diesen ganzen Raubkopierern, die im Internet unterwegs sind und Lieder, eBooks, Filme, und was weiß ich nicht noch alles hochladen, ist es nur mit CDs und Schallplatten nicht getan. Du brauchst eine Einnahmequelle, die sicher ist, und Musik wird immer gemacht«, erwidere ich nachdenklich.

»Du hast recht. Es ist nicht einfach, sich mit meinem Beruf durchzusetzen, aber es gibt immer ehrliche Fans, die unsere Arbeit bezahlen, und so wird es auch in einem Geschäft dafür sein.«

»Linden, in den Zeiten von iTunes, Napster und sonst was, kannst du mit so einem Geschäft kaum noch gute Umsätze erzielen«, gebe ich zu bedenken.

Er lächelt mich an. »Wenn du dich so gut damit auskennst, solltest du so was wie Lebensberaterin werden.«

»Ich werde Architektin und in 20 oder 30 Jahren steht vielleicht irgendwo ein Gebäude, das ich entworfen habe. Es reicht, dass ich schon in der Werbeagentur meines Vaters aushelfen muss, was auch nicht mein Traumjob ist«, grinse ich.

»Ich denke, ich kann es zu deinem Traumjob werden lassen. Zumindest für die Ferien«, sagt er, dabei zwinkert er mir zu.

Ich hebe eine Augenbraue, gerade möchte ich mich nicht von seinem außerordentlich grandiosem Aussehen ablenken lassen, deshalb richte ich mich wieder auf und schaue in seine Augen. »Wie willst du das anstellen?«

»Wir brauchen noch jemanden, der sich um die Werbekampagne für unser neues Album kümmert. Unsere alte Werbeagentur hat sich nicht an unsere Vorgaben gehalten und jetzt suchen wir jemanden, der es tut.«

»Und du willst meinen Dad beauftragen?«, hake ich nach.

»Wieso nicht? Du könntest doch mit ihm daran arbeiten, immerhin weißt du, worauf junge Leute anspringen, da du selbst jung bist«, antwortet Linden.

»Ich bin jung, aber ich höre keine Popmusik«, grinse ich.

Er gluckst. »Scheißegal, ich will dir damit einfach die Arbeit etwas angenehmer machen, wenn du schon in den Ferien arbeiten musst. Außerdem verbringen wir so Zeit miteinander, weil du dich mit uns absprechen musst.«

Ich lache leise. »Oh, also bist du dabei nicht gutmütig, sondern egoistisch!«

»Es ist eine Mischung aus beidem, würde ich sagen.«

Kopfschüttelnd lege ich mich zurück in seinen Arm und schließe die Augen. »Es wäre schon toll, wenn wir uns so noch mehr sehen könnten, aber du bist doch nicht den kompletten Sommer in Austin, oder?«

»Nicht ganz, aber ich möchte dort jede freie Minute mit dir verbringen, Thally.«

»Oh«, seufze ich gerührt, als ich meine Hand auf sein Herz lege, um den beständigen Rhythmus in meiner Handfläche zu spüren.

»Das rührt dich doch nicht, oder?«

»Ein bisschen«, gebe ich zu, dabei komme ich nicht umhin, noch einmal zu seufzen. Es ist einfach so süß, dass er jetzt schon so viel Zeit mit mir verbringen will. Gut, das war gestern und vorgestern auch schon so, aber da habe ich ihn für verrückt erklärt, weil wir uns kaum kennen. Jetzt kennen wir uns auch noch nicht richtig, aber schon etwas besser als am Samstag.

»Und jetzt halt die Klappe, ich will kuscheln«, raunt er und zieht mich in eine festere Umarmung.

»Aye, aye, Sir«, kichere ich, dabei schüttele ich mich, weil es mich überkommt.

»Muss ich dich mit einem Kuss zum Schweigen bringen?«

»Versuch es doch.«

Daraufhin schubst Linden mich schneller auf den Rücken und rutscht auf mich, als ich diesen Gedanken überhaupt laut aussprechen kann, und küsst mich stürmisch, bis ich meinen Kopf zur Seite drehe. »Okay, ich bin still.«

»Das zählt jetzt nicht mehr«, knurrt er spielerisch, fasst an mein Kinn und zwingt mich so, ihn anzusehen. Dann küsst er mich wieder, doch diesmal ist er wesentlich sanfter, als er es zuvor noch war.

Ich seufze genießend und lasse mich in diesen Kuss fallen, der immer leidenschaftlicher wird. Allerdings werden wir jäh unterbrochen, als Azer und Gavin ins Wohnzimmer poltern.

»Ooooh, ich glaube, wir stören die beiden in ihrer Honeymoonphase«, lacht Azer.

»Sorry, Leute«, entschuldigt sich Gavin.

Linden löst sich von mir und wirft den beiden einen vernichtenden Blick zu.

»Schon okay«, erwidere ich, als ich mich aufrichte. »Passiert, wenn man sich nicht einschließt.« Danach lächle ich beide an.

Gavin nickt, während Azer immer noch grinst und Linden ärgert, indem er weiter auf dieser Situation herumreitet.

»Alter, ich will noch auf dem Sofa sitzen, also habt euren Blümchensex im Bett«, prustet Azer.

Ich hebe meine Augenbraue. »Ich weiß ja nicht, was in deinem Bett so abgeht, aber wir haben sicher keinen Blümchensex«, kontere ich.

Sein Mund steht offen, weil ich ihm die Stirn geboten habe, während Gavin und Linden loslachen. Statt noch etwas zu sagen, macht Azer auf dem Absatz kehrt und verlässt das Wohnzimmer.

»Gott, der Typ geht mir im Moment mit seiner Art so auf die Nerven«, knurrt Linden und lehnt sich zurück.

»Er ist so, seit sie ihn verlassen hat«, erwidert Gavin, der auf einem der Sessel Platz nimmt. »Bin auch froh, wenn ich ihn mal ein paar Stunden nicht sehen muss, weil er einfach so … durchgedreht ist.«

Linden nickt knapp. Sie unterhalten sich über Azer und darüber, dass seine Freundin mit einem Tontechniker durchgebrannt ist, und ihm nur einen kurzen Brief hinterlassen hat, um ihn darüber aufzuklären. Ich mische mich nicht ein, sondern höre ihnen zu, obwohl es mir unangenehm ist, da es ein Thema ist, das mich nicht im Geringsten etwas angeht. Schließlich klingelt es an der Tür, weshalb ich aufspringe und dorthin gehe. Als ich die Haustür öffne, bleibt mir fast das Herz stehen. »Jim.«

Er sieht mich mit gehobenen Augenbrauen an. »Guten Abend, Thalia. Was machst du denn hier?«

»Freunde besuchen«, erwidere ich.

»Ist das der Lieferservice, Babe?«, ruft Linden.

Am liebsten würde ich im Erdboden versinken, weil es mir so peinlich ist. »Äh ... Ja.«

»Du bist vergeben«, stellt Jim fest.

»Nein, nicht direkt. Ich habe noch nicht darüber gesprochen, weil ich nicht weiß, was das zwischen ihm und mir ist«, sage ich leise.

Linden kommt an meine Seite und zückt sein Portemonnaie. »Was macht das?«

Jim nennt ihm den Preis, während er mir die Pizzen in die Hände drückt. Nachdem Linden bezahlt hatte, gebe ich ihm die Kartons und folge Jim zum Auto. »Jim, warte.«

Er dreht sich zu mir um. »Warum?«

»Sag bitte niemandem, dass er hier ist«, antworte ich kleinlaut.

»Du vögelst Linden Priest, der dazu noch verlobt ist, und ich soll es niemandem erzählen? Für was hältst du mich eigentlich? Für ein Waschweib, das nichts für sich behalten kann?«, herrscht er mich an.

Ich schüttele den Kopf. »Nein. Ich halte dich nicht für ein Waschweib.«

»Für was dann? Es muss doch einen Grund haben, warum du es geheim halten willst!«

»Weil er Urlaub macht und sicher nicht scharf darauf ist, dass hier eine Horde von pubertierenden und spätpubertären Frauen auftaucht«, halte ich dagegen. »Es geht nicht darum, was ich von dir halte. Ich mag dich, aber nur als Freund, mehr ist da einfach nicht. Falls ich dir irgendwelche Hoffnungen gemacht habe, dann tut es mir leid, Jim.«

Er nickt trotzig, dann wendet er sich wieder von mir ab und steigt in seinen Wagen.

»Jim!«, rufe ich, doch er reagiert nicht, sondern fährt los. Während ich mir Gedanken darüber mache, ob er verlässlich ist und es für sich behält, kommt Linden wieder an die Tür.

»Was ist denn los, Babe?«

Ich schaue zu ihm hoch, anschließend schlurfe ich demotiviert auf ihn zu. »Das war ein Kommilitone von mir, der sich darüber aufgeregt hat, dass ich Sonntag mit ihm aus war, obwohl du und ich etwas miteinander haben, außerdem denkt er, dass ich mit einem verlobten Mann rummache.«

Er erblasst von einer Sekunde zur anderen. »Hast du ihn gebeten zu schweigen?«

»Natürlich habe ich das, aber ob er auch den Mund halten wird, steht in den Sternen. Ich denke, dass er ziemlich sauer war«, antworte ich.

Linden legt den Arm um mich und bringt er mich ins Haus. »Hoffen wir einfach das Beste. Mehr als schiefgehen kann es jetzt nicht mehr.«

»Hm«, erwidere ich.

Wir setzen uns ins Esszimmer, wo seine Freunde bereits essen. Lustlos sehe ich meine Pizza an, da mir der Appetit vergangen ist. 'Es wird so was von schiefgehen', denke ich bedrückt, dennoch hoffe ich, dass Jim niemandem verrät, dass ich bei Linden bin. Unsere Affäre geht nur uns etwas an und niemand anderen, ganz egal, ob Linden berühmt ist, oder nicht.

♥♥♥

Nachdem er meine Notizen noch einmal mit mir durchgegangen ist, haben wir uns ins Bett gelegt. Es ist spät geworden, ich bin hundemüde, doch an Schlaf kann ich wegen Jims Reaktion nicht denken.

Seit über zwei Stunden steht Lindens Handy nicht still, allerdings ignoriert er all die Anrufe.

Priest: Prickelndes Begehren

»Könntest du endlich ran gehen?«, frage ich, als es wieder klingelt.

Er seufzt. »Er wird es nicht für sich behalten haben und ich habe keine Lust, mir den Abend von meinem Manager versauen zu lassen.«

»Geh an dein verficktes Handy, sonst tue ich es«, motze ich, da dieser schrille Klingelton mich nervt.

»Ist ja gut, ist ja gut«, sagt er. »Priest«, meldet er sich, nachdem er den Anruf endlich entgegengenommen hat. »Bitte?« Er greift nach der Fernbedienung und schaltet den Fernseher ein, der an der Wand gegenüber vom Bett hängt. »Welcher Sender? ... Okay.« Linden schaltet um und dann sehe ich es auch. Ein Bericht über uns, in dem ich nicht besonders gut wegkomme. Ich werde als diejenige bezeichnet, die das glücklichste Pärchen der Musikwelt auseinandergebracht hat. Nett.

»Ja, ich sehe es ... Thalia hat sich nicht in meine Beziehung gedrängt, sondern Trish hat mit mir Schluss gemacht, sonst wäre ich doch jetzt nicht mit einer anderen zusammen«, erklärt er. Lindens Züge verdunkeln sich, werden zornig. »Wenn du noch mal so was über sie sagst, bist du deinen Job los, verstanden? ... Du hast nicht so über sie zu sprechen, niemand hat das. Entweder diese Dreckspresse widerruft ihre Unterstellungen, oder ich werde einen Streifzug durch sämtliche Gerichtssäle der Staaten machen«, knurrt er und legt anschließend auf.

»Thalia Leroux ist Studentin an der University of Miami. Wie sie und Linden sich kennengelernt haben, ist zurzeit unbekannt, aber wir werden dran bleiben, um zu erfahren, ob es sich um eine von Priests allzu bekannten Affären, oder um Liebe handelt«, verkündet die Moderatorin in ihrem Glitzeroutfit mit einem falschen Lächeln.

»Na toll. Jetzt kennen alle Leute in den USA meinen Namen und denken, dass ich eine Beziehung zerstört habe. Klasse«, maule ich. »Werden die mich jetzt verfolgen, bis sie ihre Antworten haben, oder nicht?«

Daraufhin zuckt er mit den Schultern. »Ich weiß es nicht, aber sag am besten nichts, wenn sie dich etwas fragen. Die haben ja auch behauptet, dass ich zahlreiche Affären hätte, was überhaupt nicht der Fall ist.«

»Du bist kein Freund von beruhigenden Worten, hm?«, frage ich bedrückt.

»Ich bin untalentiert, was beruhigende Worte angeht«, gibt er beschämt zu. Linden schaltet den Fernseher wieder aus und zieht mich in seinen Arm. »Mach dir keine Gedanken. Ich kümmere mich darum, dass dich niemand belästigt, okay?«

»Okay«, hauche ich und dränge mich so fest an ihn, dass er das Gefühl haben könnte, dass ich mich bei ihm verstecke. Und ja, es ist auch so. Ich verstecke mich.

KAPITEL 11

Seit Tagen habe ich mich zur Uni geschlichen und Wege genommen, die nicht besonders befahren sind, damit ich Reportern, die sich hier herumtreiben könnten, aus dem Weg gehe.

Jetzt, da ich denke, dass drei Tage lang genug sind, um mich zu verstecken, spaziere ich mit Cami und Hailey zu meinem Wagen, weil ich sie auf dem Weg zu Linden zu Hause absetze.

»Und es ist immer noch nichts passiert wegen dieses Berichts?«, fragt sie.

»Nein, aber bisher bin ich verschont geblieben, was irgendwelche Journalisten und so angeht«, antworte ich.

»Was sagt Linden dazu?«

»Der wagt sich nicht mehr aus dem Haus, dabei würde ich gerne mal mit ihm ausgehen, da er morgen abreist. Ich begleite ihn zwar und bleibe bis Montagabend, aber dann ist es bis zu den Ferien vorbei damit, dass wir uns sehen können, und selbst da habe ich nicht ununterbrochen Zeit, weil ich in Dads Werbeagentur aushelfen muss.«

»Oh fuck, die machen es euch aber echt nicht leicht«, seufzt Hailey, als wir mein Auto erreichen.

»Nein, aber es gibt Schlimmeres. Ich hoffe nur, dass mein Name wieder reingewaschen wird. Mein Dad tobt seit Tagen, weil es immer noch durch diese Promimagazine flimmert, dass ich ein verlobtes Paar zerstört habe«, erwidere ich und entriegle die Türen.

Wir steigen ein und ich fahre mit geschlossenem Verdeck los, normalerweise ist es immer offen, aber momentan möchte ich vermeiden, dass mich jemand erkennt.

Meine Kommilitonen reiten glücklicherweise nicht auf diesem Thema herum, wahrscheinlich haben sie es noch nicht mitbekommen, aber dafür bin ich unendlich dankbar.

»Da ist sie!«, höre ich jemanden rufen, als ich an einer roten Ampel halte.

»FUCK!«, fluche ich ungehalten und schließe das Fenster, dann setze ich eilig meine Sonnenbrille auf. Als die Ampel auf Grün springt, kann ich nicht weiterfahren, weil sie sich auch vor dem Auto aufgestellt haben. Ich verdrehe die Augen und hupe, bevor ich den Wagen langsam anrollen lasse. Hinter mir wird ebenfalls gehupt, weshalb ich hoffe, dass sie sich vertreiben lassen.

»Die nerven«, motzt Hailey.

»Nicht nur dich. Ich kann mir auch etwas Schöneres vorstellen«, sage ich und trete die Gaspedale beinahe durch, als endlich Platz ist. »Ich habe es drei Tage lang geschafft, diesen Leuten aus dem Weg zu gehen und jetzt finden die mich, während ich auf dem Heimweg bin. Ich bin diejenige, die nun über Umwege versuchen kann, sie abzuhängen, falls sie mich verfolgen.«

»Oder du fährst zu Linden, er kann wenigstens das Tor schließen und sie kommen nicht rein«, schlägt Cami vor.

»Und ich komme nicht raus.«

»Du fliegst doch morgen mit ihm nach New York, also kannst du dort übernachten. Nath oder Draven könnten dir deinen Koffer bringen und du müsstest nicht einmal mehr raus«, erwidert Cami.

»Ich habe meinen Koffer hinten drin. Ich muss nicht nach Hause, aber es nervt.«

»Du hast dir Linden ausgesucht, jetzt musst du damit klarkommen«, mischt Hailey sich von der Rückbank aus ein.

Ich starre in den Rückspiegel. »Weißt du, dass du dich mit deinem Klugscheißergehabe gerade sehr unbeliebt machst? Nein? Gut, dann weißt du es jetzt«, schnauze ich sie an.

»Sorry«, gibt sie klein bei.

Daraufhin seufze ich. »Schon okay, aber ich weiß, dass es meine Entscheidung war, da musst du es mir nicht noch unter die Nase reiben.«

»Jetzt versuch bitte, dich nicht aufzuregen, Thally. Wir können alle nichts dafür, dass Jim den Mund nicht halten konnte«, meint Cami.

»Also eigentlich ... war es nicht ... Jim«, murmelt Hailey.

Ich fahre sofort an den Straßenrand und sehe sie an. »Wer dann?«

Sie errötet. »Ich habe mich mit einer Freundin unterhalten, die für dieses Magazin arbeitet.«

»Raus aus meinem Auto. Sofort!« Es ist mir egal, wie es wirkt, dass ich sie herausschmeiße, aber das war nun endgültig zu viel. Erst macht sie es Dahlia schwer, nun kann sie meine Privatsphäre nicht respektieren, es reicht einfach.

»Es tut mir leid, Thally«, sagt sie leise.

»Ja. Mir tut es auch leid, dass ich dir vertraut habe«, erwidere ich und warte darauf, dass sie endlich aussteigt.

»Du kannst sie doch nicht einfach rauswerfen«, mischt Cami sich ein.

»Wenn du ihr Gesellschaft leisten möchtest, dann bitte, es steht dir ebenfalls frei auszusteigen«, knurre ich gereizt.

»Bin schon still«, entgegnet sie mit einem unschuldigen Lächeln.

Endlich ist Hailey ausgestiegen und ich fahre weiter. »Das gibt es nicht. Ich habe sie mit ins Krankenhaus genommen, ihr vertraut und sie reitet mich so in die Scheiße. Die wussten meinen Namen, mein Studienfach, einfach alles. Und ich blöde Kuh habe Jim total zur Sau gemacht, weil ich dachte, dass er es war. Den kann ich gleich erst mal anrufen, um mich bei ihm zu entschuldigen.«

»Hailey ist in letzter Zeit irgendwie ... komisch. Ich weiß nicht, was sie sich dabei gedacht hat. Sie hätte wirklich wissen müssen, dass diese Freundin sich auf diese Story stürzt«, sagt Cami.

»Eben, aber wahrscheinlich hat sie mal wieder nicht nachgedacht«, nicke ich.

»Bist du sehr sauer auf sie?«, fragt Cami vorsichtig.

»Ich fürchte, sauer ist gar kein Ausdruck. Damit hat sie den Bogen definitiv überspannt.«

»Was ist denn noch passiert?«

»Ich bin nur auf Lindens Einladung eingegangen, weil sie dazwischen gerufen hat, dass ich sie annehme, dann stänkert sie ständig herum und nun schmiert sie ihrer Reporterfreundin ums Maul, dass ich etwas mit ihm habe«, erwidere ich. »Es reicht einfach.« Ich seufze. »Ich kann doch nichts dafür, dass sie sich einen Bauerntrampel angelacht hat, der nichts auf die Reihe bekommt. Das ist sicher purer Neid.«

»Du meinst Logan?«

»Ja. Er zieht her und lebt auf ihre Kosten, weil er zu faul ist, sich einen Job zu suchen. Hat sie dir das nicht erzählt?«, frage ich.

Cami schüttelt den Kopf. »Nein. Sie hat nichts gesagt, aber jetzt kann ich nachvollziehen, warum sie so oft schlecht gelaunt ist.«

»Es ist aber immer noch kein Grund, mich bei der scheiß Presse zu verpfeifen. Mein Vater ist auch auf 180 Sachen, weil er denkt, dass es stimmt, was diese Leute über mich erzählen«, wiederhole ich. »Und ich muss den ganzen Sommer mit seinem 'Du bist meine Tochter und ich frage mich, was ich falsch gemacht habe' Blick, mit dem er mich sicher ansehen wird, überstehen.«

Cami schmunzelt, weshalb ich sie böse ansehe. »Sorry, aber das klingt einfach lustig.«

Seufzend schüttele ich den Kopf, bevor ich anhalte und anfange zu lachen. »Ich habe das Gefühl, das ich total durchdrehe.«

»Wirst du nicht, keine Angst«, lächelt sie und umarmt mich fest. »Fahr zu Linden und genieß die Ruhe dort, auch wenn das mit seinen Freunden schwer werden dürfte«, flüstert sie mir ins Ohr.

»Ich versuche es«, hauche ich und löse mich von ihr.

»Ruf mich an, wenn du gut in New York gelandet bist, okay?«

»Mache ich.« Ich küsse ihre Wange, bevor sie aussteigt und zu Delsin geht, der in der Tür steht. Er winkt mir, was ich erwidere, dann fahre ich weiter.

Glücklicherweise komme ich ohne weitere Zwischenfälle bei ihm an, aber der Tag ist für mich gelaufen. Die Enttäuschung über Hailey ist einfach viel zu groß. Ich bin wirklich gespannt, wie sie das wiedergutmachen will.

♥♥♥

»Hast du dein Flugticket?«, fragt Linden, als wir am nächsten Morgen unser Gepäck in die Eingangshalle bringen.

Meine Augenbraue schießt in die Höhe. »Du sagtest, dass es ein privates Flugzeug ist und ich keines brauche«, erinnere ich ihn.

Er schmunzelt. »Okay, du passt gut auf.« Dann kommt Linden zu mir herüber und küsst meine Lippen. »Was ist los? Seit gestern Nachmittag wirkst du ziemlich angespannt.«

»Hailey war diejenige, die es herum erzählt hat. Eine Freundin von ihr arbeitet wohl für dieses Klatschmagazin, das wir gesehen haben, und die haben es natürlich sofort verwurstet«, erzähle ich, weil ich es ihm bisher verschwiegen habe.

Daraufhin schnaubt er. »Ich frage mich nur, warum sie es als deine beste Freundin nicht für sich behalten hat.«

»Dieselbe Frage stelle ich mir seit gestern Nachmittag«, erwidere ich, als er mich in eine Umarmung zieht. Ich dränge mich an ihn und schließe die Augen. »Es tut mir leid. Ich dachte, sie würde es für sich behalten.«

»Du kannst nichts dafür. Manche Menschen denken einfach nicht nach und du hast auf ihre Verschwiegenheit gehofft. Mach dir keine Vorwürfe, okay, Babe?«

Ich nicke knapp. Momentan bin ich in der Defensive, deshalb würde ich auch verstehen, wenn er mich in die Wüste schickt, aber er hat Verständnis für mich. Noch immer frage ich mich, was Hailey sich dabei gedacht hat. Wahrscheinlich überhaupt nichts, aber es ist einfach zum Kotzen.

»Sir, der Wagen ist bereit«, vernehme ich Graystons Stimme.

»Danke, Gray.« Linden gibt mich frei, anschließend gehen wir gemeinsam zum Auto und setzen uns hinein. »Miami wird mir fehlen.«

»Und du wirst mir fehlen, wenn ich Montagabend im Flieger sitze und für Wochen auf dich verzichten muss«, wispere ich.

Lächelnd beugt er sich zu mir und küsst mich, diesmal ist es kein kurzer Kuss, sondern ein langer, der unwahrscheinlich zärtlich ist. Es ist das erste Mal, dass er mich so küsst. »Ich hätte eine Idee, was du machen könntest, aber es wäre total überstürzt.«

Ich sehe ihn fragend an. »Wovon sprichst du?«

»Mach dein Studium an einer Fernuniversität zu Ende und verbring die Zeit mit mir«, antwortet er.

Kopfschüttelnd sehe ich wieder nach vorn. »Das geht nicht.«

»Warum nicht?«

»Weil es überstürzt ist, Linden.«

»Sage ich doch«, schmunzelt er.

Die Limousine setzt sich gerade in Bewegung, als ich meinen Kopf an seine Schulter lege. »Es wäre schön, aber wir haben doch gar nichts Festes miteinander.«

»Ich würde mir etwas Festes wünschen, Thalia«, raunt er, dabei streichelt er meine Schläfe. »Damit würdest du mich unwahrscheinlich glücklich machen.«

»Dann solltest du mich von einer festen Beziehung mit dir überzeugen«, kichere ich.

»Du hättest mich, meine Treue, mein Herz«, erwidert Linden leise, dabei wirkt er ein wenig schüchtern.

»Und das soll mich überzeugen?«, entrüste ich mich gespielt.

»Klar«, grinst er.

»Okay«, hauche ich mit einem breiten Lächeln auf den Lippen.

Linden erwidert es mit einem warmen Blick, als ich zu ihm hoch sehe. »Also bist du jetzt offiziell meine Freundin und nicht mehr meine zerstörerische Affäre?«, schmunzelt er.

»Nur, wenn du mich nie wieder so nennst«, entgegne ich.

Er lacht. »Versprochen, meine zerstörerische Affäre.«

Ich richte mich auf und kneife ihn in die Brust. »Und jetzt soll ich mich noch auf dich einlassen?«, grinse ich.

»Ja!«

»Okay.« Ich werfe mich regelrecht auf ihn und küsse ihn stürmisch. Danach schaue ich ihn bittend an. »Könntest du dafür sorgen, dass die mich nicht mehr als deine zerstörerische Affäre betiteln? Mein Vater ist fuchsteufelswild und ich muss es ausbaden, wenn da nicht bald eine Gegendarstellung gesendet wird.«

»Ich kümmere mich um alles, Babe.«

»Danke«, hauche ich, bevor ich meine Lippen abermals auf seine lege.

Knutschend bemerken wir nicht, wie wir am Flughafen ankommen und Grayston die Tür öffnet, weshalb Linden beinahe aus dem Auto fällt, da er sich dagegen gelehnt hat.

Grayston entschuldigt sich mehrmals, bis Linden ihn beruhigt, dass es ihm gut geht und er den Job als Chauffeur nicht wegen dieses Ausrutschers verliert. Wir steigen aus und gehen auf die Maschine zu. Ich bin nicht aufgeregt, da ich keine Flugangst habe, und Privatjets kenne ich vom letzten Sommer schon, als wir mit dem von Delsins Dad von Austin nach Miami geflogen sind.

»Hi«, grüßt Linden seine Freunde, als wir das Flugzeug betreten.

»Hallo, ihr beiden«, erwidert Gavin lächelnd, während Alexis, Mike und Azer angeregt über etwas diskutieren.

Ich zeige ihm ebenfalls ein Lächeln, als Linden mich schon in ein Schlafzimmer zieht. Er knallt die Tür zu und schubst mich aufs Bett. »Sollen wir nicht erst mal den Start abwarten?«, frage ich überrumpelt.

»Gerade dann ist es am besten«, raunt er, bevor er über mich kommt und jeden Einwand mit seinen Lippen erstickt. Während unsere Zungen einander umspielen, zieht er die Träger meines Spaghettitops herunter. Linden löst sich von meinen Lippen, dann bewegt er sich mit seinen weiter nach unten und befreit meine Brüste aus den Cups des BHs. Seine Zungenspitze gleitet um meine aufgerichtete Brustwarze, die sich noch fester zusammenzieht und dadurch umso empfindlicher wird. Seine Berührungen senden von dort kleine Blitze in meinen Unterleib, den ich an der Beule in seiner Hose reibe. Während er meinen Nippel nicht aus seinem Mund entlässt, zieht er meinen Rock hoch, anschließend mein Höschen herunter.

»Willst du wirklich einen Quickie?«, frage ich atemlos.

»Ich würde es gerne auskosten, aber spätestens in 20 Minuten trommelt einer von denen wie wild an die Tür«, antwortet Linden leise. Er richtet sich auf und öffnet seine Jeans, die er bis an seine Knie herunterzieht.

»Ist es denn egal, was ich will?«

»Nein.«

»Könntest du die Tür abschließen?«, möchte ich wissen.

»Natürlich.« Linden steht auf, dreht sich weg und schließt die Tür ab.

Ich nutze die Gelegenheit und ziehe meine Kleidung aus, weil ich es nicht mag, beim Sex welche zu tragen. Dann erhebe ich mich ebenfalls und ziehe ihm sein Shirt aus, nachdem er sich zu mir umgedreht hat.

Er schmunzelt. »Ich muss zugeben, so gefällt es mir auch um Längen besser.«

Als er aus seiner Hose gestiegen ist, hebt er mich hoch und drückt mich gegen die Wand.

»Ein Kondom«, erinnere ich ihn.

Er hält seine Hand hoch und reicht mir eines. »Du musst es übernehmen.«

Ich reiße die Packung auf und rolle es über sein hartes Glied, nachdem er mir etwas Platz gemacht hatte, damit ich zwischen uns greifen kann. Danach presst er mich wieder gegen die Holzwand und dringt in mich ein, was ich mit einem lauten Stöhnen beantworte.

»Du bist so verdammt heiß, Thalia«, knurrt er, als er anfängt, fest in mich zu stoßen.

Ich lege den Kopf in den Nacken und schließe die Augen. »Oh Gott.« Die Wand ist zwar etwas kühl im Rücken, aber das stört mich überhaupt nicht.

Meine Beine habe ich um ihn geschlungen und so, wie er mich gegen die Holzwand drückt, kann ich mich ebenfalls bewegen und das tue ich dann auch. Wir treiben uns gegenseitig immer weiter.

Linden stöhnt ebenfalls auf und erstarrt, weshalb ich mich etwas schneller bewege, damit wir beide zum Höhepunkt kommen.

In dem Moment, in dem sich mein Orgasmus ankündigt, entlädt er sich in mir. Kurz danach folge ich ihm.

Linden legt mich ins Bett, nachdem er mir einen langen Kuss gegeben hat. »Lauf nicht weg.«

»Ich denke nicht im Traum daran«, lächle ich, anschließend geht er durch eine andere Tür. Wahrscheinlich ist es ein Bad.

Ich decke mich zu und schließe die Augen.

Plötzlich höre ich ein Schmunzeln. »Möchtest du dich ausruhen, bevor wir landen?«

»Wie lange sind wir überhaupt unterwegs?«

»Circa 3 Stunden, von denen jetzt noch ungefähr zweieinhalb übrig sind.«

»Legst du dich zu mir?«, frage ich leise, als ich ihn ansehe.

Er nickt, dann liegt er schon und legt seinen Arm um mich.

Ich kuschele mich an seinen warmen muskulösen Körper und schließe abermals die Augen. »So könnte ich jeden Flug verbringen.«

Linden lacht leise. »Ich auch.«

Schließlich klopft es. »Hey, ihr Verliebten. Kommt ihr noch mal raus oder bleibt ihr die nächsten 2 Stunden auch noch da drin?«

»Hau ab, Alexis. Wir wollen allein sein«, ruft Linden amüsiert.

»Das ist in einem Privatjet zwar so gut wie unmöglich, aber okay.« Ich höre Schritte, scheinbar entfernt er sich.

»Ich nehme dich ganz schön in Beschlag. Wir sollten uns vielleicht doch zu ihnen setzen«, schlage ich vor.

»Lass uns noch ein wenig hier bleiben. Eine halbe Stunde oder so und dann gehen wir zu ihnen, okay?«, erwidert Linden.

»Okay«, seufze ich.

Die ausgemachte halbe Stunde vergeht viel schneller, als mir lieb ist.

»Komm schon. Du wolltest zu ihnen, also gehen wir«, schmunzelt Linden, dabei zieht er mir die Decke weg.

Widerwillig rutsche ich zur Bettkante und sammele meine Kleidung ein, die ich daraufhin anziehe.

Er betrachtet mich, während er sich ebenfalls anzieht.

»Was ist?«, frage ich, weil ich das Gefühl habe, dass sein Blick mich durchbohrt.

Seine Mundwinkel verziehen sich zu einem breiten Lächeln. »Ich sehe dich einfach gerne an, Thalia.«

Ich lege den Kopf schief. »Warum?«, hake ich grinsend nach.

»Weil … ich mich in dich verliebt habe?«

»Warum?«

»Warum ich dich liebe? Weil du einfach wundervoll bist.« Dann legt er den Kopf schief. »Liebst du mich?«

Ich schlucke. »Ich glaube ja.«

»Warum?«, hakt Linden nun nach.

»Warum ich in dich verliebt bin?«

Er nickt.

Ich stehe auf, ziehe meinen Rock zurecht und sehe ihn schließlich an. »Keine Ahnung. Frag mein Herz, denn mein Verstand war von Anfang an dagegen.«

Linden zieht mich in seinen Arm und küsst meinen Mundwinkel. »Nicht unbedingt die Antwort, mit der ich gerechnet habe, aber ich gebe mich damit zufrieden«, schmunzelt er.

Ich lache leise. »Es ist vorerst die Einzige, die ich dir geben kann, Linden.«

»Wie gesagt, damit gebe ich mich zufrieden.« Danach lässt er mich los. Wir verlassen diese Schlafkabine und gehen zu seinen Bandkollegen, die sich in verschiedenen Sesseln lümmeln, bloß Azer liegt auf einer Couch. Linden hält meine Hand und führt mich zu einer anderen.

»Da sind ja die lieben Liebenden«, stellt Alexis fest.

»Neidisch?«, grinst Linden.

»Nicht doch«, entrüstet er sich amüsiert und konzentriert sich wieder auf den Fernseher, der mit einer beachtlichen Lautstärke läuft.

Azer schnarcht, Mike ist nirgends zu sehen und Gavin scheint zu lesen, da er seine Nase in einem Buch vergraben hat.

»Was liest du, Gavin?«, erkundige ich mich interessiert, weil ich den Titel nicht lesen kann, da ich zu weit weg sitze.

Er hebt den Blick, um mich anzusehen. »Einen Fantasyroman über blutrünstige Vampire.«

»Oh«, mache ich. »Nicht mein Genre.«

»Welches Genre bevorzugst du denn?«, möchte er wissen.

»Klassische Literatur, Liebesromane, aber ich lese auch High Fantasy.«

»Interessant«, nickt er. »Sorry, ich komme so selten zum Lesen, dass ich die Zeit jetzt nutzen will«, entschuldige sich Gavin und vergräbt seine Nase wieder in seinem Buch.

»Scheinbar sind wir umsonst raus gekommen«, raunt Linden mir zu. »Ich verbringe mit denen den Rest des Jahres, mit dir allerdings nur noch wenig Zeit. Mir wäre es lieber gewesen, wenn wir im Schlafzimmer geblieben wären.«

Nickend lege ich meinen Kopf an seine Schulter, nachdem ich eine Strähne meines Haars hinter mein Ohr gesteckt habe. »Es sind deine Freunde und ich will nicht, dass sie denken, dass ich dich von ihnen fernhalte«, wispere ich in der Hoffnung, dass die anderen mich nicht hören.

»Denken wir nicht«, mischt Alexis sich ein. »Trish ist schlimmer.«

Linden schaut zu ihm, woraufhin Alexis sich räuspert. »War ... Sie war schlimmer.«

Mein Kopf ruckt hoch. »Ist oder war?«, frage ich Linden.

»War ... Alexis hat sich versprochen«, erwidert er gelassen.

Ich schaue zu Alexis. »Ist oder war?«, wiederhole ich.

»War. Ich habe mich wirklich vertan, so was kann passieren, immerhin war sie jahrelang täglich mit uns unterwegs«, sagt er.

'Soll mich das wirklich beruhigen?', überlege ich. Man kann sich doch nicht derart versprechen, immerhin habe ich die ganze Woche mit den Jungs verbracht. Diese Verwechslung ist irgendwie na ja fragwürdig.

♥♥♥

'Hallo, New York, ich bin hier, um dich zu erkunden', denke ich, als ich aus dem Privatjet steige. Seit Alexis' Versprecher wurde nicht viel gesprochen und das hat mich dezent, wirklich nur ganz dezent, genervt. Sarkasmus off.

»Was möchtest du dir zuerst ansehen?«, erkundigt sich Linden.

»Deine Wohnung«, lächle ich.

»Dann fahren wir dorthin«, schmunzelt er, als er meine Hand ergreift und mich zu einem großen Range Rover führt.

»Du fährst einen Geländewagen in der Großstadt?«, frage ich überrascht.

»Warum nicht?«, erwidert Linden.

»Weil du hier nicht durch die Prärie fahren musst«, antworte ich.

»Und? Ich habe mir ein Auto gekauft, das mir gefällt.«

»Nichts und«, sage ich, dabei klimpere ich mit meinen Wimpern.

Mit einem spitzbübischen Grinsen öffnet er mir die Tür und hilft mir, die hohe Stufe zu erklimmen, damit ich in seinen Wagen steigen kann.

Als ich sitze, schließt er sie und geht um das Auto herum. Dann steigt er ein und fährt los.

»Seid ihr alle mit euren eigenen Autos hier?«, erkundige ich mich.

»Keine Ahnung. Ich habe meinen Bruder gebeten, dass er mein Auto herbringen lässt, damit wir nicht in der Limousine mitfahren müssen. Ich ziehe nicht so gerne die Aufmerksamkeit aller Leute auf mich, wenn ich Freizeit habe«, antwortet Linden, als er vom Parkplatz des J.F.K. Airports fährt.

Ich lehne mich zurück, lausche der Musik im Radio und schließe die Augen, während ich leise mitsinge.

»Du weißt schon, dass du gerade einen unserer Songs mitsingst, oder?«

Ich verziehe meine Lippen zu einem Lächeln, doch öffne ich die Augen nicht. »Wusste ich nicht, aber das ist auch das einzige Lied, das ich von euch kenne.«

»Das ist eines unserer Ersten, da durften wir noch ein wenig rocken, aber mittlerweile sollen wir mehr auf Schmuse- und Popmusikkurs bleiben, weil es besser ankommt.«

»Das hast du mir in ähnlicher Fassung schon erzählt«, gluckse ich.

»Oh. Sorry.«

»Schon okay. Ich erzähle manches auch mehrmals, weil ich einfach vergesse, dass ich es schon mal erwähnt habe.« Ich öffne ein Auge und sehe sein traumhaftes Grinsen.

»Bisher hast du mir nur ganz oft gesagt, dass ich verlobt war«, lacht er schließlich.

»Ich weiß und deshalb warst du tabu. Ich date keine vergebenen Männer.«

Linden lacht lauter. »Die Version kenne ich schon.«

Ich stimme in sein Gelächter ein. »Siehst du. Ich wiederhole mich auch gerne.«

Er ergreift meine Hand und konzentriert sich wieder auf die Straße, die gut befahren ist. Wahrscheinlich sind wir mitten in der Rush Hour gelandet, denn eine richtige Karawane zieht sich durch die Straßen.

Es ist das erste Mal, dass ich in New York bin. Hier ist alles so riesig. Anders als in Austin, wo sich zwischen den Hochhäusern auch mal kleinere Häuser befinden, stehen hier fast nur Wolkenkratzer. Ich schaue aufmerksam aus dem Fenster, als Linden in eine Tiefgarage fährt.

»Wir sind da«, sagt er.

Uns folgt eine Limousine, die ich vom Flughafen erkenne. »Sind das die anderen?«, frage ich.

»Ja.«

»Teilst du dir eine Wohnung mit ihnen?«

»Keine Wohnung. Das Penthouse, aber wir haben eigene Bereiche, in meinem wird dir keiner von ihnen über den Weg laufen«, beruhigt er mich. »Wenn doch, dann nur, weil sie mir wieder mein Haarwachs oder etwas Anderes klauen.«

Ich nicke langsam.

Schließlich parkt er und wir steigen aus. Nachdem er unser Gepäck genommen hat, schlendern wir in ein edles Treppenhaus, wo er mit seinem Schlüssel den Aufzug ruft. »Hoffentlich kommt er schnell, sonst müssen wir mit ihnen nach oben fahren, und ich möchte jetzt jede Menge Zeit mit dir allein verbringen«, sag er, als ich ihn fragend ansehe.

»Oh«, erwidere ich und schon öffnen sie die Türen mit einem leisen Ping.

Linden zieht mich in den Aufzug und drückt auf 'Türen schließen', als seine Freunde hereinkommen.

Azer läuft los, um den Lift aufzuhalten, doch er ist zu langsam.

»Knapp«, schmunzelt Linden.

»Das war gemein«, entgegne ich.

»Sie werden es überleben. Du glaubst nicht, was wir schon alles miteinander oder mit einem Einzelnen von uns angestellt haben«, grinst er spitzbübisch.

»Ihr Kindsköpfe«, kichere ich.

»Männer werden 7, danach wachsen sie nur noch«, erwidert er im Brustton der Überzeugung, und ohne eine Miene zu verziehen.

Ich lache immer noch, als die Aufzugtüren sich öffnen und wir ein schickes Penthouse betreten. »Oh wow«, entfährt es mir, als ich die Fliesen aus schwarzem Marmor sehe. Mein Dad stinkt zwar regelrecht vor Geld, aber so etwas Edles gibt es in seinem Haus nicht. Ja, ich bin schon vom Bodenbelag begeistert, aber es gibt Schlimmeres. Linden führt mich durch das Penthouse, bis wir seinen Bereich erreichen. Er ist, wie eine abgetrennte Wohnung. Wahrscheinlich kostet das hier alles ein Vermögen.

Linden schließt die Tür hinter uns und sieht mich an. »Was möchtest du unternehmen?«

Ich zucke mit den Schultern. »Keine Ahnung. Was kann man hier alles unternehmen?«

»Wir sind in New York, hier kann man quasi alles machen.«

»Hm«, mache ich, dabei hebe ich eine Augenbraue. »Und wenn ich nichts unternehmen will?«, frage ich nachdenklich.

»Dann könnten wir uns hinsetzen und uns einen Film ansehen«, schlägt er vor.

»Daran habe ich auch gedacht«, lächle ich.

»Was möchtest du sehen?«

»Was hast du da?«

»Video on Demand. Also fast alles, was du willst«, schmunzelt er. »Aber lass uns doch erst mal unsere Taschen ins Schlafzimmer bringen, danach können wir gemeinsam einen Film aussuchen und etwas zu essen bestellen.«

Ich öffne meine Arme, als ob ich zeigen wollte, dass ich nichts bei mir habe, und sage: »Okay.«

»Anderer Vorschlag: Ich bringe unsere Taschen ins Schlafzimmer, dann komme ich wieder und wir bestellen etwas, anschließend suchen wir uns einen Film aus.«

»Hört sich gut an. Zeigst du mir denn vorher das Wohnzimmer?«, erkundige ich mich amüsiert.

»Wir stehen mittendrin«, gluckst er und zeigt nach rechts, meiner Sicht nach rechts, da er mir gegenüber steht. »Da ist die Couch.«

»Oh. Danke.« Lächelnd gehe ich zum Sofa und setze mich, während Linden ins Schlafzimmer verschwindet. Hier ist es so anders als im übrigen Penthouse, jedenfalls unterscheidet es sich deutlich von dem Teil, den ich gesehen habe. Hier dominieren moderne Möbel, ein paar seiner Malereien – so sehen sie meiner Meinung nach aus – und scheinbar hat Trish hier ihren Dekofimmel ausgelebt, denn an jeder Ecke befinden sich verdammt grässliche Porzellanfiguren. Engel, Elfen, sogar Kätzchen! Außerdem steht ein Foto von den beiden auf dem Beistelltisch. Ich nehme den Bilderrahmen in die Hand und schaue es mir aufmerksam an. Sie ist so ein richtiger

Modeltyp von Frau. Schlank, blond, gleichmäßige Zähne, ein hübsches Lächeln. »Er ist irre, dass er mich und nicht sie will«, murmele ich, nachdem ich es zurück gestellt habe.

»Hast du etwas gesagt?«, fragt Linden plötzlich.

Ich zucke zusammen. »Bitte?«

»Ob du etwas gesagt hast? Du hast irgendwas vor dich hin genuschelt«, wiederholt er.

»Ach so. Das war nicht wichtig«, antworte ich leise, beinahe beschämt.

»Stimmt etwas nicht?«, möchte er wissen, als er sich neben mich setzt.

»Es ist alles okay. Ich habe nur das Foto von dir und Trish gesehen und ich frage mich, was du an mir findest, wenn du eine wie sie haben kannst«, erwidere ich.

»Ich bin davon überzeugt, dass ich es mit dir hundert Mal besser getroffen habe, als mit ihr. Thally, du bist eine wundervolle, atemberaubende, hübsche, intelligente, toughe Frau, der es nicht darum geht, dass ich Linden Priest, der Sänger von Downstair Alley bin, sondern die mich sieht. Nur Linden. Du bist diejenige, von der ich geträumt habe. Du bist diejenige, mit der ich jede einzelne Minute verbringen will«, er nimmt meine Hand, die er an seine Brust legt, sodass ich seinen Herzschlag spüren kann, »Du bist diejenige, die hier ist, während Trish nur in meinem Kopf meine große Liebe war«, raunt Linden. »Du bist diejenige, die von meinem Herzen ausgesucht wurde.«

Ich blinzele die Tränen weg. Ja, ich weine, weil seine Worte mich so sehr berührt haben.

»Warum weinst du denn?«, fragt er leise, dabei klingt er sich seiner Schuld bewusst.

»Wow«, schniefe ich. »So was hat noch nie jemand zu mir gesagt und ... Wow.« Ich ringe mir ein Lächeln ab, danach nimmt Linden mich in den Arm.

»Du bist meine Traumfrau, Thalia Leroux.«

»Wenn du nicht willst, dass ich hier gleich richtig losheule, solltest du jetzt besser die Klappe halten«, scherze ich und kurz darauf vibriert seine Brust wegen seines Lachens an meiner Wange.

»Ich bin schon still«, sagt er, nachdem er sich beruhigt hat. »Geht's dir besser?«

Ich nicke langsam. »Ja, aber es ging mir nicht schlecht. Ich war einfach nur gerührt und ich bin es noch.«

»Wenn man ein Mädchen zum Lachen bringt, weiß man, dass es einen mag. Wenn man ein Mädchen zum Weinen bringt, weiß man, dass es einen liebt«, erwidert Linden, schiebt mich leicht von sich weg und sieht in meine Augen. »Ich würde sagen, dass unsere Gefühle überhaupt nicht rational sind und wir uns viel zu schnell verliebt haben.« Er lächelt, bevor er einen Kuss auf meine Lippen haucht.

Von dem Standpunkt aus habe ich es noch gar nicht betrachtet, und abgesehen davon kannte ich diesen Spruch auch gar nicht, aber ich werde ihn nicht infrage stellen. Ich bin verknallt, aber Liebe ist es noch nicht, deshalb habe ich seine Frage danach auch nur schwammig beantwortet. Ich möchte mich nicht in eine Beziehung stürzen, ohne etwas zu fühlen beziehungsweise nicht das zu empfinden, was er empfindet. Ach das ist alles so schwierig.

»Was möchtest du essen? Ich kenne ein gutes chinesisches Restaurant, das sogar einen Lieferservice hat«, sagt Linden.

»Gebratene Nudeln mit Hühnchen«, erwidere ich.

»Das war eine schnelle Entscheidung«, schmunzelt er und zieht sein Handy aus seiner Hosentasche. »Ich bestelle dann und du machst dir Gedanken wegen eines Films, okay?«

Ich nicke ihm zu, danach gibt Linden mir zwei Fernbedienungen, nachdem er den Fernseher eingeschaltet und das Auswahlmenü aufgerufen hat. Ich durchsuche es, bis ich einen Film gefunden habe, den ich zwar schon kenne, aber sehr mag. Es ist 50 erste Dates.

»Den habe ich 'zig Mal gesehen«, schmunzelt Linden.

»Ich auch, aber er ist schön und ich mag die Darsteller«, entgegne ich.

»Adam Sandler ist wirklich gut«, stimmt er mir zu.

»Drew Barrymore auch.«

»Dann schauen wir den und danach vielleicht noch einen anderen Film?«

»Gerne.«

Linden startet den Film. Wieder stecke ich eine verirrte Haarsträhne hinter mein Ohr und lege meinen Kopf an seine Schulter. Er streichelt meinen Oberschenkel, womit er mich leicht kitzelt, aber es ist ein angenehmes Kitzeln.

Lindens Handy klingelt eine halbe Stunde später. »Ja bitte?«, meldet er sich. »Ja ... Schicken Sie ihn nach oben ... Danke.« Er legt auf und sieht mich an. »Das Essen ist da. Machst du Pause, während ich es entgegennehme?«

»Klar doch.« Dann pausiere ich den Film und er lässt mich allein.

Fünf Minuten später kommt er mit dem Essen zurück, welches er auf den Couchtisch stellt. »Ich hole noch Besteck.«

Ich schaue es mir an. »Es sind doch Stäbchen dabei.«

»Ich kann nicht mit Stäbchen essen«, gibt er zu.

»Oh. Okay. Ich brauche keine Gabel, ich kann es nämlich«, griene ich.

»Alles klar.« Abermals lässt er mich allein, doch ist er wesentlich schneller zurück.

Linden setzt sich neben mich, reicht mir mein Essen und die Essstäbchen, dann fangen wir beide an, nachdem ich Play gedrückt hatte.

♥♥♥

Der Film ist am Ende und ich weine mir die Seele aus dem Leib. Obwohl ich es schon mehrere Male gesehen habe, kommen mir immer wieder die Tränen.

»Warum weinst du?«, fragt er leise.

»Weil es ein schönes Ende ist«, schniefe ich.

Priest: Prickelndes Begehren

Er nimmt mich in den Arm und küsst meinen Scheitel. »Ich wette, dass du bei einem traurigen Ende noch mehr weinst, als bei einem schönen.«

»Meistens ist es so, dass ich bei einem Happyend mehr weine, als bei einem Sadend.«

»Das musst du mir erst noch beweisen.«

»Dann müssen wir einen traurigen Film schauen.«

»Hast du Hachiko schon gesehen? Der Film mit dem Hund, der am Bahnhof immer auf seinen Besitzer wartet, selbst als dieser schon tot ist?«, erkundigt sich Linden.

»Ja, den kenne ich.«

»Wollen wir den schauen oder etwas Anderes?«

»Schauen wir Hachiko«, antworte ich.

Linden sucht den Film in der Auswahl, startet ihn und legt sich hin. Mich zieht er auf der breiten Couch neben sich, sodass ich meinen Kopf auf seinen Bauch legen kann, was ich auch tue. Schon als der kleine Junge beginnt, seine Geschichte beziehungsweise die seines Großvaters zu erzählen, kommen mir die Tränen, die ich allerdings vor Linden verberge.

Er streichelt beständig durch meine Haare, als ein Donnergrollen mich zusammenzucken lässt, dann setzt Regen ein. »Könntest du den Fernseher leise machen? Ich mag es dem Regen zuzuhören«, sage ich gedämpft.

Daraufhin pausiert er den Film. Ich schließe die Augen und lausche den trommelnden Regentropfen, die gegen die Fensterscheibe prallen. Es hatte schon immer etwas Beruhigendes für mich, wenn ich dem Regen zuhören konnte.

♥♥♥

Als der Film vorbei ist, schaut Linden mich aufmerksam an. »Du hast recht. Du weinst bei einem Happyend wirklich mehr, als bei einem traurigen.«

Ich lächle ihn an, als ich vereinzelte Tränen von meinen Wangen wische, die schon dabei sind zu trocknen.

KAPITEL 12

Wir haben uns die Freiheitsstatue angesehen, Linden hat mir den Central Park gezeigt und wir waren miteinander in einem süßen kleinen Restaurant. Außerdem mussten wir einmal vor einer Meute von Fans fliehen, die uns verfolgt hat, und vor Journalisten, die sich wie Aasgeier auf uns stürzen wollten. Morgen fliege ich schon zurück nach Miami und ich vermisse Linden bereits jetzt. Ich möchte einfach noch nicht gehen, weil das heißt, dass ich ihn einige Wochen nicht sehen werde. Wir haben schon ausgemacht, dass wir täglich telefonieren oder skypen werden, aber das ersetzt nicht die Nähe, das Kuscheln und die Küsse. Nun stehen wir unter einem Dach im Central Park, weil es in Strömen regnet.

Linden hält mich im Arm. »Du wirst mir so sehr fehlen«, raunt er.

Ich schaue zu ihm hoch. »Du mir auch.« Dann greife ich in meinem Rücken nach seiner Hand. Als ich sie habe, ziehe ich ihn in den Regen.

»Bist du wahnsinnig? Wir werden uns erkälten!«, ruft er, als kalte Tropfen ihn erwischen.

»Ein wenig wahnsinnig, aber viel mehr will ich mit dir im Regen tanzen«, schmunzele ich.

»Du wirst so was von mit mir baden, wenn wir zu Hause sind«, grinst er, dabei ergreift er meine Hand und legt seine andere um meine Taille.

»Sehr gerne«, erwidere ich gut gelaunt und bewege mich mit ihm durch den prasselnden Schauer. Es ist wirklich kalt, aber ich liebe es, im Regen draußen zu sein. Außerdem lausche ich ihm gerne, wenn er gegen die Fenster prasselt. Es entspannt mich einfach. Wir drehen uns, was mich zum Lachen bringt. Irgendwann fange ich an zu frieren, weshalb ich mich eng an Linden schmiege.

»Ist dir kalt?«, fragt er.

»Etwas«, antworte ich mit plötzlich klappernden Zähnen und gehe an seine Seite.

Kein Blatt würde zwischen uns passen, als er mit mir zum Ausgang des Parks geht, wo ein paar Taxis stehen. Linden öffnet mir die Tür, ich steige ein und er rückt schließlich nach. Anschließend nennt er dem Fahrer die Adresse des Wolkenkratzers, in dem er wohnt, und das Taxi setzt sich in Bewegung.

Nun würde jemand zwischen uns passen, auch wenn dieser jemand dann unsere ineinander verschränkten Hände in seinem Schoß liegen hätte. Ich schweige, weil ich nicht möchte, dass der Taxifahrer uns zuhört, Linden wird wahrscheinlich aus demselben Grund nichts sagen. Aber wir verstehen uns scheinbar auch ohne Worte, denn er weiß genau, dass ich gestreichelt werden möchte, als ich ihn ansehe.

Ich genieße die Zeit, in der ich mit ihm alleine bin. Seine Freunde sind zwar nett, aber irgendwie anstrengend. Zumindest Azer. Alexis, Mike und Gavin sind eher ruhig, wenn sie nicht gerade meinen, sie müssten das Penthouse in eine Diskothek verwandeln, so wie gestern Abend, als wir auf einmal aus dem Schlaf gerissen wurden, weil sie Iron Maiden auf Anschlag drehten. Während ich mich in meinen Gedanken an die letzte Nacht verliere, hält der Wagen an.

Der Fahrer nennt den Preis, der von Linden beglichen wird. Danach steigen wir aus und eilen ins Haus. Wir sind klitschnass und ich bin froh, wenn wir in der Badewanne liegen.

Er geht hinter mich und bugsiert mich in den Fahrstuhl, dem er mithilfe seines Schlüssels den Befehl gibt, ins Penthouse zu fahren. Ich freue mich auf die Sommerferien, die Zeit, in der ich ihn solange er in Austin ist, täglich sehen kann. Linden hält mich von hinten umschlungen. »So einen schönen Tag hatte ich schon lange nicht mehr«, flüstert er mir ins Ohr.

»Ich auch nicht.« Ich lehne meinen Kopf an seine Schulter und genieße die Küsse, die er auf die empfindliche Stelle unter meinem Ohrläppchen setzt.

»Und ich kann es kaum erwarten, dich in meine Badewanne zu bekommen«, raunt er.

»Ich kann es auch kaum erwarten«, wispere ich.

Der Lift hält, wir verlassen ihn und schlendern durch das Penthouse, als sich jemand räuspert. Linden bleibt stehen. »Pierce«, entfährt es ihm.

»Hallo, Linden«, erwidert der Mann im braunen Anzug. Er sieht wichtig aus.

»Thalia, darf ich dir unseren Manager vorstellen? Das ist Pierce Cunningham. Pierce, das ist Thalia«, sagt Linden.

»Guten Abend«, nickt Pierce mir zu, danach sieht er Linden wieder an. »Können wir uns unter vier Augen unterhalten?«

»Ich gehe schnell duschen, danach gern. Du siehst, wir sind in den Regen geraten«, antwortet Linden, der meine Hand so fest umklammert, dass es schon fast wehtut.

»In Ordnung. Ich warte hier«, entgegnet Pierce.

Dann gehen wir weiter. »Ich frage mich, was er hier will«, nuschelt Linden, als er die Tür hinter uns geschlossen hat.

»Kommt er sonst nicht vorbei?«, erkundige ich mich.

»Selten. Eigentlich nur, wenn es etwas zu besprechen gibt, aber normalerweise sind die Jungs dann auch dabei und es ist kein Vieraugengespräch«, antwortet Linden.

»Ich hoffe, dass es nichts Schlimmes ist, was er mit dir besprechen will.«

»Keine Ahnung«, meint er und zuckt mit den Schultern. Wir gehen weiter ins Bad, wo er das Badewasser aufdreht.

»Wolltest du nicht duschen?«, frage ich irritiert.

»Schon, aber du wirst baden und dich entspannen. Später werden wir es uns dann auf der Couch gemütlich machen«, lächelt Linden.

»Na gut«, griene ich und ziehe die nasse Kleidung aus, die an meiner Haut klebt. Ich mag den Geruch von nasser Wäsche auf der Haut nicht, aber nun muss ich da durch. Ich hoffe nur, dass die

Sachen bis morgen Abend getrocknet sind, damit meine übrige Kleidung nicht diesen Geruch annimmt.

Anschließend setze ich mich in die Badewanne, die sich bereits zur Hälfte gefüllt hat, weil das Wasser aus mehreren Düsen statt aus einem Wasserhahn kommt. Linden steht auch schon unter der Dusche. Ich lehne mich zurück, schließe die Augen und denke über den Tag nach. Er war wirklich schön und ich gäbe alles dafür, wenn jeder so sein könnte, aber ab morgen heißt es, beinahe sechs Wochen ohne ihn auszukommen. Seufzend lege ich einen Waschlappen auf mein Gesicht und versuche, zu entspannen.

Ich merke nicht, wie die Zeit vergeht, als ich die Tür der Duschkabine höre.

»Entspannst du dich?«, erkundigt er sich.

»Ja. Das heiße Wasser tut gut«, erwidere ich, nehme den Lappen von meinem Gesicht und tauche ihn ins Wasser.

»Ich würde jetzt so gerne bei dir liegen, statt mich mit Pierce zu unterhalten.«

»Wahrscheinlich seid ihr schnell fertig und dann kannst du dich immer noch zu mir legen«, lächle ich.

Linden trocknet sich ab, geht dann mit dem Handtuch um die Hüften in sein Schlafzimmer und kommt wenige Minuten später in einer Jogginghose, und zwar nur in einer Jogginghose, wieder zu mir. »Lauf nicht weg. Ich bin in spätestens einer halben Stunde wieder da«, raunt er und küsst meine Stirn.

»So lange bade ich selten, aber ich werde hier auf dich warten«, schmunzele ich und küsse seine Lippen.

»Bis gleich, Babe.«

»Bis gleich.«

Linden lässt mich allein, schließt die Tür hinter sich und ich schließe die Augen.

♥♥♥

Selbst 45 Minuten später ist Linden noch nicht da. Das verrät mir die Digitaluhr, die neben dem Spiegel hängt. Ich steige aus der Wanne, anschließend trockne ich mich ab. Meine Haare wickele ich in einem kleineren Handtuch ein. Danach gehe ich nackt ins Schlafzimmer, wo ich einen Slip und mein Nachthemd anziehe. So lege ich mich ins Bett, nehme mein Handy in die Hand und rufe Cami an.

»Wie ist New York?«, meldet sie sich.

»Groß«, erwidere ich. »Wie geht's euch?«

»Gut. Delsin und Avery sind gerade dabei zu grillen, Dale und ich machen Salate und du fehlst einfach. Wie geht's euch?«

»Mir geht's super. Linden hat mir heute die Stadt gezeigt und es war einfach ein atemberaubend schöner Tag. Wir haben im Regen getanzt und wollten es uns eigentlich heute Abend im Bett bequem machen, aber sein Manager ist aufgetaucht und nimmt ihn jetzt seit fast einer Stunde in Beschlag, dabei wollte er nach einer halben Stunde wieder bei mir sein«, erzähle ich.

»Oh. Wie mies, der müsste doch wissen, dass du nur bis morgen Abend bei Linden bist, da hätte er sich wenigstens bis dahin Zeit lassen können.«

»Was Linden gewundert hat, war, dass er mit ihm unter vier Augen sprechen wollte, denn normalerweise sind seine Freunde mit dabei«, erwidere ich nachdenklich.

»Vielleicht ist es ja wegen der ganzen Sendungen, die im Moment wegen euch beiden laufen«, sinniert Cami.

»Kann sein, aber das betrifft sie doch auch alle ... und mich. Irgendwie frage ich mich, was sie miteinander besprechen.«

»Es gibt nur zwei Möglichkeiten, es herauszufinden«, entgegnet sie.

»Welche?«, frage ich, weil ich auf dem Schlauch stehe.

»Entweder du lauschst oder du wartest, bis Linden wieder bei dir ist und dir alles erzählt.«

»Er spricht kaum über seinen Manager und die Gespräche, die er mit ihm führt«, halte ich dagegen.

»Dann musst du wohl oder übel lauschen.«

»Ich werde nicht lauschen. Stell dir mal vor, er erwischt mich. Was soll ich dann sagen?«

»Sag einfach, dass du nach ihm sehen wolltest, weil er schon viel länger weg ist, als er versprochen hat.«

»Nein, das mache ich nicht. Ich warte einfach hier auf ihn.«

»Dann mach es so, Thally.«

»Blümchen, kommst du auch bitte? Das Essen ist fertig«, ruft Delsin aus dem Hintergrund.

»Sorry, Süße, ich muss Schluss machen. Rufst du mich an, wenn du wieder hier bist? Es würde mich beruhigen, wenn du dich meldest«, sagt Cami.

»Mache ich. Bis morgen Abend«, erwidere ich.

Anschließend beendet sie das Gespräch. Ich lege mein Handy zur Seite und starre an die Decke, während ich auf Linden warte.

Die Zeit vergeht und er kommt einfach nicht zurück. Müdigkeit überkommt mich, weil der Tag so lang und anstrengend, wenn auch total schön, war. Ich schließe meine Augen und gebe mich schließlich meiner Müdigkeit hin, auch wenn Linden noch nicht zurück ist, aber ich kann mich einfach nicht mehr wachhalten. Schnell sinke ich in einen tiefen Schlaf.

♥♥♥

»Schläfst du, Babe?«, fragt Linden leise.

Ich spüre seine Wärme in meinem Rücken, weshalb ich mich blinzelnd zu ihm umdrehe. »Da bist du ja«, nuschele ich verschlafen.

»Es hat länger gedauert. Tut mir leid«, raunt er und küsst meinen Mundwinkel. »Ich wäre gerne früher zurück gewesen.«

»Wie spät ist es?«

»Halb zwölf«, antwortet er.

»Du warst fast vier Stunden weg«, stelle ich fest.

»Und es tut mir leid. Ich habe mir den letzten Abend mit dir auch anders vorgestellt.«

Ich seufze. »Könntest du mich einfach in den Arm nehmen?«

Er lächelt müde. »Sicher.« Linden breitet seinen Arm aus und ich kuschele mich an ihn.

»Dein Manager ist ein Arsch. Er hätte bis morgen warten können«, brumme ich.

»Dasselbe habe ich vorhin auch zu ihm gesagt«, erwidert Linden.

»Was wollte er denn?«, erkundige ich mich interessiert.

»Pierce wollte ein paar Sachen mit mir besprechen. Neue Songs, mein aktuelles Image und ... die Trennung von Trish.«

»Was hat er mit deinem Liebesleben zu tun?«, hake ich überrascht nach.

»Eine Menge, immerhin muss er es richten, wenn ich Mist baue, auch wenn die Trennung von Trish kein Mist war, da sie mich verlassen hat und nicht umgekehrt«, sagt er.

Ich nicke knapp und küsse seine nackte Brust. »Ich liebe dich«, rutscht es mir heraus.

Daraufhin zieht er mich von sich weg und sieht mir in die Augen. Er lächelt. »Ich liebe dich auch, Babe.« Linden küsst mich sanft, dann schiebt er die Träger meines Nachthemds herunter.

Allerdings ziehe ich sie wieder hoch. »Dabei wissen wir kaum etwas voneinander«, flüstere ich.

»Ich weiß eine Menge von dir. Ich weiß, dass du dem Regen lauschst, oder bei einem Happyend mehr weinst, als bei einem traurigen. Ich weiß, dass wenn du eine Strähne hinter dein Ohr steckst, deinen Kopf an meine Schulter lehnen wirst. Es sind diese winzigen Dinge, die ich an dir liebe«, raunt er.

Nun bin ich diejenige, die ihn zurück auf die Matratze drückt und küsst. Ich rutsche auf seinen Schoß und reibe mich an ihm, während sein Glied in seiner Hose härter wird. Er stöhnt in meinen Mund, als ich mit meiner Zunge Einlass in seinen begehre. Unsere Zungenspitzen umspielen einander, als er abermals die Träger von meinen Schultern schiebt. Diesmal lasse ich es auch zu. Anschließend zieht er es bis zu meinem Bauch herunter und legt seine Hände an meine Brüste. So richtet er sich mit mir auf.

Linden beendet den Kuss. »Ich muss aus dieser Hose raus und in dich«, flüstert er. »Ich will dich fühlen.« Danach setzt er mich neben sich und befreit mich von meinem Nachthemd und meinem Höschen, dem seine Jogginghose folgt.

»Nimmst du die Pille?«, fragt er leise.

»Ja«, antworte ich nicht viel lauter.

Er zieht mich wieder über sich, bringt sein Glied an mir in die richtige Position und zieht mich darauf. Ich stöhne auf, als er mich Stück für Stück ausfüllt, dabei schließe ich die Augen. Es ist unglaublich, wie es sich ohne Kondom für mich anfühlt. Wenn es für mich schon so anders ist, wie ist es dann für ihn?

»Oh Gott, bist du heiß und eng«, keucht er, bevor ich anfange, mich auf ihm zu bewegen.

Mein Becken kreist auf ihm, während er langsam von unten in mich stößt. Dann richtet Linden sich auf und zieht meine Brustwarze in seinen Mund. Er neckt sie mit seiner Zunge, mit seinen Zähnen und saugt an ihr, was mich laut stöhnen lässt. Meine andere Brust massiert er mit einer Hand. Ich schlinge meine Arme um ihn, küsst seinen Scheitel und schließe die Augen, während er die besonders empfindlichen Stellen meines Körpers reizt.

Wir treiben uns gegenseitig auf die Klippe zu, von der wir zu stürzen drohen, um in einem wahnsinnig guten Orgasmus zu zerbersten.

Sein Penis berührt immer wieder die eine kleine Stelle in mir, die die warmen Wellen auslöst, die mich meinem Höhepunkt immer näher bringen. Ich fühle, wie mein Unterleib in einem unbeständigen Rhythmus zu pulsieren beginnt, kurz bevor ich wirklich komme.

Ich dränge mich an seinen Körper, als Linden eine Wange an meine Brust legt und sich schließlich, meinen Namen schreiend, in mir entlädt.

Nachdem unser Zittern nachgelassen hatte, lässt er sich mit mir nach hinten fallen. Schmunzelnd lege ich meinen Kopf in seine Halsbeuge und schließe die Augen.

Linden streichelt meinen Rücken mit seinen Fingerspitzen. »Du glaubst nicht, wie sehr ich dich vermissen werde.«

»Doch, weil ich dich genauso vermissen werde«, wispere ich.

Sein Herz schlägt schnell, was ich an meiner Brust spüre, meines ist sicher genauso ungehalten in seinem verliebten Pochen. Ich seufze, als Linden seine Hand in meinen Nacken schiebt und mich dort krault.

»Ich wünschte, du würdest hier bleiben.«

»Das geht nicht, Linden. Ich muss zur Uni und noch ein paar Klausuren schreiben, bevor die Ferien beginnen. Wir sehen uns doch bald in Austin wieder«, erwidere ich gedämpft.

»Das sind noch fast sechs Wochen«, hält er dagegen.

»Die wie im Flug vergehen, wenn wir erst mal in den Alltag zurückgekehrt sind«, kontere ich.

»Sie werden nicht schnell genug vergehen.«

»Jetzt hör doch auf, alles schlecht zu reden. Wir werden telefonieren, schreiben und uns über Skype im Videochat sehen«, sage ich leise.

»Das ersetzt diese Art von Nähe nicht. Wir können nicht kuscheln oder uns küssen, das nervt«, entgegnet Linden.

»Wie war es denn mit Trish? Sie hat dich doch sicher auch nicht überall hin begleitet, oder?«

»Doch. Sie war fast immer dabei.«

Ich atme tief durch. »Und wenn du mich an zwei Wochenenden besuchen kommst? Ich meine, ihr habt einen Privatjet, mit dem könntest du nach Miami kommen«, schlage ich vor.

»Daran habe ich noch gar nicht gedacht«, schmunzelt er, dabei vibriert seine Brust unter meiner.

»Also machen wir es so?«

»Wenn die Zeit es zulässt«, antwortet Linden und legt mich schließlich neben sich, danach zieht er mich in seinen Arm.

Ich betrachte ihn. Er wirkt müde und ausgelaugt, außerdem traurig, was mich etwas irritiert, aber ich traue mich einfach nicht, nachzufragen. Vielleicht war das Gespräch mit Pierce nicht besonders erfreulich.

»Lass uns schlafen, ja? Morgen ist ein neuer Tag und ich muss früh raus«, sagt Linden.

»Okay«, erwidere ich und kuschele mich eng an ihn.

»Ich liebe dich, Thally.«

»Schlaf gut, Linden«, wispere ich und hauche noch einen Kuss auf seine Brust, bevor ich meinen Kopf darauf bette und die Augen schließe.

♥♥♥

Ich werde unsanft gerüttelt. »Lass mich schlafen, Linden«, maule ich, ohne die Augen zu öffnen.

»Ms Leroux, wachen Sie bitte auf«, sagt jemand.

Ich schlage die Augen auf und sehe Pierce Cunningham vor mir stehen. »Wo ist Linden?«

»Nicht hier.«

Ich halte die Decke fest, dann richte ich mich auf. »Ist etwas passiert?«

Er schüttelt den Kopf. »Ms Leroux, Linden will Sie nicht mehr sehen, deshalb ist es das Beste, wenn Sie sich nun etwas anziehen und verschwinden.«

Meine Augenbraue schießt in die Höhe. »Warum ... sagt er es mir nicht selbst?«, stammele ich, während sich ein Knoten in meiner Brust bildet, der mich kaum atmen lässt.

»Ziehen Sie sich etwas an und verlassen Sie das Penthouse. Linden ist bereit, Ihnen eine gewisse Summe zu zahlen, damit Sie der Presse nicht sagen werden, dass Sie nur eine Sommerromanze waren, mit der er seine Verlobte betrogen hat.«

'WAS? Er ist immer noch mit Trish zusammen!', schreit meine innere Stimme. »O ... Okay«, stottere ich. »Können Sie sich umdrehen, damit ich aufstehen kann? Ich möchte hier keine Peepshow abziehen.«

»Ich werde vor der Tür warten. Versuchen Sie nicht, Linden anzurufen. Er hat bereits eine neue Handynummer«, erklärt Pierce und lässt mich allein.

Ein unaufhaltsamer Strom von Tränen kullert über meine Wangen, als ich aufstehe und mich ins Bad schleppe. In Windeseile mache ich mir einen Dutt, steige unter die Dusche und versuche Lindens Geruch und alles andere von mir abzuwaschen. Wie konnte er mir gestern so eine Liebeserklärung machen, wenn er mich heute schon in die Wüste schickt? Der Schmerz erinnert mich an den Tag, an dem Damon mit mir Schluss gemacht hat, allerdings hatte er zumindest Eier in der Hose und hat mir selbst gesagt, dass es vorbei ist und mir keinen Angestellten beziehungsweise Freund vor die Nase gesetzt, der es für ihn erledigt hat.

Ich steige aus der Dusche, trockne mich mit mechanischen Bewegungen ab und putze mir anschließend die Zähne. Ich verzichte aufs Make-up, da es durch meine nicht enden wollenden Tränen sowieso verschmieren würde. Dann gehe ich mit meiner Kulturtasche zurück ins Schlafzimmer, wo ich mich anziehe. Ich packe meine Tasche, schnappe mir meine Handtasche und setze mich aufs Bett.

»Hört sich so an, als wären Sie fertig«, sagt Pierce.

Ich habe ihn nicht bemerkt, doch nun hebe ich meinen Blick und nicke ihm zu.

»Ach, Schätzchen, tun Sie nicht so, als hätten Sie es nicht gewusst. Linden Priest trennt sich nicht für jemanden wie Sie von seiner langjährigen Freundin und Verlobten«, grinst er, während er mir einen großen braunen Umschlag reicht. »Das ist für Ihre Ausgaben und Ihre Verschwiegenheit gegenüber der Regenbogenpresse.«

»Ich will Ihr Geld nicht«, erwidere ich heiser.

»Ms Leroux, Sie haben gerade mal 60 Dollar in Ihrem Portemonnaie. Nehmen Sie es, immerhin müssen Sie sich einen Flug buchen, um wieder nach Miami zu kommen.«

Ich nehme den Umschlag entgegen.

»Ich will Sie nie wieder in Lindens Nähe sehen, Ms Leroux. Leben Sie wohl«, sagt er, bevor er das Schlafzimmer verlässt.

Ich lege den Briefumschlag neben mich, nehme meine Sachen und verlasse den Raum ebenfalls. Mit schnellen Schritten durchquere ich das Penthouse, dabei ignoriere ich Alexis und Gavin, die mich grüßen. Blind vor Tränen rufe ich den Aufzug und hoffe, dass er schnell kommt.

Priest: Prickelndes Begehren

»Was ist los, Thalia?«, fragt Gavin, der plötzlich gemeinsam mit Alexis neben mir steht.

»Das dürftest du doch wissen«, weine ich.

»Nein. Was ist passiert?«

»Sagt Linden, dass ich sein Geld nicht will«, weiche ich aus.

Die Türen des Fahrstuhls öffnen sich. Ich stocke, als ich Linden sehe. »Was ist denn los, Babe?«, erkundigt er sich besorgt.

Ich gehe auf ihn zu, hole aus und treffe ihn mit einer harten Ohrfeige, von der mir die Handfläche brennt. »Ich hasse dich!« Dann schubse ich ihn aus der Kabine und betätige den Knopf fürs Erdgeschoss. Die Aufzugtüren gleiten augenblicklich zu.

»Thalia, was ...«, weiter kommt Linden nicht mehr, da der Fahrstuhl sich bereits in Bewegung gesetzt hat.

Er muss doch genau wissen, was passiert ist, immerhin hat er mir seinen Manager geschickt.

Als ich unten bin, verlasse ich das Haus eilig und renne beinahe zu einem der Taxis, das davor steht. Ich steige ein, als Linden hinter mir ruft: »Warte bitte.«

»Zum J.F.K. Airport bitte«, wende ich mich an den Fahrer, der sofort losfährt.

Mein Handy klingelt. Ich hole es aus meiner Handtasche. Es ist Linden, doch ich weise den Anruf ab.

Ich will nicht mit ihm sprechen oder ihn sehen, ich möchte einfach meine Ruhe haben. Allein sein und am Herzschmerz leiden. Ich darf den anderen nichts davon erzählen, sie würden mir mit irgendwelchen klugen Sprüchen kommen, die sonst ich benutze, und das möchte ich um jeden Preis vermeiden. Ich hätte nie gedacht, dass mir ein Mann noch mal so wehtun kann. Ich muss unbedingt stark sein, wenn ich meine Clique treffe. Ich muss eine starke Frau sein, die morgens lächelt, obwohl sie in der vergangenen Nacht geweint hat. Mein Handy klingelt erneut. Wieder ist es Linden und diesmal schalte ich es aus.

»Können Sie mir sagen, wie spät es ist?«, frage ich den Taxifahrer.

»Es ist 8:30 Uhr, Miss.«

»Danke«, erwidere ich und schaue aus dem Fenster. Eigentlich könnte ich meinen Dad anrufen, damit er mir ein Ticket nach Miami bucht, denn ich hatte mich darauf verlassen, dass ich mit dem Privatjet zurückfliege. Oder ich rufe Delsin an, damit er mit dem seines Dads zu mir kommt, aber für eine Person kostet das alles zu viel Geld. Ich nehme mein Smartphone aus meiner Handtasche, schalte es ein und warte darauf, dass es hochgefahren ist. Warum müssen die Dinger mittlerweile so lange brauchen? Früher hat man sein Handy eingeschaltet und es war sofort einsatzbereit, heute muss erst noch Dies und Jenes synchronisiert werden. Das nervt.

»Wie lange ist es noch bis zum Flughafen?«, erkundige ich mich.

»Wir sind mitten im Berufsverkehr, vor 9 oder 10 Uhr wird das nichts, Miss«, antwortet der Taxifahrer.

»Danke«, sage ich leise, als ich Dads Handynummer wähle.

Ich bin froh, dass ich trotz allem meinen Pass eingepackt habe, sonst würde ich jetzt arg blöd aussehen.

»Leroux?«, meldet er sich.

»Daddy?«, schniefe ich.

»Was ist los, mein Schatz?«, fragt Dad.

»Kannst du mir ein Flugticket von New York nach Miami buchen?«

»Warum bist du in New York?«, möchte er wissen.

»Ich bin mit meinem mittlerweile Exfreund hergekommen und eigentlich sollte ich mit dem Privatjet, der ihm zur Verfügung steht, zurückfliegen, aber er hat vorhin über seinen Manager mit mir Schluss gemacht«, antworte ich.

»Dieser Kerl hatte nicht den Mumm, dir dabei in die Augen zu schauen?«, donnert mein Vater los.

Ich zucke zusammen. »Scheinbar nicht. Kannst du mir denn einen Flug buchen?«

»Natürlich. Ich weiß nur nicht, für welche Zeit ich einen bekomme, Schatz.«

»Danke, Daddy«, seufze ich.

Priest: Prickelndes Begehren

»Ich rufe dich an, wenn es erledigt ist, okay?«

»Alles klar. Ich glaube, ich brauche noch bis ungefähr 10 Uhr, bis ich am J.F.K. Airport bin, weil das Taxi in der Rush Hour steckt.«

»Ist gut. Ich suche dann einen Flug ab 11 Uhr.«

»Danke, Dad. Hab dich lieb.«

»Ich habe dich auch lieb, Thalia. Bis nachher.«

Ich lege auf, dann lege ich meinen Kopf an die kühle Fensterscheibe. Es regnet schon wieder, weshalb ich mich auf das prasselnde Geräusch, statt auf die Hupen der anderen Autofahrer oder das Fluchen des Taxifahrers zu achten. Mein Herz fühlt sich so an, als wäre es in unzählige Scherben zersplittert, die sich nun in meine Organe bohren, allen voran in meine Lunge, da mir das Atmen schwerfällt.

Ich schließe die Augen, bemühe mich an etwas Schönes zu denken, und dieses Gespräch mit Pierce und die kurze Zeit mit Linden zu verdrängen. Wie konnte ich nur so dumm sein und mich so schnell verlieben? Normalerweise bin ich nicht so schnell damit, doch er hat mich völlig aus der Bahn geworfen. Mit seinem Interesse und nun mit seiner Art und Weise, mich loszuwerden.

Die Nacht war viel zu kurz, weil ich so unruhig geschlafen habe, und nun kann ich mir auch erklären, warum es so war. Wahrscheinlich habe ich schon bemerkt, dass etwas nicht stimmt, so wie er sich gestern Abend noch verhalten hat.

Ich sollte wirklich keinen Gedanken mehr an ihn verschwenden, aber es fällt mir so verdammt schwer, weil er in jeder einzelnen Scherbe meines Herzens eingebrannt ist. Flatternd atme ich ein, als die Tränen mich erneut überfallen.

»Geht's Ihnen nicht gut, Miss?«, fragt der Fahrer.

»Nein, aber ich möchte nicht darüber reden«, antworte ich heiser.

Wieder klingelt mein Handy. Wieder ist es Linden.

»Was willst du?«, melde ich mich.

»Mit dir reden. Was ist passiert?«, erwidert er besorgt. »Warum bist du weggelaufen?«

»Ich denke, das weißt du«, sage ich möglichst ruhig und lege auf.

Keine Minute später dröhnt der Klingelton wieder los.

»WAS?«, schreie ich fast hinein, als ich das Gespräch entgegennehme.

»Wenn du mir sagen würdest, was los ist, könnte ich handeln«, sagt Linden.

»Frag deinen Manager und heirate Trish, mit der du ja scheinbar noch zusammen bist. Du verfickter Lügner«, herrsche ich ihn an und beende das Telefonat.

Abschalten kann ich mein Smartphone nicht, weil Dad mich noch mal anrufen wollte, um mir zu sagen, welchen Flug er gebucht hat. Hoffentlich ist es ein Direktflug, weil ich keinen Nerv für irgendwelche Zwischenstopps habe.

Ich will einfach nur nach Hause, mich ins Bett legen und nie wieder aufstehen.

♥♥♥

Ich sitze am Flughafen und warte auf den Anruf meines Dads. Inzwischen ist es 11 Uhr und er hat sich immer noch nicht gemeldet, außerdem ist er nicht erreichbar.

Kaum denke ich an ihn, schrillt mein Handy los. »Ja?«, melde ich mich mit schwacher Stimme.

»Es tut mir leid, dass du warten musstest. Ich habe einen Flug für 12:30 Uhr gebucht«, erwidert Dad und erklärt mir alles.

Nachdem wir das Gespräch beendet haben, mache ich mich auf den Weg zum Schalter der Airline, mit der ich fliegen werde, um mein Ticket abzuholen und gleichzeitig einzuchecken. Hauptsache ich komme von diesem öffentlichen Ort weg, an dem Linden auftauchen könnte, allerdings bin ich mir sicher, dass er sich heute einen schönen Tag mit Trish machen wird. Ich weiß nicht, ob ich am Mittwoch in die Vorlesungen gehen werde, das mache ich davon abhängig, wie ich mich fühle, denn ich möchte nicht mit meiner aktuellen Weltuntergangsstimmung auf meine Freunde treffen.

♥♥♥

KAPITEL 13

»Thally!«, ruft Cami, als ich den Flughafen verlasse. Ihre Stimme erkenne ich unter Dutzenden, selbst unter dem geschäftigen Lärm, der hier herrscht.

Ich sehe mich nach ihr um. Glücklicherweise habe ich meine Sonnenbrille auf, weshalb sie nicht sehen kann, dass ich geweint habe. Allerdings riecht sie Trauer auf mehrere Meter Entfernung.

Sie kommt auf mich zu und umarmt mich fest. »Dein Dad hat mich angerufen, weil er dachte, dass du jemandem zum Reden brauchen kannst. Es tut mir leid, was passiert ist«, sagt sie leise.

»Gibt Schlimmeres«, erwidere ich tonlos.

»Komm. Ich fahre dich nach Hause oder nehme dich mit zu uns, dort bist du nicht allein.«

»Das bin ich zu Hause auch nicht. Draven und Nath sind doch da«, murmele ich, bevor ich mich von ihr löse.

»Wäre mir ganz lieb, wenn du für ein paar Tage bei uns im Gästezimmer schläfst«, entgegnet sie.

»Ich habe keine sauberen Sachen bei mir.«

»Ich war schon bei dir und habe eine Tasche gepackt, falls du zustimmst«, gesteht sie.

Ich nicke langsam. »Dann komme ich mit zu euch, aber vorher muss ich meinen Wagen holen, der noch bei Linden steht.«

»Das haben Avery und Delsin übernommen. Sie bringen ihn zu uns, wenn du willst. Ich muss nur noch einen von beiden anrufen.«

»Die können doch nicht mein Auto kurzschließen«, entfährt es mir leise, da ich immer noch heiser bin.

»Du hast einen Ersatzschlüssel bei uns hinterlegt, weißt du das nicht mehr?«, fragt sie irritiert.

»Oh«, mache ich gedämpft, als wir schon zu ihrem Mustang Cabrio gehen. »Okay.«

Als wir dort sind, steige ich ein, ohne die Tür zu öffnen, da sie das Verdeck offen hat. Die Sonne brennt heiß auf meiner Haut und ich bin froh, wieder in Miami zu sein. Dort, wo meine Freunde sind, die mich vielleicht auffangen werden, auch wenn ich ihnen eigentlich aus dem Weg gehen wollte. Allerdings werden mir ein paar Tage mit ihnen bestimmt gut tun. Ich wage es einfach, denn wenn es mir nicht passt, kann ich immer noch zu mir fahren.

Cami legt meine Tasche, die sie mir abgenommen hat, auf den Rücksitz, nimmt auf dem Fahrersitz Platz und fährt los. Entgegen meiner Vermutung sagt sie nichts, sondern wartet sicher darauf, dass ich irgendwas sage, aber ich kann noch nicht darüber reden. Ich brauche ein paar Tage Zeit, um zu verstehen, dass Linden mich die ganze Zeit belogen hat.

Ich lehne meinen Kopf an die Stütze und schließe die Augen.

»Wie geht's dir?«, fragt sie vorsichtig.

»Beschissen, aber schlimmer kann es jetzt nicht mehr werden«, antworte ich mit einer Ruhe, die mich erschreckt, da in meinem Inneren der Hurricane des Jahrhunderts wütet.

»Wenn du reden möchtest, dann bin ich für dich da, Thally.«

»Danke, Süße«, erwidere ich leise.

»Da du für ein paar Tage bei uns bleiben wirst, kannst du mich auch zu jeder Zeit rufen. Selbst nachts. Scheißegal! Hauptsache, du wirst wieder.«

Zum ersten Mal zeichnet sich auf meinen Lippen so etwas wie ein Lächeln ab. »Danke dir.«

»Dafür musst du mir nicht danken. Du bist meine beste Freundin und es ist klar, dass ich für dich da bin.«

»Wie geht's Hailey?«, erkundige ich mich.

»Die ist ziemlich kleinlaut, seit der Sache am Freitag.«

»Kannst du sie anrufen? Ich würde mich gerne mit ihr unterhalten, aber ich befürchte, dass sie meinen Anruf ignoriert.«

»Ich glaube nicht, dass sie das tun würde, aber ich rufe sie gleich an, und bitte sie vorbeizukommen.«

»Danke.« Die Wut beziehungsweise Enttäuschung über Haileys Verhalten ist verflogen, da sich das alles nur noch auf Linden projiziert. Ich habe nicht damit gerechnet, dass ich wirklich nur eine Affäre für ihn war, doch dass er so unwissend getan hat, zeigt, dass ich ihm nie wichtig war. Sein Leben mit Trish ist ihm wichtiger, als ich es ihm je war. Nun kann ich mir auch erklären, warum er das Foto stehen gelassen hat, statt es am Wochenende wegzuräumen.

Cami fährt in die Garage, in der sie parkt. »Du willst bestimmt erst mal alleine sein, oder?«

Ich nicke langsam, bevor ich aussteige. Anschließend gehe ich einfach ins Haus.

Dale kommt mir entgegen. »Hey … Ich habe das Auto gehört und wollte euch begrüßen.« Sie schaut mich mitleidig an und knetet unsicher ihre Hände.

»Hi«, erwidere ich tonlos und gehe an ihr vorbei.

»Ich habe dir das Bett im Gästezimmer gegenüber vom großen Bad bezogen«, sagt sie.

»Danke.« Ich gehe nach oben ins Gästezimmer und schließe die Tür hinter mir, danach lege ich mich aufs Bett, ziehe ein Kissen in meine Arme und schließe die Augen. Ich drehe mich auf die Seite und ziehe mich wie ein Embryo zusammen.

Kaum bin ich alleine, brechen all meine Gefühle über mir herein. Ich kann mich kaum halten, so sehr schluchze und schüttele ich mich.

»Thally? Ist alles okay?«, fragt Cami leise.

Ich kann nicht antworten, weil ich kaum Luft bekomme.

Sie kommt näher, legt sich hinter mich und umarmt mich fest. »Es tut mir so leid«, flüstert sie.

»Ich … ich hätte … mich einfach … nicht … darauf … darauf einlassen dürfen«, schniefe ich.

»Du hast ihm geglaubt«, sagt sie leise.

»Ich weiß … Es war … ein Fehler.«

»Denk doch nur mal an die schöne Zeit, die ihr hattet. Klar, es ist scheiße, was er getan hat, aber … Moment, was hat er genau getan?

Dein Dad sagte nur, dass Linden mit dir Schluss gemacht hätte«, fragt Cami.

»Ich … ich wurde heute Morgen von seinem Manager geweckt, der in Lindens Namen … mit mir Schluss gemacht hat. Dann hat er mir einen Umschlag voller Geld gegeben, damit ich nicht über die Sache rede und mir einen Flug nach Hause buchen kann … Die wollten mich einfach schnell loswerden«, antworte ich heiser, nachdem ich mich ein wenig beruhigt habe, aber nun überkommt es mich wieder. Es tut einfach so verdammt weh, was mir angetan wurde.

»Das ist hammerhart«, entfährt es ihr.

Ich nicke knapp. »Ja.«

Cami streichelt meine Hand, die unter ihrer liegt, und schweigt. Ich bin froh, dass sie jetzt da ist, damit ich nicht völlig zusammenbreche.

»Ich bin immer für dich da«, wispert sie, danach küsst sie meinen Hinterkopf. »Und die anderen auch.«

»Danke. Ihr seid die Besten«, erwidere ich heiser.

Ich spüre Camis Glucksen im Rücken, höre es auch, aber sie sagt nichts mehr. Sie versucht weiter, mich zu beruhigen, weil ich es allein nicht schaffe.

Ein Mann räuspert sich. »Dale sagte, dass ihr hier seid. Was ist denn passiert?«

»Hey, Ave«, grüßt Cami ihn gedämpft. »Thally, ich bin gleich wieder da, okay?«

Ich nicke wieder. »Okay.«

Sie steht auf und mich überkommt ein Schauer, weil ihr Verschwinden mir scheinbar sämtliche Wärme entzogen hat.

♥♥♥

Sie haben mich schon vor einer Weile allein gelassen und ich habe Durst. Ich stehe auf und verlasse das Zimmer, um nach unten zu gehen.

Dort angekommen herrscht eine eisige Stille, die ich von meinen Freunden nicht gewöhnt bin. Auf einmal klingelt es.

Priest: Prickelndes Begehren

»Delsin?«, rufe ich.

»Komme«, erwidert er und läuft eilig zur Tür, die er öffnet.

»Ist Thalia zu sprechen?«, vernehme ich Lindens Stimme.

Delsin sieht fragend zu mir, dann schaut er wieder zur Tür heraus und schüttelt den Kopf.

»Ich weiß, dass sie hier ist. Hol sie bitte an die Tür oder lass mich zu ihr.«

Die Haustür wird aufgedrückt, doch Delsin hält dagegen und streckt seinen Arm raus. »Du kommst nicht in mein Haus, und wenn du dich jetzt nicht verpisst, reiße ich dir den Arsch auf«, knurrt er.

»Lass mich zu Thalia, du Arschloch«, schreit Linden ihn an und Delsin wird geschubst.

»Jetzt reicht's«, sagt Delsin gefährlich leise. Ich weiß, dass es kein gutes Zeichen ist, wenn er leise wird. Damals, bevor wir miteinander geschlafen haben, hat mich ein Kerl belästigt und er wollte mir helfen, doch war dieser andere Typ auch gleich aggressiv und Delsin hat so reagiert. Er geht zurück zur Tür und gleich nach draußen. »Ich habe dir gesagt, dass sie nicht zu sprechen ist, und du schubst mich durch mein Haus?«, schreit er Linden an.

»Ich will sie sehen. Ich muss es ihr erklären.«

»Du solltest gehen, sonst vergesse ich mich.«

»Vergiss dich eben. Ich gehe nicht, bevor ich nicht mit Thalia gesprochen habe. Sie muss die Wahrheit erfahren!«, hält Linden dagegen.

»Die Wahrheit? Die Wahrheit ist, dass dein scheiß Manager in deinem Namen mit ihr Schluss gemacht hat. Tu nicht so, als wüsstest du von nichts. Er hat sie noch bezahlen wollen, wie eine kleine Nutte. Sind wir im verfickten Pretty Woman oder was? Hau ab, Linden, hau einfach ab«, grollt Delsin.

Ich höre einen dumpfen Laut, der mich zusammenzucken lässt.

»Spinnst du, Alter?«, schreit Linden.

Ich gehe langsam an die Tür, um zu sehen, was vor sich geht. Und was ich sehe, lässt mir das Blut in den Adern gefrieren. Delsin hat ihn am Kragen und Linden, der an der Lippe blutet, versucht, Delsins Griff zu lösen, aber es gelingt ihm nicht.

»Delsin«, schreie ich fast, als Leben in mich kommt und ich auf die beiden zurenne.

Linden sieht zu mir. »Thally, bitte ich muss mit dir reden.«

Plötzlich tauchen auch Alexis und Gavin wie aus dem Nichts auf und bemühen sich, die beiden voneinander zu trennen.

Delsin blickt mich an, nickt und lässt Linden los. »Komm nie wieder her, sonst wird sie mich nicht bremsen können«, droht er, wendet sich ab und kommt auf mich zu. »Willst du mit ihm reden?«

Ich schüttele den Kopf, woraufhin Delsin den Arm um mich legt und mich zurück ins Haus führt.

»Thalia, lass uns bitte reden«, sagt Linden hinter mir.

Krampfhaft ignoriere ich ihn, bis Delsin die Tür hinter uns schließt.

»Was war draußen los?«, fragt Cami, die in den Flur kommt.

»Nichts, Blümchen. Alles okay«, antwortet Delsin. »Soll ich dich nach oben bringen, Thally?«

»Ich wollte etwas trinken und ich sollte mich nicht den ganzen Abend verstecken«, erwidere ich.

Er nickt und zeigt in die Küche, damit ich vorgehe.

»Delsin, was war los?«, hakt Cami erneut nach.

»Es ist nichts, Blümchen. Ich habe diesem Schmuserocker nur eine Lektion erteilt, die er so schnell nicht vergessen wird.«

»Was hast du gemacht?«, will sie wissen, dabei klingt sie angefressen.

»Er hat ihm eine reingehauen, Cami, und wenn er es nicht getan hätte, hätte ich es getan«, mische ich mich ein.

»Bist du total bescheuert, Delsin?«, herrscht sie ihn an.

»Ich war sauer. Der Kerl hat mich geschubst und ich habe mich gewehrt, außerdem hat er deiner besten Freundin das Herz gebrochen, da werde ich ihm ja wohl ein wenig das Gesicht verschönern dürfen!«, verteidigt er sich.

Sie verdreht die Augen. »Ich hoffe nur, dass die Cops nicht hier auftauchen.«

»Werden sie nicht, denke ich«, erwidere ich ruhig und hole mir eine Dose Sprite aus dem Kühlschrank. Nachdem ich einen Schluck getrunken hatte, setze ich mich an die Küchentheke. Mit den Fingern fange ich das Kondenswasser auf, das an dem Metall herunter perlt.

Cami nimmt neben mir Platz. »Glaubst du, er geht wieder?«

»Ich weiß es nicht, aber ich will ihn nicht sehen.«

»Ich will ihn nicht in Schutz nehmen, aber vielleicht war es eine Intrige von seiner Ex und seinem Manager? Du weißt nicht, wie verrückt solche Leute sind oder sein könnten«, sagt sie vorsichtig.

»Ich denke, dass Linden davon wusste, sonst wäre er gestern Abend nicht so komisch, wie ausgewechselt gewesen. Ich möchte ihn nicht mehr sehen, in Ruhe studieren und den Sommer zu Hause verbringen«, erwidere ich.

»Du bist über die Ferien in Austin?«, fragt sie.

»Ja. Ich muss wieder meine Schulden in der Firma meines Dads abarbeiten«, nicke ich.

»Delsin?«

»Anwesend«, entgegnet er.

»Würdest du mich zu meiner Mom begleiten? Sie fragt schon immer, wann sie uns wiedersieht und ich habe meinen Besuch fest zugesagt. Wenn Thally dort ist, sind wir wenigstens nicht ganz allein und ... wir könnten auch Ave und Dale mitnehmen, wenn sie möchten«, meint sie.

»Cami, ich habe dort so viel zu tun, dass ich keine Zeit haben werde, außer an den Wochenenden«, gebe ich zu bedenken.

»Egal. Ich fahre in erster Linie wegen meiner Mom und Buck.«

»Und wahrscheinlich auch wegen Steve«, murrt Delsin.

»Er ist immer noch nur ein Freund«, kontert sie.

»Ja ja und mein Name ist Santa Clause.«

»Hi, Santa«, schmunzele ich, weil ich nicht anders kann.

»Immerhin trägst du schon ein rotes Basecap«, mault sie.

»Ich könnte ja noch ein Fellbommel daran nähen, dann wäre es fast perfekt«, sagt er trocken.

»Wenn du nähen könntest.«

»Gott, Frau, du machst mich fertig«, knurrt er und verlässt die Küche.

Cami sieht ihm kichernd hinterher. »Sorry, aber wir haben die Diskussion dauernd wegen Steve.«

»Schon okay. Seine Eifersucht ist doch nur ein Beweis dafür, wie sehr Delsin dich liebt«, führe ich ihr nachdenklich vor Augen. »Ich wünschte, Linden hätte ähnlich für mich empfunden.«

»Liebst du ihn?«, fragt sie leise.

»Ja. Wir kennen uns kaum und ich habe mich in ihn verliebt. Weißt du, was er sagte, als ich mehr oder weniger sagte, dass es total unreif sei, dass wir schon verliebt sind?«

»Woher denn?«

»Er meinte, dass er die kleinen Dinge an mir liebt, wie dass ich dem Regen lausche, oder bei einem Happyend mehr weine, als bei einem traurigen, oder dass er weiß, wenn ich eine Strähne hinter mein Ohr stecke, meinen Kopf an seine Schulter legen werde. Er meinte wirklich, dass er es lieben würde«, antworte ich den Tränen nahe und lege meinen Kopf an seine Schulter. »Es tut weh«, flüstere ich.

»Ich weiß, aber das lässt nach, das weißt du. Irgendwann wirst du ihm auf der Straße begegnen und ihn grüßen können, ohne etwas dabei zu empfinden. Es wird besser, Thally«, raunt sie mir zu.

»Ich hoffe, dass es bald besser wird.«

»Dieser Penner hausiert immer noch vor meiner Tür«, regt Delsin sich auf.

Ich stehe auf. »Wenn er mir schon gefolgt ist, sollte ich mich ihm vielleicht stellen. Immerhin habe ich so die Gelegenheit, ihm auch noch eine reinzuhauen.«

»Bist du dir sicher?«

Ich nicke langsam. »Ja.«

»Okay, sonst hätte ich die Prügel übernommen, die er verdient«, schmunzelt sie. »Aber du solltest dir mit kaltem Wasser durchs Gesicht gehen, du bist total verheult.«

»Nein. Er soll sehen, wie es mir seinetwegen geht.« Dann mache ich mich auf den Weg in den Eingangsbereich.

Avery versucht, Delsin einen Baseballschläger wegzunehmen. »Alter, du kannst ihm mit dem Ding keine verpassen, du gehst dafür in den Knast.«

»Auf meinem Grund und Boden darf ich Eindringlinge vertreiben«, erwidert Delsin.

»Das gilt für Texas, nicht für Florida, Delsin«, mische ich mich ein. »Gebt ihr mir Rückendeckung?«

Ave lächelt mich warm an. »Ich gehe mit dir raus. Ich glaube, ich bin der Einzige, der Linden noch nicht in einem Grab sehen will.«

»Okay.«

Er folgt mir nach draußen, wo Linden mit Alexis und Gavin steht. »Linden, wir müssen zurück. Du hast gehört, dass wir morgen ein paar wichtige Termine haben«, sagt Gavin.

Ich räuspere mich, als ich bei ihnen stehe. »Was willst du noch, Linden?«

Er schaut mich an, dabei schluckt er. »Warum bist du abgehauen?«

»Weil dein Manager in deinem Namen mit mir Schluss gemacht hat«, erkläre ich abermals. »Er hat mir einen Umschlag voll Geld gegeben, damit ich vor Journalisten nichts über unsere Affäre sage. Flieg nach Hause, Linden. Ich will dich nicht mehr sehen.«

»Thally, ich bin von Trish getrennt«, sagt er nachdrücklich.

»Komisch, dass weder Pierce noch Trish etwas davon wissen. Aber jetzt verstehe ich die Aufregung darüber, dass wir es sogar ins Fernsehen geschafft haben.«

Linden seufzt. »Ich war heute Morgen unterwegs, um das für dich zu kaufen«, er holt eine Schachtel aus seiner Hosentasche, »Es ist ein Armband, in das unsere Initialen eingraviert sind.« Er gibt sie mir.

Ich hebe abwehrend die Hände. »Ich will nichts mehr mit dir zu tun haben. Flieg zurück nach New York und lass mich in Ruhe.«

Als ich mich abwende, ergreift er mein Handgelenk und zieht mich zu sich. »Bitte geh nicht. Geh nicht!«

Ich löse mich ruckartig von ihm. »Fass mich nie wieder an. Ich will meine Ruhe vor dir haben.«

Allerdings zieht er mich diesmal an sich und versucht, mich zu küssen. Ich bin kein Freund davon, jemanden zu schlagen, aber nun kann ich nicht anders. Ich hole weit aus und fange an, ihn zu ohrfeigen. Mehrmals treffe ich sein Gesicht. »Du hast mich belogen, betrogen, verraten und jetzt machst du mich auch noch lächerlich. Ich hasse dich!«, schreie ich ihn an.

Avery umschlingt mich von hinten und hebt mich hoch. »Ruhig. Du bringst ihn ja noch um.«

»Lass mich runter, Ave. Ich bin noch nicht fertig«, kreische ich.

»Ihr solltet gehen, denn sobald ich sie runterlasse, reißt sie dir den Arsch auf«, wendet Ave sich an Linden.

»Lass uns endlich abhauen, Linden. Ich möchte mir nicht ansehen, wie du zu Brei geschlagen wirst.«

Linden schaut mich an. »Ich liebe dich, Thally.« Anschließend dreht er sich um und geht zu einem schwarzen SUV.

Ich höre auf zu zappeln und starre in seinen Rücken. »Dann hättest du ehrlich sein sollen, aber so kann ich es dir nicht glauben«, sage ich leise, weil ich nicht mehr imstande bin, ihm etwas zuzurufen.

Ave lässt mich langsam herunter. »Ich lasse dich nur los, wenn du mir versprichst, ihm nicht hinterher zu laufen.«

»Ich folge ihm nicht«, verspreche ich.

Er lässt mich los, ich gehe ins Haus und geradewegs zurück ins Gästezimmer. Morgen werde ich definitiv nach Hause fahren. Es ist nett, dass sie alle für mich da sind, aber ich brauche Ruhe. Draven und Nath sind zwar da, aber sie kommen mit solchen Trennungsdramen nicht zurecht, weshalb sie mich dann zu hundert Prozent in Frieden lassen werden. Vielleicht sollte ich auch jetzt schon fahren, aber ich bin zu müde und unkonzentriert, um mich ins Auto zu setzen und durch den Abend zu fahren. Vorhin habe ich schon Stunden im Bett gelegen und keine Ruhe gefunden.

Ich lege mich ins Bett und schließe die Augen, doch an Schlaf ist nicht zu denken. Jetzt, wo ich ihn gesehen habe, hat sich der Knoten in meiner Brust, der mir das Atmen erschwert, noch weiter vergrößert. Obwohl ich nicht an Linden denken will, habe ich alle Erlebnisse der Reihe nach vor Augen. Diese Erinnerungen werden mich umbringen.

»Thally?«, unterbricht Hailey die Stille.

Ich schaue zu ihr. »Hey.« Mir kommen die Tränen. »Kannst du mir verzeihen, dass ich so mies zu dir war?«

Sie nickt, bevor sie näher kommt und sich neben mich setzt. »Ich habe es schon gehört. Es tut mir leid, ich dachte, er würde es ernst mit dir meinen.«

Daraufhin zucke ich mit den Schultern. »Was mich nicht umbringt, macht mich stark … Irgendwann.«

Hailey setzt sich neben mich und hört sich an, was mir alles auf der Seele lastet. Auch sie erklärt mir, warum sie in letzter Zeit sie komisch drauf ist. Sie hat Probleme mit Logan, der sich ihr gegenüber ablehnend verhält, lange ausbleibt und ständig Streit anfängt. Er ist wohl frustriert, weil er hier keinen Job findet. Deshalb überlegt er, nach Texas zurückzukehren. Es tut mir leid für sie, denn sie war verdammt glücklich mit ihm, aber im Moment komme ich kaum mit meiner Situation zurecht, wie soll ich dann für sie da sein? Ich bin eine miserable Freundin!

Nachdem ich ihr alles erzählt hatte, hat sie mich in den Arm genommen. Sie hat versprochen, bei mir zu bleiben, bis ich sie bitte, mich allein zu lassen, doch das werde ich so bald nicht tun. Mittlerweile bin ich todmüde und schließe die Augen. Ich liege in ihrem Arm und habe meinen Kopf auf ihrer Brust liegen, was mich auch wieder an Linden erinnert, weil er mich auch immer so an sich gezogen hat.

Das alles macht mich fertig und wird mich bestimmt zerstören. Ich will an dieser Trennung nicht zerbrechen. Ich habe die Trennung von Damon, den ich von ganzem Herzen geliebt habe, überlebt, also werde ich auch die von Linden überleben.

Das hoffe ich jedenfalls.

♥♥♥

Inzwischen sind drei Tage vergangen. Ich liege in meinem Bett und starre Löcher in die Luft, seit ich aus der Uni kam. Kommilitonen bin ich aus dem Weg gegangen, weil ich mir ihre neugierigen Fragen über Linden und mein Befinden nicht antun will.

Damals fand ich Camis überstürzte Flucht nach Austin kindisch, heute überlege ich, es auch so zu machen. Meine Gitarre fällt mir ins Auge. Ich stehe auf und nehme sie mir.

Ich fange an zu spielen.

»How do I get through one night without you ... How do I live without you. I want to know«, singe ich leise, doch wieder überkommen mich die Tränen, allerdings höre ich nicht auf, zu singen. Schon früher konnte ich mir meinen Schmerz 'wegsingen', vielleicht klappt es jetzt auch.

Als ich die letzte Zeile singe, ist es nur noch ein unverständliches Schluchzen. Ich lasse die Gitarre fallen und verberge mein Gesicht in meinen Händen. Ich rutsche vom Bett auf die Knie und weine mich aus. Ich kann nicht mehr.

Ich werde in den Arm genommen. Am Parfum erkenne ich, dass es Nath ist, der mich hält. Er schweigt und ist einfach nur für mich da.

Verzweifelt halte ich mich an ihm fest. »Es tut so weh.«

Nath streichelt durch mein Haar. »Irgendwann hört es auf. Das verspreche ich dir.«

Ich nicke hektisch. »Hoffentlich bald.«

»Vielleicht nicht heute und auch nicht morgen, aber es wird dir besser gehen«, raunt er.

Es tut gut, dass er mir nicht sein Mitleid ausspricht, wie alle anderen, außer Delsin und Avery, es getan haben. Ich möchte kein

Mitleid von meinen Freunden. Täglich gehen Beziehungen auseinander und nun eben auch meine. Selbstmitleid ist okay, darin darf ich sogar ertrinken, wenn ich es will, aber das von anderen Leuten gibt mir das Gefühl, das es meine Schuld ist. Warum weiß ich nicht genau, aber es ist einfach so. Manchmal schießen einem die Erinnerungen in den Kopf, landen im Herzen und kullern schließlich als Tränen über das Gesicht. So fühle ich mich gerade und es ist furchtbar.

Ich habe das Gefühl, dass wir eine Ewigkeit einfach da sitzen, schweigen und es der Welt überlassen, sich zu drehen.

Traurigkeit ist schön, Einsamkeit ist tragisch, aber dank meiner Freunde werde ich niemals einsam sein.

♥♥♥

KAPITEL 14

Die Wochen vergingen langsam für mich. Ich habe Linden nicht mehr gesehen oder gehört. Scheinbar war ich wirklich nur eine Affäre. Gut, damit muss ich leben. Cami und ich haben geplant, gemeinsam nach Austin zu fahren. Wir nehmen meinen Wagen, weil sie dort auch mit dem Auto von Buck oder dem ihrer Mutter fahren kann. Heute haben wir die letzten Vorlesungen hinter uns gebracht. Ich glaube, ich habe seit einer Ewigkeit nicht mehr so eine Erleichterung verspürt, wie in den letzten Tagen, als ich fürs nächste Semester zugelassen wurde. Immerhin habe ich es nicht verbockt und noch einen guten Notenschnitt geschafft. Es geht mir immer noch nicht besser, weil ich Linden schrecklich vermisse, und weil es immer noch höllisch wehtut, was er mir angetan hat. Delsin wird später nach Austin nachkommen, weil er vorher seine Mom besuchen, und außerdem seinen Dad treffen will. Es geht wohl um die Zukunft, aber darum geht es doch bei uns allen. Ich habe jetzt gute fünf Wochen wegen meines gebrochenen Herzens gelitten, es reicht langsam. Ich möchte nicht mehr weinen müssen, wenn ich ein glückliches Paar sehe. Ich möchte nicht mehr jede Nacht wach liegen, weil die Gedanken und Erinnerungen an Linden mich nicht schlafen lassen. Und wenn ich schlafe, werde ich nach kurzer Zeit von Albträumen geweckt.

Es ist einfach genug.

»Wann kommst du mich morgen abholen?«, fragt Cami, während ich mein Handy checke, nachdem ich an unserem üblichen Treffpunkt unter der Palme angekommen bin und mich gesetzt habe.

Ich hebe meinen Blick und lächle sie an. »Sag mir eine Zeit und ich werde da sein.«

»Um 8 Uhr in der Früh?«

»Abgemacht. Ich rufe dich dann gegen 7 Uhr an, weil ich vorher noch Wegzehrung kaufen möchte«, erwidere ich.

»Es ist schön, dass du wieder lächeln kannst«, sagt sie.

»Irgendwann muss man aufhören, in der Vergangenheit zu leben, sonst wird man selbst ein Teil von ihr.«

»Wow ... Das sind weise Worte, die ich von dir nicht erwartet hätte«, entfährt es ihr, dabei grinst sie.

Ich schmunzele. »Sei einfach froh, dass ich wieder ich bin.«

»Das bin ich doch«, kontert sie mit aufgerissenen Augen, dann lacht sie leise.

»Du weißt doch, wie es ist, wenn man ... enttäuscht wurde.«

»Ja und ich bin froh, dass es ein Missverständnis war, sonst hätte ich ihn jetzt nicht«, entgegnet sie, als sie zu Delsin sieht, der auf uns zukommt.

»Du liebst ihn wirklich, hm?«, erkundige ich mich.

»Mehr als alles andere auf der Welt«, gibt sie zu. »Ich kann mir ein Leben ohne ihn nicht mehr vorstellen.«

Ich beuge mich zu ihr und küsse ihre Wange. »Ich freue mich für dich.«

»Er hat mich gefragt, ob ich ihn irgendwann mal heiraten wollen würde«, erzählt sie leise.

Nun bin ich diejenige, die sie mit aufgerissenen Augen ansieht. »Was hast du gesagt?«

»Dass ich etwas zu jung dafür bin und wir uns gerne in vier oder fünf Jahren darüber unterhalten können«, antwortet sie nachdenklich. »Aber ich habe Angst, dass es gar nicht so lange hält.«

»Wenn ich eines gelernt habe, Cami, dann ist es, dass man für nichts eine Garantie im Leben bekommt.«

»Ich weiß, aber er ist wie du. Er sagte, 'Ein Nein habe ich sicher, ein Ja kann ich bekommen'«, erwidert sie.

»Und du wirst ja sagen, so wie ich dich einschätze. Ihr beide könnt ja nicht einmal mehr ohne einander atmen. Man sieht euch selten getrennt und ihr teilt etwas, was ich mir auch für mich wünsche. Ich beneide dich um diese Liebe, aber ich gönne sie dir auch von ganzem Herzen«, sage ich leise.

Cami umarmt mich. »Danke, dass du meine Freundin bist.«

Ich erwidere die Umarmung etwas überfordert. »Ich bin es gerne und ich vermisse dich und Hailey richtig in der Chaos-WG. Draven und Nath sind toll, und auch wesentlich ordentlicher als ihr beide es je wart, aber mir fehlt es einfach, abends mit euch vorm Fernseher zu sitzen, einen Liebesfilm zu schauen und hemmungslos zu heulen.«

»Vergiss nicht das Ben & Jerry's, das wir dabei immer vernichtet haben.«

»Wie könnte ich die Cookie Dough Exzesse vergessen?«, kichere ich.

»Die sind unvergesslich. Genauso wie unsere Kotz- und Sockentour damals«, lacht sie.

Oh ja, die Kotz- und Sockentour fand an Camis erstem Wochenende in Miami statt. Wir waren unterwegs, haben ihr sämtliche Klubs gezeigt und wir alle waren so fertig, weil uns die Füße wehtaten, dass wir im strömenden Regen auf Socken nach Hause gegangen sind. Gekotzt hat niemand, aber wir haben es einfach so getauft, weil es sich lustiger angehört hat. »Wir sollten das unbedingt mal wiederholen. Aber ohne Männer«, grinse ich.

»Oh ja. Auf jeden Fall.«

»Was ist denn so lustig?«, fragt Delsin, als er sich neben Cami setzt.

»Nichts«, antworten wir im Chor.

»Als ob man euch das glauben könnte«, grient er und lehnt sich gegen den Stamm der Palme.

»Wer weiß«, flöte ich und lehne mich an ihn, da er sich zwischen Cami und mich gesetzt hat.

»Öhm ... Du weißt schon, dass du dich gerade an mich lehnst, oder?«, möchte er irritiert wissen.

»Du bist eben bequem, außerdem hast du mir meinen Platz weggenommen«, schmunzele ich.

Priest: Prickelndes Begehren

Auf einmal landet eine Tasche vor mir, weshalb ich zusammenzucke. »Dieser verdammte Professor«, flucht Ave, als er sich setzt und mürrisch in die Runde schaut.

»Was hat dich denn angeknabbert?«, erkundigt sich Delsin.

»Professor Demiras, ich könnte ihn erwürgen. Er hat mir eine schlechtere Bewertung gegeben, als er mir im Vertrauensgespräch gesagt hat, und als ich nachgefragt habe, meinte er, dass mein Elan nachgelassen hätte und er hoffe, dass er ihn so wieder zum Leben erweckt«, brummt er.

Meine Augenbraue schießt in die Höhe. »Das hat er mit mir im letzten Jahr auch gemacht.«

»Wie hast du reagiert?«, fragt er mich.

»Ich habe mich beim Dekan beschwert, weil die Art und Weise nicht gerechtfertigt war. Ich meine, wir sind hier, um etwas zu lernen, nicht um den Professoren zu gefallen«, erwidere ich.

Wir unterhalten uns noch eine Weile über unseren Professor und schmieden einen Schlachtplan, wie Ave gegen ihn ankommen kann. Dale sitzt inzwischen neben ihm und achtet darauf, dass sie sich nicht berühren, weil ich letzte Woche ausgeflippt bin, da sie überhaupt keine Rücksicht auf mich genommen haben. Nun nimmt sie es sich zu Herzen.

Ich lächle sie an. »Dale, du musst dich nicht mehr zurückhalten. Letzte Woche hatte ich einen beschissenen Tag, deshalb habe ich es an euch ausgelassen. Es tut mir leid«, flüstere ich, nachdem ich mich neben sie gesetzt hatte.

»Ich wollte dich nur nicht verletzen, deshalb habe ich ihn nicht berührt«, erwidert sie gedämpft.

»Es ist okay. Ich war nicht mal wegen euch gefrustet, sondern wegen allem.«

»Geht's dir mittlerweile besser?«

Ich nicke ihr zu. »Es ist an der Zeit, loszulassen. Das tue ich jetzt und versuche, ihn zu vergessen.«

»Glaubst du, du schaffst das?«

»Ich weiß es nicht, aber ich bin guter Hoffnung.«

Dale legt ihre Hand auf mein Bein. »Ich bin mir sicher, dass du es schaffst. Du bist die Stärkste von uns allen, das habe ich schnell gemerkt.«

»Danke.«

Wir unterhalten uns noch eine Weile über unsere Pläne für die Ferien. Dale und Avery werden für eine Woche zu seinen Eltern fahren, damit er sie ihnen vorstellen kann. Delsin fährt eine Weile zu seiner Mom, Hailey reist mit Logan nach Austin und Cami und ich fahren ebenfalls nach Hause. In drei Wochen werden wir dann alle in Austin sein. Alle außer mir werden im Haus von Delsins Vater unterkommen. Ich werde an den Wochenenden zu ihnen gehen, damit ich wenigstens ein bisschen Zeit mit ihnen verbringen kann. Vielleicht kann Dad mir einen Teil meiner Schulden erlassen, dann hätte ich mehr Freizeit, in der ich mit meinen Freunden etwas unternehmen kann.

♥♥♥

»Unsere Schönheit ist zu Hause«, ruft Draven, als ich in die Küche komme.

Ich lache leise. »Was ist denn hier los?«

»Wir machen ein Abschiedsessen. Immerhin verbringen wir den Sommer nicht gemeinsam«, antwortet Nath, der eine Zwiebel schneidet und tierisch verheult aussieht.

»Ihr seid verrückt.«

»Nein. Nur lieben wir unsere Mitbewohnerin, die auch unsere Vermieterin ist«, kontert Draven.

»Ihr seid verrückt«, wiederhole ich.

»Immer noch nicht«, sagt Draven. »Und wir haben eine Überraschung für dich.«

Ich hebe meine Augenbraue. »Was für eine?«

»Das erfährst du später«, mischt Nathaniel sich ein.

»Jetzt spannt mich doch nicht auf die Folter. Ich will es wissen«, erwidere ich ungeduldig, dabei stemme ich meine Hand in meine Hüfte und trommele mit den Fingernägeln der anderen auf die Arbeitsplatte.

»Es macht aber so großen Spaß, dich zu foltern«, schmunzelt Draven.

»Sadisten!«, entrüste ich mich gespielt.

Sie brechen in Gelächter aus.

»Sollen wir ein Herz haben, Nath?«, fragt Draven.

Nath betrachtet mich und reibt seinen Nacken. »Weiß ich nicht. Sollten wir?«

»Ja, solltet ihr«, mische ich mich amüsiert ein.

»Okay«, sagen sie im Chor.

»Delsin hat uns angeboten, uns mit nach Austin zu nehmen, wenn er von seiner Mom zurückkommt. Also werden wir alle die Ferien dort verbringen«, grinst Draven.

»Oh mein Gott«, rufe ich, anschließend springe ich auf seinen Arm. »Das ist so toll.«

Er lacht und dreht sich mit mir. »Ich wusste, dass es dir gefällt. Und der Große da hat es auch geahnt«, erwidert er mit einem Nicken in Naths Richtung.

»Ihr seid wahnsinnig.«

»Vorhin waren wir noch verrückt«, mischt Nath sich ein.

Ich gehe mit wackeligen Beinen zu ihm, nachdem Draven mich abgesetzt hatte, und umarme auch ihn. »Ich freue mich so, dass wir die Ferien miteinander verbringen, auch wenn ich fast nur arbeiten muss.«

Er hebt mich ebenfalls hoch und drückt mich fest an sich. »Das werden die besten Ferien unseres Studiums, denke ich.«

»Das werden ereignisreiche Ferien«, schmunzele ich.

»Und die besten unseres Lebens«, meint Draven.

»Und ihr beide müsst mich unbedingt täglich von der Arbeit abholen.«

»Machen wir gerne … Im Wechsel«, grinst Draven.

»Ich opfere mich gerne, dich täglich abzuholen«, wirft Nath ein.

»Du opferst dich? Bin ich so schrecklich?«, erkundige ich mich gespielt traurig.

Er lacht auf. »Nein. Bist du nicht.«

»Warum sagst du dann so was?«

»Weil Draven sich ja gerne mal weigert, irgendwas zu tun, deshalb habe ich mich freiwillig gemeldet«, lächelt er.

»Das ist ja nur dezent beruhigend«, kichere ich.

»Egal«, mischt Draven sich ein und stellt sich wieder an den Herd. »Könntest du den Tisch decken, Thally?«

»Mache ich doch glatt«, erwidere ich. Anschließend hole ich Geschirr und Besteck, womit ich den Esstisch in der Küche decke. Dann stelle ich noch Gläser hin und setze mich.

Die beiden machen das Essen fertig, bedienen mich und nehmen schließlich ebenfalls Platz.

Wir essen gemeinsam, planen die Ferien und freuen uns darüber, dass wir sie gemeinsam verbringen können. Würde mein Dad nicht darauf bestehen, dass ich das Geld, das ich außer der Reihe bekomme, abarbeite, hätte ich sie in Miami verbracht. Ich meine, wer bleibt nicht freiwillig im Sunshine State, wo das ganze Jahr die Sonne scheint?

Also wenn ich die Wahl hätte, würde ich bleiben.

Nach dem Essen waschen Nath und ich ab.

»Freust du dich auf zu Hause?«, fragt er.

»Ja, aber nicht auf die Arbeit.«

»Na darauf würde ich mich auch nicht freuen«, schmunzelt er.

»Es gibt Schlimmeres.«

»Schon. Musst du denn immer acht Stunden durchziehen oder hast du auch mal kurze Arbeitstage?«, möchte er wissen.

»Wenn ich meinen Hundeblick aufsetze, hat mein Dad schon mal Erbarmen, aber das kann ich nicht zu oft machen, sonst zieht es nicht mehr«, antworte ich amüsiert.

»Immerhin.« Nath legt den Kopf schief und betrachtet mich. »Ich würde auch morgen schon mit euch kommen, wenn du willst. Dann könntest du mir ein wenig die Stadt zeigen, wenn du Freizeit hast.«

»Ich glaube nicht, dass du knapp 20 Stunden mit Cami und mir im Auto aushältst«, erwidere ich nachdenklich.

»Das würde ich überleben«, grinst er.

Ich lächle ihn an. »Okay. Dann kannst du sicher bei Cami wohnen, meine Eltern sind ein bisschen strange, was neue Leute betrifft, deshalb würde ich vorher mit ihnen sprechen, damit du bei uns übernachten kannst. Das mache ich aber lieber persönlich. Jetzt mache ich den Rest sauber und du gehst packen.«

»Alles klar.« Er drückt seine Lippen an meine Schläfe, anschließend lässt er mich allein.

Ich sehe ihm einen Moment lang nach, verdränge die Gedanken allerdings mit einem Kopfschütteln und wische die Arbeitsplatte ab. Danach gehe ich in mein Zimmer, wo ich meinen Koffer kontrolliere, um zu sehen, ob ich an alles gedacht habe. Kosmetik ist drin, Kleidung, mein Laptop, mein eBook Reader und noch ein paar Kleinigkeiten. Glücklicherweise ist der Kofferraum meines Autos groß genug, sodass ich meine Gitarre mitnehmen kann. In meinem Zimmer bei meinen Eltern steht das alte Klavier meines Großvaters, weshalb ich mein Keyboard nicht mitnehmen muss. Ich denke, ich werde dort wieder etwas mehr spielen, weil es mir einfach fehlt, außerdem gefällt es meinen Eltern, wenn ich ihnen klassische Stücke vorspiele. Ich freue mich darüber, dass Nath schon morgen mitkommt, denn so habe ich eine Freundin und einen Freund vor Ort, die wissen, wie ich im Moment drauf bin. Klar habe ich auch einen Freundeskreis in Austin, aber seit ich zum Studieren nach Miami gegangen bin, ist der Kontakt eingeschlafen. Man entwickelt sich eben auseinander. Abgesehen davon möchte ich nach dem Studium auch in Florida bleiben, um hier Fuß zu fassen, deshalb bin ich so dankbar, zu so einer verrückten Clique wie meiner zu gehören.

Mit einem leisen Klicken rasten die Verschlüsse meines Koffers ein, den ich neben meine Tür stelle. Meine Gitarre packe ich in den Gitarrenkoffer, den ich danebenstelle. Heute Abend findet sicher noch eine kleine Strandparty bei Delsin statt, aber genau weiß ich es nicht.

Just im nächsten Augenblick klingelt mein Handy. Es ist Thierry, Aves Bruder, der mich eigentlich nur im Notfall anruft.

»Hey, Thie«, grüße ich ihn. Es ist die Abkürzung seines Namens, der wie Ty klingt.

»Hey, Handsome. Hab gehört, dass ihr die Ferien in Austin verbringt. Warum lasst ihr mich ständig allein?«

Ich kichere. »Weil du bisher nicht mitkommen wolltest.«

»So geht's ja nicht. Ich habe schon mit Delsin und Ave gesprochen, aber es ist kein Zimmer mehr frei, weshalb wir beide uns eines teilen müssten. Bist du damit einverstanden, oder muss ich meine Ferien wieder in Florida fristen?«, fragt er.

Ich seufze. »Ich habe kein Problem damit, mir das Zimmer mit dir zu teilen. Also komm mit und ... Moment mal ... Ich schlafe doch sowieso bei meinen Eltern, warum sollten wir uns ein Zimmer teilen?«

»Fuck«, flucht er.

»Thie?«

»Ich habe die Überraschung versaut. Ich darf es dir nicht sagen, Thally, sonst bringen die anderen mich um.«

»Es gibt Schlimmeres. Sag es mir einfach, ich behalte es für mich, keine Angst.«

»Die anderen haben deinen Dad bequatscht, damit du drei Wochen Urlaub bekommst, die du dir verdient hast, nach allem, was ich gehört habe«, sagt er.

Ich freue mich, weshalb ich ihm ins Ohr quietsche.

»Scheiße. Jetzt hab ich einen Tinnitus.«

Ich lache leise. »Es tut mir leid. Ich könnte nur gerade platzen vor Freude.«

»Du vor Freude, ich wegen meines Trommelfells«, neckt er mich.

»Also, wie gesagt, ich habe kein Problem damit, mir das Zimmer mit dir zu teilen, wenn ich auch bei Delsin übernachte. Aber wahrscheinlich werde ich abends immer zu meinen Eltern fahren, denn da habe ich mein Zimmer für mich allein«, schmunzele ich.

»Großartig. Dann sehen wir uns in Austin, Handsome.«

»Bis dann, Thie.«

»Bye, Handsome.«

Priest: Prickelndes Begehren

Ich lege auf. »Warum nennen mich alle Hübsche oder Schönheit?«, frage ich mich leise. Kopfschüttelnd verdränge ich die Frage und lege mich aufs Bett.

Ich wähle Camis Nummer.

»Hast du schon Sehnsucht nach mir?«, schmunzelt sie.

»Und wie. Sag mal, ist heute Abend irgendwas geplant?«

»Nein. Delsin möchte einen ruhigen Abend mit mir verbringen, weil wir uns ja eine Weile nicht sehen werden.«

»Oh, wow. Einen partyfreien Freitag bin ich überhaupt nicht von uns gewöhnt«, kichere ich.

»Soviel ich weiß, macht Delsins Fraternity eine Party, zu der auch Avery mit den anderen gehen wollte. Du könntest dich doch anschließen. Ich hoffe nur, dass du morgen Früh trotzdem aus dem Bett kommst«, entgegnet Cami.

»Das habe ich bisher immer geschafft, aber ich denke, dass ich dann einen ruhigen Abend mit einem guten Buch verbringe und früh schlafen gehe. Du sollst ja keine Angst haben, wenn ich morgen das Steuer übernehme. Oh ... Nathaniel kommt übrigens morgen schon mit, könntest du deine Mom fragen, ob er bei euch übernachten kann, bis ich es mit meinem Dad geklärt habe?«

»Ich rufe sie gleich an, aber das hättest du mir ein bisschen früher sagen können«, sagt sie.

»Ich weiß doch selbst erst seit einer halben Stunde, wenn überhaupt so lange, dass er morgen schon mitfahren möchte.«

»Ich rufe sie an«, wiederholt Cami. »Danach melde ich mich noch mal, okay?«

»Ist okay. Bis gleich dann.«

»Ja, bis gleich.« Cami legt auf.

♥♥♥

In der letzten Nacht habe ich kaum geschlafen, es fällt mir einfach immer noch schwer, weil die Erinnerungen kommen, sobald ich Ruhe finden will. Sie überfallen mich immer wieder, zeigen mir, dass die Beziehung zu Linden unwiederbringlich verloren ist, und tun mir nach wie vor weh. Erst eine kalte Dusche konnte mich wecken, genauso wie der Becher kaltes Wasser, den ich Nath über den Kopf gekippt habe, ihn aufwecken konnte, da er anders einfach nicht aufwachen wollte.

Ihm ging es nicht gut, weshalb er sich lange Zeit gelassen hat, bis er bereit war loszufahren. Deshalb waren wir auch etwas zu spät, aber so ist das nun mal, wenn man zu viel Alkohol trinkt, weil man auf einer Party die Ferien einläuten will. Er liegt auf der Rückbank und hat die Augen geschlossen, als ich vor Delsins Haus parke. Cami und er stehen bereits vor der Tür.

»Guten Morgen, Sonnenschein«, lächle ich, als ich aussteige und meine Sonnenbrille abnehme.

»Du bist spät dran«, mault sie.

»Das liegt an der Schlafmütze auf dem Rücksitz. Tut mir leid, aber ich habe dich angerufen und du hast nicht abgenommen.«

»Das ist Delsins Schuld, aber egal. Na ja, jetzt bist du ja da.« Sie küsst Delsin leidenschaftlich, dann löst sie sich von ihm. »Wir sehen uns in zwei Wochen, Babe«, haucht sie, als ich ihr ihre Tasche abnehme.

»Oder schon in einer. Ich schaue mal, wie lange ich es bei meiner Mom aushalte«, grinst er.

»Du wirst meinetwegen nicht eher von deiner Mutter abhauen, sonst will ich dich nicht sehen«, warnt sie ihn.

»Oooooh, ich hab Angst«, schmunzelt er und küsst ihre Stirn. »Du wirst mir fehlen, Blümchen.«

»Du mir auch.«

Ich stelle ihre Tasche in den Kofferraum, den ich anschließend lautstark schließe, damit sie ein Ende finden und wir weiterfahren können.

»Pass auf dich auf und ruf mich an, wenn du bei deiner Mom angekommen bist, okay?«, fragt Delsin, danach schaut er zu mir. »Pass gut auf mein Blümchen auf … und natürlich auch auf dich, Thally.«

»Mache ich«, lächle ich.

Priest: Prickelndes Begehren

Sie verabschieden sich voneinander, während ich schon einsteige und den Motor starte.

Cami setzt sich endlich auf den Beifahrersitz, Delsin beugt sich daraufhin zu ihr und küsst sie.

»Könnt ihr jetzt endlich die Finger voneinander lassen? Ich möchte mich auf den Weg machen und bin in Versuchung das Verdeck zu schließen«, lache ich. Ja, ich bin eine starke Frau, der man wegen ihres Lächelns nicht ansieht, dass sie in der Nacht zuvor geweint hat. Ich weine immer noch um Linden, aber inzwischen hat es eine befreiende Wirkung. Es fühlt sich nicht mehr so an, als würde ich an dem Schmerz zerbrechen, auch wenn er mich noch zum Heulen bringt.

»Sorry. Ein Kuss noch, Thally«, sagt er mit einem charmanten Lächeln, wegen dem ich damals schwach geworden bin.

»Ausnahmsweise.«

Er küsst sie noch mal, doch nur flüchtig und raunt ihr etwas zu. Kichernd lehnt sie sich zurück. »Ruf mich an, okay?«, fragt Cami.

»Werde ich schon in den nächsten zwei bis drei Stunden tun«, erwidert er.

»Bis dann, Delsin«, mische ich mich ein und fahre langsam los. Im Rückspiegel sehe ich, wie er auf die Straße geht und uns hinterher schaut.

»Ich werde ihn schrecklich vermissen«, schnieft sie.

»Meine Güte, das sind ein paar Tage, Cami. Wenn Buck dich arbeiten lässt, wirst du sehen, dass die Zeit wie im Flug vergehen wird«, ermuntere ich sie.

»Ich hoffe es, aber du bist ja auch arbeiten und dann sehen wir uns gar nicht.«

»Wir werden uns sehen. Ich komme immer nach Feierabend vorbei, okay? Außerdem kann Nath dich ablenken«, kichere ich.

»Was kann ich?«, nuschelt er von der Rückbank.

»Cami von Delsin und ihrer Sehnsucht ablenken«, antworte ich.

Er schnalzt mit der Zunge. »Klar, außerdem freue ich mich drauf, die Farm deiner Mutter zu sehen, Camille.«

Sie dreht sich auf dem Sitz, um ihn ansehen zu können. »Du wirst mitarbeiten, wenn du bei uns bleibst«, grient sie.

»Damit habe ich kein Problem. Ich bin schwere Arbeit gewöhnt.«

»Das sieht man dir an«, entgegnet sie, nachdem sie ihn genauer betrachtet hatte.

Die beiden unterhalten sich darüber, welche Arbeiten auf Mrs Brooks Farm anfallen, oder heißt sie mittlerweile anders? Ich weiß es gar nicht. So viel spricht Cami nicht über ihre Mom oder Buck. Ich weiß nicht, warum sie selten über ihre Familie spricht.

Ich fahre auf den Highway und schalte das Navi ein, weil ich ab jetzt etwas Hilfe brauche. Nebenbei habe ich das Radio an, weil ich meine CDs langsam nicht mehr hören kann und bisher keine neuen gekauft habe.

Ein vertrauter Rhythmus geht los und ich schaue Cami an. Zeitgleich mit Shania Twain sagen wir: »Let's go, Girls«, und singen 'Man! I feel like a woman' mit.

»The best thing about being a woman«, schmettere ich, dabei nicke ich rhythmisch. Ich bekomme nicht mit, dass Cami mittlerweile den Mund hält.

Meistens wechseln wir uns mit den Strophen ab und den Refrain singen wir gemeinsam. »Komm schon, Cami, dein Einsatz!«, rufe ich amüsiert.

Nun stimmt sie wieder ein und sogar Nath singt leise mit.

♥♥♥

Camis Zeiten vergingen reibungslos. Wir sind in einem durchgefahren, damit wir uns die Kosten für ein Motel sparen, und nun fahre ich auf der Zielgeraden zur Farm ihrer Mutter.

»Und du fährst jetzt direkt zu deinen Eltern oder sagst du meiner Mom noch Hallo?«, fragt Cami.

»Ich glaube kaum, dass deine Mom wach ist, aber ich fahre direkt weiter. Ich bin müde, immerhin ist es vier Uhr in der Früh und ich muss ins Bett«, antworte ich lächelnd, werde allerdings von meinem Gähnen unterbrochen.

»Okay«, sagt sie, als ich an der Einfahrt halte.

»Ich melde mich, sobald ich ausgeschlafen bin, okay? Ruf du Delsin an und sag ihm, dass ich dich in einem Stück abgeliefert habe«, schmunzele ich.

»Mache ich«, grinst sie und umarmt mich.

»Raus mit euch. Ich will ins Bett«, schmunzele ich.

Nath drückt mir einen Kuss auf die Wange, dann steigt er aus und holt die Taschen aus dem Kofferraum, den er danach schließt. »Wir sehen uns die Tage, immerhin bin ich dir das Abholen schuldig.«

»Ja, bis dann«, sage ich durch das offene Fenster, da ich das Verdeck am frühen Abend zugemacht habe. Schließlich fahre ich weiter. Nun ist für mich die letzte Dreiviertelstunde Weg angebrochen. Ich bin zwar hundemüde und es wäre sicher am besten, nicht weiter zu fahren, aber ich möchte mich in meinem Zimmer ausruhen und nicht in meinem Auto, das ich am Straßenrand parke. Wenn ich bei meinen Eltern ankomme, wird mein Dad gerade aufstehen, denke ich, also empfängt mich auch jemand. Er weiß, dass ich so früh morgens ankomme, da ich mich vorgestern noch mit ihm abgesprochen habe.

Die Minuten vergehen, während mein Wagen sich der Stadt nähert.

Mein Handy klingelt auf einmal. Blind drücke ich auf den Knopf, um den Anruf entgegenzunehmen. »Hallo?«, melde ich mich.

»Thalia?«, fragt jemand.

»Wer spricht da?«

»Ich bin's, Cami.«

Ich seufze. »Mein Gott, ich bin schon so müde, dass ich dich gar nicht erkannt habe.«

»Deshalb rufe ich dich an, damit du wach bleibst und nicht am Steuer einschläfst und dich so umbringst.«

Ich gähne herzhaft. »Das ist lieb von dir.«

»Wie lange fährst du noch?«

Daraufhin schaue ich auf ein Straßenschild, das die Strecke in die Stadt ausweist. »Noch ungefähr eine halbe Stunde.«

»Dann reden wir noch so lange.«

»Okay, rede. Ich höre dir zu und gebe zwischendurch ein Lebenszeichen von mir.«

Sie fängt an, mir von ihren Kursen und der letzten Vorlesung zu erzählen. Außerdem vom gestrigen Abend.

So vergeht immerhin die Zeit und schon bald sehe ich das große Haus meiner Eltern am Ende der Straße. Es steht in einer Sackgasse mit der Fassade zur Straße. Die Veranda wird von weißen Steinsäulen geziert, weshalb ich als Kind immer so getan habe, als wäre es ein Palast.

»Süße, ich sehe schon das Haus. Ich melde mich, nachdem ich mich ausgeschlafen habe, ja?«

»Alles klar. Bis dann, Thally. Hab dich lieb.«

»Hab dich auch lieb«, erwidere ich, dann beende ich das Telefonat. Ich parke in der Auffahrt, neben dem Wagen meines Dads, und steige aus. Anschließend hole ich meine Sachen aus dem Kofferraum, verriegle die Türen des Wagens und gehe zur Haustür. »Ob ich sie alle wecken soll, indem ich klingele?«, überlege ich laut. »Lieber nicht, sonst bringt Mom mich noch um.«

Ich stelle mein Gepäck ab und hole den Hausschlüssel aus meiner Handtasche, danach verschaffe ich mir Zutritt zu meinem Elternhaus. Licht scheint in den Flur. Meinen Koffer lasse ich im Flur stehen, anschließend mache ich mich auf den Weg in die Küche.

Mein Dad sitzt am Frühstückstisch und schaut in die Zeitung.

»Morgen, Daddy«, begrüße ich ihn.

Er lässt das Tagesblatt sinken und schaut mich an. Lächelnd steht er auf. »Thalia, schön dich zu sehen.« Dann breitet er die Arme aus.

Ich gehe zu ihm und umarme ihn fest. »Bin ich froh, zu Hause zu sein.«

»Und ab Montag zu arbeiten?«, fragt er.

»Darauf weniger«, schmunzele ich. »Fährst du heute in die Firma?«

»Es ist Sonntag, da gehe ich nie arbeiten«, lacht er. »Allerdings bin ich so fest in diesem 4:30 Uhr aufstehen Rhythmus drin, dass ich mich jetzt schon hergesetzt habe, um dem Stress zu entgehen, den deine Mutter morgens macht.«

»Bin ich denn so neben der Spur, dass ich dachte, es wäre schon Montag?«, überlege ich laut.

»Wahrscheinlich, aber kein Wunder, nach den Sachen, die in den letzten Wochen passiert sind.«

Ich seufze. »Oder der Schlafmangel ist schuld daran.«

»Das meinte ich damit, meine Kleine. Geh ins Bett und schlaf dich aus. Montag musst du früh raus, da wir gemeinsam in die Firma fahren werden. Es stehen ein paar Kundentermine an, zu denen du mich begleiten sollst«, sagt er.

»Also um 3 Uhr aufstehen?«, erkundige ich mich mit einer Leidensmiene.

»Blödsinn, wir stehen um halb fünf auf beziehungsweise um 4 Uhr«, grient er. »Jetzt ab ins Bett mit dir, deine Brüder kommen heute Nachmittag vorbei.«

»Gute Nacht«, lächle ich und lasse ihn allein.

Ich gehe in mein Zimmer, wo ich mich auf die Schnelle dusche und mich danach nur in einem kurzen Schlafanzug ins Bett lege. Schnell bin ich eingeschlafen und diese Nacht lassen mich die Erinnerungen endlich einmal in Frieden.

KAPITEL 15

Ich habe den gesamten Sonntag verschlafen. Unglaublich, aber hier habe ich die Ruhe gefunden, die mir in den letzten Wochen gefehlt hat. Um halb fünf wurde ich von meinem Dad geweckt, der mir gesagt hat, was ich anziehen soll, um seriös zu wirken – glücklicherweise habe ich einige Kostüme und schwarze Kleider, die ich in seiner Firma tragen kann – und nun sitzen wir in seinem Wagen.

Josh, sein Fahrer, fährt wie eine angesengte Sau, was dafür sorgt, dass das Frühstück in meinem Magen rebelliert.

»Oh Gott, Dad, wie hältst du das aus?«, frage ich leise.

»Ich bin an deinen und an den Fahrstil deiner Brüder gewöhnt. Und der deiner Mutter ist sowieso nicht zu übertreffen, deshalb stört es mich nicht«, erwidert er amüsiert.

»Na danke auch«, schmunzele ich.

Dad tippt auf seinem Laptop herum, versendet bereits E-Mails, was Dank seines UMTS Sticks möglich ist, und schimpft schon wie ein Rohrspatz über Fehler, die gemacht wurden.

♥♥♥

Mittag und ich habe einen Durchhänger. Am liebsten würde ich den Kopf auf die Tischplatte legen und schlafen, aber in zehn Minuten steht ein Meeting mit Kunden an, dem ich beiwohnen muss. Ich soll mich dazu setzen und mir Notizen machen, weil mein Vater immer noch davon ausgeht, dass meine Brüder und ich die Firma mal übernehmen werden, aber ich werde ihm erst sagen, dass ich nicht dabei sein werde, wenn ich mit dem Studium fertig bin, sonst drückt er mir den Geldhahn zu. Er weiß zwar, dass ich Architektur studiere und diesen Beruf auch ausüben will, aber Eltern sind nun mal Eltern. Sie halten, wie junge Erwachsene, an ihren Vorstellungen fest.

Priest: Prickelndes Begehren

»Thally, könntest du bitte die Getränke und die Snacks in Besprechungsraum 2 bringen?«, fragt Dad, nachdem er seinen Kopf aus seinem Büro gesteckt hatte.

»Mache ich, Daddy.«

Ich stehe auf und gehe langsam, da mir die Füße vom vielen Herumlaufen wehtun.

»Sind wir zu spät?«, vernehme ich eine Stimme, die mir bekannt vorkommt.

»Nein, sind wir nicht. Der Termin ist in ein paar Minuten. Wir müssen uns nur anmelden«, erwidert ein Mann, dessen Stimme mir ebenfalls bekannt vorkommt.

Vielleicht täusche ich mich, denn ich werde bei uns am Telefon auch immer mit Mom verwechselt. Ich nehme den Servierwagen und stelle genügend Getränke für eine Fußballmannschaft darauf, dann hole ich die Sandwiches aus dem Kühlschrank, die vor 20 Minuten geliefert wurden, und stelle die Platten daneben.

Ich schiebe den Wagen in den Besprechungsraum, wo ich alles anrichte, und ihn zurück in die Küche bringe. Danach gehe ich ins Büro meines Vaters. »Daddy, ich glaube, die Kunden sind schon angekommen. Der Besprechungsraum ist fertig und ich kümmere mich noch gerade um die zwei Aufträge für die Druckerei, dann komme ich dazu, okay?«

Er erhebt sich von seinem Schreibtisch und kommt auf mich zu. »Ich erwarte dich in zehn Minuten.« Anschließend lässt er mich allein.

»Es geht so schnell, wie es geht«, murmele ich und gehe zurück an meinen Arbeitsplatz.

Ich kümmere mich um die Druckaufträge, sende sie als PDF Dateien an die Druckerei und rufe dort an, um Bescheid zu geben, dass sie im E-Mail Postfach sein müssten, damit sie auch schnell bearbeitet werden. Dad lässt dafür, dass seine Aufträge Priorität haben, eine Menge Geld springen, deshalb muss man ihnen dort ein wenig hinterher laufen.

Nachdem ich damit fertig war, nehme ich mir mein Notizbuch und gehe in den Besprechungsraum. Während ich in dem Buch blättere, schreite ich durch den Raum und setze mich neben meinen Vater.

»Guten ...«, ich verschlucke mich beinahe an meinem Gruß, denn es sind Linden, seine Freunde und sein Manager, die zu beiden Seiten des Tisches sitzen. »Tag, die Herrschaften«, stoße ich mühsam hervor.

»Das ist meine Tochter Thalia, sie wird sich gemeinsam mit mir um Ihre Bedürfnisse kümmern«, stellt mein Vater mich vor.

Ich sage ihm nicht, dass es mein Ex ist, der da vor ihm sitzt, sonst würde er den Auftrag sicher ablehnen, was mir ganz lieb wäre, für ihn aber ein Verlust von Einnahmen wäre. Ich sage einfach, dass ich die Zielgruppe nicht kenne und nicht weiß, wie ich sie ansprechen soll, sodass ich hoffentlich von dem Projekt abgezogen werde. Man wird ja noch hoffen dürfen. Außerdem habe ich das Nein sicher, das Ja kann ich bekommen. Das ist mein Mantra.

»Nun, Mr Leroux, wir haben ja schon einigermaßen besprochen, was die Band sich vorstellt, und sie sind sich einig darüber, dass Ms Leroux dieses Projekt allein betreut. Man kennt sich bereits«, erwidert Pierce.

Dad sieht mich fragend an.

»Es sind nur Bekannte, Dad. Menschen, die ich nicht näher kenne«, lüge ich um des Auftrags willen. Dann fahre ich lauter fort: »Ich bin in diesem Beruf nicht ausgebildet, deshalb sollten sich ein besser erfahrener Werbemanager darum kümmern, Mr Cunningham.«

Pierce legt den Kopf schief und betrachtet mich mit derselben Kälte, die er mir schon in Lindens Schlafzimmer gezeigt hat. »Ms Leroux, Sie decken mit Ihren jungen Jahren die Zielgruppe ab, außerdem möchten die Jungs, dass Sie sich darum kümmern, sonst wird der Auftrag anderweitig vergeben.«

Ich schaue meinen Dad an, darauf wartend, dass er etwas dazu sagt.

Priest: Prickelndes Begehren

Er räuspert sich. »Meine Herren, meine Tochter wird sich gerne gemeinsam mit meinen fähigsten Mitarbeitern darum kümmern, aber allein wird sie das Projekt nicht betreuen können«, sagt er entschieden. »Wäre das in Ihrem Interesse?«

»Ja, das wäre es«, antwortet Linden, dessen Blick ich an meinem Körper spüre.

Die Wunden, die er mir zugefügt hat, sind wieder aufgerissen und schmerzen mich. Ich möchte einfach nur hier raus. Ich beuge mich zu meinem Vater. »Dad, mir geht's nicht gut. Ich brauche ein paar Minuten an der frischen Luft«, flüstere ich.

»Geh nur, aber sei in zehn Minuten zurück.«

Diese zehn Minuten Regel geht mir auf die Nerven, aber die gibt es, seit ich ein kleines Mädchen war. Alles musste beziehungsweise sollte immer in diesem Zeitraum erledigt werden.

»Entschuldigen Sie mich bitte«, wende ich mich an Pierce Cunningham, dann verlasse ich den Besprechungsraum fluchtartig. »Oh Gott. Oh Gott. Oh Gott«, wimmere ich, als ich den Balkon des Büros meines Vaters ansteuere. Ich lehne mich gegen die warme Backsteinmauer und schließe die Augen. »Warum, Gott? Warum bestrafst du mich so? Darf es mir nicht endlich besser gehen?«

Ich lasse mich an der Mauer hinab sinken und strecke die Beine auf dem großen Balkon aus. Warum habe ich nicht mehr an den Auftrag gedacht, den Linden uns geben wollte? Ich wusste doch, dass sie mittlerweile in Austin sein müssten, aber ich habe nicht mehr damit gerechnet, dass er seine Worte wahr macht. Damals war ich froh darüber, dass er mir so sehr vertraut, um mich mit der Werbekampagne zu betreuen. Heute ist es eine Qual für mich, denn das heißt, dass ich als Projektmanagerin viel Kontakt zu ihm, seinen Freunden und Mr Cunningham haben werde.

»Thalia?«, vernehme ich seine vertraute Stimme. »Dein Vater sagte, dass du hier sein wirst … Ich …«

»Was, Linden?«, erwidere ich. »Was willst du noch?«

»Ich wollte nach dir sehen.«

»Das hast du jetzt getan. Bitte geh«, sage ich tonlos.

Allerdings setzt er sich neben mich. »Ich weiß bis heute nicht, was genau passiert ist, dass du nicht mehr mit mir sprichst.«

Ich atme tief durch. »Frag deinen Manager und am besten auch Trish.«

»Was haben die beiden damit zu tun?«, fragt er.

»Hast du schon vergessen, was Delsin gesagt hat, als er dich damals am Kragen hatte? Dein Manager kam zu mir, hat in deinem Namen mit mir Schluss gemacht und mir einen Briefumschlag voller Geld gegeben, damit ich abreise und vor der Presse kein Wort über unsere 'Affäre' verliere, weil du immer noch mit Trish verlobt wärst. Danach konnte ich mir immerhin erklären, warum du ihr Foto nicht weggeräumt hast«, antworte ich, ohne ihn anzusehen.

Linden legt seine Hand auf mein Bein, doch ich ziehe es weg.

»Fass mich nicht an.«

»Ich wusste es nicht. Das Foto ... Ich habe nicht mehr daran gedacht, deshalb habe ich es nicht weggeräumt. Was Pierce angeht, ich werde ihn dafür feuern, und mit Trish bin ich nicht zusammen. Wir haben uns danach noch mal getroffen, um uns unsere Sachen zurück zu geben, aber mehr war nicht mehr zwischen ihr und mir«, erklärt er.

»Und du erwartest, dass ich dir glaube?« Ich schüttele den Kopf. »Der Zug ist abgefahren, Linden. Ich will nichts mehr mit dir zu tun haben. Dieses Projekt will ich auch nicht übernehmen, aber ich tue es, damit mein Vater den Auftrag bekommt.« Dann stehe ich auf. »Also, Mr Priest, wir werden uns nur wegen der Arbeit sehen, sonst nicht. Ich will mich nicht über private Dinge mit dir unterhalten, ich will mich gar nicht mit dir abgeben, aber für die nächsten paar Wochen muss ich es. Mach es uns beiden nicht unnötig schwer.« Anschließend gehe ich wieder hinein und zurück in den Besprechungsraum.

»Da bin ich wieder«, mit diesen Worten setze ich mich zu meinem Vater.

Linden betritt kurz nach mir den Raum, nimmt Platz und starrt mich an. Die Band übernimmt jetzt das Reden, sicher haben sie sich ein Mitspracherecht erkämpft, und ich mache mir Notizen zu ihren Vorstellungen, auch wenn mein Vater das Gespräch führt.

Es dauert so lange, dass die Besprechung erst endet, als ich schon längst Feierabend habe. Noch beim Verabschieden klingelt mein Handy. Es ist Nath.

»Hallo, mein Hübscher?«, melde ich mich absichtlich laut, damit Linden mich hört. Ja, es ist unreif, ihn eifersüchtig zu machen, aber er hat es verdient.

»Hey. Ich sitze in deinem Wagen, vor der Firma deines Dads, kommst du raus? Oh ... Ist deine Mom immer so aufdringlich? Ich musste drei Stücke Kuchen essen und ihr ziemlich viel von mir erzählen«, erzählt Nath.

Ich lache auf. »Ja, bin gleich da. Erzähl mir im Auto davon.« Ich schaue meinen Vater an. »Dad, ich muss weg. Ich werde abgeholt. Bis heute Abend, ja?«

»Natürlich, Kleines«, lächelt er.

»Auf Wiedersehen, die Herrschaften.« Ich gebe ihnen keine Möglichkeit, sich von mir zu verabschieden, hole meine Tasche und eile zum Fahrstuhl, der mich aus dem 38. Stockwerk wieder auf den Erdboden zurückbringen wird.

»Es ist schön, dich zu sehen«, sagt Gavin, der plötzlich neben mir steht. »Und noch schöner ist, dass du nicht weinst, oder jemandem Bestimmten von uns an den Kragen gehen willst.«

Ich grinse zu ihm hoch. »Tja. Zeiten ändern sich. Wie geht's dir?«

»Ganz gut und dir offensichtlich auch.«

»Ich kann nicht klagen. Alles läuft perfekt und unkompliziert«, erwidere ich.

Die Türen gleiten auf und wir steigen in die Kabine, als auch schon die anderen kommen und ebenfalls einsteigen.

»Und was machst du heute noch, Thally?«, erkundigt er sich.

»Ich werde jetzt abgeholt und dann mal schauen, was der Tag so bringt. Was hast du noch vor?«

»In den Folterkeller und neue Songs einsingen«, schmunzelt er.

Ich lache leise. »Das Leben ist hart und ungerecht.«

»Ich mache es doch gern, aber ich läge jetzt viel lieber am Pool und würde lesen«, gesteht er amüsiert.

»Wie dem auch sei. Ihr habt euch den Job selbst ausgesucht, auch wenn ihr nicht ihr selbst sein dürft. Aber man kann eben nichts für ein engstirniges Management. Ich würde lieber rockige Töne von euch hören, aber angeblich ist ja die Zielgruppe zu klein«, necke ich ihn und sende damit gleichzeitig Spitzen zu Pierce Cunningham, der mich finster ansieht.

»Du siehst gut aus, Thalia«, mischt Alexis sich ein.

»Es geht mir auch sehr gut.« GELOGEN! Es geht mir gar nicht gut. Nicht jetzt, wo ich Linden gesehen habe. Er ist nicht mehr blond, sondern hat jetzt scheinbar wieder seine Naturhaarfarbe, außerdem trägt er einen Dreitagebart. Vorhin habe ich ihn nicht so sehr beachtet, um es festzustellen, doch jetzt, da er nur einen Meter von mir entfernt steht, fallen mir all seine Veränderungen auf.

Glücklicherweise ist es ein Expressaufzug, weshalb sich nun schon wieder die Türen öffnen. Ich verabschiede mich freundlich und eile nach draußen, wo Nath bereits in meinem Auto sitzt. Bei der sengenden Hitze, die heute herrscht, hat er das Verdeck geöffnet.

»Schönheit«, grüßt er mich, als ich auf den Wagen zugehe.

»Selber«, erwidere ich kichernd und steige ein. Dann beuge ich mich zu ihm und küsse seine Wange. »Fahr gleich los. Linden und seine Band kommen jeden Moment heraus.« Ich schnalle mich an, als Nath den Motor anlässt, danach setze ich meine Sonnenbrille auf.

»Du hast einen Neuen?«, fragt Linden.

Nath fährt los, ohne dass ich Linden eine Antwort gebe. Was geht es ihn auch an, ob ich noch Single bin oder nicht? Richtig, nichts.

»Also, was war das gerade?«

»Das war Linden Priest mit seinen Freunden«, antworte ich ausweichend.

»Warum war er dort?«, erkundigt sich Nath.

»Weil er beziehungsweise sie alle, meinem Dad einen Auftrag für eine Werbekampagne geben wollten, die ich als Projektmanagerin betreuen soll. Ich hatte mal mit ihm darüber gesprochen, dass es mir die Ferien, also genauer gesagt, die Arbeit versüßen könnte, wenn ich es übernehme. Ich wollte nicht, aber dieser dämliche Cunningham sagte, dass wir nur den Zuschlag bekommen, wenn ich mich drum kümmere.« Ich atme durch. »Erzähl mir von der Kuchenattacke meiner Mom, ich brauche jetzt wirklich was zum Lachen.«

Nath nickt und grinst zu mir herüber, dabei zieht er die Augenbrauen hoch, wodurch das Piercing zum Vorschein kommt. »Cami hatte deine Mom angerufen und gesagt, dass wir vorbeikommen, damit ich deinen Wagen holen kann, weil ich dich abholen soll und bla bla bla ... Cami hat mich bei euch abgesetzt, weil sie irgendwas für die Pferde besorgen musste. Jedenfalls habe ich geklingelt und deine Mom sah erst mal überrascht aus, wahrscheinlich, weil sie nicht mit einem afroamerikanischen Jungen gerechnet hat, aber egal. Sie bat mich herein, ich folgte ihr und schließlich hatte ich Kaffee und ein Stück Kuchen vor mir stehen. Dann fing das Ausquetschen an.«

Ich schmunzele. »Und weiter?«

»Nathaniel, was machen Sie denn so? Und, Nathaniel, was ist zwischen Ihnen und meiner Tochter?«

»Was hast du geantwortet?«

»Mrs Leroux, ich vögle Ihrer Tochter das Hirn heraus, deshalb hat sie solche Probleme, ihre Scheine zu machen«, antwortet er trocken.

»Bitte, was?«, entrüste ich mich und diesmal ist es nicht gespielt.

Nath prustet los. »Ich habe dich verarscht. Ich habe ihr gesagt, dass ich seit Haileys Auszug vor vier Monaten dein neuer Mitbewohner bin, wir uns gut verstehen und befreundet sind, aber mehr ist nicht zwischen uns.«

Ich atme auf. »Erschreck mich nie wieder so.« Allerdings lache ich auf einmal auch.

»Na ja, je mehr ich erzählte, desto mehr Kuchen landete auf meinem Teller, bis ich wegen dieser Buttercreme beinahe einen Zuckerschock bekommen habe, danach hat sie mir Wasser angeboten, ich habe ein Glas getrunken und mich dann verabschiedet, weil sie meinte, dass du gegen 15 Uhr Feierabend machst.«

Ich nicke langsam. »Mich verfolgt sie auch immer mit ihren Törtchen und Kuchen, das ist furchtbar, aber immerhin backt sie das alles selbst. Sie hat das von meinem Grandpa gelernt, der Konditor war.«

»Der Kuchen war auch wirklich gut, aber ich kann davon normalerweise nicht mehr als ein Stück essen, sonst wird mir schlecht. Deine Mom hatte ein richtig schlechtes Gewissen«, grient er.

»Ja, so ist sie«, nicke ich.

»So und jetzt weiter in der Linden Priest Story. Hast du dich mit ihm unterhalten?«, hakt Nath nach.

»Kurz. Ich wollte frische Luft schnappen, weil ich mich erschreckt habe, na ja, ich war überrumpelt, ihn zu sehen. Dann bin ich raus gegangen, auf den Balkon meines Dads und auf einmal tauchte er auf.« Ich zitiere Linden, was er gesagt hat und was ich gesagt habe, damit Nath auf dem aktuellen Stand der Dinge ist.

»Immerhin will er dem Manager kündigen, das ist doch schon mal was.«

»Was bringt das mir? Ich kann nicht glauben, dass Linden nichts davon wusste. In der Nacht davor war er wie ausgewechselt, wirkte niedergeschlagen und wollte sich nicht mal mehr unterhalten, sondern schlafen«, erwidere ich überfordert mit der ganzen Situation.

»Thally, du liebst ihn und er hat dir wehgetan, besser gesagt, sein Manager hat dir wehgetan und gesagt, dass er in Lindens Auftrag handelt, aber weißt du hundertprozentig, ob das stimmt?

Vielleicht wusste Linden wirklich nichts davon«, gibt Nath zu bedenken.

»Das kann ich mir einfach nicht vorstellen. Warum sollte sein Manager lügen?«

»Hm, du lebst in Miami und Linden in New York. Die ganzen Berichte über euch, die Fotos, es ging ums Image dieser Band, auch wenn er damit zu weit gegangen ist«, sagt er.

Ich lehne mich zurück und schließe die Augen. »Und was soll ich jetzt tun? Ich bin total ratlos.«

»Du wirst ihn wegen dieser Kampagne bestimmt noch ein paar Mal treffen müssen, oder?«

»Ich ... Ja.«

»Du könntest dich in Ruhe mit ihm unterhalten«, schlägt Nath vor.

»Ich kann ihn nicht mal ansehen, ohne mich schlecht zu fühlen«, gebe ich verzweifelt zu.

»Warum fühlst du dich schlecht? Er müsste sich schlecht fühlen, weil er zugelassen hat, dass dieser Aasgeier sich auf dich gestürzt hat!«

»Weil es mir wehgetan hat. Er hat mir noch am Tag davor so schöne Liebeserklärungen gemacht und ein paar Stunden später bin ich die Affäre, die man loswerden muss. Das passt doch alles ...«

»Absolut nicht zusammen«, beendet Nathaniel meinen Satz.

Ich seufze. »Was ist Liebe für dich?«

»Für mich? Wenn ich neben jemandem sitze, überhaupt nichts tue, aber mich das schon verdammt glücklich macht. Und was ist es für dich?«

»Leider immer eine bittere Enttäuschung«, sage ich trocken.

Er schmunzelt. »Und ernsthaft?«

»Wenn ich mich in der Gegenwart meiner Liebe frei fühle.«

»Hast du dich in Lindens Gegenwart frei gefühlt?«

»Mehr als das. Ich habe gedacht, ich könnte fliegen. Er hat ... mir so ein unglaublich gutes Gefühl gegeben.«

»Dann solltest du ... ihm noch eine Chance geben.«

Ich sehe Nath mit gehobener Augenbraue an.

»Ich meine nicht, dass du ihn sofort wieder in dein Herz lassen sollst – wobei ich bezweifle, dass er je den Weg dort rausgefunden hat -, sondern versuchen sollst, eine Freundschaft, oder zumindest eine gesunde Basis für Gespräche aufzubauen.«

»Ich glaube nicht, dass ich das kann«, gestehe ich kleinlaut.

»Warum kannst du es nicht, Thally?«, hakt er interessiert nach.

»Weil es immer noch so verdammt wehtut. Ich habe das Gefühl, dass ich innerlich verbrenne, wenn ich ihn sehe.«

Nath fährt an den Straßenrand, als ich anfange zu schniefen und zieht mich in eine Umarmung, nachdem er seinen Gurt gelöst hatte. »Du bist die stärkste Person, die ich kenne, du schaffst das und vielleicht tut es dann nicht mehr so weh wie jetzt.«

»Ich bin überhaupt nicht stark«, flüstere ich. »Sonst wäre ich nicht so … fertig, wenn ich ihn nur sehe.«

»Irgendwann kannst du ihn ansehen und gar nichts dabei empfinden.«

»Ich hoff's.«

♥♥♥

Nath hat mich zu Hause abgesetzt und ist dann mit meinem Wagen weiter gefahren. Ich brauche ihn sowieso nicht, da er mich von der Arbeit abholen kommt und eine Shoppingtour kann ich bei der Flaute in meinem Portemonnaie nicht machen. »Mom?«, rufe ich, da ich sie noch nicht gesehen habe.

Sie kommt die Treppe runter gelaufen. »Thally, oh wie schön, dich zu sehen!«

Verdammt ist sie schnell und mit ihren High Heels ist es mutig, so unterwegs zu sein. »Hey«, lächle ich, als sie auf mich zu kommt und mich in die Arme nimmt.

»Wie geht's dir, Schatz?«

»Gut und dir?«

»Auch gut. Bist du müde oder kannst du einen Ausflug mit deiner alten Mutter machen?«

Priest: Prickelndes Begehren

Ich löse mich von ihr, mustere sie und sehe sie dann schief an. »Alt? Mom, du bist 46, das ist nicht alt und du siehst verdammt ... heiß aus.«

Sie errötet. »Du weißt genau, was ich hören will ... Also, was ist? Begleitest du mich?«

»Wohin?«

»In die Stadt. Ich möchte shoppen gehen und jetzt habe ich endlich einmal die Möglichkeit, dich mitzunehmen«, sagt sie.

»Ich gehe mich umziehen und dann können wir los, okay?«, grinse ich.

»Ich warte im Wohnzimmer auf dich.«

Daraufhin küsse ich ihre Wange. »Bis gleich, Mom.« Ich gehe in mein Zimmer, wo ich meinen Kleiderschrank öffne und nachdenklich meine Kleidung betrachte. Es ist heiß draußen, also sollte ich vielleicht einen Rock und ein einfaches Top tragen. Seufzend hole ich meinen beigen Faltenrock, der sehr kurz ist, aus dem Schrank und eine kurzärmelige Bluse. Ich ziehe beides an, schlüpfe in meine beigefarbenen Peeptoes und richte meine Hochsteckfrisur. Anschließend frische ich mein Make-up auf und gehe zufrieden wieder nach unten.

Meine Mutter sitzt wie angekündigt im Wohnzimmer. »Da bist du ja.«

Ich nicke ihr zu. »Ja. Wir können sofort los, wenn du willst.«

»Klasse!«, freut sie sich. »Ich hole meine Handtasche. Warte doch in der Garage auf mich. Oh, dieser Nathaniel ist sehr nett. Verstehst du dich gut mit ihm?«

Kopfschüttelnd und schmunzelnd folge ich ihr, damit wir uns weiter unterhalten können. »Ja, ich verstehe mich sehr gut mit ihm, aber wir sind nur befreundet.«

»Mehr ist da nicht? Er lächelte durchweg, als er von dir gesprochen hat«, grinst sie. Mom hat lange schwarze Haare, wie ich auch, und leuchtend grüne Augen. Die meines Dads sind braun, meine sind ein Mix aus beiden.

»Nein. Wir sind wirklich nur befreundet.«

»Und was ist mit diesem Jungen aus dem Fernsehen geworden?«, fragt sie neugierig, als wir in die Garage gehen.

»Das ist vorbei, Mom«, antworte ich niedergeschlagen.

»Warum?«

»Weil Dinge vorgefallen sind, die ich nicht vergessen kann. Er hat mir wehgetan und weiter möchte ich nicht ins Detail gehen«, erwidere ich leise. Ich bin kurz davor in Tränen auszubrechen. Ihn zu sehen hat mich aus der Bahn geworfen, die Wunden wieder aufbrechen lassen und mich verunsichert. Wenn ich nun wirklich dieses Projekt managen soll, wird das ein harter Sommer, denn ich muss arbeiten, falls ich es nicht tue, dreht mein Vater mir den Geldhahn zu.

»Was für Dinge, Thally?«

»Mom, ich will nicht darüber reden, okay?«, erwidere ich mit ruhiger Stimme. »Es tut noch weh und ich will nicht unbedingt irgendwelche Wunden aufreißen.«

»Okay, Liebes. Ich hätte nicht so nachhaken sollen. Aber nur, damit du es weißt, ich bin für dich da, wenn du reden möchtest, ja?«

»Danke, Mom«, lächle ich, nachdem wir beide in den Wagen eingestiegen sind.

Sie erwidert mein Lächeln, dann fährt sie los. Und genau jetzt weiß ich wieder, was mein Dad heute Morgen meinte, als er auf ihren Fahrstil angespielt hat. Sie rast durch die Straße, dabei nimmt sie zwar Rücksicht, aber trotzdem könnte sie etwas langsamer unterwegs sein.

»Mom, falls ich das nicht überlebe. Ich liebe dich und Dad«, stammele ich, nachdem sie mit einem Affenzahn um die Kurve gefahren ist. Gott sei Dank bin ich angeschnallt, sonst wäre ich einmal quer durch ihren Wagen geflogen.

»Red keinen Quatsch, Thally. Du bist ja schlimmer als dein Vater«, lacht sie.

»Warum nur?«, erwidere ich trocken, als sie ihr Tempo etwas gedrosselt hat. Ich lehne mich zurück, atme tief durch und richte meine Sonnenbrille, die mir von der Nase gerutscht ist.

Priest: Prickelndes Begehren

»Ihr müsst mehr Spaß am Leben haben«, sagt sie amüsiert.

»Ich habe Spaß am Leben, aber den hätte ich gerne weiterhin in einem Stück«, kichere ich.

»Okay. Willst du fahren?«

»Du lässt mich allen Ernstes ans Steuer deines Wagens?«

»Wenn ich es doch anbiete«, nickt sie.

Meine Mom fährt einen Sportwagen. Einen Porsche, den ich schon immer mal fahren wollte, aber es nie durfte. Nun werde ich sicher nicht ablehnen. »Gern.«

»Gut.« Mom fährt an den Straßenrand, hält an, steigt aus und kommt ums Auto herum, während ich einfach vom Beifahrer- auf den Fahrersitz rutsche. Sie setzt sich neben mich. »Dann los. Ich bin gespannt, ob du dich an die Geschwindigkeit hältst oder nicht.«

»Ich werde mich daran halten«, grinse ich, dabei starte ich den Motor und parke aus. Schon ein leichtes Tippen gegen das Gaspedal lässt den Wagen losschießen. »Wow, hat der Power«, lache ich und trete etwas fester aufs Gas.

»Übertreib es nicht, Thalia.«

Der ganze Name, keine Verniedlichung, sie meint es ernst, aber da sie auch immer rast, wie eine Verrückte, werde ich ihr nun mal zeigen, wie es ist, wenn man um sein Leben fürchtet.

Mit quietschenden Reifen biege ich ab, um die Zielgerade in die Innenstadt, wo die große Shoppingmall ist, hinter uns zu bringen. Kein Wagen fährt vor mir, was ungewöhnlich ist, mir allerdings nichts ausmacht, da ich so ausprobieren kann, was ihr Flitzer leisten kann.

Zehn Minuten später sind wir angekommen. Mom steigt mit wackeligen Beinen aus und hält sich an der Autotür fest. Sie hält sich den Bauch. »Meine Güte. Wenn ich gewusst hätte, dass man sich so als Beifahrer fühlt, wäre ich nie so schnell gefahren«, stottert sie.

»Ist es dir schlecht?«, erkundige ich mich.

Sie nickt leicht. »Ein wenig.«

Ich lache leise, als ich die Türen verriegle, dann hole ich die kleine Flasche Cola aus meiner Handtasche, die dort noch von gestern drin ist, und reiche sie ihr. »Die ist zwar warm, aber vielleicht hilft es«, sage ich.

»Danke, mein Schatz.« Sie trinkt einen Schluck, wobei sie das Gesicht verzieht. »Ist das widerlich. Welcher Mensch trinkt warme Cola?«

»Als ich sie gekauft habe, war sie noch kalt«, antworte ich.

»Wann hast du die gekauft?«

»Keine Ahnung. Vor ein paar Wochen«, scherze ich.

»Thalia!«, entrüstet sie sich laut.

Ich pruste. »Das war ein Witz, Mom. Ich habe sie gestern Abend gekauft, als wir eine Pause gemacht haben.«

Daraufhin atmet sie auf. »Oh man. Du bist wahrlich die Tochter deines Vaters. Er lässt es sich auch nicht nehmen, mich auf den Arm zu nehmen.«

Grinsend trete ich an ihre Seite, hake mich bei ihr ein und mache mich mit ihr auf den Weg in die Mall. Ich freue mich auf die Shoppingtour mit meiner Mom, denn sowas kommt einfach viel zu selten vor, da ich den größten Teil des Jahres ja in Miami lebe. Sie fehlt mir, allerdings bin ich froh, dass ich so weit weg bin, denn so kann mein Dad mich nicht wegen seiner Firma und meiner Berufswahl beeinflussen.

»Wo möchtest du denn überall hin?«, erkundige ich mich interessiert.

»Ich möchte zu Darbie, sie hat die neue Kollektion bekommen und mir ein paar Stücke zur Seite getan. Dann zu Tiffany's und ein wenig bummeln. Vielleicht können wir auch etwas essen gehen, wenn du möchtest?«, erwidert sie.

»Eigentlich wollte ich heute Abend mit euch allen gemeinsam essen. Wenn Tyler und Aidan kommen. Sie kommen doch auch zum Abendessen, oder?« Tyler und Aidan sind meine Brüder, die ich schrecklich vermisst habe, allerdings ist es unmöglich mit ihnen zu telefonieren, weil sie es nicht gerne tun. Dementsprechend reden sie wenig, aber wenn man sie dann sieht und ihnen gegenübersitzt, quatschen sie einem Blumenkohl ans Ohr. Sie reden mehr als ich und das ist eine Kunst. Ich denke, die beiden hören sich gerne selbst zu. Tyler ist drei Jahre älter als ich, Aidan ist fünf Jahre älter als ich. Meine Eltern wollten ihre Kinder eigentlich in einem Abstand von zwei Jahren bekommen, aber irgendwie war ich ungeplant, weshalb ich die Pläne durcheinandergebracht habe. Aber sie haben mich nie spüren lassen, dass ich ein kleiner Betriebsunfall war. So haben sie mich auch nie genannt, ich selbst tue es im Scherz.

»Ja, deine Brüder kommen wieder vorbei. Aidan bringt Darla mit.« Darla ist meine kleine Nichte, sie ist ein knappes Jahr alt. Als ich im letzten Sommer hier war, ist Stacy ins Krankenhaus gekommen, weil die Wehen eingesetzt hatten, und ich war die ganze Zeit mit dort, um Darla zu begrüßen. Ich verpasse einfach viel zu viel aus ihrem Leben, weil ich so weit weg bin, aber ich will die Uni nicht wechseln.

»Kommt Stacy auch mit?«, frage ich.

»Wahrscheinlich. Ich weiß noch nichts Genaues, da es ihr gestern wohl nicht so gut ging. Wir warten einfach ab, Essen ist immer genug da, damit jeder satt wird«, lächelt meine Mom.

»Oh ja. Und Kuchen sowieso, weil wir unsere hauseigene Backqueen haben«, necke ich sie.

Mom errötet. »Ich möchte das Backen einfach nicht verlernen, außerdem übertreibe ich es gar nicht so sehr.«

Ich schmunzele. »Nein. Nur musste Nathaniel drei Stücke essen, was ihn beinahe an einen Zuckerschock gebracht hab.«

»Das ist doch Quatsch. Er ist ein großer Mann und kann das vertragen«, kontert sie.

»Vielleicht hat er ja Diabetes und du hättest ihn fast umgebracht«, flöte ich.

»Ich hoffe nicht.«

»Ich scherze nur, Mom. Er ist gesund, aber ich glaube, er traut sich nicht mehr zu uns, dabei hatte ich eigentlich etwas fragen wollen.«

»Was denn?«, bohrt sie nach.

»Ob er bei uns übernachten kann, bis Delsin mit den anderen kommt, dann würde er dort schlafen. Es ist nur so, dass ich ihn jetzt einfach bei Cami einquartiert habe, und ich nicht weiß, ob er sich dort wohlfühlt, da er Cami kaum kennt«, antworte ich.

»Es ist kein Problem, wenn er im Gästezimmer schläft und er könnte mir im Garten zur Hand gehen, wenn er das möchte. Es ist ein bisschen schwer, den großen Garten alleine in Schuss zu halten.«

»Mom, er ist ein Freund von mir, der sicher nicht anfängt, dir im Garten zu helfen«, gebe ich zu bedenken. »Er ist ein Gast.«

»Aber wenn er seine Hilfe anbietet, darf ich sie annehmen, oder?«

Ich seufze. »Was auch immer. Ich rufe ihn gleich an, wenn du den Anprobe-Marathon machst«, danach grinse ich sie an.

»In Ordnung.«

Wir haben Darbies Geschäft erreicht und gehen hinein. Mom verfällt ihrem üblichen Klatsch, während ich mich in einen Sessel setze und mein Handy aus meiner Tasche hole.

Ich schreibe Nathaniel eine SMS, dass er eingeladen ist, bei uns zu wohnen, bis Delsin, Avery und die anderen kommen, außerdem wann er bei uns sein soll.

Mom geht mit einem Schwung Kleider in die Umkleide und ich habe eigentlich überhaupt keine Lust, auf sie zu warten. Ich stehe wieder auf und gehe zu ihrer Kabine. »Mom, wie lange wirst du brauchen?«

»Ich denke eine oder zwei Stunden«, antwortet sie.

»Ich gehe ein wenig bummeln und bin in einer Stunde zurück, okay?«

Sie streckt ihre Hand raus, in der 200 Dollar sind. »Kauf dir was Schönes, Schatz.«

Ich nehme das Geld an. »Öhm ... Danke.«

»Bis gleich dann.«

»Bye.« Danach verlasse ich Darbies Boutique und mache mich auf den Weg in einen Store für wesentlich jüngere Leute. Zwar habe ich bei Darbie das Outfit gekauft, das ich gerade trage, aber meistens verzichte ich darauf, weil ihre Kollektionen klassisch sind, was nichts für mich ist.

»Wie wäre es damit? Das passt zu dir, Alexis.«

Ich sehe mich in dem Geschäft um, das ich gerade betreten habe. Irgendwie scheine ich Geister zu sehen, denn ich sehe Alexis Kingston nicht ... aber Gavin. 'Entweder ich drehe mich um und haue ab, oder ich tue so, als hätte ich ihn nicht gesehen', überlege ich. Ich entscheide mich für die zweite Option und gehe weiter in die Damenabteilung. Hoffentlich sind sie so sehr mit sich selbst beschäftigt, dass sie mich nicht bemerken.

»Thalia?«, ruft mir jemand hinterher. Das ist Lindens Stimme, ich würde sie immer wiedererkennen.

Ich drehe mich nicht um, sondern gehe weiter.

»Warte doch«, ertönt es hinter mir.

Nein, ich werde nicht warten. Mein Weg führt mich weiter, bis ich zu den Röcken gehe.

»Warum reagierst du nicht?«, fragt er.

Als ich meinen Blick hebe, zucke ich zusammen. Linden steht genau neben mir. Ich verdrehe die Augen und widme mich den Röcken, die ich mir nach und nach ansehe.

»Würdest du bitte mit mir reden?«

»Ich denke nicht daran.«

»Warum nicht?«

»Guter Gott, Linden, es reicht. Ich will meine Ruhe vor dir haben, merkst du das denn nicht?«, erwidere ich leise.

»Und ich will reden!«

»Du hast hier viele Mannequins zur Auswahl, die dir sicher zuhören«, sage ich desinteressiert.

Auf einmal fasst er mich am Arm und zieht mich zu den Umkleiden.

»Lass mich los, oder ich schreie«, drohe ich ihm.

»Du wirst nicht schreien«, entgegnet er überzeugt und drängt mich in eine der Anproben, deren Tür er hinter uns abschließt. Und ausgerechnet in diesem Geschäft ist es ein abgeschlossener Raum, der keinen breiten Zwischenraum zwischen Tür und Boden hat.

Ich verschränke die Arme vor der Brust und ignoriere ihn.

»Wir haben Pierce einstimmig entlassen, nachdem ich mich mit den anderen besprochen habe«, erzählt er.

Daraufhin zucke ich mit den Schultern.

»Ich will dich zurück.«

»Interessant«, abermals bemühe ich mich allerdings, nicht interessiert zu klingen.

»Ich liebe dich«, raunt er, als er mir näher kommt.

Ich gehe einen Schritt zurück und werde von der Holzwand hinter mir aufgehalten.

»Hast du Angst vor mir?«, fragt Linden leise.

Kopfschüttelnd möchte ich an ihm vorbeigehen, aber er lässt es nicht zu, sondern legt seine Hände links und rechts von mir gegen die Wand.

»Lass mich gehen, Linden«, fordere ich unsicher.

»Ich will mit dir reden, und wenn ich bis Ladenschluss mit dir hier bleibe.«

»Ich kann immer noch schreien, also bitte, lass mich gehen«, erwidere ich heiser. Ich drohe schon wieder zu weinen, und ich will ihm nicht meine Schwäche zeigen. Ich will ihm nicht zeigen, dass es mir seinetwegen immer noch schlecht geht. Über Wochen habe ich gelitten, dann habe ich beschlossen, nicht mehr an ihn zu denken, und auf einmal sitzt er vor mir. Wie unfair ist das Leben eigentlich?

»Ich werde dich in Ruhe lassen, wenn du mir eine Chance gibst, mit dir zu reden«, sagt er entschieden. »Ohne dass du wegläufst.«

»Kann ich nicht.«

»Warum nicht?«

»Weil du es bist. Ich kann nicht mit dir reden, ohne an diesen Morgen zu denken, an dem mir das Herz gebrochen wurde. Ich wollte mich nicht in dich verlieben, ich wollte dich wegstoßen und das will ich jetzt wieder. Du hast mir wehgetan, Linden, das kann ich nicht vergessen«, herrsche ich ihn an.

Plötzlich nimmt er mein Gesicht in seine Hände.

»Wage es nicht, mich zu küssen«, warne ich ihn, doch da ist es schon zu spät. Lindens Lippen legen sich auf meine. Er küsst mich verzweifelt, hart, unsanft. Ich kneife die Augen zu und presse meine Lippen zusammen, um es bloß nicht zu erwidern. Seine Zungenspitze streichelt meine Unterlippe, weshalb ich endlich all meine Kraft zusammennehme und ihn von mir weg drücke. »Komm mir nicht mehr zu nah«, sage ich mit Tränen in den Augen.

»Thalia bitte! Bitte gib mir noch eine Chance, mit der ich alles wiedergutmachen kann, was passiert ist. Ich wollte dich nie verlieren!«, erwidert er ungehalten, doch aus ihm spricht dieselbe Verzweiflung, wie aus mir.

»Ich kann es nicht, Linden. Ich habe seit Wochen Albträume, ich schlafe kaum, ich esse nicht viel. Sieh mich doch an. Das ist deine Schuld!« Dann mache ich endlich den Schritt an ihm vorbei, um die Anprobe zu verlassen, doch er fasst mich und dreht mich zu sich um.

»Ich liebe dich und ich will dich nicht verlieren. Lass mich um dich kämpfen.«

Nathaniels Worte, Linden noch eine Chance zu geben, schießen mir durch den Kopf. »Ich will nicht mehr weinen«, hauche ich, dabei sehe ich auf unsere Füße.

»Und ich dich nicht mehr vermissen. Bitte, Thalia.«

»Lass mich gehen«, verlange ich erneut.

»Nein.«

»Lass mich ...« Das Klingeln meines Handys unterbricht uns. Ich hole es aus meiner Handtasche. »Ja, Mom?«

»Wo bist du denn? Ich bin schon fertig.«

»Im ... Ich komme zum Café, wo wir immer Kaffee trinken, okay?«

»Ja, bis gleich, Schatz.«

Ich lege auf. »Ich muss gehen.«

»Meine Chance?«

»Du bekommst keine.« Danach wende ich mich von ihm ab, öffne die Tür und stolpere aus der Umkleide.

»Thalia?«

Kopfschüttelnd laufe ich los, ja, ich renne förmlich zum Ausgang, um ihm zu entkommen. Dieser Tag ist beschissen. Meine persönliche Hölle auf Erden.

Eilig begebe ich mich zu dem Café. Meine Mom sehe ich schon von Weitem. Ich wische meine Tränen weg, bevor ich sie erreiche.

»Da bist du ja«, lächelt sie, als ich mich zu ihr setze, doch dann erstickt es auf ihren Lippen. »Hast du einen Geist gesehen?«

»Kann man so sagen«, entgegne ich, dabei werfe ich einen Blick in die Karte.

»Ich habe schon einen Latte Macchiato für dich bestellt, Thally ... Möchtest du mir sagen, was passiert ist?«

»Nein.«

»Thalia, warum redest du nicht mit mir?«

Ich schließe die Augen. »Oh nein.«

»Wer sind Sie?«, mischt Mom sich ein.

»Mein Name ist Linden, ich bin der Freund ...«

»Exfreund. Er ist mein Ex, Mom«, korrigiere ich ihn eilig.

»Oh, dann sollten Sie wohl besser gehen, bevor ich mich vergesse, Mister.«

»Ich möchte nur kurz mit Ihrer Tochter sprechen.«

»Und sie offensichtlich nicht mit Ihnen, also entweder Sie gehen, oder ich rufe die Polizei, was Ihrem Image als Mädchenschwarm schaden könnte«, erwidert sie freundlich, doch es ist ganz klar eine Drohung.

»Lass gut sein, Mom.« Dann sehe ich hoch zu Linden. »Morgen nach der Arbeit hätte ich Zeit zum Reden, aber jetzt geh endlich.«

Linden lächelt schwach, anschließend verabschiedet er sich und verschwindet.

»Warum hast du das jetzt getan?«, fragt Mom neugierig.

»Weil er sonst nie verschwunden wäre. Ich gehe ihm in Zukunft aus dem Weg. Die Besprechungen für die Werbekampagne kann Dad übernehmen, ich muss nur die Arbeit mit den anderen machen«, erkläre ich.

»Du weißt schon, dass du dich gerade für morgen mit ihm verabredet hast, oder?«

»Ja, Mom. Nath kommt mich abholen, ich sage ihm einfach, dass er in die Tiefgarage kommen soll, damit ich Linden nicht über den Weg laufe. Es ist das Beste so.«

Sie nickt und wir trinken unseren Kaffee, nachdem er serviert wurde. Das zweite Treffen hat meine Laune erheblich verschlechtert, dabei war ich davon überzeugt, dass das erste schon ein Schlag in die Magengrube war. Aber nein, das zweite Treffen war wesentlich schlimmer.

♥♥♥

Meine Brüder kamen nicht zum Abendessen, ihnen ist wohl etwas dazwischen gekommen. Nun ja, ich kann es nicht ändern, auch wenn ich meine Nichte gerne gesehen hätte. Vielleicht fahre ich am Wochenende mal zu Aidan. Es wird nicht schaden, meinen Bruder zu besuchen und vielleicht kommt Tyler ja auch. So wären wir alle mal wieder zusammen.

Nathaniel ist bei Cami geblieben, weil er dort Buck zur Hand geht, der ihm einen Ferienjob angeboten hat, deshalb werde ich morgen mein Auto bei ihnen abholen. Wenn er etwas erledigen muss, kann er sich Bucks Wagen leihen, denke ich, und ich bin nicht aufgeschmissen, da mein Dad mich nicht mit seinem oder Moms Auto fahren lässt. Verständlich, da es so teure Modelle sind.

Seufzend liege ich im Bett und zappe durch das Fernsehprogramm. Irgendwie kommt es mir so vor, als würden nur Liebesfilme laufen, weshalb ich aufstehe und einen Horrorfilm aus dem Regal hole. Momentan sehe ich mir lieber so etwas an, damit ich nicht weine.

Ich lege die DVD ein, dann setze ich mich wieder aufs Bett. Der Film startet, ich sehe ihn mir an und ... langweile mich. Bingo!

Seufzend lasse ich mich nach hinten fallen und schließe die Augen, während die Darstellerin sich die Seele aus dem Leib schreit. »Halt's Maul«, sage ich genervt und schalte den Fernseher aus. Ich sollte schlafen gehen.

KAPITEL 16

Mehr als eine Woche ist vergangen, in der ich meine Freunde nicht gesehen habe, weil ich diese beschissene Werbekampagne betreuen muss. Wir haben mehrere Vorschläge erstellt und heute muss ich sie Linden, seinen Freunden und dem neuen Manager vorstellen, da mein Dad bei einem Außentermin ist. Dem Gespräch, das wir führen wollten, bin ich aus dem Weg gegangen, nun muss ich mich ihm stellen.

Ich baue die Präsentation gemeinsam mit den beiden Fachmännern, die mir geholfen haben, auf.

»Wann werden die Kunden kommen?«, fragt Pete, einer von ihnen.

»Gegen 17 Uhr, aber Sie können Feierabend machen, wenn wir mit dem Aufbau fertig sind, immerhin sind Sie seit 7 Uhr da«, antworte ich.

»Danke, Ms Leroux.«

»Gern geschehen.« Dann schaue ich Gregory an, der mit dem Projektor kämpft. »Wenn Sie mir dann bei der Vorstellung helfen könnten, wäre das klasse.«

Er lächelt mich an. »Ich helfe gern, Ms Leroux.«

»Danke, Greg. Und sagen Sie doch bitte beide Thalia.«

Sie nicken mir zu.

Wir brauchen nicht lang und die komplette Präsentation steht. Pete verabschiedet sich in den Feierabend und geht.

»Greg, könnten Sie mir einen Gefallen tun und die Präsentation machen? Ich kann nicht besonders gut vor anderen Menschen sprechen.«

»Das mache ich gern, Thalia.«

Komischerweise macht er alles gern, worum ich ihn bitte. Ich würde mir in den Hintern treten, wenn ich vom Kind meines Chefs herumkommandiert werden würde. Aber gut, wahrscheinlich hat er einfach Angst, dass ich Dad etwas Schlechtes über ihn erzähle. »Ich danke Ihnen.«

»Sie möchten nicht, weil ... er Ihr Exfreund ist, richtig?«, fragt Greg.

Ich schüttele den Kopf. »Es ist wirklich wegen meiner Schüchternheit.«

»Okay.«

Wir setzen uns und warten darauf, dass es 17 Uhr.

Die Zeit vergeht und um 17 Uhr ist von Downstair Alley keine Spur. Auch um 18 Uhr nicht und um 19 Uhr habe ich schließlich die Nase voll.

»Thalia, ich ... Es ist mir unangenehm, aber meine Freundin und ich haben heute unser fünfjähriges Jubiläum und ich habe einen Tisch in einem teuren Restaurant reserviert ... Könnte ich ...«

»Klar. Gehen Sie und genießen Sie den Abend. Es tut mir leid, dass Sie umsonst hier geblieben sind«, entschuldige ich mich. »Ich werde das hier abbauen.«

»Danke, Thalia.« Er lässt mich allein und ich nehme mir vor, noch eine Stunde zu warten.

♥♥♥

Jetzt bin ich definitiv genervt. Es ist 20 Uhr und sie sind nicht aufgetaucht. Ich habe bereits aufgeräumt und stehe nun vor dem Fahrstuhl. Da ich als Letzte gehe, habe ich die Büroräume und die Glastür, durch die es in Dads Firma geht, abgeschlossen.

Die Türen gleiten auf und Linden steht vor mir. »Gavin hatte einen Unfall. Tut mir leid, dass wir nicht abgesagt haben.«

»Was ist passiert?«, frage ich beim Einsteigen.

»Ein Auto, das über rot gefahren ist. Hat ihn voll erwischt.«

»Ist er schwer verletzt?«

Linden schüttelt den Kopf. »Glücklicherweise hatte er Glück im Unglück. Sein Fuß ist gebrochen, ein leichtes Schleudertrauma und ein Schock. Er muss zwei Tage im Krankenhaus bleiben.«

Der Aufzug setzt sich in Bewegung, nachdem die Türen sich endlich geschlossen hatten.

»Sag ihm bitte meine besten Wünsche und gute Besserung.«

»Mache ich. Danke, Thally.« Danach schweigt er.

Ich schaue ihn an. Er sieht verdammt fertig aus. »Dann denke ich, wird die Präsentation erst in den nächsten Tagen stattfinden.«

»Wahrscheinlich. Tut mir leid, dass du solange hier bleiben musstest.«

»Wie geht's dir? Du siehst auch, als hättest du einen Geist gesehen«, sage ich leise.

»Beschissen. Ich habe gedacht, dass einer meiner besten Freunde draufgeht. Dieses Geräusch, als ... er aufgeschlagen ist ... es war grauenhaft.«

Ich bin zwar hundemüde, aber er tut mir leid, weshalb mir eine dumme Idee kommt, die ich auch prompt ausspreche: »Möchtest du einen Spaziergang machen?«

Linden sieht mich überrascht an. »Du willst Zeit mit mir verbringen?«

»Ich will dich auf andere Gedanken bringen.«

»Es wäre schön, wenn wir ein wenig Zeit miteinander verbringen könnten«, murmelt er.

»Bist du mit dem Auto hier?«

Daraufhin schüttelt er den Kopf. »Nein. Ich bin mit einem Taxi hergekommen.«

»Dann müssen wir in die Tiefgarage, da steht mein Auto.«

»Okay.« Er drückt den Knopf und der Aufzug fährt nach einem kurzen Stopp im Erdgeschoss weiter.

Dann gehen wir gemeinsam zu meinem Wagen, steigen ein und ich fahre los.

»Wohin fährst du?«, erkundigt Linden sich nach einer Weile.

»Aus der Stadt raus.«

»Du willst mich entführen«, meint er trocken.

»Nein, ich würde dich ja doch zurückbringen und aufs Lösegeld verzichten«, scherze ich gestelzt.

Er lacht leise. »Du fühlst dich in meiner Gegenwart nicht wohl. Kann ich verstehen.«

Priest: Prickelndes Begehren

Ich seufze. »Reden wir einfach nicht über uns, okay? Es ist schon schwer genug, neben dir zu sitzen.«

»Warum möchtest du dann mit mir spazieren gehen?«

»Damit du auf andere Gedanken kommst«, wiederhole ich.

»Ich weiß deine Mühe zu schätzen, Thally.«

Ich lächle müde. »Ich ... mache das gern.«

»Du bist keine gute Lügnerin. Hör zu, ich weiß, dass es dir schlecht geht und dass ich dich nicht hätte allein lassen dürfen. Bei dem Gespräch damals hat Pierce von mir verlangt, dich zu verlassen, aber ich wollte es nicht. Er war der Meinung, dass Trish einfach besser zu mir passe und man uns, als dieses Traumpaar, nicht zerstören dürfe. Es tut mir leid, dass dieses Arschloch uns alles kaputtgemacht und dir wehgetan hat.«

Ich umklammere das Lenkrad fester. »Schon okay.«

»Nein, es ist nicht okay. Die letzten Wochen waren die Hölle für mich. Ich dachte, wenn wir euch trotzdem diesen Auftrag geben, könnte ich wieder an dich herankommen, aber du hast Eiskönigin gespielt. Ich will dich küssen, seit ich dich wiedergesehen habe, aber ich habe eingesehen, dass du mich nicht mehr willst. Ich will nur, dass du weißt, dass ich dich immer lieben werde«, erzählt er leise.

Ich fahre auf ein Feld, das nicht mehr bestellt wird, und auf dem der Boden planiert wurde. Dort parke ich, stelle den Motor ab und schiebe meinen Sitz zurück. »Ich habe es mir anders überlegt, wir sehen uns die Sterne an, wenn sie aufgehen.«

»Ich bewundere, wie du aus so etwas Alltäglichem, etwas Besonderes machen kannst«, erwidert Linden und stellt seinen Sitz ebenfalls zurück.

Ich schaue irritiert zu ihm herüber. »Es ist besonders für dich, dass wir uns die Sterne ansehen?«

»Mit dir ist alles besonders, Thally.« Linden ergreift meine Hand und legt unsere Handflächen aneinander.

Ich sehe sie an. Seine Hände sind um Einiges größer, als meine. »Du fehlst mir«, gebe ich kleinlaut zu.

»Du mir auch.« Dann dreht er sich zu mir und streichelt meine Wange.

Ich schließe die Augen, weil sie sich schon wieder mit Tränen füllen. Meine Güte, ich bin eine totale Pussy geworden. Plötzlich spüre ich seine Lippen auf meinen, diesmal kann ich nicht anders. Ich erwidere seinen Kuss, lasse zu, dass er mich auf sich zieht, auch wenn ich mit dem Knie an die Gangschaltung stoße.

Als ich auf ihm liege, unterbricht Linden den Kuss. »Können wir heute Abend einfach so tun, als wäre nichts passiert? Es würde mir unheimlich viel bedeuten, wenn du mich nicht wegstößt.«

Ich lege meine Wange auf seine Brust, anschließend nicke ich leicht. Sein Herzschlag beruhigt mich, endlich finde ich die Ruhe wieder, die mir solange gefehlt hat. Linden krault meinen Nacken, gelegentlich küsst er meinen Scheitel und es herrscht ein angenehmes Schweigen zwischen uns.

»Lauschst du immer noch dem Regen?«, möchte er nach einer Weile wissen.

»Ja.«

»Und weinst du bei einem Happyend immer noch mehr, als bei einem traurigen?«

»Ich weiß es nicht. Die letzten Filme dieser Art habe ich mit dir gesehen.«

»Gibst du mir noch eine Chance?«, fragt er fast unhörbar.

»Ich glaube nicht, dass es Sinn macht, wenn wir es noch mal miteinander versuchen, Linden«, hauche ich.

»Bekomme ich eine, wenn ich dir das Gegenteil beweise?«

Ich hebe meinen Kopf und sehe in seine türkisen Augen, dabei atme ich tief durch. »Okay, auch wenn ich es vermutlich bereuen werde.«

Linden lächelt mich an und ich lege meinen Kopf in seine Halsbeuge. Nachdem ich die Augen geschlossen habe, merke ich, wie die Müdigkeit Besitz von mir ergreift. Es dauert nicht lange und ich nehme die Welt um mich herum kaum noch wahr, weil ich einschlafe.

Priest: Prickelndes Begehren

♥♥♥

Als ich die Augen aufschlage, ist helllichter Tag. Ich liege immer noch auf Linden, zu dem ich nun hoch sehe. Er schläft noch. Vorsichtig löse ich mich von ihm, rutsche auf den Fahrersitz und greife in meine Handtasche. Mein Handy verzeichnet beinahe 30 verpasste Anrufe. »Ich sollte es auf der Arbeit definitiv nicht mehr leise machen«, murmele ich.

Dads Nachrichten höre ich besser nicht ab, sonst wird mein Gewissen mich umbringen, deshalb rufe ich ihn gleich an.

»Wo zum Teufel steckst du?«, schreit er ins Handy, das ich etwas von meinem Ohr weghalte.

»Es tut mir leid, Dad. Ich ... ich war mit einem Freund unterwegs und wir sind im Auto eingeschlafen. Keine Sorge, der Wagen war geparkt und es geht mir gut.«

»Deine Mutter hat all deine Freunde und alle Krankenhäuser in der Umgebung angerufen. Sie ist ganz krank vor Sorge!«, brüllt er.

»Es tut mir leid«, wiederhole ich kleinlaut. »Ich habe einfach vergessen, mein Handy wieder laut zu stellen. Ich wollte nicht, dass ihr euch Sorgen macht.«

»Komm sofort nach Hause und tröste deine Mutter, sie hat mich die ganze Nacht kein Auge zumachen lassen. Wir werden darüber reden, wenn du hier bist. Deinetwegen habe ich schon mehrere Termine verpasst, Thalia.«

»Bis dann, Dad«, sage ich leise und lege auf.

»Probleme?«, fragt Linden verschlafen.

»Ich denke, wir wurden gerade zu Staatsfeinden erklärt. Meine Eltern haben versucht, mich anzurufen, weil ich nicht nach Hause gekommen bin. Mein Dad ist auf 180 Sachen. Ich muss sofort nach Hause«, antworte ich.

»Ich komme mit und sage deinen Eltern, dass es meine Schuld war. Immerhin bist du nur meinetwegen hergekommen«, meint Linden.

Ich seufze schwer, als ich den Motor starte, und mich auf den Weg nach Hause mache.

»Hat dir schon mal jemand gesagt, wie süß du aussiehst, wenn du gerade aufgewacht bist?«

»Keine Ahnung, aber ich habe gerade ein paar andere Sorgen, als meinen Out-of-Bed-Look.«

Jede Geschwindigkeitsbegrenzung ist mir egal. Ich will nur nach Hause, mich dem Donnerwetter stellen und mich danach im Bett verkriechen. So, wie ich meine Eltern kenne, werden sie meine Brüder auch angerufen haben, die sich dann gesorgt haben, und ebenfalls nach Hause gekommen sind. Oh Mann, das wird ein Himmelfahrtskommando, mich gegen sie durchzusetzen, was sowieso nicht klappen wird. Aus dem Grund bin ich froh, dass Linden mitkommt. Er wird dann mit Sicherheit zum Staatsfeind Nummer 1 erklärt, aber das ist weniger mein Problem als seines.

Fast eine Stunde später halte ich vor meinem Elternhaus an. Meine Eltern und meine Brüder stehen vor der Tür. Alle haben die Arme vor der Brust verschränkt, als wir aussteigen. Ich seufze. »Bereit?«, frage ich Linden leise, als wir die Treppe zur Tür hochgehen.

»Ich denke nicht, aber jetzt kann ich sicher nicht mehr abhauen«, schmunzelt er.

»Mom, Dad«, sage ich, als wir vor ihnen stehen.

Allerdings sehen sie Linden an.

»Guten Tag, Mr und Mrs Leroux, mein Name ist Linden Priest. Thalia war meinetwegen die ganze Nacht weg. Es tut mir sehr leid, dass Sie sich Sorgen gemacht haben«, begrüßt er sie, dann auch meine Brüder und reicht jedem die Hand.

Dad schnaubt, Mom hebt eine Augenbraue. »Kommt erst mal rein«, erwidert Dad, nachdem er Linden die Hand gegeben hat.

Wir folgen meiner Familie ins Haus. Ich wette, die heilige Inquisition ist nichts gegen sie. Mir werden zwar keine Daumenschrauben angelegt und werde auch in keine eiserne Jungfrau gesperrt, aber die nächste halbe oder ganze Stunde wird der Horror.

Priest: Prickelndes Begehren

Wir setzen uns ins Wohnzimmer. Linden und ich sitzen meinen Eltern gegenüber, meine Brüder sitzen in den Sesseln, die links und rechts der Sofas stehen. Alle vier betrachten uns skeptisch.

»Ich bin sehr enttäuscht von dir, Thalia«, beginnt mein Vater.

Ich senke den Blick, knete meine schweißnassen Hände und nicke langsam.

»Deine Mutter hat die halbe Nacht geweint, weil sie dachte, dass du irgendwo verletzt im Straßengraben liegst. Deine Brüder sind bis nachts durch die Stadt gefahren und ich hatte schon die Polizei im Haus, die sich auf die Suche gemacht hat«, fährt er fort.

»Es tut mir leid, dass ihr euch Sorgen gemacht habt, aber ich bin 21 Jahre alt. Ich muss euch keine Rechenschaft ablegen, wenn ich mal außerhalb übernachte«, erwidere ich. Mir reicht es, dass sie mich wie ein kleines Kind behandeln.

»Wie sprichst du denn mit uns, junge Dame?«, empört er sich.

»Ich rede so, wie eine Erwachsene spricht. Dad, ich studiere zig tausend Meilen weit weg, dort gehe ich auch nicht jede Nacht nach Hause, sondern schlafe außerhalb, ohne meinen Mitbewohnern Bescheid zu sagen.« Ich sehe ihn an. »Ich bin euch dankbar, dass ihr mir das Studium finanziert und immer für mich da seid, aber ihr müsst mich mein Leben leben lassen.«

Linden räuspert sich. »Ich glaube, was Thalia damit sagen will, ist, dass ... sie genau weiß, was sie tut.«

»Wir haben euch gesagt, dass sie irgendwann ausflippt, weil ihr sie hüten wollt«, sagt Aidan.

Ich sehe ihn dankbar an.

»Mom, Dad, lasst sie einfach. Thalia weiß, was sie macht, und sie bringt sich ganz sicher nicht in Gefahr«, stimmt Tyler ihm zu.

Ich erhebe mich. »Ich für meinen Teil werde jetzt ins Bett gehen. Ich komme morgen wieder in die Firma, Dad.« Dann schaue ich Linden an. »Kommst du mit nach oben? Wir könnten reden.«

Er nickt langsam und steht auf. »Hat mich gefreut, sie kennenzulernen«, wendet er sich an meine Brüder.

»Uns auch«, erwidern sie.

Anschließend gehen wir in mein Zimmer. Ich schließe die Tür hinter uns ab, damit wir nicht gestört werden.

»Setz dich«, sage ich, dabei zeige ich zu meinem Bett.

Linden nimmt Platz. »Du hast ein schönes Schlafzimmer.«

»Und eine Familie, die ... mich wie ein Kind behandelt. Welche Frau hat mit 21 einen pinkfarbenen Flokati im Schlafzimmer liegen?«

Er lacht auf. »Ich kenne sogar Männer, die Flokatis in ihren Häusern liegen haben.«

Ich setze mich zu ihm. »Ich denke, die letzte Nacht war ganz schön. Es hat gut getan, Zeit mit dir zu verbringen, Linden.«

Seine Fingerspitzen berühren meinen nackten Oberarm. »Ich habe letzte Nacht zwar unbequem gelegen, aber so gut, wie lange nicht mehr, geschlafen«, raunt er, dabei gleiten seine Finger in meinen Nacken.

Ich schließe die Augen, um es zu genießen. »Geht mir genauso, wobei ich aber auch bequem gelegen habe«, wispere ich.

»Sollen wir uns hinlegen?«, fragt er leise.

Ich nicke, als ich ihn ansehe. Wir rutschen beide weiter aufs Bett. Linden zieht mich in seine Arme und streichelt mich wieder.

Ich lege meinen Kopf auf seine Brust. »Ich habe dich gehasst«, flüstere ich.

»Ich hätte mich auch gehasst, wenn ich du gewesen wäre«, entgegnet er.

»Du bist extra noch mal nach Miami gekommen, um mit mir zu reden, und ich habe dich weggeschickt. Ein Freund hat dich geschlagen und ... ich hätte dir einfach zuhören müssen«, murmele ich.

»Ich denke, ich habe es verdient, dass Delsin mir aufs Maul haut. Außerdem hat nicht nur er mir eine reingehauen«, schmunzelt Linden.

»Wer hat dich noch geschlagen?«

»Gavin. Er war sauer, weil ich klein beigegeben und nicht um dich gekämpft habe.«

»Das tut mir leid.«

»Halb so schlimm. Ich hätte mehr verdient.«

Priest: Prickelndes Begehren

»Was uns beide betrifft«, fange ich an.

»Was ist mit uns?«, fragt Linden.

»Wie willst du mir beweisen, dass wir es schaffen?«, möchte ich wissen. »Ich meine, wir sind schon einmal gescheitert.«

»Seit wann gibt es Garantien im Leben? Entweder es funktioniert oder es funktioniert nicht, aber wir müssen es versuchen. Ich würde dir die Sterne vom Himmel holen, wenn ich dafür noch eine Chance bekomme.«

»Das klingt doch gut«, erwidere ich leise.

»Ein Stern? Du willst wirklich einen Stern?«

»Ja.«

Linden seufzt schwer. »Dann sollte ich mal bei der NASA anrufen und nachfragen, ob ich am Wochenende mal schnell ins All fliegen darf«, scherzt er.

»Vielleicht wird es ja was mit einem Last Minute Ticket.«

»Vielleicht«, nuschelt er. »Wir haben am Samstag einen Auftritt. Würdest du kommen?«

»Glaubst du, dass Gavin bis dahin wieder auf den Beinen ist?«

»Ich denke, wir werden ihn auch ohne Gavin machen können, wenn … du Gitarre spielen und seine Vocals übernehmen würdest.«

»Das geht nicht. Als Gast vielleicht, aber nicht zum Singen.«

»Eigentlich kann ich das auch übernehmen, aber ich dachte, wir würden noch mal ein Duett singen«, gluckst Linden.

»Das wird niemals passieren.« Warum denkt er jetzt, dass alles in Ordnung ist? »Linden, ich … ich würde alles gerne erst mal … ungezwungen halten. Ohne Druck, ohne Erwartungen und ohne Liebeserklärungen.«

»Okay«, sagt er knapp.

»Okay«, nicke ich und schließe die Augen. »Bist du auch so müde?«

»Und wie. Vor allem bin ich froh, in einem normalen Bett zu liegen.«

»Sollen wir noch ein wenig schlafen?«

»Ich wäre dafür, aber vorher muss ich einen der Jungs anrufen, damit die nicht auch noch die Cops rufen. Zwar hab ich Alexis gestern noch eine SMS geschickt, aber doppelt hält besser.«

»Okay.«

»Ich geh kurz raus, ja?«

»Mach das«, erwidere ich und richte mich auf, damit er aufstehen kann.

Linden lässt mich allein und geht in den Flur vor meinem Zimmer. Ich höre, wie er leise spricht, aber ich verstehe kein Wort von dem, was er sagt. Allerdings bin ich auch so müde, dass meine Lider schwer werden, und ich einnicke.

♥♥♥

Stoppelige Küsse wecken mich auf, weshalb ich meine Augen aufschlage. Es ist Linden, der mich anlächelt. »Hallo, Dornröschen.«

»Hey«, nuschele ich.

»Es ist schon Nachmittag, ich muss los«, raunt er.

»Wo musst du hin?«

»Zu Gavin und nach Hause beziehungsweise in das Haus, in dem wir momentan wohnen. Mein Zuhause ist Miami«, lächelt er.

»Wenn du warten kannst, fahre ich dich«, biete ich an.

»Du bist doch noch total verschlafen.«

»Beim Duschen werde ich schnell wach.«

»Okay. Ich warte hier auf dich, wobei ... hast du vielleicht eine Zahnbürste für mich?«

Ich nicke, als ich mich aufrichte und strecke. »Im Bad. Komm einfach mit.«

Wir gehen ins Bad, wo ich mich hinter Moms Paravent ausziehe. Das Teil steht hier zwar nur zur Deko, aber so sieht er mich immerhin nicht nackt. Ich wickle mir ein Handtuch um und tapse in die Duschkabine. »Oh, die neuen Zahnbürsten sind im Schrank«, sage ich, weil ich es ganz vergessen habe, ihm eine zu geben.

»Danke.«

»Nichts zu danken.« Ich schließe die Tür aus Milchglas hinter mir, durch die er mich nicht sehen kann, und drehe das Wasser auf.

Ich lasse mir Zeit, damit ich richtig wach werde. Plötzlich wird das Wasser eiskalt und ich schreie auf. »Fuck! Hast du das Wasser aufgedreht?«

»Hoppla. Tut mir leid, ich wollte mir nur den Mund ausspülen.«

Es wird wieder wärmer. »Warn mich das nächste Mal bitte vor.«

»Das nächste Mal?«

»Äh ... Vergiss es einfach«, erwidere ich und shampooniere meine Haare. »Warum hast du dir die Haare gefärbt?«

»Rebellion. Ich wollte nicht mehr der süße blonde Leadsänger sein«, antwortet er.

»Oh, du Rebell«, kichere ich. »Moment, ich höre dich jetzt nicht.« Danach wasche ich mir die Haare aus. Als ich die Augen öffne, erschrecke ich. »Was machst du hier drin?«

»Duschen. Stört es dich?«, antwortet er mit Unschuldsmiene.

»Ich ... Ja, es stört mich.«

Daraufhin grinst er. »Mich nicht. Außerdem weiß ich sehr gut, wie du nackt aussiehst und ... wow, du siehst immer noch heiß aus, auch wenn du abgenommen hast.«

»Ich sollte hier raus.« Danach mache ich einen Schritt zur Tür.

Linden ergreift mein Handgelenk. »Ich trage meine Boxershorts, dir passiert nichts. Ich wollte nur Zeit sparen.«

Ich atme tief ein. »Es ist unangenehm, Linden.«

Er lässt mich los. »Ich bin zu weit gegangen. Tut mir leid.«

»Ja, das war eine Arschbombe ins Fettnäpfchen, aber es ist okay. Ich wollte sowieso gerade raus.«

Linden kommt hinter mich und haucht einen Kuss auf mein Schlüsselbein. »Es tut mir leid.«

»Es ist wirklich okay, Linden. Ich bin nicht sauer, ich habe mich nur erschreckt«, erwidere ich gelassen und steige aus der Dusche. Ich nehme mir ein Handtuch aus dem Regal und trockne mich langsam ab, während er duscht.

Danach putze ich mir die Zähne.

»Vorsicht, ich drehe das Wasser auf«, warne ich ihn, als ich fertig bin, damit er nicht von einer kalten Flut überrascht wird, wie ich.

»Alles klar.«

Ich spüle meinen Mund aus, mache den Hahn zu und verlasse das Bad. Eilig ziehe ich eine dunkelblaue Jeans und ein grünes Top an. Meine nassen Haare flechte ich zu einem Zopf.

Linden kommt nicht lange nach mir in mein Zimmer. Er trägt ein Handtuch um die Hüfte, das er mit einer Hand festhält, in der anderen hat er seine Jeans und sieht mich an. »War keine gute Idee in meinen einzigen Shorts zu duschen.«

Ich lache leise. »Ich habe Boxershorts zum Schlafen, vielleicht passt dir eine, mir waren sie immer viel zu groß.« Dann hole ich welche aus meinem Schrank, die er anzieht. »Brauchst du auch ein Shirt?«

Linden nickt mir zu.

Ich gebe ihm eines, das meinem Bruder Aidan gehört hat. Glücklicherweise passt es ihm. »In welchem Krankenhaus liegt Gavin?«

»St. David's Medical Center«, erwidert Linden.

»Okay. Ich weiß, wo das ist, meine Schwägerin hat dort ihr Kind zur Welt gebracht.« Ich mustere ihn. »Wollen wir dann? Danach setze ich dich zu Hause ab und fahre mal bei Camille vorbei.«

»Bist du ... bist du immer noch Single, Thalia?«, fragt er zögerlich.

»Ja, bin ich. Warum?«

»Weil Nathaniel dich abgeholt und geküsst hat.«

Meine Mundwinkel verziehen sich zu einem Lächeln. »Nath und ich sind nur Freunde. Er ... ist derjenige, der gesagt hat, dass ich dir noch eine Chance geben sollte.«

Linden nickt langsam. »Dann war ich wohl völlig umsonst eifersüchtig.«

»Ja«, schmunzele ich.

»Fahren wir?«

»Ja.«

Wir verlassen mein Schlafzimmer, nachdem wir unsere Schuhe angezogen haben, und ich mir meine Handtasche geschnappt habe.

Ich schalte das Navi ein, als wir im Auto sitzen, und fahre los.

»Ich dachte, du kennst den Weg?«

»Das Navi warnt vor Staus.«

»Ach so.«

»Ist praktisch, wenn man so die Rush Hour umgehen kann«, lächle ich. Das Radio ist an und spielt eines meiner Lieblingslieder, das ich leise mitsinge.

Linden singt ebenfalls mit und seine Gesangsstimme lässt mich wirklich alt aussehen.

»Wie laufen eigentlich die Aufnahmen fürs neue Album?«, erkundige ich mich zwischendurch.

»It's always do this, do that, everything they want to. I don't wanna live that way. NO!«, singt er mir entgegen.

»Könntest du dich auf mich, statt auf Five Finger Death Punch konzentrieren?«, frage ich amüsiert.

»Sorry. Der Song spiegelt nur 90 Prozent meines Lebens wider. Die Aufnahmen laufen ganz gut und wir konnten durchsetzen, dass die drei Songs, die wir in Miami geschrieben haben, auch mit aufs Album kommen.«

»Auch das, bei dem ich geholfen habe?« Verdammte Neugier!

»Natürlich. Die Booklets sind wohl schon gedruckt und dein Name steht bei den Lyrics mit drin. Ich wusste nicht, ob du einverstanden bist, aber Gavin hat darauf bestanden, weil deine Bridge ihm beim Weiterschreiben geholfen hat.«

Ich nicke langsam. »Danke. Das ist nett, aber wäre nicht nötig gewesen.«

»Warum nicht? Du hast beim Texten geholfen und Gavin hat darauf bestanden. Es ist doch okay. Dein Name wird nicht bei Wikipedia auftauchen, wo du als Songschreiberin aufgeführt bist«, entgegnet er.

Ich seufze. »Okay.«

♥♥♥

Als wir das Krankenzimmer betreten, schauen uns vier verwirrte Mitglieder von Downstair Alley entgegen.

»Du hier? Mit ihr? Warum? Was ist? Wie? Hä?«, stottert Gavin.

Linden schmunzelt. »Ja, ich bin hier und sie hat mich hergebracht. Es ist nichts passiert und wir sind mit ihrem Auto gekommen.«

»Hi, Jungs«, begrüße ich sie schüchtern.

Alexis steht auf und kommt auf mich zu. Vorsichtig tippt er mit dem Zeigefinger gegen meinen Oberarm. »Okay, sie ist echt.« Dann grinst er mich an und umarmt mich. »Schön, dich zu sehen, Thally.«

»Freut mich auch.«

»Den Eindruck hast du bei deiner Arbeit nicht gemacht«, flüstert er.

»Dinge ändern sich.«

Er lässt mich los und setzt sich wieder auf seinen Platz.

Ich nähere mich dem Krankenbett und streichele über Gavins Hand. »Wie geht's dir?«

»Ich hab ein bisschen Kopfschmerzen, der Fuß tut etwas weh, aber sonst geht's mir gut«, antwortet Gavin.

»Gott sei Dank ist nicht noch mehr passiert. Ich hoffe nur, dass sie den Kerl erwischen.«

»Er hat Fahrerflucht begangen. Keiner von uns konnte das Kennzeichen erkennen«, mischt Azer sich ein.

Ich nicke langsam. »Das passiert oft. Die Leute rasen, fahren jemanden an und begehen Fahrerflucht. Dasselbe ist einer Freundin passiert, nur dass sie weniger Glück hatte«, erzähle ich von Camis Unfall, an den sie sich kaum erinnern kann. Sie weiß nur noch, dass sie das Kind der Nachbarin, das auf die Straße gerannt war, retten wollte. Unglaublich, wie aufopfernd manche Menschen sind. Ich würde sicher genauso handeln, wenn ich in eine solche Situation käme.

»Vielleicht stellt derjenige oder diejenige sich freiwillig«, meint Steve nachdenklich.

»Darauf würde ich nicht vertrauen«, sage ich.

»Hoffen darf man«, grinst Azer.

»Natürlich«, erwidere ich und setze mich auf die Bettkante. »Wann kommst du hier raus?«, wende ich mich wieder an Gavin.

»Morgen darf ich wieder gehen. Die Spinner sind gekommen, um mir etwas Vernünftiges zum Essen zu bringen.«

»Meine Schwägerin hat das Essen hier auch nicht runter bekommen. Sie meinte, es schmeckt, wie eine Einlagesohle«, kichere ich.

»Könnte man so sagen, wobei ich noch nie an so was geknabbert habe«, lacht Gavin und wir stimmen in sein Gelächter ein.

♥♥♥

Eine halbe Stunde später erhebe ich mich. »Tut mir leid, Jungs, aber ich muss los. Nehmt ihr Linden mit?«

Alexis nickt mir zu. »Machen wir.«

»Danke, dann … sieht man sich, denke ich«, entgegne ich und verabschiede mich mit einem Wink in die Runde.

Ich verlasse das Krankenzimmer und gehe zum Aufzug, den ich rufe.

»Darf ich dich anrufen?«, fragt Linden hinter mir.

Ich drehe mich um. »Langsam habe ich das Gefühl, dass du ein Stalker bist«, lächle ich. »Aber ja. Du darfst.« Dann hole ich einen Zettel und einen Kugelschreiber aus meiner Handtasche, um ihm die Festnetznummer des Anschlusses, den ich in meinem Zimmer habe, aufzuschreiben. Danach gebe ich ihm den Notizzettel. »Ich bin meistens abends zu erreichen.«

»Danke, Thally.« Er macht einen Schritt auf mich zu und umarmt mich. Jetzt sind wir beide etwas verkrampft.

»Geh ran, Alter«, ruft Azer.

Wir fahren auseinander und schauen zu Gavins Zimmer. Alle, also Mike, Alexis und Azer, haben ihre Köpfe aus dem Zimmer gestreckt und schauen zu uns.

Ich erröte. »Wir sehen uns dann, Linden.«

»Ja, bis dann«, erwidert er und steckt seine Hände in seine Hosentaschen.

Einen Moment lang sehen wir uns einfach nur an, bis Azer wieder ruft: »Wir haben nicht den ganzen Tag Zeit. Jetzt mach schon!«

Linden schaut mich von oben bis unten an. Auf einmal packt er mich und drückt mich gegen die Wand, um mich stürmisch zu küssen. Überrumpelt lasse ich mich darauf ein, doch dann werde ich auch sicherer.

»So ist's richtig«, lacht Azer.

Ich öffne die Augen und sehe, wie Linden ihn über seine Schulter hinweg den Mittelfinger zeigt. Er grinst in unseren Kuss, allerdings beendet er ihn nicht. Ich spüre seine Zunge, die meine Unterlippe streichelt, weshalb ich die Augen wieder schließe. Ich gewähre ihr den Einlass, den sie begehrt, und empfange sie mit meiner. Unsere Zungenspitzen umspielen einander in einem eher schüchternen Tanz, bis ein schrilles Klingeln uns innehalten lässt.

Ich löse mich von seinen Lippen. »Das ist der Aufzug«, sage ich leise.

»Wie kann ich dich überzeugen, erst morgen zu deiner Freundin zu fahren?«, raunt er.

Mein Atem kommt flatternd und sein Raunen schnürt mir die Kehle zu. Es ist so verdammt sexy. »Küss mich noch mal so, wie du es gerade getan hast.«

Kaum habe ich zu Ende gesprochen, gleiten seine Hände an meinen Po und er hebt mich hoch. Ich schlinge meine Beine um seine Hüften, die ich in seinem Rücken kreuze, und lasse mich von ihm küssen, während er mich in die Fahrstuhlkabine trägt. Mit einem offenen Auge schaue ich zur Schalttafel und drücke das E, danach konzentriere ich mich nur noch auf Linden. Meine Hände liegen in seinem Nacken, als er mich gegen die Wand der Kabine drückt und weiter heftig küsst. Die Art und Weise, wie er mit mir umgeht, sendet Impulse in meinen Unterleib, die mich erregen. Mit den

Zähnen zupft er an meiner Unterlippe, nachdem er seine Zunge zurückgezogen hat.

»Fahren wir zu mir?«

Ich nicke atemlos.

»Sprachlos?«

Ich schüttele den Kopf.

»Du musst zu Atem kommen?«

Nun nicke ich abermals.

Linden schmunzelt, dabei setzt er mich ab. Ich muss mich an ihm festhalten, weil ich wackelige Beine habe. Mein Kopf ist an seine Brust gelehnt, sodass ich seinem Herzschlag lauschen kann. Es pocht ebenso heftig wie meines in seinem Käfig aus Rippen. Damals habe ich Linden mein Herz geschenkt, bekam es zerstört zurück und nun merke ich, dass es anfängt zu heilen. Bei niemandem, außer ihm, hat es je so schnell geschlagen.

»Was ist Liebe für dich?«, frage ich leise.

»Wenn ich mit jemandem zusammen sein kann, der mir so unwahrscheinlich gute Gefühle gibt, wie du es tust. Das ist Liebe. Was ist Liebe für dich?«

»Ich versuche noch, es herauszufinden«, erwidere ich gedämpft.

♥♥♥

Das Haus, in dem die Band lebt, ist ein einfaches Reihenhaus. Ich hatte erwartet, dass sie in einer der großen Villen leben, aber scheinbar wollten sie kein Aufsehen erregen. Fans sind weit und breit nicht in Sicht, Securitys auch nicht, allerdings sind die wohl in greifbarer Nähe.

Wir sitzen in Lindens Zimmer, seit seinem 'Überfall' vor dem Aufzug sind wir uns nicht mehr näher gekommen. Ich habe auf einem Sessel Platz genommen, er auf dem Bett. »Ich sollte … mich mal auf den Weg machen«, sage ich leise, ohne ihn dabei anzusehen, und stehe auf.

Linden springt auf und schaut mich kopfschüttelnd an. »Bitte bleib.«

»Du redest nicht. Jeder Versuch, den ich unternehme, um mich mit dir zu unterhalten, wird von dir torpediert.«

Mit ausgestreckten Händen kommt er auf mich zu und ergreift meine. Linden zieht mich zu seinem Bett, auf dem wir Platz nehmen. »Reden wir.«

Ich nicke langsam.

»Ich wünsche mir noch eine Chance bei dir und so, wie du vorhin reagiert hast, wünschst du dir auch, dass wir wieder zueinanderfinden.«

Ich nehme einen tiefen Atemzug. »Ich bezweifle, dass wir es schaffen. Du bist viel unterwegs und ich bin zum Studieren in Miami. Es würde darauf hinauslaufen, dass wir uns selten sehen, weil ich es mir nicht leisten kann, ständig hinter dir her zu fliegen. Mein Vater würde mir die Flüge sicher nicht bezahlen und von dir kann ich es nicht annehmen. Da käme ich mir vor, als würde ich dich ausnutzen«, erwidere ich.

»Ich kann auch zu dir kommen«, gibt er zu bedenken.

»Schon, aber während einer Tournee ist das nicht drin«, führe ich ihm vor Augen.

»Stimmt. Ist nicht drin. Aber deshalb aufzugeben, ist auch nicht drin.« Sein hoffnungsvoller Blick fixiert meine Augen.

Unsicher fasse ich in meinen Nacken, den ich reibe. »Du wirst nicht aufgeben?«

»Ich denke gar nicht daran«, lächelt er, dabei zieht er mich an sich.

Natürlich halte ich ihn auf, da wir uns unterhalten wollten. »Linden, wir wollten reden und nichts Anderes tun.«

»Eigentlich sind wir hergekommen, um etwas Anderes zu tun«, erwidert er zwinkernd.

Ich erhebe mich seufzend. »Ich sollte fahren.«

»Warum?«

»Weil du ... Weil wir uns irgendwie nicht ernsthaft unterhalten können.«

Priest: Prickelndes Begehren

»Wir ... versuchen es doch. Was soll ich tun, Thalia? Ich weiß wirklich nicht mehr weiter. Du hast an allem etwas auszusetzen«, sagt Linden genervt.

»Ich nerve dich also«, stelle ich fest.

»Im Augenblick? ... Ja!«

Ich nehme meine Handtasche und verlasse sein Schlafzimmer, weil ich so langsam wirklich keine Lust mehr habe. Irgendwie schien unsere Affäre so einfach, aber das Ganze nun zu einer funktionierenden Beziehung auszubauen, ist schlichtweg unmöglich.

»Thalia, lass uns reden. Es ist so verdammt schwer, mit dir zu sprechen, weil du ...«

»Weil ich was?«, hake ich nach, als er zögert.

»Weil du mir einfach nicht vertraust«, antwortet Linden defensiv.

»Ich habe dir vertraut, aber im Moment fällt es mir schwer, weil ich immer wieder an den Morgen in New York denken muss. Verdammt, Linden, das hat mir das Herz gebrochen. Und ja, ich habe den Fehler gemacht, dir nicht zuzuhören, als du zu Delsin gekommen bist, aber was hätte ich tun sollen? Cunningham war verdammt überzeugend!«, entgegne ich.

»Ich versuche doch, dir das verfickte Gegenteil zu beweisen, aber du lässt mich nicht«, herrscht er mich an.

»Warum auch? Alles baut sich auf Sex auf und das ist nicht meine Vorstellung einer Beziehung!«, schreie ich ihn an.

»Du hast mir nie die Chance gegeben, eine richtige Beziehung mit dir zu führen. Als wir in New York waren, habe ich einen ganzen Tag damit verbracht, dir die Stadt zu zeigen. Wir haben im Regen getanzt, wir waren im Central Park. War das etwa Sex?«, erwidert er wütend.

»Nein«, erwidere ich kleinlaut.

Linden packt mich und schiebt mich gegen eine Wand. Ich keuche, als er mich fest dagegen presst. »Und jetzt sag noch mal, dass sich alles auf Sex aufbaut!«, verlangt er ungehalten.

»Du machst mir Angst, Linden«, sage ich leise.

Er lockert seinen Griff etwas und ich atme erleichtert auf. Ich sehe ihn an, die Tränen in seinen Augen fallen mir auf, lassen mich schlucken. »Es baut sich nicht alles auf Sex auf«, wispere ich.

»Warum sagst du dann so was?«, hakt Linden ruhiger nach.

Gott sei Dank hat er sich etwas beruhigt, sonst hätte ich wahrscheinlich noch angefangen zu weinen. »Weil ich frustriert bin. Es hat alles so schön, wenn auch etwas schwerfällig, angefangen, beschissen geendet und auf einmal tauchst du wieder in meinem Leben auf. Ja, ich glaube dir, dass du nichts von Pierce kleiner Intrige wusstest, aber was soll ich denn tun? Ich kann es einfach nicht so schnell vergessen. Ich habe Angst davor, dass es wieder passiert. Ich habe Angst davor, dass irgendjemand uns Steine in den Weg legen wird, die uns auseinanderbringen. Ich bin so unglaublich verliebt in dich, dass es schon fast wehtut, deshalb hat die Trennung mich fast umgebracht. Ich habe gelitten, beinahe jede Nacht geweint und ich habe seit Wochen Albträume oder bin schlaflos. Also wie soll ich vergessen, was mir so wehgetan hat, wenn dein Anblick mich immer wieder daran erinnert, Linden?« Nun habe ich all meine Ängste ausgesprochen und hoffe, dass er es versteht.

»Nur deine Angst hält dich auf?«, fragt er leise.

»Es ist nicht nur meine Angst.«

»Was noch?«

»Ich ... Ich habe doch alles gesagt.«

»Entweder wir versuchen es oder du gehst«, sagt er schließlich. »Ich kann das nicht mehr. Ich kann nicht länger auf deine Entscheidung warten, weil du unsicher bist, Thalia.« Sein Blick durchbohrt mich. »Was willst du, Thalia?«

Ich möchte ihm ausweichen, so gerne wegrennen, aber da er mich eingekeilt hat, kann ich Linden nicht entkommen. »Ich will dich, aber ich will dich, ohne Angst haben zu müssen.«

»Ich bin Sänger. Die Leute werden immer versuchen, einen Keil zwischen uns zu treiben. Es wird immer Neider geben, die uns unser Glück nicht gönnen, es wird niemals eine Garantie geben, dass wir es schaffen«, macht er mir klar. »Ich liebe dich und ich will mit dir zusammen sein.«

Ich sehe für einen Moment auf seine Brust, die genau vor meiner Nase ist, dann schließe ich die Augen und atme tief durch. »Ich liebe dich auch.«

Linden nimmt mein Gesicht in seine Hände, er zwingt mich, ihn anzusehen. »Warum wagen wir es dann nicht einfach?«

»Weil es mir meine Angst nicht nimmt«, hauche ich.

»Wir werden es schaffen, hörst du? Wir lassen uns nicht mehr auseinanderbringen, Thalia. Bitte, Babe.«

Ich schlucke, doch schiebe ich meine Hände in seinen Nacken und ziehe ihn zu mir herunter, damit ich ihn küssen kann. Als unsere Lippen sich berühren, seufzen wir beide erleichtert. Zwar habe ich immer noch Bedenken, die ich sicher noch eine Weile haben werde, aber ich möchte jetzt das Risiko eingehen. Ich bin sicher, dass es schiefgeht, aber vielleicht kann Linden mich vom Gegenteil überzeugen.

Linden hebt mich hoch und bringt mich in sein Schlafzimmer. Während er mich noch auf den Armen hat, ziehe ich sein T-Shirt hoch, dass ich ihm ausziehe, als er mich aufs Bett legt.

Nachdem ich seine Jeans geöffnet habe, öffnet er meine und befreit mich von ihr. Im hohen Bogen fliegt sie durch sein Schlafzimmer, meiner Hose folgen mein Oberteil und mein BH. Dann beugt er sich über mich und küsst mich leidenschaftlich, was ich ebenso erwidere. Meine Hände erforschen seinen muskulösen Körper, ertasten das Spiel seiner Muskeln auf seinem Rücken und legen sich schließlich auf seinen Po, der immer noch in den Boxershorts steckt.

Doch er unterbricht den Kuss, richtet sich auf und hakt seine Daumen unter die Bündchen meines Slips, den er mir auszieht, nachdem ich meine Beine hochgestreckt hatte. Linden küsst meinen Knöchel, dann wandern seine Lippen immer weiter an meinem Bein hoch, bis er die Innenseite meines Oberschenkels erreicht hat. Ab dort setzt er seine Zungenspitze ein. Ich bin so elektrisiert, dass es

Blitze in meinen Unterleib sendet. Es entlockt mir ein leises Stöhnen und ein lauteres, als er meine Schamlippen erreicht hat, die er küsst.

»Ich liebe deinen Geschmack«, raunt er, bevor er seinen Kopf zwischen meinen Schenkeln vergräbt und meine Klit mit seiner Zunge verwöhnt.

Ich stehe nicht auf Dirty Talk, deshalb sage ich nichts dazu, sondern genieße seine Zunge an meiner empfindlichsten Stelle. Zwei seiner Finger dringen in mich ein, was mich abermals lauter werden lässt. Mit geschlossenen Augen kralle ich mich in der Bettdecke fest.

Ich bin so gereizt, dass mit jeder Berührung seiner Zungenspitze die Nerven in meinen Schenkeln zucken.

Kurz bevor ich komme, zieht er seinen Kopf zurück und richtet sich auf. »Nachttischschublade«, ist das Einzige, was er sagt.

Ich beuge mich rüber, hole die Schachtel Kondome heraus und gebe ihm eines, das er auspackt und über sein Glied rollt. Danach zieht Linden mich zurück und versenkt sich schneller in mir, als ich schauen kann. Weil sein Schamhügel meine überreizte Klit berührt, komme ich in dem Moment, was mich aufschreien lässt.

Linden stockt. »Meine Güte, du ... du brichst ihn mir fast«, keucht er und bewegt sich nicht weiter, bis die Spasmen in meinem Unterleib nachgelassen haben.

»Es tut mir leid«, stammele ich, nachdem ich mich beruhigt habe.

Dann beugt er sich zu mir runter und küsse mich sanft. Ich schmecke mich auf seinen Lippen und seiner Zunge, als wir in einem leidenschaftlichen Zungenkuss versinken. Seine Stöße sind fest und schnell, doch stören sie mich nicht, sondern lassen mich wieder auf die wohlbekannte Klippe zurennen, die ich buchstäblich immer hinabstürze, wenn ich komme.

»Du bist so verdammt eng«, knurrt er, während er den Kuss für einen Moment unterbricht.

Ich lege meine Lippen abermals auf seine und presse mich an ihn. Ich möchte jeden Zentimeter seines Körpers auf mir spüren.

Damit er sich nicht erneut von mir löst, umklammere ich ihn mit meinen Beinen. Außerdem dringt er so auch viel tiefer in mich ein.

Linden reizt diesen einen empfindlichen Punkt in mir, der mich mit jeder Berührung höher fliegen und schließlich explodieren lässt. »Oh Gott, Babe«, schreit er auf, als er sich in mir entlädt. Keuchend sinkt er auf mich und streichelt meine Wange, dann zu meinem Hals und nach einem Kuss legt er seinen Kopf in meine Halsbeuge.

Ich stelle meine Beine auf, während ich ihn im Nacken streichele.

»Du hast mir so gefehlt«, raunt er.

»Du mir auch«, wispere ich und genieße die Wärme seines Körpers, die meinen durchdringt.

Er setzt Küsse auf meinen Hals, die mich erschaudern lassen, weil seine Bartstoppeln mich kitzeln.

Ich schließe die Augen, da ich kaum glauben kann, wie gut es getan hat, endlich meine Ängste auszusprechen. Linden schafft es, das alles harmlos wirken zu lassen. Nicht mit dem Sex, sondern mit seinen Worten. Er war genauso verzweifelt wie ich, genauso verletzt und genauso unsicher, wenn er mir begegnet ist.

Vielleicht ging alles viel zu schnell, vielleicht wird es nicht klappen, aber bis dahin … werde ich jeden einzelnen Augenblick mit ihm genießen.

KAPITEL 17

Eine Woche ist seit unserem Entschluss, es noch mal miteinander zu versuchen, vergangen. Gavin wurde inzwischen aus dem Krankenhaus entlassen, meine Freunde sind in Austin eingetroffen und meine drei Wochen Urlaub haben angefangen.

»Thally ist da!«, ruft Camille, als wir in den Garten von Delsins beziehungsweise dem seines Vaters gehen.

»Thally«, jubeln meine Freunde, die sich um den Pool versammelt haben.

Lächelnd trete ich in die sengende Sonne. Sie wissen noch nichts davon, dass Linden und ich wieder zusammen sind, aber das werde ich erst verkünden, wenn er später auch gekommen ist. Heute Abend hat er mit seinen Jungs einen Gig, den ich besuchen werde. Vielleicht kommt meine, inzwischen um ein Vielfaches gewachsene, Clique auch mit. Allerdings gehe ich davon aus, dass sie ihn erst mal wie den Staatsfeind schlechthin behandeln werden.

»Geht's allen gut?«, frage ich in die Runde.

Stellenweise nicken sie, andere rufen mir ein Ja zu oder sie springen in den Pool. Bei der Hitze werde ich das nachher auch noch tun.

»Erzähl, wie waren die letzten Wochen? Du hast dich nicht einmal gemeldet«, sagt Cami, nachdem ich mich bis auf den Bikini ausgezogen und wir uns in den Schatten gesetzt hatten.

»Anstrengend, und ich hatte viel zu wenig Schlaf, aber sie waren auch sehr schön«, lächle ich.

»Nath hat erzählt, dass Linden aufgetaucht ist. Ist er der Grund dafür, dass du zu wenig Schlaf hattest?«, erkundigt sie sich interessiert.

Ich lehne mich zurück und schaue zu Avery und Dahlia, die im Pool mit Delsin und Hailey Wasserbasketball spielen.

»Thally?«

»Was?«, frage ich, nachdem ich den Kopf geschüttelt habe.

»Ist Lindens Auftauchen der Grund dafür?«, wiederholt sie.

Hitze schießt in meine Wangen, und um mich nicht zu verraten, setze ich meine Sonnenbrille wieder auf. »Vielleicht.«

»Was soll das heißen?«, hakt sie nach. »Du hast dich doch nicht wieder auf ihn eingelassen, oder?«

»Cami, wir haben dir Delsin auch ausreden wollen und du bist jetzt seit einem Jahr mit ihm zusammen. Ich ... ich liebe Linden und ich weiß, dass ich keine Garantie für eine funktionierende Beziehung bekomme, aber solange sie mir gut tut, genieße ich sie, okay?«, erwidere ich mit einem breiten Lächeln auf den Lippen.

Sie seufzt schwer. »Bist du glücklich?«

»Ja, er macht mich glücklich, auch wenn wir meistens bei ihm oder bei meinen Eltern sind, nachdem wir vor ein paar Tagen von einer Horde Fans verfolgt wurden«, sage ich.

»Thally, ich habe dich in den letzten Wochen erlebt und finde, dass du die falsche Entscheidung getroffen hast, aber ich lasse mich gerne vom Gegenteil überzeugen«, meint Cami nachdenklich.

»Vielleicht ist es die falsche Entscheidung, aber dann nehme ich gute Erinnerungen an eine tolle Zeit mit. Es gibt Schlimmeres, als eine gescheiterte Beziehung, auch wenn die letzten Wochen die Hölle waren, sie haben mich geprägt.«

»Ich verstehe nicht, wie du auf einmal wieder so positiv sein kannst«, staunt sie.

Ich schaue zu ihr herüber. »Ich bin glücklich, Cami.«

Daraufhin beugt sie sich zu mir und umarmt mich fest. »Ich freue mich trotzdem für dich.«

»Danke, Süße.«

Es klingelt und ich bin erstaunt, dass man es bis in den Garten hört. Vermutlich ist die Klingel einfach verdammt laut eingestellt.

»Das dürfte Linden sein. Er wollte nach dem Soundcheck vorbeikommen«, sage ich.

»Dann gehe ich mal an die Tür.«

»Ich komme mit dir.«

Wir stehen auf, dann eilen wir zur Haustür und lassen Linden herein. Er hat einen kleinen Blumenstrauß dabei, was mich etwas irritiert.

»Hi, Cami«, lächelt er und reicht ihr den Strauß Blumen. »Ich dachte, ich mache mich nach den letzten Wochen mit ein paar Blumen beliebt.«

Sie errötet. »Danke.« Mit einem prüfenden Blick schaut sie den Blumenstrauß an. »Und Kamille ist auch drin«, schmunzelt sie. »Du Schleimer.«

Ich lache leise. »Immerhin hat er dran gedacht, Blümchen.«

»Blümchen?«, fragt Linden.

»Delsin nennt sie so, wegen ihres Namens«, erkläre ich ihm lächelnd.

»Ach so ... Übrigens hi, Babe«, schmunzelt er und küsst mich sanft.

»Wir sollten wieder in den Garten gehen und am besten wäre, wenn ihr beide weiter so herumturtelt, bevor Delsin und Ave aus dem Pool springen und Linden rauswerfen wollen«, meint Cami.

»Das werde ich schon verhindern«, erwidere ich, nachdem ich Lindens entgleiste Miene gesehen hatte. Mühsam verkneife ich mir das Lachen, weil er so verunsichert ist.

Seine Hand umklammert meine. »Dann wollen wir mal. Ich bin es ja gewohnt, der Staatsfeind Nummer eins zu sein«, gluckst er.

Gemeinsam gehen wir wieder in den Garten. Es kommt, wie ich dachte, meine Freunde sehen uns überrascht an, doch niemand sagt ein schlechtes Wort.

»Hey, Linden«, grüßt Delsin ihn skeptisch drein blickend, der gerade aus dem Pool gestiegen ist.

»Hi.«

»Äh ... Nichts für ungut wegen des ... «, er deutet einen Faust-hieb an.

Linden nickt knapp. »Alles bestens, ich hatte es verdient.«

»Nicht wirklich. Du hattest ein paar Kinnhaken mehr verdient, aber da ich aufgehalten wurde ...«, grinst Delsin und sieht mich an. »Was ist das jetzt? Alles wieder in Ordnung im Paradies?«

Ich nicke langsam. »Ich denke schon.«

»Um dich zu verstehen, muss man einen Kurs an der Hochschule machen«, schmunzelt er.

»Wie gut, dass du Student bist, wir können gerne eine 'Wie verstehe ich Thalia Leroux' Vorlesung halten«, kontere ich amüsiert.

Daraufhin lachen Delsin, Camille und Linden.

»Um gegen dich anzukommen, sollte ich einen Kurs in 'Sarkastisch kontern für Anfänger' belegen«, neckt Delsin mich.

»Oder aber du lässt dich von deiner Freundin unterrichten, die dich auch ganz schön auf Trab hält«, lächle ich. Durch die Sonne fängt meine Haut an zu kribbeln. »Ich muss in den Schatten.«

Linden geht mit mir zu einer Liege, auf die ich mich setze. Er zieht sein Hemd und seine Jeans aus, danach nimmt er hinter mir Platz. »Hast du dich eingecremt?«, fragt er leise.

»Ja, habe ich, aber du könntest mir den Rücken einreiben«, antworte ich. »In meiner Handtasche ist meine Sonnencreme.«

Im nächsten Moment spüre ich schon die kühle Creme auf meinem Rücken, die Linden dort mit sanften Bewegungen verteilt.

Als er fertig ist, küsst er meinen Nacken. »Reibst du mich auch ein?«

»Nur zu gern«, antworte ich grinsend und tausche mit ihm die Plätze.

Ich reibe seinen Rücken ein, dabei merke ich, wie verspannt er ist. »Soll ich dich massieren?«, erkundige ich mich, nachdem ich mich an sein Ohr gebeugt hatte.

»Kannst du das denn?«

»Ja, ich kann es. Zumindest hat sich bisher noch niemand beschwert«, gluckse ich.

»Linden?«, ruft Ave.

»Anwesend«, erwidert er.

»Lust auf eine Partie Basketball gegen die Mädels?«

»Hat das bis nach meiner Massage Zeit?«, fragt Linden gut gelaunt.

»Nein!«, antworten meine Freunde im Chor.

»Ihr seid mehr Kerle, als wir Frauen sind, wir bekommen eure beiden größten Spieler«, mische ich mich ein.

»Das wäre unfair«, entgegnet Delsin.

»Warum? Ave, Thierry und du seid die Riesen unter euch«, lache ich. »Willst du überhaupt mitspielen?«, wende ich mich an Linden.

»Hm … Wenn du mich dafür nach dem Konzert massierst«, grient er.

»Wenn du deinen größten Groupie mit auf dein Zimmer nimmst … Gerne«, flüstere ich. »Außerdem kannst du noch viel mehr als eine Massage bekommen.«

Linden steht so schnell auf und läuft ins Wasser, dass ich ihm irritiert hinterher sehe. »Oh Mann«, murmele ich, dann stehe ich auf und folge ihm.

»Komm schon, Thally«, ruft Draven aus dem Wasser.

»Ich gehe davon aus, dass wir uns gleich die Knochen brechen. Der Pool ist total überfüllt«, kichere ich, als ich über die Treppe ins Becken steige.

»Hör auf, dir Sorgen zu machen«, lacht Cami. »Also Ave und Thierry kommen zu uns, oder?«

»Ja!«, rufen Hailey, Dale und ich im Chor.

»Ich nenne euch jetzt nur noch die Morrison Schwestern«, neckt Delsin die beiden, als sie zu uns gekommen sind.

Ein Gelächter bricht los, in das auch ich einstimme. Der Spitzname ist super, passt aber keineswegs zu ihnen. Immerhin spielt Ave Football und Thierry ist Boxer. Mit den beiden will ich mich nicht anlegen, da sie mich ganz sicher mit einem Schlag ins Koma befördern würden, allerdings sind sie Frauen gegenüber richtige Gentlemen. Die beiden sind zum Verlieben, aber nicht für mich, ich stehe auf ein anderes Kaliber, wie Linden. Gut, eigentlich sind es blonde Männer, die ein nettes Lächeln und einen tollen Charakter haben, aber das ist halb so schlimm.

Priest: Prickelndes Begehren

»Also, Ava und Thierra, legt los«, ruft Linden.

Nathaniel mimt den Schiedsrichter und wirft den Stoffball in die Mitte des Pools. Delsin und ich stürzen uns darauf, aber mir gelingt es, den Ball zu ergattern. Ich passe an Hailey, die ihn zu Thierry wirft, der ein paar Meter zum Korb gut macht. Ave folgt ihm, erreicht den Basketballkorb und fängt den Pass seines Bruders.

»2 zu 0 für die Mädels«, verkündet Nath. »Leute, ich komme mir komisch vor, sie Mädels zu nennen, wenn die bulligsten Kerle der Uni in ihrem Team spielen.«

»Dann nenn sie eben Pink Pussies«, erwidert Delsin.

»Pass mal auf, dass dir die Pink Pussies nicht den Arsch aufreißen«, kontert Ave lächelnd.

»Richtig, die Morrison Schwestern sind ja ganz hart«, antwortet Delsin vorlaut.

»Und so was ist dein bester Freund, Ave ... Unglaublich«, schmunzelt Thierry.

»Jungs, weiterspielen«, mische ich mich ein.

Ich nehme Draven den Ball ab und schwimme wieder zu ihrem Korb, doch Linden hält mich auf und versucht, mir den Stoffball abzunehmen. Als er sich zu mir beugt, küsse ich seine Wange und passe über seine Schulter zu Cami, die wieder zwei Punkte macht.

»4 zu 0 für die Mädels mit männlicher Unterstützung«, ruft Nath.

Wir spielen weiter. Delsin und Linden arbeiten zusammen, um ebenfalls Punkte zu erzielen, was ihnen auch mehrmals gelingt.

Als ich es noch mal zu ihrem Korb schaffe, hebt Linden mich einfach weg und legt mich über seine Schulter.

»Schiebung!«, schreit Cami. »Das ist Schiebung«, regt sie sich auf.

»Stell dich doch nicht so an, Blümchen, das ist nur ein Spiel«, lacht Delsin.

»Ich mache trotzdem Punkte«, mische ich mich ein und entwinde Linden den Ball, den ich auf den Metallring des Korbs werfe.

»Jaaaaa«, grölen Thierry und Avery. »Das ist unser Mädchen!«

Dale macht die letzten Körbe, nachdem Ave sie auf die Schultern genommen hatte und sich mit ihr an den anderen vorbei gekämpft hat. Es ist lustig und macht großen Spaß.

Lachend setzt Linden mich ab.

Wir spielen weiter, bis es einen Gleichstand gibt, dann hören wir auf. Es hat großen Spaß gemacht, aber ich bin total geschafft. Es ist schwer, sich gegen die großen Männer durchzusetzen, aber immerhin hatten wir Unterstützung durch Avery und Thierry.

Linden und ich legen uns auf die Liege im Schatten und kuscheln miteinander, während die anderen sich weiter im Pool austoben. Dale und Ave haben die Sonnenliege neben uns in Beschlag genommen.

»Dahlia, möchtest du vielleicht das Konzert heute Abend besuchen?«, fragt Linden.

Ich schaue zu ihr und lächle, als sie ihn mit großen Augen ansieht. »Ja, ich … Ja, wenn Ave auch möchte«, stammelt sie.

»Ich habe nichts gegen einen Konzertbesuch einzuwenden«, raunt er ihr zu.

»Ich habe VIP Tickets für alle dabei, ihr würdet im Pressegraben vor der Bühne stehen, damit ihr nicht zerquetscht werdet«, erwidert Linden.

»Das ist aber sehr großzügig von dir«, mische ich mich ein.

»Du hast deine Freunde kaum gesehen, weil ich dich so in Beschlag genommen habe, außerdem gibt's danach eine kleine After-Show-Party, die mit mehr Leuten einfach mehr Spaß macht«, gluckst er.

Ich nicke. »Ach so, du bist wieder total egoistisch.«

»Ich doch nicht«, entrüstet er sich gespielt.

Ich kichere leise, obwohl ich mir dabei mittlerweile wie ein verknallter Teenager vorkomme, und kuschele mich enger an ihn.

♥♥♥

Am Abend sind wir zur Konzerthalle gefahren. Linden hat mich gleich mit in seine Garderobe genommen und meine Freunde sind in einer extra Lounge, wo sie darauf warten, dass es losgeht. Wahrscheinlich werden die Fotografen fluchen, dass so eine große Gruppe dort unten steht, aber da Linden uns eingeladen hat, kann uns das egal sein.

Er wärmt seine Stimme auf, indem er die Tonleiter hoch und runter singt.

Ich sitze in einem Sessel und sehe ihm dabei zu, wie er sich aufwärmt und umzieht. Heute Abend muss er das Outfit wohl drei Mal wechseln. Anfangen werden sie in einem Jeansoutfit, das mir zwar überhaupt nicht gefällt, aber die Fans werden es sicher lieben. Irgendwie sieht er in der Latzhose schon heiß aus, aber für mich hat es einfach zu viel von einem Bauarbeiter. Dazu setzt er ein Basecap auf, das grell bedruckt ist.

»Ich bin so froh, wenn der Tag kommt, an dem ich selbst entscheiden kann, was ich auf der Bühne trage«, mault er, nachdem er sich im Spiegel betrachtet hatte.

Ich stehe auf und gehe zu ihm. »Handsome, auch wenn das Outfit nicht der Renner ist, du siehst heiß aus.«

»Wirklich?«, fragt er unsicher.

»Wirklich«, nicke ich lächelnd. »Und die anderen Outfits sind doch schon super. Jetzt zieh das Hemd darüber und es ist nur noch halb so schlimm.«

»Das weiße?«

»Ja und lass es offen, okay?«

»Dann sollte ich eine normale Jeans anziehen. Wirkt hotter, verstehst du?«, erwidert er.

»Damit die ganzen Mädels sehen, was mir gehört?«, schmunzele ich.

»Was zur ...«

Ich lache auf. »Okay, dann dürfen sie dich eben anschmachten.«

Linden zieht mich an sich. »Sie mögen den Linden, der auf der Bühne und in Videoclips mit ihnen flirtet, aber der richtige Linden, wie die da draußen ihn nicht kennen, liebt nur dich, okay? Mein Herz gehört dir, Babe.« Danach küsst er mich sanft.

Gerade, als der Kuss leidenschaftlicher wird, klopft es an der Tür. Alexis steckt den Kopf in Lindens Garderobe. »Wir müssen in drei Minuten auf der Bühne sein. Kommst du?«

»Ja, bin sofort da«, erwidert Linden. Er haucht noch einen Kuss auf meinen Mundwinkel, dann ergreift er meine Hand und nimmt mich mit zur Bühne.

Azer hat meine Clique abgeholt und zeigt ihnen den Weg in den Pressegraben, wo ich sie treffe, nachdem Linden mir einen Abschiedskuss gegeben hat.

In der Halle wird es dunkel und leise, weil die ganzen Teenager sich nicht mehr die Seele aus dem Leib schreien.

»Are you ready for Downstair Alley? So scream it out loud!«, verlangt eine tiefe Stimme, hinter der ich Alexis vermute.

Und das Geschrei setzt ein. Ich stehe neben Nathaniel, der meinen Rücken streichelt. »Schon cool, dass Linden uns eingeladen hat«, brüllt er mir ins Ohr. Anders kann man sich hier nicht verständigen.

»Ja. War wirklich sehr nett von ihm.«

»Und wie geht's mit euch weiter?«, fragt er.

»Wir warten ab, wie es sich entwickelt, wenn sie auf Europatournee sind«, antworte ich laut.

Musik setzt ein und die Jungs kommen auf die Bühne. Gavin ist auf Krücken, weshalb für ihn ein Mikrofonständer und ein Hocker an der Seite stehen. Er setzt sich.

»Seid ihr bereit, den Laden zu rocken?«, fragt Linden laut.

Es ist das erste Mal, dass ich einen Auftritt von ihm sehe. Normalerweise spielen sie ihre Instrumente selbst, das weiß ich, aber bei diesem Song tanzen sie. Ich sehe lächelnd zu ihm hoch, während sie performen.

Zwischendurch schaut er zu mir herunter und zwinkert mir zu, was wahrscheinlich alle, die hinter mir stehen, auf sich beziehen werden, aber das ist mir nicht wichtig. Ich weiß, dass er mich liebt.

Meine Freunde bewegen sich im Takt zur Musik, bis auf Draven, Ave, Delsin und Thierry, die mehr auf eine andere Musikrichtung stehen, aber selbst ich kann den Songs von Downstair Alley mittlerweile etwas abgewinnen. Was sicherlich daran liegt, dass ich durch die Beziehung zu Linden befangen bin.

Es ist furchtbar heiß hier drin, weshalb ich froh bin, dass bald Pause ist.

♥♥♥

Die Pause ist vorbei, Linden und seine Freunde haben den letzten Song verkündet, dann schaut Linden zu mir herunter.

»Heute Abend ist eine ganz besondere Frau hier, die uns auch bei dem neuen Song geholfen hat, den ihr heute gehört habt. Thally, kommst du bitte zu mir?«, dabei streckt er seine Hand nach mir aus.

Ich erwidere seinen Blick mit großen Augen und schüttele den Kopf.

Er lacht ins Mikrofon. »Sie scheint etwas schüchtern zu sein, deshalb helft mir doch. Thally, Thally, Thally«, stimmt er an und hinter mir geht der Gesang weiter.

»Thally, Thally, Thally«, stimmen meine Freunde in den Chor ein. Ein Schrank von einem Security kommt zu mir und hebt mich zu Linden, der das Mikro in seine Hosentasche steckt, der meine Taille umfasst und zu sich hoch holt.

»Was soll das?«, frage ich leise.

»Das siehst du gleich«, lächelt er. »Eher gesagt, du hörst es gleich.« Dann geht er mit mir in die Mitte der Bühne. »Ein Applaus für Thally«, ruft er in sein Mikro.

»So viel dazu, dass ich nicht mit dir singen will«, stottere ich.

»Nein, du wirst nicht singen müssen, wobei wir das gerne hören würden, aber es geht um etwas Anderes.« Er holt ein Blatt Papier aus seiner Hosentasche und entfaltet es. »Du hast gesagt, dass du mir noch eine Chance gibst, wenn ich dir die Sterne vom Himmel hole«, sagt Linden und zeigt mir die Urkunde, die beweist, dass er einen Stern nach mir benannt hat. »Ich habe dir keinen vom Himmel geholt, aber einen nach dir benannt.«

Tränen steigen in meine Augen, die ich eilig wegwische. »Oh mein Gott«, hauche ich.

»Jetzt hab ich aber noch etwas für dich«, meint er. »Es ist zwar ein Cover, aber es drückt aus, wie es am Anfang zwischen uns war.« Er schaut zu seinen Freunden, die ihre Instrumente an sich genommen haben, und nickt.

Eine Melodie setzt ein, die mir nur zu vertraut ist, weil ich diese Band heute noch gerne höre. Nein, es geht nicht um Westlife, es geht um eine andere.

Alexis spricht den Anfang, dann setzt Linden mit seinem Gesang ein: »From the first day. That I saw your smiling face. Honey I knew that we would be. Together forever«

Linden geht vor mir auf die Knie und ergreift meine Hand, während er weitersingt.

Ich bekomme eine Gänsehaut und durch den Tränenschleier sehe ich kaum noch etwas. Es rührt mich, dass er gerade nur für mich singt.

Den letzten Refrain singen sie alle zusammen, dabei kreisen sie mich ein und reichen mir nacheinander rote Rosen, bis ich einen großen Strauß halte.

»Oh mein Gott«, schniefe ich, als das Lied vorbei ist. Gott sei Dank kann mich keiner hören, weil das Publikum so laut schreit.

Linden erhebt sich und küsst mich vor all seinen Fans, was mich staunen lässt. »Ich liebe dich.«

»Ich liebe dich auch.«

»Thally, Thally, Thally«, jubeln meine Freunde aus dem Pressegraben.

»Ich gehe jetzt wieder runter«, sage ich leise.

Er lächelt. »Ist okay«, danach gibt er mir einen weiteren Kuss. »Ladies, noch einen Applaus für Thally.«

Der ohrenbetäubende Lärm ist kaum zu ertragen, als ich vom Security von der Bühne gehoben werde.

»Oh mein Gott, das war so süß«, kreischt Hailey, als ich wieder bei ihnen stehe.

»Oh ja und es hat mich nicht im Geringsten überfordert«, lache ich.

Priest: Prickelndes Begehren

»Es gibt noch eine Zugabe. Seid ihr bereit für 'Without you I'll die'?«

Dale singt es lauthals mit und hüpft auch herum, was ich ganz süß finde. Ich freue mich, dass sie schon den ganzen Abend so einen Spaß hat.

Nach dem Lied verabschiedet sich die Band schließlich. Wir verlassen auch unsere Plätze. Ich gehe in Lindens Garderobe, wo ich die Rosen und die Namensurkunde des Sterns ablege und mein Höschen unter dem Rock ausziehe. Ich will ihn verführen, aber es wird sicher damit enden, dass er über mich herfällt, wenn er merkt, dass ich meinen Slip nicht mehr trage.

Als er hereinkommt, lächelt er mich gut gelaunt an. »Ich bin fix und fertig«, dabei kommt er auf mich zu.

Ich gehe ihm entgegen, lege meine Arme um seinen Hals und ziehe ihn zu mir herunter. »Du hast mich ganz schön überrumpelt.«

»Das war der Sinn der Sache.«

»Ein Stern namens Thalia ist schon ein großer Liebesbeweis«, flüstere ich.

»Und ich dachte, das Lied wäre einer gewesen«, gluckst er.

»Das zählt nicht, das hat jemand anderes geschrieben«, schmunzele ich.

»Oh ... Dann sollte ich fürs nächste Album eines für dich schreiben.«

»Wenn du es schaffst, aber du musst das nicht tun. Du ... hast mir zwar nicht die Sterne vom Himmel geholt, aber einen nach mir benannt und ... ich weiß, dass ich mich glücklich schätzen kann, dich an meiner Seite zu haben«, sage ich ruhiger.

»Ich wollte dir meine Liebe beweisen.«

»Schh«, mache ich und lege meinen Finger auf seine Lippen. Dann helfe ich ihm aus dem offenen Hemd und lasse es fallen. »Ich liebe dich, Linden Priest.«

Sein Lächeln wird breiter, doch bevor er etwas sagen kann, küsse ich ihn leidenschaftlich. Linden stolpert mit mir zum weißen Ledersofa, auf das er sich setzt und mich dabei auf seinen Schoß zieht. Ich bleibe auf seinen Oberschenkeln sitzen und öffne seine Jeans, ohne den Kuss zu beenden. Linden hebt seinen Po an und schiebt sie samt seiner Boxershorts herunter. Als mir sein erregtes Glied entgegen springt, lege ich meine Hand darum, die ich auf und ab bewege.

Linden stöhnt, was ich ausnutze, um seine Zunge mit meiner anzustupsen. Wir steigern uns in unsere Leidenschaft, in unsere Lust auf den anderen. Er zieht das Oberteil meines Bandeaukleides herunter, ebenso die Cups meines BHs und legt seine Hände auf meinen Busen, den er dann massiert. Während wir uns in unserem Kuss verlieren, rutsche ich näher an ihn heran.

Sofort gleitet eine seiner Hände zwischen meine Beine, doch er zuckt zurück, nachdem er meine Schamlippen berührt hatte, und löst auch den Kuss. »Du trägst keinen Slip.«

»Ich weiß, ich habe ihn ausgezogen«, erwidere ich lächelnd.

»Wann?«

»Bevor du reingekommen bist«, flüstere ich, als ich mich an sein Ohr beuge. Anschließend knabbere ich an seinem Ohrläppchen.

Linden übernimmt die Führung, er hebt meinen Po an und bringt mich in die richtige Position, um in mich eindringen zu können. Ich stöhne auf, als er sich Zentimeter um Zentimeter in mir versenkt. Erregt, wie ich bin, bewege ich mich schnell auf ihm und genieße es, dass er von unten in mich stößt.

Er saugt einen meiner Nippel in seinen Mund, an dem er dann knabbert, was mich lauter werden lässt. Allerdings hält Linden mir den Mund zu, wahrscheinlich um zu verhindern, dass unsere Freunde mitbekommen, was wir hier tun.

Wir können beide kaum an uns halten, als ich seine Hand von meinem Mund wegziehe und ihn küsse.

Wir erhalten den Kuss aufrecht, bis wir beide zum Höhepunkt kommen. Meiner haut mich fast um, weshalb ich auf ihn sinke und mein Gesicht an seiner Halsbeuge verberge.

»Oh Mann«, keucht er.

Priest: Prickelndes Begehren

Ich küsse die dünne Haut an seinem Hals. »Und jetzt noch auf die Party?«, frage ich flüsternd.

»Am liebsten würde ich dich jetzt in mein Bett bringen, aber ja, wir gehen noch auf die Party«, antwortet er atemlos.

♥♥♥

Nachdem wir uns sauber gemacht und angezogen hatten, sind wir in einer großen Limousine zur After-Show-Party aufgebrochen, die in einem Klub in Austin stattfindet.

Linden hat mich seinen Freunden vorgestellt und zum ersten Mal unterhält sein Bruder sich mit mir.

»Und wie lange bist du noch in Austin, Thally?«

»Den ganzen Sommer. Ich arbeite in der Werbeagentur meines Dads«, antworte ich.

»Ach ja, stimmt. Du hast die Werbekampagne für die Europatournee gemacht, nicht wahr?«

»Ich hatte sehr viel Hilfe von zwei ausgebildeten Werbefachmännern.«

»Trotzdem ist die Kampagne der Hit. Spricht bestimmt jede Menge Leute an«, lächelt Jayden.

»Kann sein. Warten wir es ab«, entgegne ich.

Linden kommt wieder zu uns. »Kann ich meine Süße entführen?«

»Sie gehört dir«, schmunzelt Jayden.

»Danke, Alter.« Linden ergreift meine Hand, dann führt er mich zu meinen Freunden.

»Linden, warum ... führst du mich zu meinen Freunden?« Es ist nicht so, dass ich etwas dagegen hätte, aber es überrascht mich.

»Einfach so«, lacht er. Linden reicht mir einen Jelloshot, als wir sie erreicht haben. Meine Freunde haben auch jeder einen in der Hand. »Bereit?«, fragt er in die Runde.

»Was wird das?«, möchte ich irritiert wissen.

Delsin und Ave fangen an, mit den Fingern zu schnipsen, während Nath, Thierry und Draven auf Hockern trommeln und meine Freundinnen leise 'Ooooh' singen.

Meine Augenbraue schießt in die Höhe. »Leute?«, ist das Einzige, was ich herausbringe.

»You are the love of my live, you are the key to happiness. My heart is yours and your one is mine, so let me tell you, that I really love you«, singt Linden.

»Oh nein«, kichere ich. Ich hatte gehofft, dass ich es mit der Backstreet Boys Interpretation hinter mir gehabt hätte, aber ich habe mich getäuscht. Verdammt. 'Fuck!', fluche ich in Gedanken, aber nicht, weil ich es schlimm finde, ich finde es sogar total süß, dass meine Freunde dabei mitmachen.

»Your love is the best thing that ever happened to me and I will love you forever. I gave you a star, I gave you my heart. I've been addicted to you, you are the greatest woman that I've ever met«, endet er.

»Das war aber ganz sicher Freestyle, oder?«, frage ich gerührt.

Er druckst herum.

»Ja, es war Freestyle, zu dem er uns gezwungen hat«, mischt Delsin sich ein.

Ich lache auf und umarme Linden. »Du bist so süß.«

»Wir aber auch«, sagt Cami lachend.

Ich nehme jeden meiner Freunde in den Arm, bedanke mich und drücke ihnen Küsse auf die Wangen. »Ihr seid wirklich die Besten! Ich trinke beziehungsweise esse diesen Jelloshot auf euch«, freue ich mich.

Wir heben unsere Plastikbecher, dann vernichten wir die Shots, alle außer Dale, die keinen Alkohol trinkt.

Anschließend nimmt Linden mich wieder bei der Hand und führt mich aufs Dach des Hauses.

»Was wird das jetzt?«, möchte ich wissen.

Er zeigt zu einem kleinen Teleskop. »Ich möchte dir etwas zeigen.« Er schaut durch und stellt es ein, nachdem er auf sein Handy gesehen hatte. »Babe, das musst du dir ansehen«, raunt er.

Ich stelle mich an seine Seite.

»Na los, schau es dir an«, verlangt er aufgeregt.

»Was ist denn nur mit dir los?«, erwidere ich gut gelaunt.

»Nun sieh es dir an!«

»Ist ja gut«, lache ich und sehe durch das Teleskop in die Sterne.

»Das ist dein Stern, den du da siehst«, sagt er leise.

Ich hebe meinen Blick. »Wirklich?«

»Ja. Das ist Thalia 612, gleich neben Linden 318«, antwortet er.

»Also sind das unsere Sterne?«

Er nickt. »Bis in alle Ewigkeit.«

Gerührt schaue ich noch mal durch das Teleskop und schaue sie mir interessiert an. »Mein Gott sind die schön.«

»Du darfst mich Linden nennen«, gluckst er.

Ich richte mich auf und küsst seinen Mundwinkel. »Wenn ich je Zweifel hatte, hast du sie mit dieser Aktion alle aus der Welt geschafft.«

Wir setzen uns auf den Boden und sehen hoch in die Sterne.

»Ich liebe dich, Thalia«, raunt Linden in mein Ohr.

»Ich liebe dich auch«, entgegne ich, nachdem ich mich von dem wohligen Schauer, der seinetwegen über meinen Rücken gelaufen ist, erholt hatte. Dann lege ich meinen Kopf an seine Schulter. »Jetzt weiß ich, was Nath meinte.«

»Womit?«, hakt Linden neugierig nach.

»Damit, was Liebe ist.«

»Und was ist Liebe?«

»Liebe ist, wenn ich neben jemandem sitze, nichts tue und trotzdem unglaublich glücklich bin«, wispere ich.

Linden nickt langsam. »Damit hat er recht.« Er legt den Arm um mich und streichelt mich in der Armbeuge. »Und ich denke immer noch, dass wir es schaffen.«

»Wir werden es schaffen«, erwidere ich.

»Was macht dich auf einmal so sicher?«, fragt Linden überrascht.

»Du.«

»Ich?«

»Ja, du, Linden Priest. Du bist der Mann, der mir meine Ängste vorm Scheitern unserer Liebe genommen hat. Du machst jeden Tag zu etwas Besonderem und du hast mir einen verdammten Stern geschenkt«, lächle ich.

»Und du hast mich wieder zum Leben erweckt. Bis du in mein Leben getreten bist, kam mir alles öde und trist vor, aber jetzt ... Jetzt ist alles bunt, lebens- und liebenswert, wenn ich daran denke, dass ich die wundervollste Frau gefunden habe, die ich je finden konnte. Scheiß auf die Startschwierigkeiten, die wir hatten. Scheiß auf Pierce. Jetzt zählen nur noch wir«, sagt er glücklich.

»Ich werde dich vermissen, wenn du auf Tournee bist«, erwidere ich leise.

»Denk nicht daran. Ich werde immer wieder mal ein paar Tage frei haben, dann komme ich sofort zu dir. Ich kreise um dich, wie Linden 318 um Thalia 612«, schmunzelt Linden.

Ich lache leise. »Ich weiß gar nicht, warum ich mich am Anfang so gegen meine Gefühle gewehrt habe.«

»Keine Ahnung, aber soviel ich weiß, war dein Verstand von Anfang an dagegen. Mich interessiert allerdings, was er jetzt dazu sagt«, meint er.

»Lass ihn nie mehr gehen.«

»Wirklich?«, hakt Linden nach.

»Wirklich ... und noch ein paar verruchte Dinge, aber darüber können wir uns in deinem Schlafzimmer unterhalten«, kichere ich.

»Nur zu gerne, Ms Leroux.«

»Nicht wieder die Shades of Grey Unterhaltung«, verlange ich gespielt ernst.

»Entschuldigung«, gluckst er.

Ich stecke eine Strähne meines Haars hinter mein Ohr, dann lege ich meinen Kopf an seine Schulter.

»Du tust es immer noch.«

»Was denn?«

»Die kleinen Dinge, die ich so an dir liebe.«

»Alte Gewohnheiten legt man nicht ab«, lächle ich, als ich ihn ansehe.

Ich habe bezweifelt, dass wir es schaffen. Ich habe bezweifelt, dass er mich wirklich liebt, und jetzt weiß ich, dass er alles für mich tun würde.

Linden beugt sich zu mir und küsst mich sanft, während unsere Sterne über uns, gemeinsam mit einer Million anderen, die Nacht erhellen.

♥♥♥ ENDE ♥♥♥

Liebe Leser,

Wow! Die Coral Gables Serie hat nun schon 3 Bücher und ich bin sprachlos, wie gut sie bisher angekommen ist. Ich zweifle immer stark an meinen Geschichten, doch ihr inspiriert, motiviert und unterstützt mich so sehr, dass ich nicht anders kann, als weiter zu machen.

Ich freue mich immer über eure Rückmeldungen, sei es über Facebook, Twitter oder E-Mail. Das ist unglaublich! Hierfür ein ganz großes DANKE! ♥♥♥

Lea, dafür, dass du mir so geholfen hast, spreche ich auch meinen allerherzlichsten Dank aus. Du baust mich auf, wenn ich nicht mehr weiter weiß, Du gibst mir Ratschläge und Du bringst mich immer wieder zum Lachen. Ich bin froh, dass wir uns begegnet sind.

Meiner Schwester Lucy Marie, die mich gezwungen hat, dieses Buch zu beenden gilt auch ein besonderer Dank, denn ohne sie, war ich kurz davor, es nicht weiter zu schreiben. Und auch Dir danke ich, dass du mir immer mit Rat und Tat zur Seite stehst, geduldig bist und Dich durch mich nie aus der Ruhe bringen lässt.

Lea und Lucy, ich hoffe, ihr glaubt mir, wenn ich sage, dass ich ohne euch beide verloren wäre und mich vermutlich schon längst in Miami am Strand vergraben hätte. Ihr seid wundervolle Menschen, die ich nicht missen möchte. ♥

Es ist schön, so viele wundervolle Menschen in meinem Leben zu haben. Kollegen, Leser, Blogger ihr alle zaubert mir täglich ein Lächeln ins Gesicht. Noch ein ganz großes Danke. ♥

Natürlich wird es in Coral Gables weitergehen, aber wann ist noch ungewiss.

Priest: Prickelndes Begehren

Lucy Marie und ich arbeiten an einem Gemeinschaftsprojekt, Hashtag möchte auch seine Fortsetzung und ich habe schon neue Ideen für eine weitere Serie, die ich derzeit fleißig notiere.

Ich würde mich sehr freuen, wenn ihr diesen Weg weiterhin mit mir beschreiten würdet.

Bis dahin
♥ Alles Liebe ♥
Eure
Drucie Anne

RECHTLICHES

Das Urheberrecht aller Lieder, die genannt bzw. zitiert wurden, liegt bei den jeweiligen Songwritern, Bands oder Plattenfirmen.

Westlife – Soledad
Westlife – Bop bop Baby
Backstreet Boys – I'll never break your heart
Luther Vandross ft. Mariah Carey – Endless love
Five Finger Death Punch – Never enough
Linkin Park – In the end
Linkin Park – Numb

Markennamen, die genannt wurden, sind Eigentum der jeweiligen Firmen.

35940343R00198

Made in the USA
Charleston, SC
21 November 2014